ANDREAS SUCHANEK

Die 12 Häuser der Magie

SCHICKSALS-WÄCHTER

DRACHENMOND VERLAG

Drachenmond Verlag GmbH
Auf der Weide 6
50354 Hürth
http: www.drachenmond.de
E-Mail: info@drachenmond.de

Lektorat: Nina Bellem
Korrektorat: Michaela Retetzki
Satz & Layout: Astrid Behrendt

Umschlagdesign: Alexander Kopainski
https://kopainski.com
Bildmaterial: Shutterstock

Druck: Booksfactory

ISBN 978-3-95991-691-2

Dieses Buch ist
gewidmet …

… dem Schicksal,
das mich auf verschlungenen Pfaden
in Richtung Zukunft führt.
Eine Reise, die spannender und erfüllender ist,
als jedes Ziel es sein kann.

… meinen Freunden,
an deren Seite ich diesen Weg beschreite
und die mit mir Triumphe feiern
und mich bei Niederlagen trösten.

… meiner Familie,
ohne die ich heute nicht da wäre,
wo ich bin.

DANKE!

PROLOG

Die Stille war absolut.

Gekleidet in bunte Stoffe stand der Unbekannte in der Mitte des Raumes, umgeben von Folianten und Papyri. Staub tanzte im hereinfallenden Sonnenlicht zu einer lautlosen Melodie. Wie von Geisterhand erschaffen zog sich eine Linie über die Kehle des Mannes, ein Tropfen rann über die alabasterfarbene Haut. Blaue Augen weiteten sich verblüfft, die klaffende Wunde schien auf grausame Art zu lächeln.

Die Bibliothek schrie auf.

Noch immer lautlos griff der Unbekannte sich an die Kehle, versuchte, den steten Strom aus rotem Leben aufzufangen. Die Bücher ringsum zerfielen, Papierflocken wirbelten durch den Raum, Papyri gingen in Flammen auf.

Nur der Spiegel stand weiter unbeeindruckt inmitten des Chaos. Er warf nicht das Antlitz des Sterbenden zurück, oh nein. Eine dunkle Silhouette waberte darin, vibrierte und entzog sich jeder klaren Wahrnehmung. Doch das war auch nicht notwendig. Ein Lachen hallte durch den Raum, kündete von endlosem Fall und ewigem Feuer.

Ein zweites Regnum.

Die Vision zerbarst.

»Was hast du gesehen?«, fragte Natalia.

»Wie kommst du darauf, dass ich etwas gesehen habe?«

Der Boden fühlte sich kalt an unter den nackten Füßen, der Spiegel in der kleinen Kammer warf ein Abbild zurück, das gezeichnet war von dem soeben erlebten Schrecken. Müde Augen, von Schatten umrahmt.

Natalia zog die Decke enger um sich, das Einzige, was die Kälte in der kleinen Kammer abhielt. »Ich konnte es spüren«, flüsterte sie. »Mein Anima hat geglüht, während du träumtest.« Sie betastete den magischen Stein, der in einen silbernen Stirnreif eingelassen war. »Gib es zu, es hat funktioniert. Du hast etwas gesehen.«

Ein Schatten im Spiegel, der von Chaos kündete. Doch das durfte Natalia nicht erfahren. »Es war verschwommen, eher ein Gefühl als eine echte Vision.«

Damit gab Natalia sich zufrieden. »Dann sollten wir weitermachen. Noch ein wenig mehr, und …«

»Nein.« Das eigene Bett vermittelte ein Gefühl von Geborgenheit, die Decke wärmte. Schnell erfand sie einen passenden Grund, der weitere Fragen hoffentlich im Keim erstickte. »Es schmerzt und mein Anima wehrt sich.« Der magische Stein, der jeden Kundigen mit der umgebenden Magie verband, wodurch sie erst nutzbar gemacht werden konnte, schimmerte matt. »Ich möchte es nicht länger.«

»Aber stell dir doch vor, was wir damit bewerkstelligen könnten«, flüsterte Natalia. »Diese Macht würde uns von den Fesseln befreien.«

Sie liebte diese hohlen Phrasen, die jeder zweitklassige Prediger von der Kanzel zu schmettern vermochte. So war Natalia schon immer gewesen, einfach vom Geiste, doch hartnäckig, wenn es darum ging, ein Ziel zu verfolgen.

»Vielleicht hast du recht.«

Ein Lächeln erhellte das Antlitz Natalias. »Dann machen wir also weiter?«

»Das tun wir.«

»Dann schlaf jetzt.« Natalia löschte die Kerze und drehte sich zur Seite.

Stille zog herauf, nur unterbrochen von den gleichmäßigen Atemzügen der Gefährtin. Atemzüge, die zu einem Röcheln wurden, als die Klinge über ihre Kehle fuhr. Augen voller Entsetzen schimmerten in der Dunkelheit, sie strampelte.

»Ja, ich habe etwas gesehen. Und es verändert alles.«

Das Zucken endete, der Tod kam.

»Doch es wird noch viele Jahre dauern, Vorbereitungen müssen getroffen werden.«

Natalias Augen starrten gebrochen in die Dunkelheit.

Das Schicksal kannte kein Erbarmen.

I

Der Kreis des Schicksals

1.

BLIZZARD GEFÄLLIG?

Er hasste es, wenn sie das tat.

»Juhuu, Nicholas, größter Magier aller Zeiten. Du brauchst heute aber ganz schön lange.« Janes Stimme hallte als Echo über das Trainingsgelände.

Sie wusste genau, wie sie ihn zur Weißglut treiben konnte.

Die Umgebung machte es nahezu unmöglich, einen Magier zu finden, der sich auf Trugbilder verstand. Eine weite Ebene ging in dicht bewaldetes Gebiet über. Dahinter lag ein See, auf dessen gegenüberliegender Seite das Sumpfgebiet begann.

»Sie will es uns noch mal zeigen.« Wie immer flüsterte Matt bei den Testkämpfen.

»Dir ist aber schon klar, dass sie sich versteckt und nicht wir«, stellte Nic klar. »Du darfst in normaler Lautstärke sprechen.«

»Sorry.« Matts Gesicht nahm einen zerknirschten Ausdruck an. Nics bester Freund ähnelte äußerlich einem Wikinger – blonder Hüne mit breiten Schultern und einem Dreitagebart. Innerlich war er eher ein Plüschteddy.

»Schaffst du noch einen *Dunklen Schlund?*«, wollte Nic wissen.

»Klar. Aber ohne Ziel …«

Ein *Dunkler Schlund* ließ die Erde beben und schuf, wenn er nicht abgebrochen wurde, tiefe Spalten und Risse. Zu Beginn ein häufiges Mittel in den Kämpfen, um gegnerische Mannschaften aus dem Versteck zu locken. Matt war ein Ass, wenn es um diesen Zauber ging.

Bedauerlicherweise wusste Jane das. Bisher hatte kein abrupter Erdrutsch sie aus der Versenkung holen können. Deshalb ließen die Lehrer sie so gern gegeneinander antreten, weil sie die Stärken und Schwächen des jeweils anderen kannten. Glücklicherweise war dies heute zum letzten Mal der Fall.

»Wie macht sie das?!« Nic fluchte innerlich. »Keine Spur von Wirbeln.« Er glitt wieder in den zweiten Blick.

In diesem konnte er die Magie ringsum sehen. Wie silbriger Staub war sie überall, durchdrang die Luft und lag auf Pflanzen, Gegenständen und sogar Menschen. Sein wasserblauer Anima-Stein, den er eingefasst in einem Ring an der rechten Hand trug, ermöglichte nicht nur die Wahrnehmung von Magie, dank ihm ließ sie sich auch benutzen. Doch wo sie abgesogen wurde, hinterließ sie Wirbel, manchmal sogar Löcher, bis hin zu toten Zonen. Letzteres regenerierte sich nicht mehr, weshalb jeder Magier dazu angehalten war, Magie nur in Maßen abzuschöpfen.

Hätte Jane ein Trugbild eingesetzt, um ihren Aufenthaltsort zu verschleiern, hätte das auf lange Sicht die Umgebung in Aufruhr versetzt. Leider war nichts davon zu sehen.

»Sieht so aus, als würde sie gewinnen.« Matthew deutete auf die Sanduhr, die über ihnen schwebte. Die Körner darin waren fast alle durchgelaufen. »Gönnen wir es ihr.«

»Nein, das tun wir nicht!« Beinahe hätte Nic aufgestampft, was natürlich total kindisch gewesen wäre. Beim Anblick der Sanduhr kam ihm ein Gedanke.

Er fixierte eine Stelle in der Luft und stellte sich vor, wie die Magie in den magischen Stein floss. Sein Anima glühte, als der flirrende Silberstaub in ihn hineingesogen wurde.

Um seinen Plan in die Tat umzusetzen, benötigte er einen ganz bestimmten Zauber. *Engelsflügel.*

Nic vollführte die vorgeschriebenen Bewegungen, um die Magie zu weben. Für einen Nichtmagier sah es so aus, als fuchtele ein Bühnenzauber mit den Fingern durch die Luft. In Wahrheit verwob er die Magie des Anima zu einem magischen Symbol, das die Wirklichkeit für kurze Zeit umformte.

Eine schimmernde Aura legte sich um seinen Körper, nur in der zweiten Sicht wahrnehmbar. Die wellenartigen Auswüchse zu beiden Seiten hatten dem Zauber die Bezeichnung *Engelsflügel* verliehen.

Elegant wie ein Adler stieg er in die Höhe. Matthew bezeichnete Nics Flugkünste immer als »die betrunkene Taube machen«, doch schließlich kam es auf das Ergebnis an. Von hier oben konnte er das gesamte Trainingsgelände überblicken. Und tatsächlich, da war etwas anders als bisher.

»Netter Versuch«, flüsterte Nic. »Aber so clever bist du eben doch nicht.«

Jane hatte kurzerhand auf Magie verzichtet und sich eingegraben. Er konnte die Stelle genau sehen, an der das Gras einen anderen Farbton trug. Sie hatte das Survivaltraining etwas zu ernst genommen.

Nic wechselte zurück in die normale Sicht.

Die letzten Körner der Sanduhr rieselten herab.

Um zu gewinnen, musste Nic Jane direkt gegenüberstehen und sie berühren. Er jagte in den Sturzflug, kam viel zu schnell auf und überschlug sich mehrfach. Mit Kratzern und Schrammen hechtete er auf jene Stelle zu, die sich von der Umgebung unterschied.

»Hab dich!«, brüllte er und durchstieß mit seinem Finger die Erde.

Im nächsten Augenblick wirbelte die Umgebung um ihn herum wie ein Brummkreisel. Oben wurde zu unten, Grün zu Blau. Sie hatte einen *Fuggers Reise* auf die Stelle geworfen. Ganz im Sinne des berühmten Kaufmanns, dessen Schiffe in Windeseile um die Welt gesegelt waren, wurde Nic auf einen von Jane bestimmten Zielpunkt gezogen. Er fand sich in der Luft wieder, direkt über dem See.

Schreiend fiel er in die Tiefe und versank im Wasser, nur um strampelnd an die Oberfläche zurückzukehren. Hustend spuckte er brackige Brühe und Flüche.

»Nicht schlecht«, erklang die Stimme von Jane.

Er konnte das Grinsen darin hören und hegte Mordgedanken.

Sie saß gemütlich auf dem Holzsteg, streifte sich soeben ihren Tarnanzug ab und genoss die Sonne. Dass sie nur einen hauchdünnen Slip trug, war ihr egal.

»Sieht so aus, als gehöre der Finalsieg mir«, säuselte sie. »Bist du sehr wütend?«

»Nein!«, brüllte er und schluckte prompt wieder Wasser.

Mittlerweile hatte auch Matt den Anlegesteg erreicht. »Das war nicht nett.«

»Nic freut sich über die Abkühlung, stimmts?!«, rief sie herüber. »Das nächste Mal hänge ich einen Zauber an, der dich *nackt* ins Wasser katapultiert. Besser?«

Nein, das war es nicht! Denn es würde kein nächstes Mal geben. Nics Wut verrauchte und auch Janes Stimmung schlug um. Als er sich endlich bis ans Ufer vorgearbeitet hatte, wob sie einen schnellen Wärmezauber, der ihn trocknete. Sie trug ihren jadegrünen Anima-Stein eingeflochten in eine Lederschnur um den Hals.

»Danke«, sagte er leise.

»Schon okay.« Jane schlüpfte wieder in ihre Kleidung.

Schweigend trotteten sie zurück zum Zentrum, nahmen die Glückwünsche entgegen und verließen das Areal. Die Abschlussprüfungen waren längst erledigt, die Urkunden übergeben. Doch es war Tradition, dass die Schüler ein letztes Mal einen Kampf ausfochten, bevor der nächste Schritt auf ihrem Weg begann. Einer, der sie trennen würde.

»Noch jemand Lust …«, begann Matthew.

»Ja«, unterbrachen Nic und Jane gleichzeitig, worauf sie alle breit grinsten.

Das Skydive zu finden, war längst eine Fingerübung. Schülern im ersten Jahr gelang der Lokalisierungszauber nie, erst im zweiten fanden vereinzelte Grüppchen den verborgenen Treffpunkt. Alle paar Stunden sprang die Cafébar von einem Ort zum anderen und wirkte, als habe jemand ein absolut gewöhnliches, nichtmagisches Café aus einem Gebäude herausgeschnitten. Glücklicherweise sprang der Portalspiegel stets mit.

Sie schlenderten über einen asphaltierten Weg am Rande des Geländes und erreichten die magische Barriere. Der Spiegel stand im Übergangsbereich.

Matthew hob seinen linken Arm, an dessen Handgelenk ein breites Lederarmband den Anima beherbergte. Er blickte konzentriert auf

die gläserne Fläche und berührte dann mit dem blutroten Stein den Rahmen.

»Und, wo geht es hin?«, fragte Nic.

»Uh, nice. Ich sage nur: hoher Norden.« Matthew strahlte, was nie ein gutes Zeichen war, wenn es um Temperaturen ging. Er liebte Kälte.

»Ich bin begeistert.« Die Ironie in Janes Stimme war nicht zu überhören. »Wollen wir nicht zu irgendeinem Strand spiegeln?«

»Komm schon, ein letztes Mal Skydive.«

Ohne abzuwarten, trat Nic durch das Spiegelportal. Es fühlte sich an, als trete er durch eine stehende Wasserfläche, nur war er danach nicht nass, stattdessen stand er in einem Blizzard. Zumindest kam es ihm so vor.

Schnell sog er mit seinem Anima Magie aus der Umgebung und erschuf eine schützende Wärmeblase.

Hinter ihm schwappte es.

»Das ist nicht hoher Norden, das ist der Nordpol!« Der Blick, den Jane Matt zuwarf, nachdem sie ebenfalls für Wärme gesorgt hatte, hätte auch von einer Mutter an ihren Teenager-Spross gehen können.

Das Skydive schwebte in einigen Metern Entfernung unverrückbar zwischen den Gewalten. Sie legten die Distanz in einem kurzen Sprint zurück und als sie durch die Front traten, wechselte Jane bereits wieder erste Worte mit Matt.

Von außen klaffte ein gewaltiges Loch in der Front der Cafébar, von innen blickten sie durch deckenhohes Glas. Ein sauberes Trugbild. Leuchtende Nebelsphären glitten durch den Raum und spendeten den Anwesenden Licht, die auf Stühlen, Bänken, in Hängematten oder Schwebesesseln saßen.

Gemeinsam nahmen Jane, Matt und Nic in der üblichen Ecke Platz. Für die Schüler der unteren Jahrgänge standen noch Klausuren an, weshalb nur vereinzelte Grüppchen aus Absolventen herumsaßen. Einige lachten, andere blickten trübsinnig in ihre Gläser.

»Ich hole uns was.« Jane sprang auf.

Das Skydive war vor einigen Generationen von einem Schüler erschaffen worden. Seitdem wurde es stets von einem Rat aus Vertretern der einzelnen Jahrgänge geführt – die Frischlinge ausgenommen. Getränke standen bereit, doch es herrschte Selbstbedienung.

Nic kümmerte sich um ein zusätzliches warmes Licht, Matt ließ ein wenig Magie in die Kissen sickern, um sie fluffiger zu machen, und Minuten später saßen sie in gemütlicher Runde zusammen, als handele es sich um einen typischen Tag nach einem typischen Training.

»Ich habe keine Lust auf daheim.« Jane rieb sich die Augen. »Welcher Idiot denkt sich diese Regeln eigentlich aus? Achtundvierzig Stunden ohne Magie im Kreise der Familie.«

»Sie wollen uns etwas Gutes tun«, beantwortete Matt die rhetorische Frage. »Meine Eltern wollen mit mir in den irischen Bergen wandern gehen.«

»Boah, du bist so ein Naturbursche«, gab Jane zurück und nippte an ihrem Wizard of Oz. »Es gibt einfach niemanden, dessen Augen leuchten wie ein Anima, sobald das Wort ›zelten‹ fällt. Oder ›wandern‹.«

Nic grinste in sich hinein. Er würde die ständigen Wortgefechte zwischen seinen Freunden vermissen.

»Was hat deine Mum mit dir vor?«, fragte Nic. »Maniküre und Pediküre?«

Jane verdrehte die Augen. »Vermutlich. Damit ich bei der Zeremonie auch hübsch aussehe und ein Zauberer mit einem richtig großen …«

Nic grinste.

»… Anima – Nicholas Ashton, ich will nicht wissen, was du wieder gedacht hast – auf mich aufmerksam wird. Ich hasse es jetzt schon!«

Matts Wangen färbten sich rot. Obwohl er im letzten Jahr eine kurze Affäre mit einem anderen Magier aus ihrer Stufe gehabt hatte, war es übers Knutschen nicht hinausgegangen. Und obgleich Jane und Nic beständig schmutzige Witze auf ihn abfeuerten, härtete ihn das kaum ab.

»Wie steht es bei dir?«, fragte Matt. »Wird doch bestimmt toll, deinen Dad und deine Brüder mal wieder zu sehen.«

Nic stöhnte auf. »Ja klar. Die beiden sind so intelligent wie ein Vakuum und werden sich riesig darüber freuen, dass ich jetzt den Achtundvierzigstünder machen darf. Zwei Tage ohne Magie, wer hat sich diesen Mist nur ausgedacht? Das wird die Hölle. Und Dad wird sowieso nicht da sein. Als Ratsmitglied hat er wichtige Aufgaben. Immer.«

Sie nippten schweigend an ihren Getränken.

»Was denkt ihr, wo stecken sie uns hin?«, sprach Jane schließlich den Elefanten im Raum an. »Schattenläufer fände ich cool.« Sie starrte versonnen durch die Glasfront hinaus in das dichte Schneegestöber. »Dann bräuchte ich nicht mehr die blöden Spiegel und könnte einfach in einen Schatten eintauchen und aus einem anderen weit entfernt wieder heraus. Dazu gäbe es ständig Action.«

»Ein Taxi namens Jane«, frotzelte Matt. »Du darfst die hohen Ratsmitglieder zu ihrem Ziel bringen.«

Nic kicherte. »Mein Dad wird sich freuen.«

»Lacht nur. Ich wette, Matt landet bei den Achtern.«

Was niemanden gewundert hätte. Das 8. Haus gehörte den Seelenheilern und Matt besaß nun einmal eine sehr emphatische Seite.

»Ich werde zu einem Zwölfer und dann passt ihr besser auf.« Matt grinste gespielt böse – was bei ihm nicht funktionieren wollte.

Das 12. Haus mit den Nichtsschaffern jagte jedem Magier einen Schauer über den Rücken. Mit ihrer speziellen Gabe konnten sie eine tote Zone erschaffen. Im dritten Jahr der Akademie hatten sie alle einen Ausflug zu einer solchen unternommen. Sie war entstanden, weil die Magier in der Umgebung alles maßlos aufgesaugt und mit ihrem Anima zu Zaubern verwoben hatten. Für eine Regeneration war es zu spät und so blieb die tote Zone permanent. Die Zwölfer konnten einen Magier mit einer Sphäre umhüllen, die eine solche Zone erschuf und ihn von jeder Magie abschnitt.

»Lass den Grübler stecken, Nic«, befahl Jane. »Wir haben doch sowieso keinen Einfluss. Das Talent wird enthüllt, wir landen im Haus und zack.« Sie winkte ab. »Egal, wo wir letztlich zugeteilt werden, solange wir in Kontakt bleiben, ist alles gut.«

So wie der Anima bereits einem Baby in die Wiege gelegt wurde, damit er sich ausformte und ein Band geschaffen wurde, so reifte auch das Talent. Angeblich wechselte es im Verlauf der Pubertät ständig und wurde deshalb erst nach dem Ende der Akademiezeit enthüllt. In einer feierlichen Zeremonie brachen die versammelten Vertreter der 12 Häuser das Siegel.

Am Nebentisch fiel einer ihrer Mitschüler heulend in die Arme seiner Freundin, der ebenfalls Tränen über die Wange liefen.

»Genau deshalb geht man hier keine Beziehung ein«, kommentierte Jane trocken. »Am Ende gibt das nur Rumgeheule.«

»Aber sie hatten eine schöne Zeit«, gab Matt zu bedenken.

»Und Spaß«, warf Nic ein.

Die Schulzeit in der magischen Akademie war eine Zeit der Höhen und Tiefen. Jane hatte vor einer Woche ihren einundzwanzigsten Geburtstag gefeiert, Matt vor zwei Tagen. Nic war der Letzte aus ihrer Runde, sein Geburtstag war morgen. Vierundzwanzig Stunden später fand die Zeremonie statt.

Bei dem Gedanken, diesen Tag mit seinen Brüdern verbringen zu müssen, hätte Nic am liebsten einen Blizzard über North Bay geschickt. Wobei es dort gerade nicht viel wärmer war als hier.

»Wir könnten uns heimlich von den Häusern erzählen«, schlug Jane vor. »Es muss ja niemand merken.«

»Die sind zehnmal so gut darin, Flüche auszusprechen, wie wir«, gab Nic zurück. »Das merken die sofort. Oder warum sind die ganzen Geheimnisse bis heute nur innerhalb der Häuser bekannt?«

»Du könntest deinen Dad fragen, ob er uns eine Ausnahmegenehmigung erteilt«, schlug Matt vor und nippte an seinem Virgin Potter.

»Tolle Idee. Und du könntest nackt in den Blizzard rennen, das hätte genauso viel Aussicht auf Erfolg.«

Niemals würde sein Vater bei so etwas zustimmen. Er war ein regelversessener Bürokrat! Doch soweit Nic wusste, hatte die Geheimniskrämerei in den Häusern primär mit Eifersucht zu tun. Niemand wollte seine Geheimnisse mit den anderen teilen. Nur Prunk, Erfolge und Erfindungen wurden hinausposaunt.

Ihr Gespräch plätscherte dahin und irgendwann wurde es still. Immer mehr Schüler verabschiedeten sich, um das Skydive mit einem letzten Blick zurück zu verlassen. Die Traurigkeit ließ sich nicht länger verdrängen und ihre Stimmung sackte ab.

»Wir sollten wohl«, sagte Jane irgendwann leise.

Sie trotteten zum Ausgang.

Nic zog sein Wärmeschild enger, denn der Blizzard hatte an Stärke zugenommen. Wohin die Cafébar wohl als Nächstes sprang? Die schwebende Sanduhr über der Theke war fast durchgelaufen. Sie hätten warten können, doch irgendwie fühlte es sich richtig an, jetzt zu gehen.

Er blickte ein letztes Mal in die Ecke, in der sie so viele Abende verbracht, gelacht, gelästert, gestritten und getratscht hatten.

»Jetzt nicht heulen, Nici«, frotzelte Jane, obwohl es in ihren Augen gefährlich glänzte.

»Du mich auch«, gab er zurück.

Dann lagen sie sich in den Armen. Matt stand mit hängenden Schultern und in die Tasche geschobenen Händen daneben, bis sie ihn in die Umarmung zogen.

»Wir sehen uns in zwei Tagen bei der Zeremonie. Außerdem gibt es ja Weihnachten und Feiertage.« Abrupt ließ Jane los und ging ohne einen Blick zurück zum Spiegel – und durch ihn hindurch.

Mit einer letzten, festen Umarmung tat Matt es ihr gleich, justierte das Portal neu und war mit einem Schritt daheim.

Innerlich wappnete sich Nic. Er ließ seinen Blick über das dichte Schneegestöber und die Silhouette des Skydive gleiten, von dem nichts mehr zu sehen war. Gleich würde es springen.

»Mach's gut«, flüsterte er.

Sein Anima glühte wasserblau, als er damit den Rahmen berührte, Magie aus der Umgebung zog und mit der Essenz des Netzwerks verwob. In seinem Geist erschien die Zielstation. Ein Schritt und er wäre daheim in Kanada.

Er kehrte nach Hause zurück.

2.

HOME SWEET HELL

Der Regen prasselte gegen die Scheiben, vor denen sich dichtes Geäst im Wind bog.

Nic blieb gerade noch ausreichend Zeit, »Na super« zu sagen, da prallte bereits ein überdimensionales Fellknäuel gegen ihn. Polternd ging er zu Boden.

»Lila.« Freudig umarmte er die Labradorhündin, die herumsprang, sich kraulen ließ und dann doch nicht still sitzen konnte.

»Bilde dir nur nichts ein«, kommentierte Jason. »Sie hat nur Hunger. Wenn wir Glück haben, verspeist sie dich.«

Nics älterer Bruder lehnte mit verschränkten Armen im Türrahmen und blickte mit geschürzten Lippen auf ihn herab. Ihm verdankte Nic, dass Lila auf die Worte ›doofer Nic‹ bellend um ihn herumsprang. Sein Bruder hatte das total lustig gefunden, ihre Mum weniger, weshalb Jason jeden Putzzauber in- und auswendig beherrschte.

»Willst du nicht lieber schlafwandeln gehen?«, erwiderte Nic. »Darin hast du doch Übung.«

»Das werden lustige zwei Tage.« Jason lachte auf und schlurfte in die Küche.

Das Ritual hatte ihn dem 5. Haus der Traumwandler zugeteilt. Abgesehen von der Tatsache, dass sie Träume durchstreifen konnten, taten sie nicht viel. Auf entsprechende Nachfragen nach ihrem sonstigen Tun gab Jason keine Antwort.

Mit Lila, die Nic nicht von der Seite wich, betrat er ebenfalls die Küche. Noch heute war dies sein Lieblingsraum im Haus. Der Duft von Kaffee vermischte sich mit dem von Tee und Ahornsirup. Getrocknete Kräuter lagen in einer getöpferten Schale und auf dem Herd köchelte eine Kürbissuppe.

»Wo sind Mum und Dad?«

»Dad hat Wichtigeres zu tun, als hier rumzusitzen«, kommentierte Jason, während er abwechselnd seinen Tee schlürfte und in irgendeinem Magazin blätterte.

»Frag ihn doch das nächste Mal, ob er dich mitnimmt. Du tätest uns allen einen großen Gefallen.«

Jasons hob seinen Blick. »Seit wann kannst du kontern?«, fragte er verblüfft.

Die altbekannte Wut über seinen Bruder stieg in Nic empor.

»Ah, ein Zufallstreffer.« Jason grinste und wandte sich wieder dem Magazin zu.

Ohne lange nachzudenken, sog Nic mit seinem Anima Magie aus der Umgebung und wob einen kleinen, aber gemeinen *Arktischen Wind*, den er mit *Bittere Distel* verwob. In der Schule gehörte er zum Standardrepertoire des ersten Jahrgangs.

Während er lächelnd davonging, brüllte sein Bruder hinter ihm auf. Was ein simpler Geschmacksvariationszauber und eine ordentliche Portion eisige Kälte mit einem Tee machen konnten, war erstaunlich.

»Du elender …«

Nic verzichtete darauf, sich noch mehr anzuhören, und sprang die Treppenstufen hinauf. Natürlich hatte er bereits als Teenager gelernt, Schutzzauber über sein Zimmer zu werfen, genau wie seine Brüder. Dort war er sicher. Unter ihm polterte es, Jason kam angerannt.

Vorbei an lächelnden Familienfotos, einem Farn, der wirklich immer im Weg stand, und achtlos abgestreiften Schuhen, rannte Nic in sein Zimmer. Praktischerweise war die Tür schon geöffnet. Dass sein Gepäck aus der Schule hierhergebracht worden war – genau hinter die offene Tür –, verdankte er vermutlich Jason. Mit einem Aufschrei stürzte Nic über den Koffer und knallte frontal gegen den Schreibtisch.

Aus dem Gang erklang Lachen. »Ich wollte dir noch sagen, dass dein Gepäck angekommen ist.«

Jasons Schritte entfernen sich.

Murrend raffte Nic sich wieder auf. Der Spiegel neben seinem Schreibtisch enthüllte eine kleine Platzwunde. Da er sein dunkelblondes Haar mittellang trug, waren einige Strähnen blutverklebt. Schnell heilte er die Wunde und trottete in das Bad im Nebenraum, um sich das Blut abzuwaschen.

Erst dann sank er auf das Bett und atmete durch.

Sein Zimmer sah so aus, wie er es vor wenigen Wochen verlassen hatte. An den Wänden hingen Poster von Feist und Arcade Fire, daneben eine Fotocollage seiner Freunde. Sogar das Bett roch noch nach ihm, tief unter dem Weichspüler.

Nic kickte seine Sneaker durch das Zimmer und trat vor das Fenster. So richtig konnte er es noch nicht glauben. Morgen würde er seinen einundzwanzigsten Geburtstag feiern und damit endgültig volljährig werden. Der Gedanke, dass nach all den Jahren des Lernens von Basismagie endlich sein Talent hervortreten würde, jagte einen Schauer durch seinen Körper.

Vor dem Fenster erfasste der Wind die Schaukel und ließ sie hin und her pendeln. Der Ast, an dem das Holzbrett mit zwei Tauen befestigt war, erzitterte.

Dass sein Elternhaus am Waldrand stand und in der Ferne der Lake Nipissing zu sehen war, hatte er erst zu schätzen gelernt, als man ihn in die Akademie brachte. Wie alle wichtigen Institutionen der magischen Welt, wusste auch von der Schule niemand, wo sie – örtlich gesprochen – zu finden war. Hätten die Lehrer die Spiegelverbindung abgeschaltet, wäre keiner der Eltern dazu in der Lage gewesen, die Schule hinter ihrem Schleier zu finden.

Aus genau diesem Grund waren alle Fluchtversuche Nics erfolglos geblieben. Nach der ersten Woche hatte er damit begonnen, sich einzuleben, und einzig Matt und Jane war es zu verdanken, dass er nicht als Außenseiter geendet hatte. Der kleine arrogante Sohn eines

Ratsmitgliedes, das dachten sie alle und ließen es ihn spüren. Würde es in seinem neuen Haus auch so sein?

»Es gibt Essen!«, brüllte Jason und riss Nic damit aus den trüben Gedanken.

Seufzend erhob er sich. Die Treppenstufen knarzten vertraut, als er hinabstieg. Das warme Lächeln seiner Mutter begrüßte ihn. Ohne ein Wort zog sie ihn in ihre Arme. Er legte den Kopf auf ihre Schultern und in diesem Augenblick kam er *wirklich* zu Hause an.

»Peinlich«, flötete Dustin.

Nics ein Jahr jüngerer Bruder hatte seine Prüfungen für dieses Jahr ebenfalls abgeschlossen. Für ihn begann nächstes Semester das Abschlussjahr. Beinahe hätte er noch zwei Wochen länger bleiben müssen, weil er seine Klausur in *Magisches verweben 4* verschlafen hatte. Ohne die Einsicht der Lehrer, dass ihm jemand einen Streich gespielt hatte, hätte sich Nic nur mit Jason herumschlagen müssen.

Hoffentlich erfuhren Nics Eltern nie, dass er für den Streich verantwortlich war, der Dustin beinahe ferngehalten hätte.

»Ich wusste gar nicht, dass hier ein Spiegel hängt«, patzte Nic zurück.

»Ich meinte deine Umarmung.«

Nics stöhnte innerlich auf. »Das ist mir klar. Du bist echt nicht der Hellste.« Er verzichtete darauf, seinem Bruder die Beleidigung zu erklären.

»Benehmt euch.«

Seine Mutter musste nicht einmal die Stimme heben. Sie war eine jung gebliebene Frau Ende vierzig mit glänzenden Locken und gütigen Augen. Ihre Stimme allerdings konnte schneidend wie ein Rasiermesser sein. Sofort setzte sich Jason kerzengerade an den Tisch, Dustin sank schweigend auf den Platz daneben.

»Irgendwann musst du mir den Zauber beibringen«, flüsterte Nic.

»Du kannst mir die Teller bringen«, gab sie freundlich zurück.

»Sollte ich nicht irgendwie der Ehrengast sein, oder so?«

Keine Antwort war auch eine Antwort.

Die Suppe roch nach Würze und Heimat, Kürbis und Liebe. Natürlich sprach er das nicht laut aus, doch sein Magen schlug einen freudigen Purzelbaum, als sie endlich saßen und er den ersten Löffel zum Mund führte.

»Wo ist Dad?«, fragte Nic.

»Ratsgeschäfte«, erwiderte seine Mutter knapp. »Du weißt, er …«

»Schon gut.«

Sie schenkte ihm ein angedeutetes Lächeln, in dem eine Prise Traurigkeit mitschwang.

Das Abendessen verlief friedlich, sah man von den üblichen Wortgefechten ab, die seine Brüder sich lieferten oder mit ihm ausfochten. Ein Blick auf die Uhr verriet ihm, dass sein Geburtstag in vier Stunden begann. Nic ging jede Wette ein, dass die beiden Geschwistermonster sich etwas hatten einfallen lassen, um ihn zu ärgern.

Glücklicherweise gehörte es zum Brauch, dass sein Geburtstag erst im Morgengrauen begann. Sie würden also nicht hineinfeiern. Nach dem Essen verschwanden Jason und Dustin. Seine Mutter stellte ihm Fragen zur Akademie, Jane und Matt und wollte wissen, welches Haus er sich erhoffte.

»Für mich war es auch schwer«, sagte sie. »Du lässt dein gesamtes Leben für vier Jahre zurück, so lange verschreibst du dich dem Haus. Natürlich haben wir uns alle hoch und heilig versprochen, dass wir in Kontakt bleiben. Aber wenn du erst einmal in deinem Haus bist, lernst du neue Leute kennen, findest neue Themen, die dich interessieren. Dein Blick auf die magische Welt wird ein völlig anderer sein.« Sie seufzte. »Die Konkurrenz zwischen den Häusern sorgt automatisch dafür, dass man über gewisse Themen nicht spricht. Nur wenige Freundschaften überstehen das.« Sie berührte sanft Nics Arm. »Jane, Matt und du, ihr werdet es schaffen, da bin ich sicher.«

Nick fragte sich, wie sie das immer wieder tat. Sie wusste stets, was er dachte, sah es ihm irgendwie an. »Ist schon okay.« War es nicht, aber was sollte er sagen?

Sie lächelte und das genügte.

Während sein Vater sehr schnell Karriere in der magischen Welt gemacht hatte, hatte seine Mutter nur die Pflichtjahre im Haus der Pflanzensprecher abgeleistet. Danach hatte sie ihre Pflanzenmagie privat angewandt, um einen wunderschönen Garten zu schaffen, das Haus mit Leben zu erfüllen und sie drei aufzuziehen. Nebenbei schrieb und illustrierte sie Kinderbücher für einen kanadischen Verlag.

Die Zeiger der Uhr tickten leise und als sein Geburtstag nur noch zwei Stunden entfernt war, verabschiedete er sich mit einem Kuss von seiner Mutter und ging nach oben ins Zimmer. Die Müdigkeit kam so schnell, dass er nur noch Hose und Pullover abstreifte und unter die Bettdecke kroch.

Der Schlaf umfing ihn wie ein wärmender Schein, um den herum ein Blizzard tobte. Er ließ sich in seine Träume fallen, wo Jason und Dustin ihn verfolgten, aber Jane und Matt zur Rettung eilten. Doch das Haus, in das sie flüchteten, stürzte ein. Nic stand vor den Trümmern und wuchtete verzweifelt Steine beiseite, um seine beiden besten Freunde zu retten. Nie zuvor hatte er sich derart machtlos gefühlt.

Er öffnete abrupt die Augen. Sein gesamter Körper stand unter Spannung, doch er streifte die Angst ab und handelte nach tausendfach trainierten Reflexen. Während der letzte Schutzzauber seines Zimmers fiel, sprang er in die Höhe, riss die Arme empor und wob in Gedanken einen *Mystischen Schild.*

Vergeblich wartete er darauf, dass die Wirklichkeit sich umformte und die schillernde Fläche mit den Glyphen entstand. Er konnte die Magie nicht sehen, die zweite Sicht gelang nicht …

Entsetzt realisierte er, dass sein Anima nicht reagierte. Natürlich trug er den Ring aus ziseliertem Titan. Das Metall formte Ornamente aus, die den blauen Saphir umhüllten. Doch Letzterer blieb kalt und blass.

»Ausgezeichnete Reflexe, Nicholas«, begrüßte ihn sein Vater. »Heute wird die Magie sich dir jedoch widersetzen. Die Nichtsschaffer haben ein totes Feld um dein Anima gelegt, du kannst keine Magie verweben.«

»Hallo, Dad«, gab Nic nur zurück.

Was sollte er auch sagen? Abgesehen von Weihnachten und Geburtstag sah er seinen Vater lediglich in den Nachrichten und las über ihn in diversen Artikeln von Gegnern oder Unterstützern des Rates. Dass Politik schmutzig war, hatte Nic Zeile für Zeile gelernt.

»Ich beglückwünsche dich zu deiner Volljährigkeit«, erklärte sein Vater mit der ihm eigenen britischen Steifheit.

Wie immer sah er aus, als sei er frisch aus der Reinigung zurückgekehrt, wo jemand seine Weste gebügelt und gestärkt hatte, während er noch drinsteckte. Der Vollbart war perfekt gestutzt, das Haar akkurat geschnitten. Die Kette einer Taschenuhr lugte aus der Weste hervor.

»Danke.« Nicht die hellste Erwiderung, aber was sollte er auch sagen? Der Mann vor ihm war praktisch ein Fremder.

»Folge mir bitte.«

Ohne abzuwarten, verließ sein Vater das Zimmer, die Stufen knarzten. Nic schlüpfte in seine Jeans und rannte los, noch während er den Gürtel schloss, was beinahe zu einem peinlichen Treppensturz geführt hätte. Ein würdiger Start für einen einundzwanzigsten Geburtstag, wie Jason und Dustin zweifellos bestätigt hätten. Sein Vater schritt mit kerzengeradem Rücken aus, durch die Eingangshalle, vorbei am Spiegel in sein Büro.

Das verbotene Büro!

Auf diesem Raum lagen so viele Schutzzauber, dass nicht einmal der Dämon persönlich sie hätte durchdringen können. Natürlich hatten sie es als Kinder immer wieder erfolglos versucht. Dieses Mal stand die Tür offen und sein Vater wartete geduldig, bis Nic eingetreten war.

»Was tun wir hier?«, fragte er mit krächzender Stimme.

»Das werde ich dir offensichtlich gleich sagen«, kam es zurück und prompt fühlte sich Nic wieder wie ein Sechsjähriger, der eine ganz und gar dumme Frage gestellt hatte.

Der Raum bestand vollständig aus Regalen. Zumindest wirkte es so. Abgesehen von dem wuchtigen Schreibtisch, der die gesamte Raumbreite gegenüber der Tür einnahm, gab es nur deckenhohe Regale, die mit Wälzern vollgestopft waren. Nic erkannte das Standardwerk von Elias Manson über die Konsistenz und Regenerationsfähigkeit von Magie, aber auch Werke zu den magischen Talenten diverser Häuser und fortgeschrittene Theorien über vergessene Geschichte.

Sein Vater trat an den Schreibtisch, klappte den Kopf einer Büste zur Seite und betätigte einen darin verborgenen Knopf. Keine Magie wurde wirksam, stattdessen setzten sich simple Mechanismen in Gang. Eines der Regale teilte sich und gab eine dahinterliegende Kabine frei.

Fast hätte Nic erwartet, zwei Haltestangen vorzufinden, an denen sie in die Tiefe rutschen konnten. »Führt der in die Bathöhle?« Er bereute den Spruch sofort.

Schweigend bedeutete sein Vater ihm, die Kabine zu betreten. Anstelle eines Bedienungsfeldes mit Knöpfen war ein Hebel aus Mes-

sing in die Wand eingelassen. Die Wand dahinter war offen und gab den Blick auf allerlei Zahnräder frei. Sein Vater betrat die Kabine ebenfalls und drückte den Hebel klickend nach unten in die Aussparung, worauf die Räder sich drehten und die Kabine in die Tiefe sank.

»Weiß Mum hiervon?«, fragte Nic.

»Nein«, erklärte sein Vater. »Ja. Was ich meine: Ich habe es ihr nicht erzählt, doch deine Mutter ist zu schlau, als dass sie nicht wüsste, dass da etwas unter unserem Haus ist.«

Ja, das entsprach ganz der Art seiner Eltern. Manchmal fragte sich Nic, wie es möglich gewesen war, dass aus den beiden ein Paar wurde. Vermutlich hatte sein Dad sich geräuspert, worauf seine Mum das kurzerhand als ›Willst du mich für alle Zeit hegen und pflegen‹ missinterpretiert hatte.

Die Kabine kam mit einem Quietschen zum Halt. Wieder ratterten die Zahnräder, beide Türhälften zogen sich in die Wand zurück. Dahinter kam ein Raum zum Vorschein, der einem Jules-Verne-Roman hätte entsprungen sein können. In dem Fall wäre sein Vater der englische distinguierte Gentleman, der sich als wahnsinniger Wissenschaftler entpuppte.

Sicherheitshalber linste Nic zu ihm hinüber. Doch da war kein Wahnsinn in seinem Blick. Eher … Besorgnis. Aber das war unmöglich, sein Vater war niemals besorgt. Von starken Emotionen hielt er sich grundsätzlich fern.

»Du darfst die Kabine verlassen«, kam es prompt von links.

Zögerlich betrat Nic den Raum.

Auf einem Podest in der Mitte ragten drei seltsame Spulen empor, die aus Chrom und Zinn gegossen worden waren. Die Spitzen bildeten Steine verschiedenster Farbe, die von innen heraus glühten.

»Sind das Anima?!«

Und nicht nur das, die Steine leuchteten in den vertrauten Farben seiner Mum, Dustins und Jasons.

Sein Vater ging nicht auf die Frage ein. Stattdessen stolzierte er zu dem Schaltpult, das seitlich des Podestes aus dem Boden emporwuchs. Touchscreens waren darauf keine zu finden, stattdessen altmodische Hebel und Stellräder. Im Zentrum war eine Kugel eingelassen, von der die Hälfte hervorragte, ein silbriger Glanz ging davon aus.

Um die Anordnung herum standen Regale an der Wand, die mit zerfledderten Schriften gefüllt waren. Auf einer Werkbank lagen Gegenstände, die Nic auch bereits in den Laboren an der magischen Akademie gesehen hatte.

»Bitte stell dich zwischen die Chavale-Spulen.«

»Chavale-Spulen«, echote Nic fassungslos.

»Du solltest wissen, dass Egmont Chavale ein bedeutender Magier des 18. Jahrhunderts w…«

»Ich weiß, wer das ist! Ich meine, war«, patzte Nic. »Aber wieso stehen diese Spulen hier, haben Anima an der Spitze und warum soll ich mich in die Mitte stellen?!«

»Ist das nicht offensichtlich?« Sein Vater beäugte ihn mit hochgezogenen Brauen.

»Nein«, gab er die noch offensichtlichere Antwort zurück.

»Weil ich dein Vater bin und dich darum bitte.«

»Also das …« Wie harsch sein Dad sein konnte. »Hat das etwas mit meinem Geburtstag zu tun?«

»Stelle dich bitte auf die Plattform.«

Seufzend kam Nic der Aufforderung nach. »Und jetzt?«

»Nicht bewegen.«

Wunderbar, als hätte es in der magischen Akademie nicht genug Experimente gegeben. Zugegeben, viele davon hatten die Schüler unter sich durchgeführt, insbesondere Jane, Matt und er. Die Folgen waren nicht immer harmlos gewesen, aber der Krankenflügel besaß gemütliche Betten.

Es klackte stakkatoartig, als Nics Vater zahlreiche Schalter umlegte, Rädchen drehte und sich irgendwelche verborgenen Mechanismen in Gang setzten. Vermutlich hatte er seinen Sohn längst vergessen, der mit verschränkten Armen im Zentrum der Plattform stand.

Das Schimmern an der Spitze der Anima wurde heller. Ein Leuchten waberte durch die Luft, als hätte sich die Aurora Borealis des Pols kurzerhand zu einem Tanz eingefunden, zu Ehren von Nics Geburtstag.

Das Leuchten glitt herab.

Er ging davon aus, dass die echte Aurora Borealis weder auf der Haut brannte noch das Innere nach außen kehrte. Genau so fühlte es

sich jedoch an. Nic ging in die Knie, sein Körper zuckte, die Muskeln verkrampften. Er brüllte.

Sein Vater nahm davon keine Notiz, schien nichts anderes erwartet zu haben.

Irgendwann war es vorbei.

»Du Mistkerl«, krächzte Nic.

»Ich bitte dich, Nicholas, achte auf deinen Ton.« Sein Vater kam herbeigeeilt und hielt einen Abstand von zwei Schritten.

Vermutlich Sicherheitsdistanz, damit Nic ihm nicht die blank polierten Schuhe vollkotzte.

Als Nic seinen Magen endlich wieder unter Kontrolle hatte, erhob er sich zitternd. »Was war das?«

Sein Vater bückte sich und nahm einen Stein auf, der zuvor noch nicht dort gelegen hatte.

»Wo kommt der denn her?«, fragte Nic verdutzt. »Der sieht auch aus wie ein Anima.«

»Hör mir jetzt zu«, bat sein Vater mit einer so beschwörenden Stimme, dass Nic genau das tat. Er lauschte. »Du darfst mit niemandem über das hier sprechen. Du warst nie hier unten, diese Maschine existiert nicht. Verstehen wir uns?«

»Aber …«

»Mit niemandem! Schwöre es bei unserem Blut.«

Nic verdrehte die Augen. »Du weißt aber schon, dass das nichts Magisches ist, Dad?«

»Ich appelliere an deine Ehre.«

»Na dann. Von mir aus. Ich schwöre auf unser Blut, dass ich niemandem von dem Zeug hier erzähle. Habe ja sowieso keine Ahnung, was das ist.«

»Ausgezeichnet.«

»Ansichtssache. Jetzt sag, was ist all das hier?«

Verdutzt erwiderte sein Vater Nics Blick. »Natürlich werde ich dir das nicht sagen.«

»Was?!«

»Das heißt ›Wie bitte‹. Ich dachte wirklich, sie hätten dir auf der Akademie …«

»Das ist ja wohl das Letzte!«, brüllte Nic. »Ich nehme den Schwur zurück!«

»Einen Schwur kann man nicht zurücknehmen, Nicholas.«

»Ich tue es trotzdem!«

Kurzerhand ließ er seinen Vater stehen, trat in die Aufzugskabine und knallte den Hebel herab. Als die Türen sich endlich schlossen, atmete er auf. Alles, was er tun musste, war warten. Achtundvierzig Stunden, dann kehrte seine Magie zurück, das Talent war enthüllt und er konnte heimlich hierher zurückkehren.

Sobald sein Vater wieder auf wichtiger Mission für den Rat unterwegs war, würde er sich in Ruhe umsehen und selbst herausfinden, worum es dort unten ging.

»So leicht kommst du mir nicht davon.«

Wütend verließ er den Aufzug …

… und schlug der Länge nach hin.

3.

Und so was nennt sich Geburtstag

Hast du wieder Schattenboxen gemacht?«

Nic beschloss, jede Frage nach seiner aufgeplatzten Lippe zu ignorieren. Dieser Aufzug war definitiv nicht barrierefrei gebaut!

Wenigstens hatte Nics Mutter ihm freudestrahlend gratuliert. Auf dem Esstisch stand ein riesiger Geburtstagskuchen, eine dampfende Schale mit Milchkaffee erwartete ihn – edle Röstung – und strahlender Sonnenschein ließ das Grün vor dem Fenster leuchten.

Trotzdem vermisste er Matt und Jane.

Abgesehen von einem kurzen Geburtstagsgruß per Chat-App hatten sie seit fast vierundzwanzig Stunden nicht mehr miteinander gesprochen. Damit fehlte definitiv ein Teil der Familie. Er wollte mit den beiden ins Skydive spiegeln und gemeinsam Cocktails schlürfen. Ein kleiner Kampf auf dem Trainingsgelände wäre auch okay.

Stattdessen saß er seinen Brüdern gegenüber, deren Augen freudig leuchteten. Vermutlich stand ihm Furchtbares bevor. Vorsichtig nippte Nic an seinem Kaffee und spießte ein Stück Kuchen auf die Gabel. Er schmeckte ausgezeichnet, was Jason und Dustin furchtbar ärgerte.

»Hast du den Zauber nicht so ausgeführt, wie ich es dir gesagt habe?« Wütend funkelte Jason den kleinen Bruder an.

»Mach's doch selber«, patzte der zurück.

»Jetzt ist es ja wohl zu spät!«

Nic lehnte sich zurück, wünschte sich Popcorn herbei und beobachtete zufrieden, wie die beiden sich gegenseitig beschimpften. Kurz bevor es zu einer Essensschlacht kam, griff bedauerlicherweise ihre Mutter ein. Sie gönnte ihm auch gar nichts. Das abschließende Zwinkern machte ihm jedoch klar, weshalb der Zauber seiner Brüder nicht funktioniert hatte.

»Danke«, formte er lautlos mit den Lippen.

Sie nickte nur sanft.

Vielleicht würde der Tag doch nicht so schlimm werden. Auch ohne Magie und Freunde. Er könnte sich ein wenig umschauen, einen Streifzug durch die Heimatstadt machen.

Nach dem Frühstück schlüpfte er in Jeans, seine abgewetzten Converse und einen Hoodie. Vermutlich hätte sein Vater prompt einen Herzinfarkt bekommen. Den Westenfetisch hatte Nic nicht geerbt, was für eine Tragik. Gerade wollte er das Haus verlassen, als der Spiegelrahmen glühte. Jemand kam durch die Verbindung. Womöglich wollte Nics Vater ihm doch noch gratulieren und war nicht, wie vermutet, ohne ein Wort wieder abgehauen.

Stattdessen schob sich ein blonder Hüne durch die wabernde Fläche. »Herzlichen Glückwunsch.«

»Jetzt bin ich so alt wie du«, jubelte Nic und erwiderte die Umarmung seines besten Freundes. »Was tust du hier? Wolltest du mittlerweile nicht mit Rucksack und Wanderstock durch die Wildnis streifen?«

Matt zuckte leicht mit den Schultern. »Unsere Pläne sind ins Wasser gefallen, daher dachte ich mir, mache ich einen kleinen Ausflug nach Kanada.«

Erneut bemerkte Nic, wie sehr er seinen besten Freund im Alltag bereits vermisste. »Was ist passiert?« Als Matt sich zögerlich umsah, ergänzte er: »Ich wollte sowieso gerade los.«

Gemeinsam verließen sie das Haus und tauchten in den Wald ein. Über einen ausgetretenen Pfad liefen sie zur Küstenstraße, an der entlang sie bequem bis in die Innenstadt gelangten. Zwischen dichtem

Gestrüpp und Sonnenschein trat die Müdigkeit Matts noch deutlicher zutage.

»Sie suchen meinen Bruder.«

»Wer?«, fragte Nic und stieg vorsichtig über eine Wurzel.

»Abgesandte des Rates. Wächter. Heute Morgen sind sie aufgetaucht – durch die Schatten!«

Besucher, die ein Haus über Spiegel aufsuchten, wurden frühzeitig bemerkt. Deshalb kamen vor allem die Wächter des Rates oft mit Schattenläufern. Nichtmagier hätten dazu ›Stürmung eines Hauses‹ gesagt.

»Was hat er denn jetzt wieder angestellt?«

Matts Bruder war das schwarze Schaf der Familie. Er hielt sich an keine Regeln, hatte gerade so seinen Grunddienst in einem der Häuser abgeleistet und trieb sich seitdem überall und nirgends herum.

Matts Gesicht wurde bleich. »Sie behaupten … also …«

Es musste richtig schlimm sein, wenn Matt so zögerlich mit der Sprache herausrückte. Normalerweise brachte ihn nichts so schnell aus der Fassung. »Du kannst mir alles sagen, das weißt du.«

»Sie behaupten, er hätte sich mit den verbotenen Schriften befasst.«

Geschockt hielt Nic inne. »Das kann doch nicht sein. Matt?!«

Sein bester Freund zuckte nur betreten mit den Schultern. »Nein. Ja. Keine Ahnung. Ich habe ihn nur bei Familienfeiern gesehen und er hat kaum mehr etwas von sich erzählt. Sie haben in seinem Zimmer ein geheimes Siegel entdeckt, dahinter lag eine *Flammensenke*.«

In der Akademie hatten sie mehrfach solche Konstrukte gesehen, die Erschaffung war jedoch ein höheres Level und Teil des Studiums in den Häusern.

Erschuf ein Magier mit seinem Anima eine *Flammensenke*, brannten die Flammen sich in die Wirklichkeit, wodurch ein Loch darin entstand. Im Inneren konnten – umlodert von kaltem Feuer – Gegenstände deponiert werden. Ein Siegel verschloss das Ganze. Nichtmagier nannten es: Tresor.

»Aber das kann doch nicht sein«, flüsterte Nic.

»Sie sagen, dass es immer noch welche gibt, die *ihm* nacheifern wollen. Die alten Schriften beinhalten die mächtigsten Zauber.«

»Die den höchsten Preis kosten«, entgegnete Nic. »Du hast die Aufzeichnungen doch gesehen. Ein ganzes Dorf ist durchgedreht, als einer dieser Irren experimentiert hat.«

Wieder zuckte Matt nur mit den Schultern, was Nic übersetzte mit: Er ist mein Bruder.

»Schon klar. Sorry. Hast du eine Ahnung, wo er sein könnte?«

»Er hat es niemandem gesagt, vermutlich aus Angst, dass sie die Traumwandler einsetzen und so dahinterkommen.«

»Wenn es um den Dämon geht, versteht der Rat keinen Spaß.«

Mochte seine Herrschaft – das Regnum – auch schon lange vorüber sein, die Hinterlassenschaften sorgten immer wieder dafür, dass sich geheime Gruppierungen bildeten, die diese benutzen wollten. Der Rat achtete sorgsam darauf, dass dies nicht geschah. Die Wächter besaßen nahezu unbegrenzte Vollmachten, wenn es um dieses Thema ging.

Ein großer Teil der magischen Gemeinschaft war in den fünf schrecklichen Jahren des Regnums, die von 1866 bis 1871 angedauert hatten, getötet worden. Die schriftlichen Aufzeichnungen und konservierten Erinnerungen wurden noch heute den Schülern vorgeführt, damit das Grauen nie vergessen wurde. Leider schienen jene niemals auszusterben, die sich der alten Macht bedienen wollten, die in Schriften und Artefakten gespeichert war.

»Wie haben deine Eltern es aufgenommen?«

»Mum weint die ganze Zeit, Dad auch. Frag nicht. Das war schon an meinem Geburtstag so, als Mikael nicht aufgetaucht ist. Sie haben versucht, mir ein Geburtstagslied zu singen, aber Dad ist in Tränen ausgebrochen und dann war es eine Kettenreaktion. Hör dir mal ›Happy Birthday to You‹ in der Heulversion an.«

»Davon hast du gar nichts erzählt.«

Nic erinnerte sich daran, dass Matt sehr bedrückt zur Akademie zurückgekehrt war, nachdem er den Urlaubstag bei seiner Familie verbracht hatte. Auf Nachfragen hatte er immer nur irgendetwas gemurmelt und geschwiegen.

»Dachte halt, er ist nur mal wieder verschwunden«, sagte Matt kleinlaut. »Aber die Wächter nehmen das wohl sehr ernst.«

Sie erreichten den Waldrand und schlenderten gemeinsam in die Stadt. Zuerst schweigend, dann begann Nic den Fremdenführer zu spielen. Sie schlenderten vorbei an dem alten historischen Kino, das noch immer existierte. Dort hatte er seinen ersten Kuss bekommen. Leider hatte Nancy damals einen Freund gehabt, der eine Reihe weiter

saß, und als er herübersah, hatte sie Nic eine geknallt. Unschöne Geschichte. Aber der Kuss war toll gewesen.

Den alten Supermarkt gab es nicht mehr und überhaupt hatte sich die Innenstadt geleert. Ein riesiges Einkaufszentrum war emporgewachsen, beherbergte Elektronikläden, einen Starbucks, Schuhgeschäfte und einen netten kleinen Brunnen, in dem es plätscherte.

Bei dem Anblick fühlte Nic sich verloren. Alles veränderte sich. Da waren Ruinen, die einst Geschäfte gewesen waren. Gerüche von Popcorn und Zimt, die überdeckt wurden von der klinischen Sterilität eines durchstrukturierten Komplexes. Die Menschen hetzten vorbei, den Blick auf ihre Smartphones gesenkt, obwohl sie in Gruppen unterwegs waren.

»Alles klar?«, fragte Matt und betrachtete ihn skeptisch von der Seite.

»Irgendwie …«

»Ich weiß, was du meinst.«

Immerhin, den alten Bach im Wald gab es noch. Und dazu die Holzbrücke, mochte sie auch bald zusammenbrechen. Gemeinsam setzten sie sich an den Rand und ließen ihre nackten Füße ins Wasser baumeln.

»Daheim sieht auch alles anders aus. Oder vielleicht kommt uns das nur so vor«, brach Matt das Schweigen. »Meinst du, Jane geht es genauso?«

»Hölle bleibt Hölle«, erwiderte Nic. »Ihre Mum hat sich bestimmt kein Stück verändert und die ganzen Schönheitssalons gibt es immer noch. Sie kapiert nicht, dass Jane andere Dinge Spaß machen.«

Sie schwiegen. Das Wasser plätscherte fröhlich dahin und Nics Gedanken schweiften zurück zu letzter Nacht.

»Mein Dad hat mich gestern geweckt.«

»Das ist schön.«

»Er wollte mir nicht gratulieren.« Nic berichtete ihm von dem geheimen Raum und der Apparatur.

»Egmont Chavale.« Matt runzelte die Stirn und starrte angestrengt in Richtung Baumwipfel. »Welcher war das?«

»Ich habe keine Ahnung«, gestand Nic. »Mein Dad wollte was dazu sagen, aber ich habe ihn angepflaumt. Es war irgendein Magier aus dem 18. Jahrhundert.«

»Vielleicht hat dein Dad irgendwelche neuen Anima entwickelt oder verbessert. Es gibt doch immer wieder Gerüchte, dass sie durch andere Materialien bessere manifestieren, die eine intensivere Bindung zwischen äußerer und innerer Welt herstellen.«

Nicht dass er seinem Vater so etwas abgesprochen hätte, doch weshalb ein geheimes Labor dafür aufbauen? So was konnte er in einem der Häuser aufziehen. Möglicherweise sogar als gemeinsames übergreifendes Projekt. Stattdessen hatte er Nic auf das Blut schwören lassen, nichts weiterzuerzählen. Wenn er es sich genau überlegte, hatte er diesen Schwur gerade gebrochen. Wobei Matt natürlich wie ein Bruder war und damit metaphorisch zu seinem Blut gehörte.

Sie saßen noch eine Weile am Wasser und genossen die Abendsonne.

Zumindest so lange, bis Jason und Dustin sie entdeckten und aus dem Holz des Stegs Nebel werden ließen. Mit einem lauten Platschen landeten Matt und Nic im Wasser. Als sie wieder an Land krochen, waren die beiden Schuldigen längst verschwunden.

»Wasser!« Nic spuckte aus. »Ich fange an, Wasser zu hassen.«

Wie immer blieb Matt gelassen. Dann waren sie eben nass, davon ging die Welt nicht unter. Jane bezeichnete ihn stets als Fatalisten, jemand, der das Schicksal nahm, wie es kam. Ändern konnte man ja sowieso nichts. Nic war das genaue Gegenteil. Ein inneres Feuer trieb ihn dazu an, seinen Wünschen nachzueilen, sich in jeden Kampf zu werfen und es niemals hinzunehmen, wenn das Schicksal ihm Steine in den Weg legte. Dann kickte man die verdammten Dinger einfach weg, auch wenn man sich den Zeh brach.

Sie kehrten zurück ins Haus, um sich abzutrocknen.

Eine kurze Rücksprache mit Matts Eltern ergab, dass sie nichts gegen eine Übernachtung im Hause der Ashtons einzuwenden hatten. Gedanklich waren sie sowieso mit Matts Bruder beschäftigt und verarbeiteten noch die Ereignisse.

Nach Einbruch der Dunkelheit entfachten Matt und Nic ein Lagerfeuer im Garten, steckten Marshmallows auf Spieße und drehten sie über dem Feuer. Am Ende wurden sie in einen Bottich mit Ahornsirup getunkt und gegessen. Zuckerschock pur. Das führte dazu, dass sie ständig kicherten und total bescheuerte Ideen entwickelten. Glücklicherweise war ihr Anima deaktiviert, andernfalls

hätten die Marshmallows ihre Größe verdreifacht, Jason und Dustin wären im Feuer gelandet und der Garten hätte ein paar neue, ziemlich bunte Pflanzen bekommen.

Als es kälter wurde, brachte Nics Mutter Decken heraus und verschwand wieder im Haus. Gemeinsam mit Matt betrachtete er den Sternenhimmel. Dank intensivem Astronomietraining – für manche Zauber war die Sternenkonstellation unerlässlich – konnten sie jedes Sternbild benennen. Die magische Variante natürlich, nicht die der gewöhnlichen Menschen.

Erst lange nach Mitternacht verkrochen sie sich in Nics Zimmer. Matt nahm den Schlafsack und nach wenigen Minuten erklangen leise Schnarchgeräusche. Nic lag noch lange wach. Immer wieder musste er an seinen Vater denken, der ihn auf Geheimhaltung hatte schwören lassen. Was hatte es mit dem Raum auf sich, woran forschte er? Und wer war Egmont Chavale gewesen? Auf der Akademie hätte er längst die Bibliothek aufgesucht, um den Wissenschaftler nachzuschlagen. Doch das konnte er hier kaum tun. Immerhin, noch vierundzwanzig Stunden, dann würde er einem der Häuser beitreten. Dort gab es sicher gewaltige Schätze an Wissen, riesige Bibliotheken und Archive. Was auch immer dieser ominöse Magier vor langer Zeit erfunden hatte, Nic würde es bald wissen.

Spätestens an Weihnachten, wenn er wieder hier war, konnte er den Aufzug erneut benutzen und sich alles genau anschauen. Dieses Mal aber mit Wissen um die Hintergründe.

Irgendwann verfiel er in einen tiefen Schlaf mit seltsamen Träumen. Männer und Frauen in dunklen Kutten jagten hinter ihm her, wollten ihm sein Geheimnis entreißen, ihn vor aller Welt bloßstellen. Leider funktionierte sein Anima nicht, weshalb er durch endlose Straßen hetzte, sich in leeren Gebäuden versteckte und irgendwann einem Monster von Hochhausgröße gegenüberstand, das die Gesichter seiner Brüder trug.

Er erwachte gerädert und unausgeschlafen.

»Guten Morgen, Klobürste, was hast du mit Nic gemacht?«, frotzelte Matt.

»Grmpf«, erwiderte er schlagfertig.

Vor dem ersten Kaffee waren Gespräche laut Genfer Konvention Folter, was Matt eigentlich hätte wissen müssen. Sein bester Freund wirkte wieder fröhlicher, ihn brachte selten etwas länger als einen Tag aus der Ruhe. Erst einmal, als nämlich Brandon West, in den Matt total verknallt gewesen war, sich nach ein paar Küssen doch für Kelly Prince entschieden hatte, hatte das seinen besten Freund ganze vier Tage aus der Bahn geworfen. Dabei war für ihn das eigentlich Schreckliche, dass Brandon pansexuell war, das Geschlecht für ihn also keine Rolle spielte. War er – Matt – also nicht gut genug gewesen? Sein Ich, seine Seele nicht liebenswert? War Kelly Prince ein besserer Mensch als er?

Glücklicherweise hatte dann der Fatalismus eingesetzt und die Sache war erledigt.

»Vielleicht solltest du dich entwöhnen«, schlug Matt vor, streifte seine Jeans über und schloss den Gürtel.

»Entwöhnen?« Nics Gehirn wollte noch nicht so richtig und hatte mit dem Sprachzentrum in seltener Einigkeit beschlossen, die Arbeit minimalistisch zu gestalten.

»Von Kaffee.«

»Ich könnte dich auch ertränken. In einem Bottich«, gab Nic grummelnd zurück.

»Echt schlimm mit dir am Morgen.« Und so trottete Matt aus dem Zimmer und kehrte mit einer dampfenden Tasse zurück, was Nic erneut demonstrierte, weshalb sie beste Freunde waren.

Sie frühstückten und setzten sich für ein paar Stunden vor die Playstation. Auch etwas, das Nic schon ewig nicht mehr getan hatte. Er spürte die alte Leidenschaft zurückkehren. Viel zu schnell war Mittag.

Matt verabschiedete sich. Der Spiegel brachte ihn nach Hause zurück, wo die Vorbereitungen für das Ritual begannen. Gleiches galt für Nic, dessen Mutter immer aufgeregter wurde – was äußerst selten geschah. Ständig zupfte sie an seinen Haaren herum, wollte mit einem Wischtuch seinen Anima polieren oder schlug Nic vor, sich doch mal die Augenbrauen zu zupfen.

Anfangs wehrte sich Nic, doch irgendwann ließ er es über sich ergehen. Am Abend traten seine Mutter, Jason und Dustin durch das Spiegelportal. Wie alle anderen Angehörigen würden sie den geheimen Ort vor den neuen Talenten aufsuchen.

Die Zeiger näherten sich viel zu schnell der Zwölf und Nic spürte die Aufregung durch seine Adern pumpen. Was, wenn etwas schiefging? War es schon einmal passiert, dass jemand kein Talent besaß? Schmerzte das Ritual?

Als es endlich so weit war, berührte er mit seinem Anima den Spiegel und konzentrierte sich auf das Ziel. Der Rahmen glühte, die magiefreie Zone um seinen Ring war aufgehoben worden.

Doch nichts geschah.

Eine eisige Faust umschloss seine Brust. Wieso funktionierte die Spiegelverbindung nicht? Testweise erschuf er eine simple Nebelwolke. Er konnte problemlos auf die Magie ringsum zugreifen und den Zauber weben. Wieder berührte er den Spiegel, fokussierte seine Gedanken auf Matts Haus. Auch hier kam die Verbindung problemlos zustande. Nicht jedoch die zum Ritualplatz.

Ein hektischer Blick auf die Uhr.

Der Zeiger hatte die Zwölf überschritten. Die übrigen Magier waren zweifellos längst dort, nur er fehlte. Was, wenn er das Ritual verpasste?

Ihm wurde übel.

Mit einem Knall flog die Eingangstür aus den Angeln. Nic zuckte herum. Eine ältere Dame kam herbeigeeilt, das weiße Haar zu einem strengen Dutt gebunden, den Mund verkniffen. »Was ist passiert?«

»Wer sind Sie?«

Ohne ein Wort berührte sie den Spiegel und schloss die Augen. »Jemand hat ein Siegel auf das Portal gelegt und mit deinem Anima verbunden.«

In einer schnellen Abfolge berührte sie den Rahmen, danach seinen Ring.

»Es ist aufgelöst. Du kannst hindurch.«

»Aber …«

»Nicholas, wir haben keine Zeit. An diesem Tag sind Kräfte aktiv, die seit langer Zeit auf ihre Chance warten. Das Ritual muss vollendet werden. Schnell!«

Damit packte sie ihn kurzerhand am Arm und schubste ihn durch den Spiegel.

4.

EIN KREIS NAMENS SCHICKSAL

Wütend taumelte Nic aus dem Portal und wäre beinahe gegen einen anderen Magier geknallt. Er wollte gar nicht wissen, wie er auf die übrigen Kandidaten wirken mochte. Als käme er geradewegs aus einer Schlägerei. Zerzaustes Haar, panischer Blick und dazu das Taumeln einer beschwipsten Taube – konnte man einen besseren Eindruck machen?

Bevor er auch nur den Mund geöffnet hatte, wurde er zur Schlange mit den wartenden Magiern geschupst.

»Nicholas Ashton?«, fragte die Leiterin des Rituals.

»Ja«, krächzte er.

»Wir waren schon kurz davor, das Portal für dieses Jahr zu schließen, du hattest Glück.« Damit sah er nur noch ihre rotblonden Locken, da sie sich abwandte und davonstapfte.

»Da bist du ja!«, begrüßte ihn Jane. »Ich habe extra alle anderen vorgelassen.«

Matt musterte Nic von Kopf bis Fuß. »Was ist passiert?«

»Die schließen das Portal, wenn noch einer fehlt?«

»Haben wir auch erst hier erfahren.« Jane warf der Ritualleiterin einen giftigen Blick zu. »Sobald das Ritual beginnt, wird die Magie rasend schnell aufgenommen. Die Ritualplätze entwickeln sich damit zu toten Zonen und die Obersten haben wohl Angst, dass sich das über eine Spiegelverbindung auf das gesamte Netzwerk auswirken könnte.«

»Und da das Ritual ja jedes Jahr stattfindet, muss jemand, der sich verspätet, warten«, vollendete Matt. »Du hättest sehen sollen, wie Jane diese Ritualmagierin angeschrien hat.«

Glühende Freude loderte in Nics Brust. Das hatte sie für ihn getan. »Danke.«

Jane lächelte und winkte schnell ab. »Ist doch klar.« Etwas leiser ergänzte sie: »Ich glaube, die anderen sind ganz schön sauer. Sie mussten ja warten.«

Erst jetzt sah Nic sich bewusst um.

Sie standen am Rand eines abgeernteten Maisfeldes, vor den Augen der Zuschauer durch ein Trugbild verborgen. Auf der weiten Tribüne, die das Feld einfasste, erspähte Nic Hunderte von Magiern, die um den Ritualplatz herumsaßen. Dieser bestand aus einem magischen Kreis, dessen Linie kleine Steine bildeten, zwölf an der Zahl. Jeder davon symbolisierte ein Haus. Im Zentrum ragte ein Podest hervor, auf dem eine Silberschale stand.

Gerade trat Elisabeth Drake nach vorne, nahm Aufstellung im Kreis und legte ihren Anima, den sie in Form einer Creole trug, in die Schale.

»Elisabeth Drake, geboren im Zeichen des Feuerkranichs, geehrt mit der magischen Gabe, bist du bereit, in eines der Häuser zu treten?«

»Das bin ich!«, rief Elisabeth klar in die Nacht.

Die Ritualleiterin zeichnete unsichtbare Linien in der Luft, worauf der erste Stein auf dem Kreis zu glühen begann.

»Das 1. Haus ist nicht deine Heimat«, lehnte der Vertreter der Heiler sie ab.

Erst jetzt sah Nic die einzelnen Obersten der Häuser am Rand des Kreises im Schatten stehen. Nacheinander leuchteten die Steine auf und jeder der Obersten sprach eine Ablehnung aus. Als der sechste leuchtete, zuckte Elisabeth zusammen. Ein gewaltiger Adler glitt halb durchscheinend über sie hinweg, dessen Flug sie mit glasigen Augen verfolgte. Das Abbild verschwand nach wenigen Sekunden.

»Das 6. Haus nimmt dich mit Freuden auf«, verkündete der Vertreter der Tierflüsterer.

Mit einem erfreuten Lächeln, noch immer dem Adler nachstarrend, ging Elisabeth zu einer kleinen Gruppe Magier, die sich neben dem Obersten versammelt hatte. Sie hatte schon früher ein Faible für Tiere gehabt und würde nun sogar mit ihnen kommunizieren können.

Matt trat in den Kreis.

Unweigerlich hielt Nic den Atem an und auch Jane starrte mit großen Augen auf den Freund. Es war so unwirklich, wie er sein Armband abstreifte und in die Schale legte.

»Matthew O'Brian, geboren im Zeichen des Wasseradlers, geehrt mit der magischen Gabe, bist du bereit, in eines der Häuser zu treten?«

»Das bin ich«, sagte Matt ruhig.

Wieder begannen die Steine zu glühen und das Ritual nahm seinen Lauf. Bei jedem Aufleuchten und Verblassen, jeder Ablehnung hielt Nic den Atem an. Welches Haus würde seinen besten Freund aufnehmen?

Das 8. Haus sprach eine Ablehnung.

»Er lässt sich echt Zeit.« Jane knabberte aufgeregt auf ihrer Unterlippe herum.

Er registrierte erst jetzt, dass ihr Haar seidig und geglättet, die Brauen gezupft waren.

»Sag mal …«

»Ein Wort und du bist tot«, gab sie zurück.

Sie musste schwer gelitten haben.

»Das 10. Haus nimmt dich mit Freuden auf«, verkündete eine dralle Frau mit rotem Haar.

Matt stand auf dem Platz, umwoben von Wurzelsträngen, die aus dem Erdboden in die Höhe gewachsen waren.

»Ein Pflanzensprecher«, kommentierte Jane. »Genau wie deine Mum. Hätte ich nicht gedacht. Aber passt irgendwie. Du schuldest mir einen Fünfer, ich bin näher dran.«

Nic hatte auf Heiler getippt.

Ein weiterer Magier trat in den Kreis, dann war Jane an der Reihe.

»Janet Larissa Blend, geboren im Zeichen der Blaulilie, geehrt mit der magischen Gabe, bist du bereit, in eines der Häuser zu treten?«

»Das bin ich«, bestätigte Jane laut.

»Janet Larissa«, flüsterte Nic. »Wieso haben wir das nicht früher herausgefunden?«

Jane legte ihr Halsband in die Silberschale.

Das Ritual begann.

Die Heiler lehnten ab, doch als der zweite Stein glühte, ging ein Ruck durch Jane. Die Schatten um sie herum schienen zu erwachen, ihren Körper einzuhüllen wie eine mit Teer übergossene Statue und dann wieder fortzufließen.

»Das 2. Haus heißt dich herzlich willkommen«, verkündete ein schmallippiger Oberster, der die Schattenläufer vertrat.

»Jetzt bin ich offiziell neidisch«, flüsterte Nic.

Andererseits, womöglich kam er ebenfalls zu den Schattenläufern.

Da er als Letzter eingetroffen war, kamen noch etliche weitere Magier an die Reihe und er fragte sich, ob es schon einmal einen Fall gegeben hatte, bei dem ein ungeduldiger Ritualteilnehmer alle anderen zur Seite geschupst hatte und in den Kreis gerannt war. Sein Puls raste und ihm war übel.

Endlich war er an der Reihe.

»Nicholas Ashton, geboren im Zeichen des Luftwolfes, geehrt mit der magischen Gabe, bist du bereit, in eines der Häuser zu treten?«

»Das bin ich«, krächzte er und ärgerte sich darüber, dass seine Stimme so unsicher klang.

Das Ritual begann.

Glücklicherweise erlosch der erste Stein, ohne dass sich ein Talent offenbarte. Er war kein Heiler. Viel zu langweilig. Innerlich drückte er die Daumen, als die Schattenläufer an der Reihe waren, doch auch das neue Haus von Jane würde nicht das seine werden.

Zeitenwanderer hätte ihn interessiert, doch nichts geschah. Auch die Schlafseher würden ihn nicht in ihre Reihen aufnehmen, was wenigstens eine gemütliche Aufgabe gewesen wäre.

Weder Traumwanderer noch Tierflüsterer wollten ihn.

Als der Stein des 7. Hauses aufleuchtete, spürte Nic ein seltsames Kribbeln. War es das? War er ein Leibwandler, dazu bestimmt, mit seinem Talent jede Gestalt anzunehmen, ob Mensch oder Tier?

War er nicht.

Der Stein erlosch, ohne dass etwas geschehen war. Der Oberste des Hauses runzelte die Stirn, blieb jedoch auf seinem Platz. Es ging weiter.

Die Häuser zogen an ihm vorbei.

Das 11. Haus war ebenfalls nicht das seine, die Wächter würden ihn nicht aufnehmen. Damit blieb nur noch ein Ort übrig, ein Talent. Es war das mächtigste und unbeliebteste zugleich.

Die Nichtsschaffer konnten die Magie an Orten zurückdrängen und damit Zonen schaffen, in denen ein Anima nutzlos war, weil es nichts aufzunehmen gab. Sie waren gefürchtet, ihre Macht gefährlich und letztlich mochte sie niemand.

Der zwölfte Stein glühte.

Und erlosch.

Verdutzt starrte Nic auf die Schale. »Das muss ein Irrtum sein.«

Sicherheitshalber blickte er hinein. Sein Anima lag darin, der Stein glühte. Nic konnte die Magie ringsum spüren, wenn auch nicht verweben, da er den Ring nicht trug. Es gab bereits gewaltige Schneisen, wo der glitzernde Staub abgesaugt worden war. Lag es daran?

Mittlerweile ging ein Raunen durch die Menge, erste Gespräche wurden geführt, getuschelt. War etwas Derartiges schon einmal vorgekommen? Besaß er kein Talent? Was sollte aus ihm werden?

Er suchte den Blick von Jane und Matt, die ihn beide entsetzt erwiderten. Sein bester Freund wollte zu ihm eilen, doch die Oberste seines Hauses hielt ihn zurück. Das Gleiche versuchte auch der Oberste von Janes Haus, doch sie brüllte ihm ins Gesicht und kam herbeigeeilt.

»Hast du irgendetwas mit deinem Anima gemacht?«, fragte sie hektisch.

Die Ritualleiterin sprach gerade mit den Obersten der Häuser.

»Als ich hierherwollte, war der Spiegel auf dieser Seite versiegelt«, haspelte Nic. »Aber ansonsten ging alles.«

»Ich habe in den alten Unterlagen geblättert«, erklärte Jane schnell. »Mein Dad hat sie aufbewahrt und meine Mum hatte die Eingebung, dass mir das vielleicht vor dem Ritual hilft. So etwas ist noch nie passiert, Nic.«

»Auf deinen Platz«, donnerte die Ritualleiterin.

Jane wollte sich widersetzen, doch Nic bedeutete ihr, kein Drama daraus zu machen.

»Ich bitte den Obersten des 13. Hauses, nach vorne zu treten.«

Aus dem Gemurmel wurden verblüffte Ausrufe und Getuschel, als ein älterer distinguierter Herr zwischen den versammelten Obersten hervortrat. Er hätte problemlos mit Nics Vater verwandt sein können. Beide hatten als Babys wohl die Rassel verschluckt, weshalb sie kerzengerade daherschritten und die Welt mit einem arroganten Blick von oben herab musterten. Er musste die ganze Zeit über dort gestanden haben.

Das 13. Haus war ein Mythos, ausgedacht von Verschwörungstheoretikern, die die Zahl mochten und ihr irgendwelche magischen Wirkungen zuschrieben.

So hatte Nic bisher gedacht.

Ohne ein Wort bewegte der Oberste die Hand, wodurch alle zwölf Steine etwas näher zusammenrückten, dann platzierte er den dreizehnten auf der Kreislinie.

Die Ritualleiterin setzte die Magie wieder in Gang, der neue Stein leuchtete auf …

… und die Welt verging.

Eine Gänsehaut überzog Nics Körper, er vibrierte von innen heraus. Wo eben noch das Publikum klar sichtbar gewesen war, flossen Silhouetten ineinander, überlagerten sich und vibrierten. Der Oberste des 13. Hauses schien links von Nic zu stehen, aber auch rechts, im Kreise seiner Kollegen und nicht anwesend zu sein. Die Ritualmagierin war Frau und Mann, jung und alt. Das Feld war sauber, aber voller Müll und dicht bewachsen. Einige Magier im Publikum lebten, andere waren tot, saßen halb verwest auf ihren Stühlen.

Und alles war verbunden durch ein Gespinst aus goldenen Linien. Sie vibrierten sanft, kreuzten sich und verliefen im Nichts.

Die Vibration nahm zu, Nics Leib war ein einziger Resonanzkörper, sog in sich auf, was war, sein mochte, sein würde. Die goldenen Verbindungen, die der Wirklichkeit Struktur verliehen.

Nics Blick verschleierte sich unter den Tränen, die über seine Wangen rannen. Er fühlte sich verbunden mit dem Sein selbst, spürte das Atmen der Wirklichkeit, den Herzschlag der Realität, die Urgewalt des Schicksals. Er war eins mit allem, was war, doch nicht stark genug, es zu ertragen.

Mit einem Ruck verschwand das Leuchten, seine Sinne normalisierten sich.

»Das 13. Haus heißt dich …«

Er übergab sich auf die blank polierten Schuhe des Obersten.

»… willkommen in den Reihen der Schicksalswächter, Nicholas Ashton.«

Schweigen senkte sich herab.

»Schicksalswächter«, echote Nic keuchend, mit dem Geschmack von Erbrochenem im Mund. »Was ist ein Schicksalswächter?«

Der Oberste ließ nur die Braue in die Höhe wandern. Mit zielgerichteter Bewegung zog er ein Taschentuch aus der Westentasche und reichte es Nic. Mit einem zweiten polierte er seine Schuhe.

Eigentlich wirkte er aus der Nähe gar nicht so arrogant.

»Sie sind nicht zufällig mit meinem Dad verwandt?« Die Frage war reiner Reflex. Nic wischte sich den Mund ab. Ein weiterer Reflex bestand darin, dem Obersten sein Taschentuch zurückzugeben, der jedoch dankend ablehnte und etwas murmelte wie: »Das Schicksal geht manchmal seltsame Wege.«

»Das Ritual ist beendet«, brüllte die Ritualmagierin.

»Was ist hier los?« Der Oberste der Wächter kam herbeigeeilt. »Jeremiah, was soll das? Du bist grundsätzlich als Beobachter hier, doch es ist euch nicht gestattet, die Reihen zu erweitern. Der Pakt von Toulouse besagt, dass kein weiterer Schicksalswächter ernannt werden darf.«

»Wir haben einen der Unseren verloren«, gab Nics neuer Oberster zurück. »Das Schicksal hat dafür gesorgt, dass uns Ersatz zuteilwurde.« Er nickte in Nics Richtung. »Um Diskussionen vorzubeugen, habe ich gewartet, bis mir enthüllt wurde, wer es ist.«

Die Blicke aller Obersten richteten sich auf Nic.

»Er ist der Sohn von Ashton«, presste einer hervor. »Ein Ratsmitglied, das Bindungen zu den Schicksalswächtern hat, sollte es nicht geben.«

»Das ist nicht meine Entscheidung.« Jeremiah blieb gelassen, sein Ton ruhig. Doch mit einem Mal lag eine Schärfe darin, die zuvor nicht da gewesen war. »Wir werden weiter alles tun, die magische Welt vor einem zweiten Regnum zu bewahren. Das und nichts anderes ist unser Weg. Mögt ihr euch um die Politik kümmern, wir waren schon immer eins und werden es auch bleiben: neutral.«

»Du magst dich in deiner Funktion als Schweiz ja wohlfühlen«, mischte sich eine Oberste ein, »aber wir haben euch im Blick. Und solltet ihr jemals …«

»Rebecca«, unterbrach Caldwell sanft, aber bestimmt, »die Drohungen, Debatten und Verschwörungstheorien überlasse ich euch. Doch wie mir scheint, haben wir alle Wichtigeres zu tun, als hier am Rande des Rituals zu stehen und zu diskutieren. Jedes Haus begrüßt heute seine neuen Mitglieder, für die ein weiterer Lebensabschnitt beginnt.«

Mit letzten wütenden Blicken wandten die Obersten sich ab und stapften davon. Vermutlich würde es nicht lange dauern, bis bekannt wurde, dass Nic nicht nur der Sohn des Ratsvorsitzenden war, auch war er mit Jane und Matt befreundet. Die beiden würden ausgefragt werden. Er suchte den Blick seiner Freunde, die nicht minder verblüfft wirkten als er selbst.

»Das alles hier muss überwältigend für dich sein«, richtete der Oberste seines neuen Hauses das Wort an Nic. »Mein Name ist Jeremiah Caldwell. Du hast vermutlich noch nichts von uns gehört, da wir viele Jahre lang keine neuen Anwärter bekamen und nicht Teil des Rituals waren.«

»Aber …«

»Du hast sicher viele Fragen«, schnitt ihm Caldwell das Wort ab. »Doch ich darf sie dir erst beantworten, wenn du den Bund mit dem Haus eingegangen bist. Zudem sollten wir uns von hier entfernen, bevor meine geschätzten Kollegen zur nächsten Tirade ansetzen. Sie beratschlagen noch, glücklicherweise liegt eine Einigung oftmals außerhalb ihrer Fähigkeiten zum Kompromiss.«

Er schmunzelte, was ihn sympathisch wirken ließ. Ganz anders als Nics Vater.

Caldwell schritt zügig auf einen der Spiegel zu, die aufgestellt worden waren. Der Rahmen bestand aus Holz, mit eingeschnitzten Figuren. Metallfäden durchzogen die Schnitzereien.

»Ein schönes Stück«, kommentierte Caldwell und sah Nic erwartungsvoll an.

»Was?«

»Dein Anima liegt noch in der Schale.«

Nics Wangen brannten, als er zurückrannte, den Ring herausnahm und überstreifte. »Okay, ich bin so weit.«

Caldwell berührte den Rahmen. Nic benötigte einen Augenblick, um zu erkennen, dass dessen Anima im rechten Manschettenknopf untergebracht war.

Ein kurzes Leuchten, dann waberte der Spiegel.

»Auf der anderen Seite dieses Portals erwartet dich ein neues Leben«, erklärte Caldwell. »Die anderen mögen alle besonderen Häusern zugeteilt worden sein, doch dein Weg wird dich mit Wissen konfrontieren, das niemandem je offenbart wurde.«

»Wollen Sie mir die Möglichkeit lassen, nach Hause zu gehen? Die Verantwortung abzulehnen?«

»Nein«, gestand Caldwell. »Du wurdest erwählt und wie du weißt, musst du auf jeden Fall vier Jahre ableisten.«

»Schon klar.«

»Es wird ganz grauenvoll. Manche überleben die Einführung nicht.«

Entsetzt starrte Nic Caldwell an, als habe dieser soeben die Diagnose einer unheilbaren Krankheit verkündet. »Was? Und das sagen Sie nebenbei?«

»Ich wollte die Erhabenheit des Augenblicks betonen.«

»Volle Punktzahl.«

Mit gekräuselten Lippen trat der Oberste durch die Spiegelfläche.

Nic begriff, dass Caldwell einen seltsamen Sinn für Humor hatte. Ein letzter Blick zurück offenbarte Nic, dass in den Zuschauerrängen noch immer Chaos herrschte. Alle redeten aufeinander ein.

Mitten in dem Chaos stand seine Mutter. Sie lächelte nur und nickte ihm leicht zu. *Viel Glück.*

Er erwiderte das Lächeln. *Danke.*

Mit einem schwungvollen Schritt trat er durch den Spiegel.

5.

Ein wahrer Palast

Nics Hoffnung fiel in sich zusammen wie das eingefallene Soufflé seiner Mutter, nachdem Dustin mit einer heißen Nadel hineingestochen hatte.

Die Vorstellungen der Schüler, was ihre Häuser betraf, waren ins Unermessliche gewachsen und im fünften Jahr hatten die Lehrer endlich Hintergründe enthüllt. Die Pflanzenflüsterer lebten in der Natur wie Könige. Hoch zwischen Baumwipfeln hingen ihre prunkvollen Behausungen, die sie selbst aus Wurzeln hatten wachsen lassen. Natürlich residierten die Wächter als eine der wichtigsten Gruppen in villenartigen Schlössern, mit geheimen Verliesen voller Artefakten.

»Es ist vielleicht ein wenig staubig«, erklärte Caldwell leichthin. »Und vom Alter gezeichnet.«

Ein heruntergekommener Müllplatz. Nic lächelte verkrampft. »Ein wenig.«

Der Spiegel hatte sie in einer Eingangshalle abgesetzt, wie es üblich war. Vermutlich stammte das Haus aus dem vor-vorherigen Jahrhundert, zog man die sich verästelnden Risse im Verputz der Wände in Betracht. Die Holzdielen waren angekratzt und als Nic einen ersten Schritt tat, wackelte es unter ihm. Womöglich brach er gleich durch den Boden in den Keller, wo eine rostige Ritterrüstung mit erhobenem Schwert ihn aufspießte. An den Wänden hingen Gemälde, die zweifellos von fünftklassigen Künstlern angefertigt worden waren.

»Bevor du mehr erfährst, bitte ich dich, mir zu folgen.«

»Weil ich sonst die Geheimnisse dieses Ortes verraten könnte?«, fragte Nic ironisch.

Caldwell schmunzelte nur und stieg die Treppe hinauf. Sicherheitshalber griff Nic nicht nach dem Geländer, er wollte nicht damit in die Tiefe stürzen, wenn es aus der Fassung brach.

Der erste Stock glich der Eingangshalle im Grad des Verfalls, einzig das Büro von Caldwell schien einen Hauch von Charme zu versprühen, was vermutlich an den Teetassen lag, die überall herumstanden.

»Ich muss ein wenig Ordnung machen«, erklärte er entschuldigend, nahm einen Stapel zerfleddertes Papier vom Stuhl und bedeutete Nic, sich zu setzen.

Dass die Sprungfeder ihn nicht rektal erdolchte, glich einem Wunder, verlängerte sein Martyrium aber nur unnötig. Was kam als Nächstes?

»Keks?«

Caldwell hatte den Blick auf einen Stapel Papier gerichtet, während er gleichzeitig eine Packung in die Höhe hielt, in der zerbröselte, trockene Kekse lagen.

»Nein danke«, lehnte Nic ab, der Panik nahe.

Wie es wohl ankommen würde, wenn er die Kekse in Flammen aufgehen ließe? Eine magische Desinfektion des gesamten Gebäudes konnte vermutlich eine Pandemie verhindern.

»Ah, da haben wir es.«

Der Oberste knallte ein abgewetztes Buch auf den Tisch, der Einband war fleckig.

»Was ist das?«

»Das Zeremonienbuch des Hauses«, kam die Antwort mit dem typischen Lächeln, das Nic innerlich minütlich mehr aus der Fassung brachte. »Wir benutzen es nicht oft.«

»Ach was?«

»Doch, wirklich. Bitte leg deine Hand auf den Einband.«

»Muss ich?« Skeptisch betrachtete Nic die Flecken. »Ich kann den Schwur doch so sagen, mit der Hand auf meinem Anima.«

»Ich fürchte, die Regeln sind diesbezüglich eindeutig.«

Nic atmete einmal tief ein und wieder aus, spürte den Staub, der seine Lunge flutete, und legte die Hand auf das Buch.

»Ich, Nicholas Ashton, gelobe feierlich, dem Haus der Schicksalswächter beizutreten, ihm zu dienen und in seinem Namen für die magische Gemeinschaft zu streiten. Weder Ruhm noch Ehre sollen mein Streben sein, wenn ich im Schatten des Schicksals aus dem Verborgenen handle. Bei Blut und Anima schwöre ich, die Geheimnisse dieses Ortes zu wahren.«

Eine Gänsehaut überzog Nics Arme. Leise sprach er die Worte von Caldwell nach. Und tatsächlich, die Magie des Buches entfaltete ihre Wirkung, ein Blutschwur war gewoben und mit dem Anima besiegelt worden.

»Ausgezeichnet.« Caldwell schob das Buch unter den Stapel. »Gehen wir.«

»Wohin?«

Ohne ein Wort verließ der Oberste das Büro.

Nic folgte ihm hektisch. »Gibt es hier eigentlich auch noch andere Schicksalswächter? Oder bin ich der einzige?« Mittlerweile hätte ihn das nicht einmal gewundert.

»Deine Fragen werden nicht von mir beantwortet, das übernimmt der dritte Schicksalswächter. Wir sind drei.«

»Wie bitte?!«

»Kleiner Scherz.« Caldwells Augen leuchteten. »Es ist so erfrischend, einen Neuen in unserer Runde begrüßen zu dürfen. Mein Humor ist ein wenig eingerostet.«

»Ach was?«

»Doch, ich denke schon.«

Der Humor des Obersten war ganz eindeutig zur Zeit der Pharaonen gestorben und mumifiziert worden und es war besser für die Welt, wenn er weiterhin ruhte.

Wie das Domizil der Schattenläufer wohl aussah? Die ganze Welt war Janes Zuhause. Und Matt? Der war vermutlich direkt in eine Hängematte aus Bast gespiegelt.

Caldwell drückte die Klinke einer halb verrotteten Holztür nach unten. Er musste heftig dagegendrücken, bis der Spalt groß genug war, um hindurchzutreten.

»Dieses Haus bedient wirklich jedes Klischee«, konnte Nic sich nicht verkneifen zu sagen.

»So ist es«, entgegnete der oberste Ernst. »Und wie das so ist mit Klischees, die Menschen hinterfragen sie nicht.«

Vor ihnen standen fünf Spiegel, die Oberfläche fast blind, ihr Rahmen alt und von Spinnweben bedeckt.

»Das hier war nur die Zwischenstation«, begriff Nic. »Das ist ja so was von gemein!«

»Und ein wenig lustig.«

»Kein Stück!«

»Aus meiner Perspektive waren deine Grimassen äußerst amüsant.« Caldwell schmunzelte und lenkte Nics Aufmerksamkeit mit einem Fingerzeig zurück auf die Spiegel. »Vier davon führen ins Nichts, nur einer in das wahre Haus der Schicksalswächter.«

»Und ich soll jetzt ein Rätsel lösen, um den richtigen zu wählen?«

»Mitnichten. Den richtigen Weg können nur Schicksalswächter erkennen, wenn sie ihr Talent nutzen. Deine Kraft wurde heute abrupt geweckt, wir müssen vorsichtig sein.«

Der Oberste ließ seine Finger tanzend durch die Luft gleiten, zweifellos wirkte er Magie. Sein Anima leuchtete orangerot. Nic konnte spüren, wie die Wirklichkeit erzitterte.

Der zweite Spiegel von links begann zu wabern.

»Bitte«, bedeutete Caldwell Nic voranzugehen.

»Nach Ihnen.«

»Du lernst schnell.«

Der Oberste trat durch die stehende Fläche, Nic folgte dichtauf. Zum zweiten Mal an diesem Tag wurde er verblüfft. Am Ziel wartete eine gemütlich eingerichtete Eingangshalle auf ihn, deren Boden mit einem flauschigen Teppich ausgelegt war. Aus den holzvertäfelten Wänden ragten Wandleuchter hervor, die einen goldenen Schein verbreiteten.

»Sie haben ein Faible für das England der viktorianischen Zeit, was?«, fragte Nic.

»Wie hast du das nur so schnell erraten?«

»Oh, Sie können auch sarkastisch?«

»Jahrelange Übung.« Caldwell betrachtete Nic mit einem zunehmend interessierten Blick.

»Verschrecke unseren Neuling nicht gleich wieder, Jeremiah.« Eine hochgewachsene Frau trat hervor, das blonde Haare elegant hochgesteckt. »Wortgefechte erst nach der Eingewöhnungswoche.«

Sie lächelte herzlich, was die Lachfalten um ihre Augen hervortreten ließ. Ein Hauch von Noblesse umwehte sie, als sei sie dem Hochadel entsprungen.

»Darf ich vorstellen?« Caldwell deutete auf die Frau. »Das ist Inés Dubois. Sie wird einen Teil deiner Ausbildung übernehmen.«

»Freut mich, Ms Dubois.« Nic streckte die Hand aus.

Doch Inés zog ihn in eine Umarmung. »Die britische Distanziertheit von Jeremiah kannst du gleich mal stecken lassen, wir sind hier familiärer, als es auf den ersten Blick den Anschein hat, und sprechen uns grundsätzlich mit Vornamen an.«

»Deine Worte sind wie Dolchstöße in mein Herz«, kommentierte besagter Jeremiah trocken.

Unweigerlich musste Nic lachen.

»Erste Hürde gemeistert«, erklärte Inés. »Wie schlimm war das falsche Haus?«

»Es ging.«

»Er war schockiert«, stellte der Verräter Jeremiah klar. »Ich wünschte, ich hätte eines dieser kleinen Kästchen gehabt.«

»Er spricht von einem Smartphone«, half Inés aus. »Die funktionieren hier nicht und da unser Oberster sich meist in diesen ehernen Hallen verkriecht, braucht er keines. Dein Glück.«

Nic ließ seinen Blick über die Umgebung gleiten. Einzig die Wände waren leer, doch es gab kleine Kommoden mit Blumen in Vasen darauf und Sessel in den Erkern.

»Wirkt fast wie ein Schloss.«

»Ich fürchte, damit liegst du erneut falsch«, stellte Inés klar. »Jeremiah, du brauchst sicher ein wenig Schlaf auf deine alten Tage. Ich übernehme die Führung.«

Ein kurzer Blick auf seine Uhr bestätigte Nic, dass es bereits drei Uhr in der Nacht war. Schlaf war trotzdem keine Option, dafür war er viel zu aufgeregt. Schließlich wusste er nicht einmal, was sein Talent bedeutete.

»Der alte Mann zieht sich zurück«, streckte Caldwell die Waffen. »Viel Spaß bei der Besichtigung.«

Er wandte sich der Treppe zu, die geschwungen links und rechts des Spiegels in die Höhe führte. Eine weitere Tür lag direkt gegenüber.

»Wollen wir?«

»Gern.«

Sie durchschritten den Raum. »Was weißt du bisher über die Schicksalswächter?«

»Nicht viel«, gestand er. »Gar nichts. Ich hielt ein 13. Haus immer für einen Mythos.«

»Das wollen wir auch. Da niemand, der das Ritual mitgemacht hat, mit jüngeren darüber sprechen darf, weiß kein Absolvent der Akademie davon. In den letzten Jahren gab es auch keine Neuerwählten.«

»Ich habe gehört, wie sie über die Regel gestritten haben, direkt nach dem Ritual.« Nic versuchte, sich die Worte ins Gedächtnis zurückzurufen. »Es darf nur ein neuer Schicksalswächter in das Haus aufgenommen werden, wenn ein alter stirbt?«

Ein Schatten huschte über das Gesicht von Inés. »So ist es. Im Jahre 1872, ein Jahr nach dem Regnum, wurde der Pakt von Toulouse geschlossen. Dieser legt fest, dass es niemals mehr als 136 Schicksalswächter sein dürfen. Frag mich bitte nicht, wer auf diese glorreiche Zahl kam, aber sie wurde niedergeschrieben. Doch unsere Erkundung soll sich nicht mit tragischen Ereignissen der Vergangenheit befassen, sondern im Geiste des Neubeginns erfolgen.«

Womit Inés ihm zweifellos zu verstehen geben wollte, dass sie nicht über den toten Schicksalswächter sprechen würden, den Nic ersetzte.

Sie öffnete eine Tür.

Erst wollte Nic einfach so über die Schwelle treten, dann hielt er verblüfft inne. Der Gang hatte keine Ähnlichkeit mit der Halle.

»Hatte euer Innenarchitekt zufällig eine Vorliebe für Gras? Also, die rauchbare Variante?« Ein Dartpfeil auf Kataloge verschiedener Epochen und Länder, schon erhielt man das Ergebnis, das er vor sich sah. »Könnte französisches Rokoko sein.«

»Schau.« Die Schicksalswächterin deutete auf den Türrahmen.

»Sind das … Spiegelscherben?« Mit geweiteten Augen streckte Nic den Arm aus, doch seine Hand spürte nicht den typischen Widerstand eines Portals.

»Die Halle, in der wir stehen, existiert tatsächlich an einem Ort der wirklichen Welt. Du wirst noch erfahren wo, darfst die Position aber nicht weitergeben. Alle Räume um diese Halle herum sind vollgestopft mit Abwehrzaubern, Flüchen und Bannsiegeln. Doch an verschiedenen Punkten der Welt gibt es, wie du ja weißt, tote Zonen. Orte, an denen keine Magie existiert.«

Er nickte eifrig.

»Sie dienen als Anker für Realitätsblasen. All unsere Räume liegen in diesen Blasen versteckt, unerreichbar für jede Art von Magie. Natürlich haben wir frische Magie einfließen lassen, nachdem sie erschaffen waren.«

»Und diese Türübergänge sind dann …«

»… durchaus Spiegelübergänge«, vollendete Inés seinen Satz. »Wir haben Portale erschaffen und die Spiegel in die Substanz der Türen eingebaut. Allerdings können jene Übergänge nicht zwischen verschiedenen Stationen wechseln, diese hier sind fixiert.«

»Warum werden sie nicht auch in Schulen eingesetzt?«, wollte er wissen.

Die Erinnerung an das Observatorium der Bibliothek drängte sich auf. Fünftausend Stufen, die zurückgelegt werden mussten, um an die alten Schwarten zu gelangen, die dort gebunkert waren.

»Der Zauber für diese Art von Portal benötigt mehr als einen aufblitzenden Anima.« Inés strich sanft über die Oberfläche des Rahmens. »Nur Schicksalswächter vermögen einen solchen Pfad zu öffnen und eine Realitätsblase innerhalb einer toten Zone zu erschaffen.«

Sie setzten ihren Weg fort.

Zugegeben, Nic war beeindruckt. Damit konnten die Pflanzenmagier niemals mithalten. Die Schattenläufer rannten sowieso den ganzen Tag nur herum und wurden als Taxi missbraucht. Aber ein Schicksalswächter … »Was genau tun wir eigentlich? Die anderen Häuser scheinen uns nicht zu mögen.«

»Dafür gibt es zahlreiche Gründe«, erklärte Inés, während sie an Büsten, hüfthohen Säulen aus Gips und Wandbehängen vorbeieilten. »Je nachdem, wer die Realitätsblase erschafft, passt sich der Inhalt übrigens an.«

»Ah.« Richtig, der Nachname von Inés war Dubois. Sie musste Französin sein. »Wirklich hübsch.«

»Bist du wahnsinnig?« Verblüfft starrte sie ihn an. »Es ist scheußlich.«

»Absolut. Genau wie diese schrecklichen Gemälde im Fake-Haus.«

»Die sind von mir«, erklärte Inés trocken.

»Sie sind wundervoll.«

Die Schicksalswächterin brach in lautes Gelächter aus. »Sie sollten absichtlich hässlich werden. Das Haus ist eine Tarnung, falls einer von uns verfolgt wird. Du darfst diesen Ort hier nur über das Haus betreten, alle anderen Zugänge sind versiegelt.«

»Könnte ich nicht das Haus ansteuern, in dem in der realen Welt dieser Raum hier liegt?«

»Durchaus. Aber die Schutzzauber würden dich nicht einlassen, du wärst nah, doch unendlich weit entfernt.«

Womit tatsächlich lediglich das falsche Haus als Zugang blieb. Was, wenn es einstürzte? Gewundert hätte es ihn nicht.

»Das hier ist die Bibliothek«, erklärte Inés.

Der Gang erweiterte sich und führte in einen Raum, dessen Wände vollständig von Regalen unterschiedlicher Größe bedeckt waren. Breite Tische mit holzgeschnitzten Verzierungen standen dazwischen, die typischen weißen Büsten darauf.

Inés seufzte. »Die Schnitzereien nennen sich Boiserien und bescheren mir Albträume.«

Erst beim näheren Hinschauen erkannte Nic, dass die Schnitzereien moderne Inhalte zeigten. »Ist das eine Tardis?«

»Nennt man Telefonzellen bei euch so?«

»Die Antwort würde jetzt länger dauern.«

Inés winkte ab. »Irgendwo hier ist auch eine Enterprise verewigt. Und ich glaube, als Lars schlief, entstanden Schlümpfe. Wie auch immer, es sind die typischen Ornamente, Arabesken und ganz viele Grotesken.«

Die Wände ragten hoch empor, auf der gewölbten Decke waren kunstvolle Szenen aufgemalt. Genau genommen stellten sie die Avengers dar, die gerade gegen Thanos kämpften, aber damit fing Nic gar nicht erst an. Inés schien, was aktuelle Popkultur anging, nicht auf dem neuesten Stand zu sein.

»Und die Bücher sind dann auch einfach so erschienen?«, fragte er.

»Ein Teil davon, aber das wurde durch einen Zauber gelenkt. Zudem haben wir eigene Archivare, die ständig überall auf der Welt nach Schriften suchen oder neue erstellen.« Sie durchschritten den Raum, doch bevor Inés die nächste Tür öffnete, blieb sie noch einmal stehen. »Ich erspare dir heute die Trainingsräume, Küche, den Sportbereich und all den gewöhnlichen Kram. Doch es ist von großer Bedeutung, dass du direkt erfährst, was wir hier eigentlich tun.«

»Ich finde, du bist eine sehr schlaue Frau«, erklärte Nic.

»Und du ein Schleimer«, gab sie trocken zurück. »Weiter so. Mit kleinen Geschenken wirkt das noch besser.«

Sie öffnete die Tür.

Dahinter lag ein Spiegelsaal. Der Raum war nicht groß, bot jedoch ausreichend Platz für ein Sofa direkt hinter der Tür. In Blickrichtung standen allerlei Spiegel verschiedener Größe, Form und Höhe.

»Wohin geht es jetzt?«, wollte Nic wissen.

»Das hier ist das Ziel. Was du hier siehst, sind keine Verbindungen, es sind Erinnerungsspeicher. Wissen, das bei der Passage eingefangen wurde, auf andere Art einen Abdruck hinterließ oder bewusst in dem Glas abgelegt wurde. Nimm Platz. Es ist besser, wenn du sitzt.«

Nic sank in die Sofakissen.

6.

DER SCHATTEN DES DÄMONS

»Du musst wissen, dass wir Schicksalswächter über mehr Vollmachten verfügen als die Wächter«, erklärte Inés. »Unsere Arbeit hat nur einen einzigen Zweck: Wir verhindern, dass es zu einem zweiten Regnum kommt.«

»Ein weiteres …« Nics Stimme versagte. »Aber es gibt keine Dämonen mehr.«

»Das ist richtig. Was weißt du über die Ereignisse des Regnums?«

Verwirrt blickte Nic zwischen dem Spiegel und Inés hin und her. »Was jeder weiß. Irgendwie haben ein paar idiotische Magier Artefakte falsch angewendet und einen Dämon über den Abgrund von Zeit und Realität hinweg herbeigerufen.«

Bei seinen Worten erschienen Schlieren auf einem der Spiegel. Bilder entstiegen dem Nebel der Zeit. Magier, die vor einer verwaschenen Kreatur im Staub lagen, ganze Leichenfelder, fließendes Blut.

»Und er hätte beinahe jedes magische Wesen getötet«, flüsterte Nic. »Sein Hass auf unsere Gemeinschaft war gewaltig. Doch am Ende wurde er durch sieben tapfere Magier besiegt, die ihre Kräfte vereinten. Seitdem dürfen die Artefakte nicht mehr eingesetzt werden.«

Bei seinen letzten Sätzen blieb der Spiegel leer.

»Wie du siehst, haben deine Worte keine Wirkung. Das liegt daran, dass ihr alle belogen wurdet.«

»Ich verstehe nicht.« Nic schaute verwirrt zwischen dem Spiegel und Inés hin und her.

»Beginnen wir am Anfang. Es wurde kein Dämon *herbeigerufen*«, erklärte die Schicksalswächterin. Mit übergeschlagenen Beinen und ineinander verschränkten Fingern blickte sie zu den Spiegeln, die bei ihren Worten wieder erwachten. »Doch es gab jene, die von der Macht nicht genug bekommen konnten. Womöglich war es lediglich ein Experiment, doch drei Magier kombinierten Artefakte auf eine Art, die einen Anima veränderte. Magie wurde weiter aufgenommen, doch sie verschmolz mit jenem, der sie benutzte. So wurde aus einem der drei Magier ein Dämon.«

Ein eisiger Schauer rann Nics Rücken hinab. »Er war ursprünglich ein Mensch?«

»Ich fürchte, ja.«

»Wieso weiß niemand etwas davon?«

»Stelle dir nur vor, was geschehen würde«, entgegnete Inés. »Andere könnten versuchen, es ihm gleichzutun, um Macht zu erlangen. Es hat seinen Grund, dass die Wächter darauf achten, die Artefakte vor allen anderen zu finden.«

Einem Fadenkreuz gleich richteten sich Nics Gedanken auf Matts Bruder. Dieser hatte wohl mit einem solchen Artefakt hantiert, wollte er etwa ein Dämon werden?

»Ihr bewacht also die Artefakte?«, hakte er nach.

»Das ist die Arbeit der gewöhnlichen Wächter«, erklärte Inés. »Wir haben eine andere Aufgabe, die ungleich wichtiger ist. Im großen Kampf am Ende des Regnums vereinten sich sieben Magier und wirkten ihre Magie.«

»Sie töteten den Dämon!«

Auf einem der Spiegel erschienen Männer und Frauen, die gemeinsam gegen die verwaschene Kreatur kämpften.

»Ich fürchte, auch das ist nicht korrekt.« Inés schüttelte betrübt den Kopf. »Ein Dämon kann nicht getötet werden, er besteht nach seiner vollständigen Wandlung aus reiner Magie. Es spielt keine Rolle, ob sich ein Einzelner oder eine ganze Armee gegen ihn stellt, er ist unbesiegbar.«

»Aber … er ist doch fort.«

»Das trifft es recht genau.«

Goldene Linien erschienen in der Luft, wurden zu einem dichten Netz und umfingen den Dämon. Wie eine zweite Haut legte sich das Gespinst auf die Silhouette, ein gutturales Brüllen erklang.

»Ein Gefängnis«, flüsterte Inés und schloss die Augen. »Gewoben aus den Fäden des Schicksals, um den Dämon auf ewig in sich einzuschließen.«

»Er lebt noch?!«, schrie Nic und sprang auf.

»Wenn auch seit damals in entschärfter Form«, bestätigte Inés. »Wenn das zu viel für dich ist, kann ich dich gern auf dein Zimmer …«

»Nein«, unterbrach Nic sie und plumpste wieder in die Kissen. »Alles gut. Ich bin hart im Nehmen.«

Ob sie davon erfahren würde, dass er Jeremiah über die Schuhe gekotzt hatte?

»Ein Fluch wurde gesprochen«, erklärte Inés mit einem Seufzen. »Bedauerlicherweise von dem Dämon, während die Fäden des Schicksals ihn umfingen. Seine Worte gruben sich ein in die Fasern der Wirklichkeit und wurden wie ein Echo in jeden Winkel der Realität getragen. Fortan sollten die Dominosteine des Schicksals zu seinen Gunsten fallen, bis das Gefängnis zerbrechen würde.«

»Das Schicksal?«

»Stell dir vor, du kommst an eine Kreuzung, gehst über die Straße und ein Auto überfährt dich.«

»Dumm gelaufen.«

»Ich mag deine nuancierten Analysen«, erklärte Inés trocken. »Doch hättest du das Schicksal auf deiner Seite, würdest du am Morgen über offene Schnürsenkel stolpern. Durch das Binden vergeht Zeit. Du kommst später an die Kreuzung, der Unfall ist längst geschehen, du bist sicher. Die Dominosteine des Schicksals fallen zugunsten des Dämons, verändern zeitliche Abfolgen und die Zukunft einzelner Menschen und Magier, damit am Ende alles zur Öffnung des Gefängnisses führt.«

»Aber … das bedeutet … «

»Rückkehr des Dämons, Ende der magischen Welt. Und genau an dieser Stelle kommen wir ins Spiel. Siehst du, die Magier bemerkten, was vor sich ging. Sie verbanden sich mit dem Fluch und erschufen die andere Seite der Waage. Sie erhielten die Fähigkeit, die Änderungen im Schicksal zu sehen und aufzuhalten oder zu neutralisieren. Sie gründeten die Schicksalswächter. Fortan schwingt das Pendel von der einen zur anderen Seite, mal behält der Dämon die Oberhand, mal gelingt es uns.«

Die Offenbarung erschütterte Nic bis in die tiefste Faser seines Körpers. Die gesamte Welt war in Gefahr. Sowohl die Gemeinschaft der Magier als auch die der Nichtmagier würde fallen, sollte es zu einem zweiten Regnum kommen.

»Die Panik in deinem Blick ist mir nur allzu vertraut«, erklärte Inés. »Sie wird sich legen.«

»Aber … Diese Vibrationen, die ich gesehen habe, das waren dann unterschiedliche Abläufe? Möglichkeiten der Realität?«

»In der Tat.« Inés ließ ihm Zeit, das Gehörte zu verdauen.

Nach einer Weile fragte er: »Und die goldenen Linien?«

»Das Gewebe des Schicksals, das alles miteinander verbindet. Als Schicksalswächter wirst du – sobald deine Gabe geschärft ist – erkennen, wenn ein Faden manipuliert wurde. Die stärksten unter uns können sogar selbst in sehr begrenztem Maß zugreifen.«

Der Dämon lebte noch!

Wer wusste noch davon? Alle Häuser? Oder nur der Rat, die Wächter und Schicksalswächter?

»Für heute ist es genug.« Sie klatschte in die Hände. »Ich bringe dich auf dein Zimmer. Denke in Ruhe über alles nach, morgen lernst du die anderen kennen und dein Unterricht beginnt. Wir benötigen jeden Kämpfer an vorderster Front, dein ruhiges Leben ist vorbei.«

»Aber …«

»Ich verspreche dir, alle weiteren Fragen werden dir beantwortet«, unterbrach ihn Inés. »Zu gegebener Zeit.«

Fast apathisch stolperte Nic hinter ihr aus dem Raum. Sie führte ihn durch die Bibliothek, einen Gang entlang, direkt in den Bereich mit den persönlichen Räumen.

»Hinter jeder Tür liegt ein kleines Appartement, natürlich in einer toten Zone und verbunden durch einen Übergang«, erklärte sie. »Sobald du eintrittst, beginnt die Formung.«

»Formung?«

»Die Zone nimmt dein Ich auf und formt dein ganz persönliches Appartement, basierend auf den Dingen, die du magst. Der Zauber ist bereits in das Gewebe eingebettet, daher musst du nichts tun.«

»Cool.«

»Allerdings sollte ich dich warnen.«

»Und wieso wundert mich das jetzt nicht?«, fragte Nic.

»Weil du clever bist.« Inés grinste frech. »Als Gabriel seinen Raum formte, kam es zu Nebenwirkungen. Ich vermute, eine Vorliebe für Horrorfilme trug die Schuld daran.«

»Ich hasse Horrorfilme. Total. Jane will ständig welche anschauen, aber ich weigere mich. Was genau ist denn passiert?«

»In der zweiten Nacht erschuf der Raum eine Puppe unter seiner Bettdecke«, erklärte Inés und musste prompt lachen. »Das war natürlich absolut nicht lustig … andererseits aber doch.«

Entgeistert starrte Nic auf die Tür vor ihnen. »Ich hasse Horrorpuppen! Was ist, wenn dieser Zauber was anderes Schreckliches erschafft?«

»Denk an etwas Schönes. Kaninchen oder andere flauschige Dinge.« Damit öffnete sie die Tür und schob ihn hinein. »Gute Nacht.«

Mit einem endgültigen Klacken fiel die Tür hinter Nic ins Schloss. Er stand in einem weißen Raum, bar jeder Einrichtung. Er musste wohl von Glück sprechen, dass er den Boden unter seinen Füßen spürte.

Mit einem Wabern erschien ein Bett. Nic sank seufzend darauf, doch es verschwand und er knallte auf den Boden. Der war härter als gedacht. Der Zauber schien sich noch in der Findungsphase zu befinden.

»Ich bleibe einfach hier liegen«, sprach Nic leise zu sich selbst. »So hart ist das gar nicht.« Der Untergrund wurde weicher, ein Kissen erschien. »Das reicht erst mal.«

Eine Bettdecke breitete sich über ihm aus, umfing seinen Körper warm und weich. Ursprünglich hatte er noch in Ruhe darüber nachdenken wollen, was in den Stunden seit seinem Ritual geschehen war, doch die Müdigkeit übermannte ihn. Sein letzter Gedanke befasste sich mit Puppen. Er durfte auf gar keinen Fall an sie denken.

Träume spülten sein Bewusstsein fort.

Wieder waren da die geheimnisvollen Männer und Frauen in ihren Kutten, die ihn verfolgten. Dolche schwangen durch die Luft, ein Anima leuchtete. Auf den leeren Straßen einer gewaltigen Stadt stand er einsam zwischen Gebäuden, die sich bis zum Horizont erstreckten.

Wolken aus dichter Schwärze umhüllten ihn, doch dieses Mal war etwas anders. Feine Linien, wie aus Gold gesponnen, durchzogen den Himmel, wanden sich durch den Traum. Es war ein vertrautes Glimmen, gut und böse zugleich und keines von beiden. Die Gebäude, die Straßen, selbst die Kuttenträger begannen zu vibrieren. Ein Schleier legte sich über die Umgebung.

Wieder vertausendfachte sich jedes sichtbare Element.

Nur um abrupt zu kollabieren.

»Hallo, Nicholas«, begrüßte ihn die alte Dame mit dem grauen Haar.

»Hau ab, ich will schlafen«, erklärte er.

»Das tust du doch. Ich bin lediglich ein Gast«, führte sie weiter aus. »Sicher weißt du, was das bedeutet.«

»Du bist eine Traumwandlerin.«

»So ist es. Eine der wenigen Fähigkeiten, die auch hier funktionieren, innerhalb einer toten Zone. Zumindest, solange du schläfst.«

»Klingt logisch. Willst du ein Stück Kuchen?«

Sie saßen um einen Esstisch herum, an dem außer ihnen nur Puppen Platz genommen hatten. Da gab es Chucky, Annabelle und ein paar niedliche Einhörner mit Rock.

Die alte Dame räusperte sich. »Warum nicht.«

Auf ihren Teller plumpste ein Stück Sandkuchen. Nic hatte einen solchen Hunger, dass er seines einatmete. Dass es dafür zu Sandnebel wurde, half natürlich ungemein.

»Du hast eine sehr interessante Traumwelt«, sprach die Alte. »Schön, dass du es zum Ritual geschafft hast.«

Sie saßen im Schicksalskreis auf dem Ritualplatz. Außerhalb standen Matt, Jane und die Ritualmagierin und diskutierten eifrig darüber, wie sie ihn wieder zurückbekamen.

»Ich möchte, dass du mir genau zuhörst und es auch wirklich realisierst«, flüsterte die Alte. »Das hier ist ein Traum.«

Schlagartig setzte sich der Gedanke fest und die Tatsache erreichte Nic Geist mit eisiger Klarheit. »Du dürftest gar nicht hier sein. Ich habe geschworen, die Geheimnisse zu wahren!«

»Du gibst sie ja auch nicht preis. Konzentriere dich endlich! Du hast die Aufmerksamkeitsspanne eines Bassets. Fokus, Nicholas.«

»Was soll das alles?! Wer bist du?«

»Jemand wollte verhindern, dass du das Ritual durchläufst, ist dir das nicht klar?«

»Irgendwie hatte ich das vergessen. Es ging alles so schnell. Und am Ende war ich im falschen Haus und dann im richtigen … wusstest du, dass der Dämon noch existiert?«

»Himmel, du bist wahrlich ein Geheimniswahrer.«

Daraufhin fühlte Nic sich schlecht. Er war ein mieser Verräter. Tränen kullerten aus seinen Augen und fielen in den Fluss, der plötzlich unter ihnen rauschte. Wieso war er so emotional?

»Hübsch hier.« Die alte Dame sah sich um.

»Meine Heimatstadt.«

»Wir glauben, dass jemand verhindern wollte, dass die Schicksalswächter frisches Blut erhalten. Auch der Tod deines Vorgängers geschah unter merkwürdigen Umständen.«

»Ach ja?«

»Gabriel, dein Vorgänger, hatte Kontakt mit uns aufgenommen. Er wollte mit uns über ein geheimes Projekt sprechen, auf das er aufmerksam geworden ist. Du musst herausfinden, was das war.«

Nic betrachtete die Alte von Kopf bis Fuß. Es fiel ihm immer noch schwer, klare Gedanken zu fassen. Alles hier war so surreal. »Bist du der Dämon?« Er schrak zurück.

»Wir sind eindeutig alle verloren. Nein! Ich bin nicht der Dämon!« Frustriert stöhnte sie auf. »Der Traum zieht dich zurück ins Unbewusste. Du bist noch nicht geübt genug darin, die Konzentration zu halten. Ich hätte es wissen müssen.« Sie nahm seine Hand. »Es gibt jene unter uns, die das Walten der Schicksalswächter so genau wie möglich im Auge behalten. Macht kann stets missbraucht werden und absolute Macht auf absolute Weise.«

»Ja, das ist schrecklich«, sagte er und betrachtete einen gewaltigen Schmetterling, auf dessen Rücken ein Welpe saß und Sandkuchen futterte.

»Gib auf dich acht, ich werde mich wieder bei dir melden.«

»Danke, Sie sind echt nett.«

»Versuche herauszufinden, was mit Gabriel passiert ist! Ich spreche von der Wahrheit, nicht der Geschichte, die sie dir erzählen werden.«

»Mache ich.« Nic kraulte den Welpen, der sein Köpfchen auf seinen Oberschenkel abgelegt hatte. »Das ist mal flauschig.«

»Versuche den Gedanken in dein bewusstes Denken mit hinüberzunehmen: Was ist mit Gabriel geschehen?«

»Was ist mit Gabriel geschehen?«, wiederholte Nic. »Das kann ich mir merken.«

»Ausgezeichnet.«

»Wer war noch mal Gabriel?«

Die alte Dame erwiderte seinen Blick frustriert. »Du brauchst wirklich dringend Training.«

»Manchmal kann das Leben sehr schwer sein.« Nic lächelte seiner Leidensgenossin freundlich zu. »Aber es wird besser.«

»Versuchen wir es morgen noch einmal.« Mit hängenden Schultern trat sie einen Schritt zurück. »Die erste Nacht ist zu früh, du musst eine Menge verarbeiten. Wir kriegen das schon hin.«

»Sagen Sie sich auch immer Dinge selbst vor, obwohl Sie genau wissen, dass es nicht funktioniert?«, fragte Nic. »Das ist irgendwie traurig.«

Die Alte machte ein leidendes Gesicht und verschwand mit dem Geräusch eines Reißverschlusses, der zugezogen wurde. Irgendwie war das seltsam. Oh, er hatte sich etwas Wichtiges merken sollen, aber gerade drehte sich der Welpe auf den Rücken und streckte seinen kleinen Bauch in die Höhe. Nic kraulte zufrieden das Fell und ließ alle Gedanken an sich vorbeiziehen.

Irgendwo explodierte etwas, Menschen schrien und Häuser stürzten ein. Das Licht eines Anima leuchtete auf, hell wie eine Sonne.

Der Welpe zerfiel zu Sand.

Nic erwachte.

Aufkeuchend fuhr er in die Höhe. »Was zur Hölle?« Verwirrt sah er sich um. Die Wände seines Zimmers waren mit aufgemalten Welpen bedeckt, sein Bett war eine Senke im Boden, in der eine Matratze lag. Ein Hängestuhl hing von der Decke und war befüllt mit Puppen verschiedenster Art.

»Das ist jetzt ein Witz.«

Vorsichtig stand er auf. Am Kleiderhaken auf der Innenseite der Tür hing eine jener Kutten, die die Angreifer in seinem Traum getragen hatten, und sein Tisch war ein gewaltiger Schmetterling aus Plastik. Auf der Couch lag eine plüschige Decke.

Nic ballte die Fäuste und schrie seine Wut laut hinaus. Wer kam auf die bescheuerte Idee, solche Appartements aufzubauen? Keinesfalls blieb er hier wohnen!

»Ich wette, das war wieder ein Streich.« Er fluchte lauthals. »Und wo sind Computer und Fernseher?« Ob es fließendes Wasser gab? Die warme Variante?

Bevor er sich beschwerte, stapfte er ins Badezimmer. Dort stand ein gewaltiger Betonpilz, wie er ihn aus Schwimmbädern kannte. Auf der Oberseite sprudelte Wasser hervor, das am Rand hinunterlief.

»Das ist ein Albtraum«, flüsterte er.

Sicherheitshalber kniff Nic sich in den Arm, erwachte jedoch nicht. Das hier war die grausame, rosarote Plüschrealität.

»Ich hasse mein Leben«, knurrte er.

Inés hatte zweifellos untertrieben, als sie von problematischer Ausformung sprach. Mit einer einzelnen Puppe auf der Couch hätte er ja noch leben können, aber sicher nicht mit Betonpilzen, Schmetterlingen und Welpen auf der Wand – sosehr er Hunde auch mochte.

Er musste Inés fragen, wie er mehr Einfluss auf den Raum nehmen und das alles hier wieder löschen konnte. Was immer diesem Gabriel bei seiner Ausformung …

»Gabriel!«

Schlagartig kehrte die Erinnerung an die alte Dame zurück. Keinesfalls war sie Teil seines Traumes gewesen, dafür war ihr Abbild zu real erschienen, zu plastisch.

»Eine Traumwandlerin, die mir zuerst hilft, das Ritual zu erreichen, und jetzt in meinem Traum auftaucht«, flüsterte Nic. »Was geht hier nur vor?«

Wütend öffnete er die Tür.

Und knallte frontal gegen jemanden.

7.

HÖLLE, DEIN NAME IST …

Der Aufprall verwandelte sich in einen Flug. 1Einen eleganten Überschlag später knallte Nic keuchend auf den Boden.

»Miese Reflexe«, stellte jemand fachmännisch fest. »Die blauen Flecke sind dir hoffentlich eine Lehre.«

Erst einmal rollte Nic sich auf den Rücken, aufstehen konnte noch etwas warten. Seine Brust und sein linkes Bein sandten Schmerzwellen durch den Körper.

»Dein Knöchel ist verstaucht«, kommentierte der Wandschrank vor ihm. Ein Wunder, dass sein Shirt nicht an den Schultern aufplatzte. »In Heilmagie bist du hoffentlich nicht auch so ein Flop wie mit den Reflexen.«

Nic war von so viel Frechheit derart überrascht, dass er erst einmal das Naheliegendste tat: Er starrte sein Gegenüber an. Dann ließ er sich dazu hinreißen, ihn zu begrüßen. »Du Arsch.«

»Angelo Santos«, korrigierte der. »Dein zukünftiger Ausbilder im Kampftraining. Gewöhn dich schon mal an die blauen Flecken.« Mit einem abfälligen Kopfschütteln, das seine schulterlangen schwarzen Haare wackeln ließ, ging Angelo davon.

»Also das ist doch …« Wütend starrte Nic Angelo hinterher, bis dieser außer Sicht- und Hörweite war. Dann rief er: »Großes Arschloch!«

»Und dafür hast du zweifellos eine Erklärung«, begrüßte ihn Inés, die soeben um die Ecke kam und die Beleidigung frontal ins Gesicht gebrüllt bekam. »Ich bevorzuge: Guten Morgen.«

»Tut mir leid«, entschuldigte Nic sich schnell. »Aber da war ein Neandertaler in Jogginghosen und Muskelshirt unterwegs.«

»Ah, du hast Angelo kennengelernt.« Inés winkte ab. »Wenn du ihn erst einmal verstehst, ist er ganz nett.«

»Da bin ich sicher.« Nic zog Magie aus der Umgebung, wob mit schnellen Bewegungen einen *Nightingales Lampe* und leitete sie durch seinen Animа. Der Heilzauber richtete die Knochen im Knöchel, alle blauen Flecke verschwanden. »Und das vor dem Frühstück. Ich brauche Kaffee!«

Benannt nach der Frau, die so vielen Verwundeten Trost gespendet und sie gepflegt hatte, war der Heilzauber einer der wichtigsten, den man auf der Akademie schnell lernte. Viel zu oft geschah es bei übermütigen Experimenten oder fehlgegangenen Zaubern, dass sich Magier verletzten.

Inés half ihm auf. »Gibt es nicht. Jeremiah hat eingeführt, dass wir nur Tee trinken.«

»Was?!«

Sie kicherte. »Du machst es einem zu einfach.«

»Haha, hier sind alle so lustig.«

»Nicht wahr?«

Daraufhin beschloss Nic, erst einmal zu schweigen. Vor dem Frühstück war das meist die beste Variante, Jane und Matt hatten ihn nie einfach so angesprochen. Er war stets grummelnd neben ihnen her zum Frühstück geschlurft, wo die beiden sich lachend unterhielten, während er sein Blut mit Koffein anreicherte. Danach begann die Kommunikation.

Der Frühstückssaal entpuppte sich als gemütlicher Raum mit Tischen und Sesseln, einem Büfetttisch und allerlei Getränken – auch Kaffee. Eine Glasfront gab den Blick auf dichtes Grün frei.

»Diese tote Zone liegt im brasilianischen Regenwald«, erklärte Inés. »Von außen sind wir nicht sichtbar oder spürbar, doch von innen ist das kein Problem – simple einseitige Transparenz.«

Ein bunter Vogel saß in Sichtweite auf einem Stamm und war weiter oben nicht ein Affe zu sehen?

»Alle mal herhören.« Inés klatschte in die Hände. »Das hier ist Nicholas Ashton, seit gestern neu in unser Haus aufgenommen. Am heutigen Tag beginnt sein Training.«

Freundliche Blicke richteten sich auf ihn, es wurde geklatscht und plötzlich war er umgeben von einer Wolke aus Schicksalswächtern, die ihm die Hand schüttelten oder auf die Schulter klopften. Gezwungenermaßen musste er lächeln, was wohl etwas verkrampft wirkte, denn einer der Schicksalswächter blickte ihn leicht entsetzt an.

»Das gibt sich«, erklärte Inés freundlich.

Irgendwann ließen sie ihn in Ruhe Kaffee trinken und sein Müsli essen. Sie hatten seine Lieblingssorte auf dem Tresen deponiert, was doch ganz nett war. Nach einer Weile fühlte er sich wach genug, um ein Gespräch mit Inés zu führen.

Auf die Problematik des Zimmers angesprochen, winkte sie nur ab: »Gib dem Zauber noch ein paar Tage Zeit. Die Hälfte des Zeugs wird sich noch einmal wandeln.«

Womit nur zu hoffen blieb, dass diese Hälfte alle Puppen mit einschloss. Und den Pilz im Bad. Er versuchte, nicht daran zu denken. Inés erklärte, dass Nic in den folgenden Tagen in verschiedenen Bereichen weiter ausgebildet werden würde, wobei der Fokus keinesfalls auf seinem Talent lag. Stattdessen musste er die magische Geschichte um den Dämon kennenlernen, würde politisches Wissen erhalten – als Schicksalswächter musste man bei jeder Handlung gewisse Implikationen miteinbeziehen – und natürlich Kampftraining.

Oh ja, er würde es Angelo zeigen. Irgendwann. Ha!

Nach dem Frühstück kehrte er in sein Zimmer zurück, stellte sich unter den Pilz und schlüpfte in frische Kleidung, die sich auf seinem Bett materialisierte. Immerhin etwas, Jeans, Hoodie und Converse waren gut getroffen.

Als es klopfte, war er bereit.

»Hallo, Nicholas«, begrüßte ihn ein freundlich lächelnder Mann mit Brille in Nerd-Look. »Mein Name ist Pablo Flores.«

»Lass mich raten, Politik?«

»Was hat mich verraten?«

Eine ehrliche Antwort bezüglich der konservativ-intellektuellen Aura, die ihn umgab, war völlig unangebracht. »Deine wissende Aura«, improvisierte Nic stattdessen und fühlte sich ganz als Diplomat.

»Dann arbeiten wir doch daran, dass du ein wenig davon abbekommst.«

»Ich liebe Politik.« Er versuchte nicht einmal, die Lüge zu verschleiern.

Doch Pablo lachte nur auf. »Keiner mag das Fach am Anfang. Aber warte nur ab.«

Er brachte Nic in einen großen Raum, dessen Decke von Säulen getragen wurde. Der Boden bestand aus einem Mosaik, das eine Weltkarte des vorherigen Jahrhunderts darstellte. Überall standen Globen herum, die die Länder verschiedener Epochen zeigten, in den Regalen standen Wälzer über Politik.

Das freudige Leuchten in Pablos Augen ließ Nic Schreckliches ahnen.

»Wir werden gemeinsam in die Politik der magischen Welt eintauchen, aber natürlich stehen auch die Nichtmagier auf dem Programm. Wenn wir dort draußen in der Welt handeln, betrifft das jeden und wir müssen stets darauf achten, innerhalb gesellschaftlicher Regeln zu agieren. Fehler können gravierende Folgen haben.«

»Verstehe.«

Pablo begriff, dass seine Worte Nic nicht überzeugt hatten. »Stell dir vor, eine Schicksalswächterin würde in einem östlichen Land auf der Welt eingesetzt werden, wo die Stellung der Frau in der Gesellschaft noch einer veralteten Weltanschauung nachhängt«, gab er zu bedenken. »Das könnte ihr vor Ort Probleme bereiten, was sie zuvor wissen muss.«

»Sie könnte Leuten, die ihr blöd kommen, einfach in den Sack treten«, schlug Nic vor.

Pablo seufzte. »Das ist sicher eine Möglichkeit, wofür sie jedoch im Gefängnis landen würde. Du weißt, dass wir Magie niemals offenbaren dürfen. Diese eine Regel steht über allen anderen.«

»Schon klar, unsere Oberste Direktive.«

»So kann man wohl sagen.«

Pablo war eindeutig kein Trekkie.

»Die Welt mag sich gewandelt haben, ist aber noch immer ein Flickenteppich aus unterschiedlichen politischen Strömungen. Wir

werden mit Rassismus, Frauenhass und Homophobie konfrontiert. Das gilt es im Kampf zu beachten, so traurig das sein mag.«

Sofort musste Nic an Matt denken. Wenn jemand gemein zu ihm war, ging der darüber hinweg. So geschehen auf der Akademie mit Janis Ogilvy. Nachdem Jane und Nic sich diesen zur Brust genommen hatten, grüßte er Matt immer höflich und humpelte nur noch ein bisschen.

»Wir werden den Unterricht in einzelnen Modulen abarbeiten. Am Ende jedes Moduls erwartet dich eine Prüfung.«

»Was?!« Entsetzt erwiderte Nic Pablos Blick. »Wo kommt das denn her? Ich dachte, Prüfungen sind nach der Akademie vorbei.«

»In anderen Häusern durchaus«, bestätigte Pablo. »Da unsere Einsätze aber stets auf Leben und Tod sind, muss jeder der Beste sein.«

Was per se gar nicht möglich war. »Verstehe.«

»Am Anfang steht die Politik der magischen Welt, von der du immerhin schon ein wenig auf der Akademie gelernt hast.«

Ein wenig!? Es waren die langweiligsten Stunden überhaupt gewesen, pure Folter. Ihr Lehrer war sechzig, hatte langsam gesprochen und Namen wie Zahlen stoisch heruntergebetet. Meist war Nic eingepennt, einmal sogar inklusive Sabberfaden, was Jane total lustig gefunden hatte.

»Aber nur sehr wenig«, erklärte er deshalb sicherheitshalber.

Vermutlich hatte Pablo geglaubt, dass Nic ein Fachmann für Politik war, da sein Vater im Rat saß. Das Gegenteil war der Fall.

»Das ist kein Problem«, erklärte sein Politiklehrer und trat an ein seltsames Messinggestell.

In einer Aussparung daneben lagen Steine verschiedener Farbe, in deren Oberfläche etwas eingeritzt war. Pablo nahm einen heraus und legte ihn in eine kreisrunde Fassung, die von Linsen umgeben war. Dann berührte er seinen Anima, der in seine Brille eingepasst war.

Die durchscheinende Silhouette eines Mannes mit Frack und Zylinder erschien.

»Ist das Lincoln?«, fragte Nic verblüfft.

»In der Tat. Es gibt wohl kaum einen Politiker, der nicht einmal vor einem Spiegel stand. Wie du weißt, nimmt Glas immer einen Abdruck auf, der durchaus wichtige Elemente des Charakters beinhalten kann. Ich habe hier eine Sammlung diverser Politiker aus der magischen und nichtmagischen Welt. Du wirst nicht aus Schriften lernen, sondern Ereignisse mit der Wahrnehmung einer Person aus jener Zeit vermittelt bekommen. Danach diskutieren wir darüber und setzen das Erfahrene in einen modernen Kontext.«

»Wow, das ist eigentlich ganz cool.« Nic runzelte die Stirn. »Datenschutzrechtlich aber höchst bedenklich.«

Pablo lachte auf. »Keine Sorge, das Wissen der manifestierten Präsenz stammt aus Büchern, sind aber verwoben mit dem Charakter. Dadurch entsteht ein sehr akkurates Bild.«

»Hast du so etwas auch von meinem Vater?«

»Natürlich, allerdings werden wir uns ihn für später aufheben«, stellte Pablo klar. »Du sollst hier nicht spionieren, sondern analysieren. Und ich werde dir jetzt demonstrieren, weshalb das wichtig ist.« Er nahm den Stein wieder aus der Fassung. »Setz dich.«

Es war nicht schwer zu erkennen, dass Nic zukünftig an dem Holztisch sitzen sollte, hinter dem ein gemütlicher Stuhl stand. Die Blickrichtung war auf die Messingapparatur und den nebenstehenden Globus gerichtet. Ein Stapel Bücher lag bereit, vermutlich zum Nachschlagen, daneben altmodisches Papier und ein Stifteset.

»So viel zum papierlosen Büro«, murmelte er.

»Bereit?«

Nic zuckte nur mit den Schultern.

»Wie du weißt, besteht die Regierung unserer magischen Gemeinschaft aus zwei Kammern. Einmal die Obersten, die von den Mitgliedern ihrer Häuser gewählt werden. Das sind insgesamt dreizehn. Die andere Kammer setzt sich aus den sieben Vertretern des Rates zusammen, die in der allgemeinen Wahl von allen Magiern gewählt werden. Im Grunde ist das recht simpel, doch jetzt kommen die Flügel ins Spiel.« Pablo legte einen der Steine in die Fassung.

In einem Flimmern entstand eine Frau mit kurzem blonden Haar in einem eleganten schwarzen Kleid.

»Sag uns, was du über die Schicksalswächter denkst, Elois«, bat Pablo. Er wandte sich Nic zu: »Sie ist Mitglied des Rates.«

»Die Schicksalswächter sind eine Gefahr für uns alle«, platzte sie wütend heraus. »Gelebte Demokratie bedeutet Transparenz, doch das

13. Haus hütet seine Geheimnisse eifersüchtig und besitzt Sondervollmachten, die unbedingt aufgehoben werden müssen.«

»Die anderen Häuser doch auch«, unterbrach Nic verärgert.

»Untereinander mag das so sein, jeder hat seine Geheimnisse.« Elois funkelte ihn wütend an. »Doch der Rat hat Einblick in die Vermögen, die Artefakte und die selbst gewobenen Zauber jedes Hauses – nicht jedoch bei den Schicksalswächtern. Dabei sind es gerade jene, die eine unermessliche Macht besitzen. Das Schicksal zu beeinflussen, sollte niemandem gegeben sein.«

»Auch nicht, um der Gesellschaft zu helfen?« Nic wurde immer wütender. »Was ist, wenn der Dämon zurückkehrt?«

»Der Dämon!« Elois wischte den Einwand beiseite. »Das ist lächerlich. Ein Mythos, den findige Magier einst nutzten, um ihren Sonderstatus zu definieren. Ein Märchen, nichts weiter. Der Dämon wurde besiegt und vernichtet. Es sind so viele Jahre seit dem Regnum vergangen, es wäre längst etwas geschehen, wenn der Schicksalsfluch noch aktiv wäre. Nein, ich glaube, die Schicksalswächter wollen nur eins: Macht. Jeremiah Caldwell ist ein Wolf im Schafspelz, der sich immer mehr davon sichert. Der Rat muss etwas dagegen unternehmen!«

»Ach, was denn?!«

»Ich setze mich dafür ein, dass die Geheimnisse des 13. Hauses dem Rat offenbart werden müssen«, erklärte sie kategorisch. »Keine Ausnahmen mehr. Zudem muss zukünftig jeder Einsatz genehmigt werden, jede Beeinflussung des Schicksals wird protokolliert.«

»Kann sie das?«, wandte Nic sich an Pablo.

»Frag sie.«

»Kannst du das?«, wiederholte Nic die Frage.

»Zum jetzigen Zeitpunkt mag ich die notwendige Mehrheit noch nicht besitzen, doch ich arbeite daran. Sei versichert, sobald das 13. Haus einen Fehler begeht, werde ich bereit sein.«

Bevor Nic diesem fiesen Hologramm die Meinung sagen konnte, nahm Pablo den Stein aus der Fassung. Elois Standoff verschwand.

»Wie du siehst, gibt es Gefahren aus verschiedenen Richtungen, denen wir uns stellen müssen«, erklärte er.

»Diese fiese, elende …«

»Aber hat sie recht?«, unterbrach Pablo mit einer Frage, die Nic völlig aus dem Konzept brachte.

»Natürlich nicht! Oder?«

»Kein Mensch handelt aus reiner Willkür heraus. Dem Rat und seinen Mitgliedern wird oft Böses unterstellt, jeder Flügel hat eigene Anhänger. Doch für alles gibt es einen Grund. Elois Standoff glaubt, wir haben zu viel Macht. Hat sie recht?«

Verwirrt betrachtete Nic die Messingapparatur. Das Gleichgewicht zwischen den 12 Häusern war sauber austariert, tatsächlich brachte das 13. dieses Gleichgewicht ins Wanken. Andererseits gab es die Beschränkung der Mitgliederzahl. Das Talent wiederum konnte wohl durchaus eingesetzt werden, um auf verschiedene Arten zu manipulieren.

»Können wir auch Dinge beeinflussen, die nichts mit dem Dämon zu tun haben?«, fragte er Pablo.

Dieser nickte. »Wir sehen stets die Varianten des Weges. Unsere Aufgabe ist es, das Schicksal zu korrigieren, wenn es durch den Fluch beeinflusst wurde, oder diese Beeinflussung zu verhindern, bevor sie geschieht. Doch theoretisch könnten wir auch eigene Beeinflussungen vornehmen. Was Elois nicht versteht, ist, dass diese keine Auswirkungen hätten.«

»Wieso das?«

»Um tatsächlich etwas Großes zu bewirken, müssen tausend kleine Zahnräder in Bewegung gesetzt werden. Anders ausgedrückt: Um einen See zu erschaffen, musst du tausend Flüsse umlenken. Der Dämon tut genau das. Wir vermögen das große Ganze in seiner Vollständigkeit aber nicht zu sehen.«

Nic dachte in Ruhe über die Worte nach.

»Was wäre, wenn wir uns mit den Zukunftssehern zusammentäten?«

Pablo nickte. »Wir kämen der Sache näher. Du siehst, Elois hat durchaus recht, wenn sie eine Warnung ausspricht. Natürlich treibt die Angst vor dem Kontrollverlust sie in ein Extrem.«

»Das ist eigentlich recht interessant«, gab Nic zu.

Er hatte noch nie darüber nachgedacht, die politische Richtung eines Ratsmitgliedes tiefer zu analysieren.

»Richtig spannend wird es, wenn du die einzelnen Ratsmitglieder und ihre politische Richtung analysierst und miteinander in Verbindung setzt. Du wirst auf ein Netz aus Abhängigkeiten, Seilschaften, Pragmatisten und Idealisten stoßen. Manchmal ist das beängstigend, aber auch höchst aufschlussreich. Jede Entscheidung, die der Rat fällt, hat Auswirkungen auf die Gemeinschaft der Magier.«

Und sein Vater war Teil dieses gewaltigen Bildes. Nic war in der Vergangenheit so sehr darauf bedacht gewesen, dem Beruf seines Vaters auszuweichen, dass er nicht einmal genau wusste, wofür dieser stand.

»Ich denke, für heute sind wir durch.« Pablo klatschte in die Hände.

Erst jetzt bemerkte Nic, wie viel Zeit verstrichen war. Mit dem Unterricht an der Akademie hatte dieser hier auf jeden Fall nichts gemein.

In Gedanken zählte Nic die Ratsmitglieder auf, die er kannte, und stellte entsetzt fest, dass das nicht einmal alle waren. Und wie lange ging die aktuelle Amtszeit noch? Hatte sein Vater genug Rückhalt, um erneut gewählt zu werden?

Er verabschiedete sich von Pablo und verließ den Raum der Politik. Am liebsten hätte er direkt weitergemacht und realisierte erst auf dem Gang, dass er keinen Stundenplan besaß. Wo ging es denn weiter?

»Es wurde auch Zeit.« Eine bullige Frau mit verschränkten Armen stand ihm gegenüber.

»Waaahhh.« Nic fuhr erschrocken zusammen.

»Auch eine Art der Begrüßung.«

»Du hast mich erschreckt.«

»Gut so, das wird dich lehren, aufmerksamer zu sein. Ich bin Madam Ultinova.«

»Also einfach Madam?« Nic grinste, um das Eis zu brechen. Dumme Idee. »'tschuldigung.«

»Wir beide werden viel Spaß zusammen haben.« Sie stapfte davon. »Mitkommen!«

Wieso hatte er nur das Gefühl, sich auf dem Weg zu seiner Hinrichtung zu befinden?

8.

Ein Blick auf das Schicksal

Er war in die Gerümpelkammer eines Messies geraten. Entsetzt blickte Nic sich um. »Hier soll ich mein Talent trainieren?!«

»Bereits als ich dich das erste Mal sah, war mir klar, der ist ein ganz Schlauer«, erklärte Madam Ultinova trocken. »Du wirst die Sicht meistern, dafür sorge ich.«

Bei dem Gedanken an die verschwommene Umgebung während des ersten Mals wurde ihm direkt wieder übel. Anscheinend sah sie ihm das an, denn Madam Ultinova stapfte zu einem kleinen Schränkchen inmitten des Chaos und zog eine Packung Tabletten hervor.

»Gegen Übelkeit«, erklärte sie. »Ich habe auch Zäpfchen.«

»Kennen Sie zufällig eine Jane Blend?«, fragte er. »Sie haben genau den gleichen Humor.«

»Wer weiß«, gab Madam Ultinova zurück. »In meiner Jugend hatte ich viele Liebhaber, womöglich auch uneheliche Töchter, von denen ich nichts weiß. Magie treibt seltsame Blüten. Das könnte bei manch einem Mann für Schmerzen gesorgt haben. Aber das liegt lange zurück.«

Kopfkino! »Schön, dass wir das geklärt haben. Was soll ich tun?«

Mit überraschender Geschmeidigkeit sank sie in den Schneidersitz. Als Nic es ihr gleichtun wollte, stoppte sie ihn mit einer abrupten

Handbewegung. »Sag mir, was in diesem Raum die falsche Position einnimmt.«

»Ich … was?«

»Mit meiner Gabe habe ich das Schicksal eines Gegenstandes verändert. Er sollte an einer Stelle sein, ist es jedoch nicht mehr. Nutze dein Talent. Es ist eins mit dir, verwoben mit deinem Ich. Du benötigst nur Konzentration.«

Womit sie das Problem bereits recht gut zusammengefasst hatte. »Ruhe und Konzentration.«

»Und Stille«, ergänzte Ultinova prompt.

Grummelnd atmete Nic ein und wieder aus, um eins zu werden mit seinem inneren … was auch immer. Doch er spürte nichts. Die seltsame Sicht, die er beim Ritual hatte heraufbeschwören können, wollte sich nicht wieder einstellen. Er versuchte es stärker.

»Du siehst aus, als müsstest du dringend die Toilette aufsuchen«, kommentierte Madam Ultinova.

»Das war jetzt ein bisschen ordinär«, gab Nic zurück. »Es funktioniert nicht!«

»Weil du es erzwingen willst«, erklärte die Schicksalswächterin überraschend sanft. »Das Talent ist eins mit dir, du musst es behandeln wie einen Freund. Fühle es. Umfange es. Werde eins damit.«

Am liebsten hätte er sie nachgeäfft, aber das barg gewisse Risiken. Deshalb verdrehte Nic lediglich die Augen. Dann kam das Fühlen, Umfangen, Einswerden. Zumindest in der Theorie.

»Es funktioniert nicht«, erklärte er nachdrücklich.

»Du hast es eine Minute versucht.«

»Eben.«

Madam Ultinova schlug frustriert mit der Faust auf den Boden. »Für dich hätte ich wohl Beruhigungstabletten besorgen sollen.«

»Ginge das?«

»Nein!«, blaffte sie. »Das Einswerden mit deinem Talent muss natürlich erfolgen wie das Atmen. Unbewusst, einfach darauf zugreifen. In einem Einsatz hast du keine Zeit, eine Tablette zu schlucken.«

»Und jetzt?«

»Setz dich mir gegenüber.«

Es knackte ein wenig, als er den Schneidersitz einnahm, und Nic kam sich ziemlich alt vor. Hieß es nicht, dass es mit einundzwanzig Jahren bergab ging? Er konnte es bereits spüren. In seinem Rücken und …

»Konzentriere dich«, forderte Madam Ultinova erneut. »Du bist hier und jetzt, an einem Ort, nicht in deinen Gedanken. Spüre den Boden unter den Füßen, rieche die Essenz all dieser Gegenstände.«

Womit eindeutig der Staub gemeint war. Nic schnupperte. Und etwas Schimmel war auch dabei.

»Schließe die Augen«, befahl Madam Ultinova. »Jetzt atme ein und wieder aus, fühle, wie der Atem durch deinen Körper gleitet. Durch Nase, die Mundhöhle, hinab in die Lungen. Atme das Jetzt und Hier ein, die Gedanken hinaus. Dieser Ort ist dein Anker, du bist Teil von alldem, verwoben mit dem Schicksal.«

Ruhe überkam ihn wie plätscherndes Wasser an einem heißen Sommertag, das ihn umhüllte, durchdrang und kühlte.

»Öffne die Augen«, flüsterte Madam Ultinova.

Der Raum war in schimmernde Fäden aus Gold gekleidet, ein Flimmern lag über allem. Jeder sichtbare Gegenstand war verbunden mit dem anderen. Hauchdünne Linien, die an Spinnenweben erinnerten, durchzogen und verbanden jedes Objekt im Raum. Madam Ultinova glühte von innen heraus. Was wohl geschah, wenn er an den Fäden zupfte, die von ihr zu den Objekten liefen?

»Finde den Gegenstand!«

»Klar, sofort.« Nic schoss in die Höhe.

Langsam schlich er zwischen dem Gerümpel umher. Da war ein Tisch, auf dem allerlei Zeug aus den Achtzigern lag. Eine Gürteltasche, ein Zauberwürfel, sogar ein Schuh. Doch nichts davon wirkte anders als gewöhnlich. Die Fäden verliefen von jedem Einzelnen ins Nichts.

»Woran erkenne ich eine Manipulation?«, fragte er.

»Du wirst sie sehen, wenn du sie siehst«, erwiderte Madam Ichbin-das-Orakel-von-Delphi-Ultinova.

Das Vibrieren nahm zu. Die altbekannte Übelkeit kehrte zurück, wenn auch nur als Wahrnehmung am Rand. Noch war es nicht allzu schlimm.

»Du hast nicht viel Zeit«, ergänzte sie.

Nic flitzte durch die Schneisen zwischen dem Gerümpel. Hier lag zu viel Zeug. Woher hatte sie all das? Von den Flohmärkten der Welt?

»Wo du auch bist, ich finde dich«, sagte Nic dem unbekannten Gegenstand den Kampf an.

Seine Schicksalssicht erlosch.

Die Übelkeit kam abrupt und er übergab sich auf einen alten Diwan, der ziemlich antik aussah.

»Hast du ihn gefunden?«, erklang die Stimme von Madam Ultinova.

»Dieser Diwan ist wirklich dreckig«, rief er matt zurück. »Man sollte ihn reinigen.«

Als er zurückkehrte, hatte sie sich erhoben. Sie wirkte ein wenig weicher als bisher. »Nur die Hälfte kann sich beim ersten Treffen in die Schicksalssicht versetzen, du hast also recht passabel abgeschnitten.«

Hätte er nicht den Geschmack von Erbrochenem im Mund gehabt, Nic hätte sich über das Lob gefreut. »Aber welcher Gegenstand war denn nun verändert?«

»Dein linker Schuh.«

Verwirrt blickte Nic zu Boden. »Aber habe ich nicht Converse angezogen? Wieso sind das New Balance? An beiden Füßen?« Noch während er darüber nachdachte, wurde die Erinnerung schwammig.

Madam Ultinova lächelte sphinxhaft. »Du hast deine Aufmerksamkeit auf die Umgebung gerichtet, doch die Alternierung befand sich an deinem Körper. Lass dir das eine Lehre sein, Nicholas, unsere Feinde denken weit voraus. Der Angriff ist oftmals bereits erfolgt, bevor die körperliche Interaktion beginnt.«

»Aber wie?« Er wackelte mit den Zehen im falschen Schuh.

»Der Dämon hat seine Jünger. Es gibt die, die ihn zurückbringen wollen, um von ihm das Geheimnis des Aufstiegs zu erfahren.«

»Sie wollen ebenfalls Dämonen werden?«, hauchte Nic.

Madam Ultinova wanderte zu den Gegenständen, nahm eine alte Taschenuhr in die Hand und öffnete sie gedankenverloren. »Es böte die absolute Macht und reine Unsterblichkeit. Das Alter wäre besiegt, keine Wunde vermag dich zu töten. Für viele dort draußen ist dies das höchste Ziel.«

Der Gedanke, dass plötzlich Dutzende von Dämonen herumrannten, brachte Bilder mit sich. Das wäre kein Regnum, sondern ein Armageddon.

»Was ist mit Gabriel passiert?« Es war ein Impuls, der ihn übermannte. Wenn es eine Chance gab, die Wahrheit über seinen Vorgänger zu erfahren, dann jetzt und hier.

»Er war jung und ungestüm«, erwiderte Madam Ultinova leise. »Tatsächlich hat er etwas von dir. Niemand von uns weiß, was in jener Nacht geschah, doch es kam zu einem Kampf unter einem verlassenen Kaufhaus in Brasilien. Gabriel rief um Hilfe. Doch als wir eintrafen, war er längst tot. Magie hat ihn umgebracht.«

Der Gedanke, dass Magier andere Magier töteten, um den Dämon zu befreien … es wollte ihm nicht einleuchten. Jeder Magier lernte auf der Akademie von den Schrecken des Regnums, den Morden und der Folter.

»Es ist schwer zu begreifen«, sprach Madam Ultinova weiter. »Jeder von uns ist etwas Besonderes, Teil der Familie. Einige von uns haben einen Bruder verloren, andere einen Sohn. Wieder andere ihre große Liebe.«

»Liebe?« Nic blickte Ultinova mit weiten Augen an.

Sie lächelte. »Doch nicht ich. Schau mich an, ich bin eine vierundfünfzigjährige Frau. Natürlich bin ich körperlich noch problemlos dazu in der Lage, die Bedürfnisse meiner Liebhaber …«

»Schon klar, danke!«, unterbrach er sie schnell.

»Unterschätze deine Feinde niemals, Nicholas«, beschwor ihn Madam Ultinova. »Wenn du Hilfe brauchst, hole sie dir. Fehlt dir Wissen, eigne es dir an. Und zieh erst in den Kampf, wenn du glaubst, gewappnet zu sein – obgleich du es niemals sein wirst.«

»Das mit den Peptalks üben wir noch mal«, kommentierte Nic und fragte sich, weshalb seine Stimme mit einem Mal so kratzig klang.

»Raus mit dir«, befahl die Schicksalswächterin. »Regeneriere. Das nächste Mal erwarte ich, dass du es doppelt so lange aushältst *und* den Gegenstand findest.«

»Aber das ist unfair!«, protestierte Nic. »Andere haben es beim ersten Mal nicht geschafft und ich soll beim zweiten Mal doppelt so gut sein?«

Madam Ultinova schob ihn auf die Tür zu. »Sieh es als Ehre an. Ich erwarte mehr von den Besten.«

Während er noch über die Worte nachdachte, knallte die Tür in seinen Rücken.

»Warum sind hier alle so ruppig?«

»Vielleicht bist du ein Weichei«, begrüßte ihn Angelo mit verschränkten Armen, an die Wand gelehnt.

Nicholas betrachtete ihn eingehend. Ja, sein neuer Kampftrainer wirkte noch genauso unsympathisch wie bei ihrer ersten Begegnung. Er mochte drei, vielleicht vier Jahre älter sein, also Mitte zwanzig. Und er stand eindeutig auf Sweatpants und Muskelshirt.

»Wie macht ihr das immer, dass der Nächste schon bereitsteht?«

Angelo stieß sich von der Wand ab, wobei seine Oberarme hervortraten. Was für ein Angeber. Braune Augen, deren Blick Nic nur als arrogant deuten konnte, musterten ihn. »Du findest es bestimmt noch heraus. Mitkommen.«

Das Training begann, das man mit einem einzigen Wort beschreiben konnte: »Absolutes Desaster.« Gut, zwei Worte trafen es besser.

Zu Beginn konnte Nic Angelo nicht leiden, am Ende des Trainings hatte er ihn zu hassen gelernt. Der Schicksalswächter war auf Angriffs- und Verteidigungszauber spezialisiert, die er gern und oft einsetzte. Dabei war seine Lehrmethode relativ simpel. Er schleuderte Nic so lange Angriffe entgegen, bis dieser – von blauen Flecken bedeckt und mit Schrammen übersät – irgendwie eine Verteidigung zustande bekam. Gleiches galt für die körperlichen Attacken. Nic war noch nie zuvor derart herumgeschleudert worden, nicht einmal von Jane. Wenn er es sich genau überlegte, sollte er Angelo und sie verkuppeln, vielleicht wäre sein Trainer dann etwas entspannter und konnte mit Jane in kleine Trainingscamps fahren, wo sie einander verdroschen.

Nach zwei Stunden, die wie eine Ewigkeit anmuteten, schlich Nic gerädert zurück in sein Appartement. Er wollte nur noch schlafen. Beim Eintreten stellte er verblüfft fest, dass Inés recht behalten hatte.

Der Hauptraum hatte sich völlig neu ausgestaltet. Das Bett bestand aus dunklem Kirschholz, ebenso der Schreibtisch. Die Puppen im Hängestuhl waren verschwunden, dafür Kissen dazugekommen.

Eine Glasfront ließ Licht in den Raum, Nic blickte auf einen dichten Garten voll üppiger Vegetation.

Skeptisch warf er einen Blick in das Badezimmer. Hier gab es eine ausladende Regendusche, daneben war ein Whirlpool aus dem Boden gewachsen, hinter dem eine Saunakabine zum Entspannen einlud.

Mittlerweile war eine weitere Tür erschienen, die zu einem Fitnessraum führte. Hier gab es allerlei Gewichte, Geräte und eine Trainingsmatte.

»Ich mag diesen Zauber«, stellte er fest.

Andererseits, wer konnte schon ahnen, was nach der nächsten Nacht geschehen würde? Er beschloss, in der Bibliothek nachzuforschen, wie lange eine solche Formung benötigte. Ewig konnte das schließlich nicht so weitergehen.

Obwohl es erst später Nachmittag war, fiel Nic aufs Bett. Ihm blieb gerade noch Zeit, ein wenig Magie abzuziehen – viel gab es hier nicht – und die blauen Flecke verschwinden zu lassen. Innerhalb von Minuten glitt er in einen unruhigen Schlummer. Wieder waren da Verfolgungsjagden, weite Horizonte und düstere Schatten. Die alte Frau mit dem grauen Haar erschien ebenfalls wieder, allerdings verwaschen und unscharf, als hätte sie Schwierigkeiten damit, sich zu verfestigen. Obgleich sich ihre Lippen bewegten, drang kein Wort daraus hervor.

Nic erwachte mitten in der Nacht. Zuerst streifte er sich Jeans und Hoodie ab, nur um Erstere direkt wieder überzustreifen. Sein Magen knurrte. Ob er den Weg zur Küche allein fand?

Neugierig steckte er den Kopf aus der Tür. Die Wandlampen brannten, stolpern würde er also nicht. Er schlurfte in Richtung Küche, wobei jeder Muskel in seinem Körper schmerzte. Magie mochte bei Verletzungen helfen, nicht aber gegen einen derben Muskelkater.

Gerade wollte er die Küche betreten, als er Angelo erkannte. Sein Trainer saß allein auf dem Stuhl, eine Tasse vor sich, aus der Dampf emporstieg. Vor ihm lag ein Foto, Nic konnte nicht erkennen, was darauf zu sehen war. Der Schicksalswächter sprach kein Wort, er saß still da und starrte.

Während Nic noch überlegte, wie er sich am geschicktesten verhalten sollte, steckte Angelo das Bild in seine Tasche, trank mit einem großen Schluck die Tasse aus und erhob sich. Um nicht gesehen zu werden, huschte Nic zurück in den Gang, doch der Schatten von Angelo näherte sich dem Ausgang. Nic rannte den Gang entlang, nahm die erstbeste Abzweigung und öffnete eine Tür. Da er das Areal mit den Wohnungen verlassen hatte, konnte schließlich nichts schiefgehen.

Der Raum hinter der Tür war in Dunkelheit getaucht. Erst als sie ins Schloss fiel, tastete Nic nach dem Schalter. Leuchten unter der Decke flammten auf und trieben die Dunkelheit zurück. Inmitten des Raumes stand eine Plattform, wie er sie erst einmal gesehen hatte. Unter dem Büro seines Vaters. Diese hier sah ein wenig anders aus, die Dornen bestanden aus hellerem Metall und die Fläche darüber war leer, keine Anima hingen dort. Die Plattform war bedeckt von eingelassenen Glyphen. Auch hier wuchs neben der Apparatur ein Schaltpult in die Höhe, auf dem sich allerlei Hebel und Knöpfe befanden.

Nic unterdrückte das Bedürfnis, einen davon zu betätigen.

»Was bist du?«, flüsterte er.

Langsam ging er näher. Nic wusste nicht zu sagen, ob es die Müdigkeit war oder die nachlassende Anspannung, doch er glitt wie von selbst in die Schicksalssicht …

… und schrak zurück.

Die Apparatur war von einem goldenen Netz umgeben, das im Takt eines Herzschlags pochte. Die Fäden schlängelten sich durch den Raum, gingen über in das natürliche Blau der Umgebung und verschwanden. Je näher Nic trat, desto stärker wuchs seine Beklemmung. Was er hier sah, durfte nicht sein, es fühlte sich grundsätzlich falsch an. Als habe jemand ein Stück der Wirklichkeit pervertiert. Sah es so auch in der geheimen Kammer unter dem Büro seines Vaters aus?

Tausende von Fragen und keine Antwort.

Nic beschloss, ein ernstes Wort mit Inés zu sprechen. Er musste erfahren, was es mit der Maschine auf sich hatte. War sein Vater etwa … nein, der Gedanke war so schrecklich, dass er ihn nicht zu Ende denken wollte.

Mit einem letzten Blick auf die Apparatur verließ Nic den Raum und schloss leise die Tür hinter sich. Angelo war mittlerweile fort, die Küche lag verlassen vor ihm. In Gedanken versunken, mit etlichen

Fragen jonglierend, nahm er sich ein Sandwich aus dem Kühlschrank. Er biss herzhaft hinein.

Ein gellender Alarm schrillte.

Verwirrt blickte Nic auf sein Essen und war im ersten Moment davon überzeugt, dass sein Biss den Alarm ausgelöst hatte. Womöglich gehörte das Sandwich Angelo, der einen Sicherheitszauber eingewoben hatte.

Alle Lampen glühten hell auf, Türen wurden geöffnet.

Etwas war ganz und gar nicht in Ordnung.

9.

DAS SCHICKSAL WINDET SICH

In Jeans und Shirt stürmte Nic auf die Quelle des Geräusches zu. Auch die anderen waren abrupt aus dem Schlaf gerissen worden und trugen unterschiedliche Kleidungsstücke. Immerhin schien es keinen Nacktschläfer unter den Schicksalswächtern zu geben, obwohl Pablo nicht viel mehr anhatte als Slip und Socken, was ihm erst einzufallen schien, als er vor einer breiten Steintür zum Stehen kam.

»Nicholas, zu mir«, forderte Inés.

Mit einem Schaben fuhr die Tür in die Wand und entpuppte sich dabei als mehrere Meter dick. Dahinter erleuchteten Fackeln den Gang, wie in den unterirdischen Gängen alter Pyramiden.

»All das hier solltest du erst am Ende deiner Ausbildungszeit erfahren«, flüsterte Inés atemlos. Sie trug ein hauchdünnes Seidennachthemd. »Doch Jeremiah hat mir mitgeteilt, dass du ebenfalls dabei sein musst. Schau zu, aber sprich kein Wort.«

Das beständige Klacken von Schuhsohlen auf Holzdielen erklang und schon kam Jeremiah herbeigeeilt. Das Oberhaupt des Hauses trug wie immer Weste und Anzughose, wirkte frisch und ausgeruht. Erst nachdem er durch die Tür getreten war, folgten auch die übrigen Schicksalswächter.

Natürlich trug Angelo kein Shirt, nur Jogginghosen, dieser kleine Angeber. Wer benötigte schon einen Waschbrettbauch?

Sie eilten an den Fackeln entlang auf das andere Ende des steil abfallenden Ganges zu. Hier und da rieselte Sand aus den Fugen, ein metallischer Geruch lag in der Luft. Dieser Ort verströmte Alter in die Welt.

»Das haben nicht wir erschaffen«, flüsterte Nic.

»Nein«, gab Inés zurück. »Es ist kompliziert. Still jetzt.«

Nic lag eine freche Erwiderung auf der Zunge, doch er schluckte sie hinunter, was ihm wirklich schwerfiel. Die Blicke der anderen wirkten gehetzt, unruhig, ja ängstlich. Was immer hier vorging, wenn es alle gleichermaßen besorgte, war ein wenig Unruhe durchaus angebracht.

Am Ende des Ganges versperrte ein weiteres Portal den Weg. Exakt im Zentrum gab es eine Aussparung, als habe jemand ein paar zusammengesetzte Quader in den Felsen gedrückt und Gestein verschwinden lassen. Jeremiahs Anima glühte auf. Aus dem Nichts erschien ein altmodischer Lederkoffer mit Klappschloss, der so gar nicht hierher passen wollte. Es klackte, als die Verschlüsse aufsprangen. Im Inneren lag ein handtellergroßes Objekt, zusammengesetzt aus Quadern unterschiedlicher Materialien. Das war dann wohl der Schlüssel.

Jeremiah nahm ihn heraus.

Mit zittrigen Fingern setzte er ihn in das Schloss. Es klackte und ratterte von überall her, ein Vibrieren erfasste den Boden. Langsam schob sich das Portal in die Seite, dahinter kam erneut flackerndes Licht zum Vorschein.

Nacheinander traten sie ein.

Der Raum glich einer Grabkammer, was dem gewaltigen Sarkophag geschuldet war, der im Zentrum stand. Er bestand aus Stein und war mit allerlei Hieroglyphen bedeckt. Darüber schwebte eine Kugel, ebenfalls aus Stein, deren Oberfläche sich beständig veränderte. Das Material verflüssigte sich – Nic konnte die Magie spüren –, wurde wieder fest und so ging das weiter. Um den Sarkophag und die schwebende Kugel war ein Kreis in den Boden gehauen wie eine Rinne, in der es ebenfalls brodelte.

Jeremiah nickte Angelo zu, der nach vorne trat. Im Schein der Fackeln glänzte sein nackter Oberkörper. Nics Trainer trat in den

Kreis und streckte die Hand aus. Ein einzelner Tropfen löste sich von der Kugel, fiel herab und durchdrang die Poren. Angelo schloss mit einem Keuchen die Augen, sog tief die Luft ein und sagte: »Afrika.«

Mit einem flinken Schritt trat er aus dem Kreis.

Jeremiah studierte die Steinkugel genau, dann deutete er auf einen blonden Kerl mit leichtem Silberblick. »Lars.«

Das Prozedere wiederholte sich.

»England«, flüsterte Lars verwirrt, »glaube ich. Es ist undeutlich.«

Wieder studierte der Oberste die Kugel, der Nächste wurde in den Kreis befohlen. Doch Jeremiah wirkte unruhig und als Nic zu Inés hinüberschaute, schien es dieser ähnlich zu gehen.

»Was ist los?«, fragte Nic und erwartete ein gezischtes »Schweig«.

Doch Inés erwiderte: »Änderungen des Schicksals, hier werden sie uns genannt. Doch normalerweise sind es höchstens drei, niemals so viele. Es scheint ein Großangriff stattzufinden, deshalb sollten wir alle hierherkommen. Das kann kein Zufall sein. Gabriel stirbt und kurz darauf wütet der Fluch mit solcher Stärke.«

Immer mehr Schicksalswächter betraten den Kreis, auch Pablo. Schließlich waren nur noch Inés, Jeremiah und Nic übrig. Der Oberste nickte der Schicksalswächterin zu, die daraufhin ebenfalls die Hand ausstreckte und ihren Tropfen entgegennahm. Erst jetzt realisierte Nic, dass die Absonderung der Kugel keinesfalls Gestein war, sondern Metall. Es umfloss den Sarkophag in der Rinne, vermutlich wurde es von unten dort hineingeleitet. Doch wie kam es von da in die Kugel?

Jeremiah sog scharf die Luft ein und lenkte die Aufmerksamkeit Nics damit wieder auf die Umgebung. Der Oberste trat in den Kreis und streckte die Hand aus.

Damit war Nic der einzige Schicksalswächter, der noch übrig war. An der Stelle durfte die dämliche Kugel gern ihre Arbeit einstellen.

»Nicholas.« Jeremiah bedeutete ihm, in den Kreis zu treten.

»Geh«, flüsterte Inés. »Keine Angst.«

»Ich habe keine Angst«, stellte Nic klar. »Ist ja nur flüssiges Eisen.«

Inés setzte zu einer Erwiderung an, räusperte sich jedoch lediglich und sagte: »Ja genau, nur Eisen.«

Na toll!

Ein kurzer Schritt, die Kugel schwebte über ihm. Nic streckte die Hand aus. Ein Tropfen löste sich, schien in Zeitlupe durch die Luft zu gleiten und berührte seine offene Handfläche. Ein Stromstoß jagte durch Nics Körper, die Umgebung zersplitterte in tausend Fragmente. Bilder, Personen, wechselnde Straßen und Ortsnamen – ein Gesicht.

Aufschreiend taumelte er zurück, stürzte über den Graben und landete mit einem Keuchen auf dem harten Stein.

Die Kugel hatte ihren letzten Tropfen verschleudert und sank herab. Der Sarkophag bot keinen Widerstand, sie glitt durch die Hülle hindurch ins Innere.

»Wo wird der Angriff stattfinden?«, fragte Jeremiah.

Verwirrt registrierte Nic, dass außer Inés, Nackter-Oberkörper-ich-bin-so-toll-Angelo und Jeremiah niemand mehr hier war.

»Ich … keine Ahnung.«

»Nic, du musst dich konzentrieren.« Inés half ihm auf. »Das hier ist ein Großangriff, den wir vollständig stoppen müssen. Jedes Versagen kann schreckliche Folgen haben.«

»Alles klar, nur kein Erfolgsdruck.«

Sie schmunzelte. »Du hast Bilder gesehen, richtig?«

»Ja, da waren Straßen, Häuser …«

»Öffentliche Verkehrsmittel?«

Er nickte. »Aber ich konnte die Worte nicht lesen. Ohne Anima hatte ich keine Sprachanpassung.«

Nic beschrieb die Umgebung so gut er konnte.

»Ein Tor aus Stein?«, echote Jeremiah. »Das hier?«

Sein Anima glühte kurz auf, dann schwebte eine Holografie zwischen ihnen in der Luft.

»Ja, genau!«

»Das ist Berlin in Deutschland«, erklärte Angelo, dieser Besserwisser. »Wie kann man das nicht wissen? Aber den Eiffelturm würdest du schon erkennen, oder?«

»Angelo«, zischte Inés.

»Ist ja gut. Der Kleine kann auf jeden Fall nicht allein in den Einsatz.«

»Und das hast natürlich du zu entscheiden«, patzte Nic.

»Jeremiah?« Angelo wandte sich dem Obersten zu. »Wir können ein Doppel machen und nacheinander die Ziele aufsuchen, richtig?«

»Du weißt, dass das nicht geht«, erklärte Jeremiah ruhig. »Es liegt nicht an uns, diese Entscheidung zu treffen. Nic wurde erwählt und muss seiner Pflicht nachkommen. So will es das Schicksal.« Dabei blickte er sinnierend in Richtung des Sarkophags.

Angelo presste wütend die Lippen aufeinander, schwieg jedoch, was Nic innerlich jauchzen ließ.

Sie verließen die Grabkammer. Hinter ihnen glitt das Steintor wieder an seinen Platz, der Schlüssel wurde verstaut, der Koffer verschwand. Erst als sie in einem Raum voller Gegenstände stoppten, nahm Nic die Umgebung wieder bewusst wahr. Sein Kopf pochte.

»Sobald du am Ziel bist, werden die Visionen dich führen«, erklärte Inés. »Sollst du jemanden beschützen oder … ausschalten?«

»Was?!« Nics Stimme nahm einen ziemlich hohen Ton an, aber das war ihm egal. »Ich töte doch niemanden!«

»Konzentriere dich bitte«, forderte Jeremiah.

Unglücklich tat Nic genau das. Wieder erhaschte er ein paar Fetzen der Bilder. »Ein Nerd in meinem Alter«, erklärte er. »Er ist vor einem Schatten geflohen.«

»Vermutlich eine Rettung«, schloss Inés. »Manchmal weist uns das Schicksal auch auf Helfer des Dämons hin oder Menschen, die durch eine schreckliche Tat diesem in die Hände spielen.«

Angelo zog sich gerade die Hosen aus, was total unpassend war. »Zieh dich auch aus.«

Nic verschränkte trotzig die Arme.

Im nächsten Moment stand Angelo direkt vor ihm und brüllte ihn an: »Hältst du das für einen Witz?! Dort draußen gibt es Gegner, die uns töten wollen. Und dieser ›Nerd‹ ist ein Mensch mit Familie und Freunden, der sterben wird, wenn du kleiner Pisser versagst!«

»Angelo«, sagte Inés leise.

Während Nic noch das Gefühl verarbeitete, dass ihm ein Orkan Schuldgefühle ins Gesicht geblasen hatte, ballte Angelo die Fäuste, ließ aber von ihm ab. Seltsamerweise schauten sowohl Jeremiah als auch Inés mitleidig zu dem Schicksalswächter.

Dessen breiter Rücken bewegte sich, als er ein- und wieder ausatmete. Schnell schlüpfte er in Trekkinghosen, band sich ein Holster um und schob eine Waffe hinein.

Auch Jeremiah und Inés zogen sich aus, was Nic schließlich auch tat. Die Wände waren in einzelne Bereiche eingeteilt, die Namen der Schicksalswächter standen daneben. Er fand sein Fach mit Leichtigkeit und schlüpfte in Boots, Trekkinghosen und Shirt. Alles passte wie angegossen.

»Die Kleidung wurde durch neueste Technologien verbessert«, erklärte Angelo, während er eine gepolsterte Weste überstreifte. »Shirt und Hose sind aus Spinnenseide gewoben, wodurch sie gegen Messerstiche schützen. Die Partikel in der Schutzweste härten sich bei kinetischen Schlägen aus, womit sie gegen normale Kugeln Schutz bietet, magische Treffer werden abgeleitet.«

Nic beeilte sich damit, sie überzustreifen.

Beim Beinholster musste Angelo ihm demütigenderweise helfen. Der Trainer legte Nic eine futuristisch wirkende Pistole in die Hand. »Die verschießt winzige Kügelchen, die Kleidung durchdringen, an der Haut haften bleiben und den Getroffenen abrupt«, an der Stelle schnippte er mit den Fingern, »betäuben. Versuche, dich nicht versehentlich selbst zu treffen.«

»Pfff, als ob ich …« Er verfehlte das Halfter, konnte die Pistole aber noch festhalten.

»Unfassbar«, murmelte Angelo. »Leg den Einsatzgürtel um.«

Beinahe hätte Nic das Wort ›Batgürtel‹ laut herausgebrüllt, verkniff es sich aber. In diesem Raum gab es keinen Humor.

»Du findest darin Keycards, die Codefolgen aus entsprechenden Schlössern auslesen, medizinische Notfallutensilien, Notfallsender und … einen reinen Anima.«

Bei Letzterem zuckte Nic zusammen. »Was?!«

»Falls deiner zerstört wird, öffnest du die Schatulle. Aber nur dann!«

Er hatte noch nie einen reinen Anima gesehen! Die magischen Gegenstände wurden nach der Geburt zu einem Säugling gelegt, nahmen seine Form an und verbanden sich über viele Jahre des Wachstums hinweg mit dem Magier. Doch er wusste, dass es auch abrupte Neubindungen gab, wenn ein magischer Stein im Kampf oder durch einen Unfall zerstört wurde.

»Ich kann gar nicht betonen, wie kostbar dieser Anima ist«, warf Jeremiah ein. »Wir müssen jede Verwendung rechtfertigen. Bitte vergiss das niemals.«

»Klar.« Warum war seine Stimme nur so heiser?

Angelo betatschte Nics Gürtel und zog einen Gegenstand hervor, der an eine Puderdose erinnerte. Es klackte, als der Deckel aufsprang. Darin war tatsächlich ein Spiegel eingepasst, auf der Unterseite gab es zahlreiche Rädchen, Klappschalter und eine Einpassung. »Das sind Kontaktoren. Damit kannst du über weite Strecken eine Verbindung zu uns herstellen. Halte deinen Anima an den Kontakt und richte die Gedanken auf einen von uns.«

Nic wusste, an wen er dabei keinesfalls denken würde. »Danke.« Sicherheitshalber steckte er auch sein Smartphone in die Hosentasche.

»Wir müssen los.« Jeremiah scheuchte sie aus der Kammer und Nic blickte sehnsüchtig auf die bequemen Jeans, die nicht im Schritt gezwickt hatten.

In der Eingangshalle angekommen, aktivierte Jeremiah den Spiegel und trat hindurch. Ein kurzes Schwappen, dann war von dem Obersten nichts mehr zu erkennen.

»Vor Ort webst du ein Trugbild, damit deine Kleidung den örtlichen Gegebenheiten angepasst ist, und kümmerst dich um die Sprache. Ein *Stein von Rosette* sollte reichen«, spielte Angelo sich ein letztes Mal auf, dann trat er durch den Spiegel.

Den Sprachanpassungszauber, der überall auf der Welt funktionierte und von einem Zauberer auf Basis des berühmten Steins von Rosette angefertigt war, beherrschte er aus dem Handgelenk.

»Du schaffst das.« Inés drückte ihm leicht den Arm.

Und schwapp, war sie weg.

»Du schaffst das«, grummelte Nic. »Nichts leichter als das, ich reise doch gern in ein fremdes Land und beschütze jemanden vor einer Gefahr, die ich nicht kenne.«

Er berührte den Rahmen und konzentrierte sich auf Berlin. Einen Schritt später knallte er gegen eine Tür. Fluchend trat er noch einmal dagegen. Die Zielstation war ein winziger Raum, an dessen Decke eine Lampe glühte – vermutlich hatte die Verbindung sie aktiviert. In den Ecken hingen Spinnweben.

Glücklicherweise gab es genug Magie ringsum. Er nahm sie über seinen Anima auf und wob die Zauber für das Trugbild, das seine Kleidung veränderte, und für die Anpassung der Sprache. Dann öffnete er die Tür. Nach ein paar Schritten stand er vor einem dauerhaft verfestigten Trugbild. Die Menschen außerhalb sahen an dieser Stelle nur eine Wand, er konnte jedoch hindurchsehen. Auf der anderen Seite verliefen Bahngleise, der Bahnsteig einer U-Bahn war zu erkennen.

Beeindruckt starrte er auf die gewaltigen Bögen und die Lampen, die mit Ketten an der Decke befestigt waren. Auf dem Schild stand: *U3 Heidelberger Platz.*

Ein schneller Schritt und er landete auf der anderen Seite des Trugbilds. Mit einem Satz sprang er über die Schienen und das sogar ein paar Sekunden vor dem Eintreffen der nächsten U-Bahn, die seinen Einsatz beinahe abrupt beendet hätte.

Die Menschen wirkten nicht einmal verblüfft, als er zwischen ihnen aufkam und eine elegante Rolle vorwärts durchführte, bei der lediglich ein Mülleimer umgefegt wurde. Nic kam in die Höhe, streckte kurz seinen knackenden Rücken durch und wandte sich dann dem Fahrplan zu. Eine Ringlinie umgab das Innere der Stadt, wo sich alle anderen Linien kreuzten.

Erst nach einigen Sekunden begriff er, dass es keinesfalls deutsche Gründlichkeit war, die eine der Linien auf dem Papier zum Glühen brachte. Der Zauber wies ihm den Weg zu seinem Ziel, das innerhalb des Rings lag. Innenstadt also, na wunderbar. Überall würden Nichtmagier herumrennen, die seinen Einsatz schwierig gestalteten.

Er tätschelte die Pistole.

»Das kriegen wir hin.«

Er sprang in die nächste U-Bahn und realisierte verblüfft, dass sein Smartphone vibrierte. »Hallo?«

»Alter, endlich«, erklang Matts Stimme. »Was ist los in deinem neuen Haus, kein Empfang?«

Es tat so verdammt gut, die Stimme des Freundes zu hören. »Alter, frag nicht, es ist ’ne Katastrophe. Aber ich bin gerade im Einsatz.«

»Einsatz?«, echote Matt.

Ein Klopfen erklang. Konferenzschaltung.

»Er lebt!«, schrie Jane, weshalb Nic das Smartphone ein Stück von seinem Ohr weghalten musste. Peinlich, aber es interessierte keine Sau. »Wurde auch Zeit, Mister!«

»Tut mir leid, aber unsere Zimmer sind auf die toten Zonen verteilt, da funktioniert keine Funkverbindung. Ich fürchte, ich kann mich auch von Laptop und dem Fernseher verabschieden. Dafür liegt unser Frühstücksraum im Urwald von Brasilien.«

»Cool«, staunte Matt. »Wir haben riesige Häuser in den Baumwipfeln, alles ist grün und es riecht ständig nach Blüten. Ein Fluss fließt hier auch. Ich lasse gerade eine eigene Baumwohnung wachsen.«

Nic verließ die Bahn und stieg nach einem Blick auf die Karte in eine andere um. »Mein Appartement wächst von allein. Bildet sich nach meinen Gedanken aus.«

»Also eine Rumpelkammer, in der die Socken herumliegen und Kaffee aus dem Wasserhahn sprudelt?«, fragte Jane frech. »Unser Haus liegt in einer Schattensenke. Da kommt niemand rein, nur wir Springer. Sag mal, wo kurvst du eigentlich rum?«

»Geheimer Einsatz«, erklärte Nic und versuchte das ganze Gewicht seiner Mission in die Worte zu legen.

»Ja nee, *is' klar.*« Er konnte den skeptischen Blick von Jane förmlich spüren.

»Echt Leute, das ist kein Witz. Wenn ihr wüsstest, was bei den Schicksalswächtern abgeht … das ist so krass.«

Die Bahn kam zum Stillstand.

Ein stechender Kopfschmerz peitschte durch Nics Schädel. »Argh.« Er ließ das Smartphone fallen.

Jemand rannte durch die Nacht, Pfützenwasser spritzte auf. Angst, ein Keuchen. Kalter Stahl blitzte.

»Alter, was hast du eingeworfen?«, fragte ein Babyface in schwarzer Adidashose, die weißen Socken fast bis zu den Knien gezogen.

Nic ignorierte ihn, hob sein Smartphone auf, das jetzt mit einer Spider-App verziert war, und sprang aus der Bahn. Flüche verfolgten ihn, doch er achtete nicht darauf, stieß jeden beiseite und hechtete die Stufen hinauf auf die Straße.

Es mochte nicht um sein Leben gehen, aber der Nerd steckte in echten Schwierigkeiten.

Und natürlich stand das Schicksal der Welt auf dem Spiel.

10.
BERLINER NÄCHTE

Zuerst rannte er zielsicher in die falsche Richtung, dann ans Ende einer Sackgasse. Nic verfluchte die Magie und das Schicksal und das verdammte 13. Haus. Sein Talent wies ihm in gerader Linie die Richtung, bedauerlicherweise beachtete es dabei weder Mauern noch Sackgassen.

Endlich tauchte in der Ferne ein Gebäude auf, das etwas in ihm auslöste. Hier war er richtig. Dort arbeitete der Nerd. Warum erfuhr man bei den Visionen nicht automatisch auch Namen, Wohnort, Gewicht und Lebensstand?

Schwer atmend ging er in die Knie und versank in der Schicksalssicht, was immer besser funktionierte. Unterm Strich war es ein Versehen, aber Madam Ultinova wäre stolz auf ihn gewesen. So sah er auf jeden Fall die Person, die flimmernd und vibrierend über die Dächer sprang und sich dem Haus näherte.

»Dich krieg ich!«

Nic machte einen Satz und knallte frontal gegen Jane und Matt, die aus dem Schatten taumelten.

Matt ging in die Knie und stöhnte. »Boah, nie wieder.«

»Sorry, ist beim ersten Mal etwas holprig.« Ihr Blick erfasste Nic. »Offensichtlich bist du noch am Leben, ich hoffe wirklich, die Welt geht unter, denn wenn meine Leute herausbekommen, dass ich jetzt schon schattenwandle …«

»Keine Zeit.« Nic deutete zu dem Haus. »Kannst du uns dort hinbringen? Der Nerd ist in Gefahr.«

»Äh, wer?«

»Ein Mörder steht kurz davor, einen Unschuldigen zu töten. Ich schaffe das nicht rechtzeitig.«

»Glaub mir, Alter, du …«, sagte Matt mit bleichem Gesicht.

Doch Jane packte Nics Arm und sprang in den nächsten Schatten. Nic wappnete sich für einen Aufprall, doch da war absolut nichts. Er fiel in die Dunkelheit, wirbelte durch die Leere und hatte das Gefühl, auseinandergerissen zu werden. Alles, was er war, wurde in Millionen Partikel zerschmettert und auf grauenvolle, nicht in Worte zu kleidende Art wieder zusammengesetzt. Ganz eindeutig falsch, denn jeder Zentimeter seines Körpers schmerzte, als er gemeinsam mit Jane in eine Wohnung stürzte …

… und in die Knie ging.

»Wahhh!«, brüllte jemand. »Wie zum Teufel kommt ihr hier rein?!«

Der Nerd sah genauso aus, wie Nic ihn in seinen Visionen gesehen hatte. Dunkles Haar, ein Dreitagebart und enge Jeans. Auf dem Shirt stand ›One With the Force since 1989‹ und er hatte tatsächlich ein Plastiklichtschwert gezogen, um sich zu verteidigen.

»Echt jetzt?« Nic deutete auf das Plastikteil. »Was willst du damit tun?«

Er überlegte, ob es sinnvoll war, ihn kurzerhand zu betäuben und gemeinsam mit Jane durch die Schatten in Sicherheit zu schleifen.

»Damit wir uns verstehen, ich will hierfür eine Erklärung«, meldete die sich prompt zu Wort. »Und wieso ist der Kerl in Lebensgefahr?«

»Lebensgefahr?!«, fragte der Nerd mit hoher Stimme.

»Hat was mit dem Schicksal zu tun«, erklärte Nic Jane, den Nerd ignorierend. »Ich habe einen auf dem Dach gesehen, der hierherkommt. Wir müssen weg.«

»Kann mir jemand sagen, was hier los ist?« Verzweifelt blickte der Nerd zwischen ihnen hin und her.

Nic zog die Pistole.

»He, was wird das?«, wollte Jane wissen und kam herbeigeeilt.

»Na, ich betäube ihn.«

»Warum?«

»Das spart Zeit und ich muss nichts erklären«, erklärte Nic das Offensichtliche.

»Was geht in deinem Haus eigentlich ab?« Jane riss ihm die Pistole aus der Hand. »Du kannst ihn doch nicht einfach abschießen!«

»Danke«, sagte der Nerd leise und bewegte sich Richtung Tür.

»Stehen bleiben«, forderte Jane und richtete den Lauf auf ihn. »Sonst … na ja, du kannst es dir ja denken.«

Das Lichtschwert plumpste zu Boden, Hände reckten sich gen Decke. »Alles klar.«

»Wer will ihn töten?«, fragte Jane.

»Ein Killer des Schicksals«, erwiderte Nic.

Was durchaus seltsam klang, das musste er zugeben. Machte es aber nicht besser.

»Und was …«, wollte Jane weiter fragen, wurde jedoch von der Fensterscheibe unterbrochen, die in tausend Scherben zersprang.

Elegant wie ein Schatten kam ihr Gegner auf dem Boden auf, federte sich ab und verharrte. Von der Statur zweifellos ein Mann, die Haltung sprach für einen versierten Kämpfer. Was Nic wirklich entsetzte, waren die beiden Armbänder, die der Killer trug. Jeder Magier konnte nur einen Anima besitzen und niemals zwei Zauber gleichzeitig wirken. Genau darum war es in den Teamkämpfen an der Schule gegangen. Man bildete Gruppen, sprach sich ab, hielt sich gegenseitig den Rücken frei.

Doch ihren Gegner schien das nicht zu kümmern, beachtete man den dritten Anima, den er an einem Stirnband trug.

»Nic«, flüsterte Jane, »das sind drei Ani…«

»Schon klar«, beruhigte er sie. »Ich kläre das.«

Kurzerhand schlug er die Hände zusammen, sog Magie aus der Umgebung ab und wob einen *Blackbeards Säbel.*

Die Luft verdichtete sich so stark, dass daraus eine messerscharfe Klinge wurde, mit der dreimal zugeschlagen werden konnte. Nic schleuderte sie auf den Killer und wob in einer fließenden Bewegung einen Sog, der die Pistole aus Janes Hand ziehen sollte. Reflexartig hielt diese die Waffe jedoch fest.

»Lass los!«, brüllte Nic.

»Oh.« Sie öffnete die Finger.

Nic packte den Lauf, wirbelte herum und schoss im Dauerfeuer. Die Betäubungskugeln schlugen mit einem beständigen *Pwap, pwap* in den Oberkörper des Killers ein. Oder sollten sie zumindest. Stattdessen schien ihre Richtung sich umzukehren. Bevor Nic reagieren konnte, prasselten sie alle wieder auf ihn ein. Ohne die Weste wäre er vermutlich ins Koma katapultiert worden. Auch der abrupte Sturmschlag wurde neutralisiert.

Zwei der Anima glühten auf.

Nic konnte spüren, wie immer mehr Magie aus der Umgebung herausgesaugt wurde, der glitzernde Staub verringerte sich, Wirbel entstanden.

»Krass, wie macht ihr das?«, fragte der Nerd staunend, was die Frage erübrigte, ob er Magier oder Nichtmagier war.

Bedauerlicherweise zog er damit die Aufmerksamkeit des Killers auf sich, der an seine Hüfte griff, einen Dolch hervorzog und mit einer blitzartigen Bewegung warf. Das Ganze ging so schnell, dass Nic keinen Gegenzauber weben konnte.

Die Klinge drang in die Schulter des Nerds ein, der mit großen Augen auf das Heft starrte. »So krass.«

Erst jetzt roch Nic den leichten Grasgeruch, der in der Luft hing. Möglicherweise war es auch eine Mischung gewesen, denn die Wirkung schien durchaus intensiv zu sein. Prima, damit war die schlimmste Hysterie neutralisiert und am Ende konnten sie alles auf einen wirren Traum schieben. Vorausgesetzt, sie überlebten. Vorzugsweise alle.

Der Killer verwandelte sich in einen umherwirbelnden Schatten aus Armen und Beinen. Stahl surrte durch die Luft, magisch verdichtete Luft folgte. Mittlerweile hatte Nic einen *Mystischen Schild* gewoben, während Jane sich und den Nerd schützte. Doch die Sturmschläge kamen so schnell, dass sie zurückweichen mussten.

Alle drei Anima leuchteten hell.

Der Boden unter Janes Füßen schmolz. Sie sackte abrupt hinein, die Dielen verdichteten sich wieder. Gleichzeitig erhoben sich die Glassplitter des zerstörten Fensters und sausten als tödliche Geschosse durch die Luft.

Mit einem leisen *shwip* zog der Killer ein Katana aus einer Rückenscheide.

»Echt jetzt?« Nic wich weiter zurück und verlängerte seinen Schild, um Jane und den Nerd zu sichern.

Immerhin erinnerte sich Jane an ihre ewigen Kämpfe. Sie zerstörte das Holz durch *Agamemnons Hagel* und machte damit die Splitter zu winzigen Pfeilen, die auf den Gegner einprasselten. Mit *Engelsschwingen* schwebte sie in die Höhe.

Der Angreifer kam flink näher, besaß aber offensichtlich keine Augen im Rücken. Eine Schlingpflanze schlug durch die Luft, packte den Killer und schleuderte ihn aus dem Raum.

»Und da sag noch mal jemand, wir Pflanzenmagier wären nur bessere Gärtner«, rief Matt und ritt auf einer Wurzel herein wie auf einem Surfbrett.

»Wie hast du das gemacht?«, flüsterte der Nerd.

»Wie viel hast du geraucht, Mann?«, fragte Nic und zog den Dolch aus der Schulter des Mannes.

Ein wenig Magie und die Wunde schloss sich.

»Wer zur Hölle war das?« Matt trat ans Fenster und spähte hinaus in die Dunkelheit von Berlin.

Abgesehen von den Straßenlaternen, vertrieb nichts die Dunkelheit der nächtlichen Stadt. Regen prasselte herab.

»Ich will zurück in mein Bett«, grummelte Nic.

»Geile Klamotten.« Jane zupfte an der Weste und der Hose.

»Hör auf, mich zu betatschen.«

»Das Zeug ist wirklich cool.« Matt untersuchte die Taschen des Gürtels. »Was ist da drin?«

»Geheimes Zeug halt.« Er schlug die Finger der anderen beiseite. »Hey, was, wenn da was Explosives drin wäre?!«

»Ist es?«, fragte Matt neugierig, wobei seine Augen gespannt leuchteten.

»Nein!«, blaffte Nic.

»Was hat deine Wurzel mit ihm angestellt, Matty?« Jane behielt das zerbrochene Fenster im Blick. »War das so 'ne Fleischfressende?«

»Was? Nein! Ich würde niemals jemanden töten! Sie hat ihn nur aus dem Fenster geworfen.«

Entsetzt starrte Nic auf seinen besten Freund. »Und danach?«

»Haben sie sich natürlich zurückgebildet. Weißt du eigentlich, wie viel Magie so ein Pflanzenzauber kostet? Du brauchst gar nicht so zu schauen!«

»Boah, Matt, der Killer!«

Ein wenig dauerte es, dann sagte sein bester Freund: »Shit.«

Ein winziger Gegenstand surrte durch das offene Fenster herein und landete auf dem Boden.

»In die Schatten«, brüllte Jane.

Sie packten den Nerd, bildeten eine Kette und sprangen in den nächstbesten dunklen Bereich zwischen Wandschrank und Schreibtisch. Glücklicherweise hatte besagter Nerd nur eine Stehlampe – die Wohnung war ein bisschen heruntergekommen –, daher gab es genug schwarze Spalten.

Wieder zerfetzte die ursprüngliche rohe Gewalt der Schatten Nics Körper. Doch etwas war anders. Ein Sog setzte ein, tausend kleine Widerhaken durchdrangen sein Fleisch und rissen Fetzen davon heraus.

Ein grausamer Schrei erklang.

Es dauerte einen Augenblick, bis Nic realisierte, dass er es gewesen war, der ihn ausgestoßen hatte und dabei einen direkten Blick auf die Sterne besaß. Sie waren auf dem Dach des Hauses hervorgekommen.

Matt, Jane und der Nerd lagen neben ihm, ihre Leiber zuckten. Besonders Jane schien es böse erwischt zu haben. Ein Blutfaden rann aus ihrer Nase, Tropfen lösten sich und klatschten auf die Kieselsteine.

Mit zittriger Hand griff Nic nach dem Kontaktor, um Hilfe herbeizurufen, doch seine Finger hielten nicht lange genug still. Die Schließe des Gürtelfachs ließ sich nicht öffnen! Wieder und wieder rutschte er ab.

»Hat uns irgendwie … gehalten«, presste Jane heraus.

Sie lag auf dem Rücken, das Kreuz durchgebogen, unfähig aufzustehen. Ihr Blick suchte den von Nic, eine Träne löste sich und rollte über ihre Wange. Auch sein Gesicht war klitschnass. Dass sein Körper eine Passage durch die Schatten hasste, benötigte keine nähere Erläuterung.

»Wir müssen weg.« Matts Zähne schlugen aufeinander, so heftig zitterte er.

Nic kroch zu seinem besten Freund hinüber und versuchte, dessen Körper irgendwie festzuhalten. Doch Matt kam nicht zur Ruhe. »Was ist mit ihm?«

Jane zitterte nicht mehr und auch dem Nerd ging es besser. Die beiden waren ebenfalls angeschlagen, aber bei Matt schien der missglückte Sprung gravierende Folgen gehabt zu haben.

»K… keine Ahnung.« Jane setzte sich auf, ihre Muskeln zitterten vor Überlastung. »Jeder reagiert anders auf die Sprünge. Normalerweise gewöhnt man sich nach ein bis zwei Passagen daran. Aber das hier war … irgendwas hat uns gehalten, ein Anker.«

Die Apparatur, die der verdammte Pseudoninja geworfen hatte, eindeutig. »Ich brauche so viel mehr Unterricht.«

»Dito«, gestand Jane ein.

Endlich hatten sich Nics Finger beruhigt. Er blieb an der Seite von Matt und öffnete die Puderdose – wie er den Kommunikator nannte. Mit einem schnellen *Sipp* sog er Magie in seinen Anima und aktivierte die Verbindung.

Auf dem Glas erschienen Schlieren, dann das Gesicht von Inés. Im Hintergrund brannte ein Gebäude. »Nic?«

»Ich brauche Hilfe.«

Strähnen hatten sich aus ihrem Haar gelöst, das Gesicht war rußverschmiert. »Was ist passiert?«

»Wir wurden angegriffen.«

Zu spät erinnerte er sich daran, dass weder Matt noch Jane irgendetwas hiervon wissen durften. Glücklicherweise schien Inés davon auszugehen, dass er mit ›wir‹ den Nerd und sich meinte.

Sie hustete. »Ich auch, es war eine Falle. Aber ich konnte meinen Schützling retten. Wie ist dein *Status?*«

»Der Nerd und ich sind auf dem Dach seines Hauses.«

»Du musst dort weg«, sagte Inés. »Egal wohin, erst einmal weg. In Berlin haben wir zwei Zufluchtsstätten. Eine befindet sich unter der verlassenen Badeanstalt Lichtenberg, der Eingang ist direkt im Schwimmbecken. Die andere ist unter dem alten Steigenberger Hotel. Ich weiß nicht, was näher liegt, aber du musst eine davon aufsuchen. Um den Rest kümmern wir uns später.«

»Kannst du Hilfe schicken?«

Inés schüttelte hektisch den Kopf. »Ich habe keine Ahnung, was hier vorgeht, aber dieser Angriff ist größer als alle bisherigen. Nic, sie haben auf mich gewartet. Die Falle war perfekt gestellt, sie haben sogar die Tötung meines Schützlings aufgeschoben. Es ist ein Angriff auf uns.«

Jane rückte näher heran, hielt sich aber außerhalb des Aufnahmefeldes. »Was ist mit Jeremiah und Angelo?«

»Ich konnte keine Verbindung herstellen. Für die nächsten Stunden ist jeder auf sich allein gestellt. Flieh!« Damit beendete sie die Verbindung.

»Das ist richtig übel.«

»Wollt ihr mir nicht langsam erzählen, was hier vorgeht?«, fragte der Nerd.

»Jemand will dich umbringen, ich will dich retten«, erklärte Nic.

»Wir«, korrigierte Jane.

»Genau«, bestätigte Nic.

»Du bist ein Cop.« Fachmännisch betrachtete der Nerd Nics Kleidung. »Deshalb die Kampfmontur. Warte, ist der Ninja ein Chinese oder so? Hat das was mit der Dechiffrierung dieser alten Glyphen zu tun?«

»Nein, es ist kein … welche Glyphen?«

»Jungs, zuerst fliehen, dann der Rest«, entschied Jane.

Und wenn Jane etwas entschied, gab es nur eine lebensverlängernde Möglichkeit. »Du hast recht.«

Abgesehen von Matt konnten sie sich einigermaßen bewegen. Gemeinsam mit dem Nerd stützte Nic seinen besten Freund. Sie humpelten über den Kies zum Rand des Daches. Die übrigen Häuser standen so nah, dass sie über die Dächer davoneilen konnten, auch ihre Höhe war mit Magie leicht auszugleichen, was sie dem Nerd mit geheimer Technik erklärten.

»Wo sind wir hier überhaupt?«, fragte Jane.

»Tempelhof«, erklärte der Nerd. »Dort drüben ist das Tempelhofer Feld.«

Sein erster Einsatz gestaltete sich nicht ganz wie erwartet, aber immerhin waren sie entkommen. Was dieser Pseudoninja auch vorhatte, so leicht würde er sie nicht bekommen. Mit ein wenig Magie brachten sie einzelne Abgründe hinter sich. Er erklärte das dem Nerd erneut mit geheimer Technologie, die von den Amerikanern entwickelt und an die hiesige Einsatztruppe weitergegeben worden war.

Ein wenig verdächtigte er den Kerl, dass ihm diese ganze Sache Spaß machte. Der Blick, mit dem der Nerd Nics Anima förmlich auffraß, war nicht unbedingt höflich.

Gerade wollte er endgültig eine Grenze ziehen und eine kleine Ansprache halten, als ihm die Worte von den Lippen gerissen wurden.

Von einer Explosion, die den gesamten Häuserblock hinter ihnen in ein Trümmerfeld verwandelte.

11.

SCHWARZ WIE DIE NACHT, ROT WIE BLUT, BLAU WIE DAS SCHICKSAL

Das war ein kompletter Block«, flüsterte Jane entsetzt. »Nic, was geht hier ab?«

»Großangriff«, presste er hervor.

Sie eilten weiter über die Dächer und es blieb zu hoffen, dass nicht jeder Häuserblock hinter ihnen in die Luft flog. In der Ferne erklangen die Sirenen von Polizei und Feuerwehr. Die Fenster in Tempelhof waren hell erleuchtet, die Explosion weithin hörbar gewesen. Erste Menschen rannten auf die Straße, Schreie erklangen. Minuten später kamen Hubschrauber herangebraust.

Ohne Matt und Jane wäre er nicht mehr am Leben, das war Nic längst klar. Dieser Gegner war zu stark für ihn, der Nerd wäre ebenfalls tot. Doch mit den beiden hatte sein Angreifer nicht gerechnet.

»Kannst du uns noch mal durch die Schatten bringen?«, fragte er, wobei jede Faser seines Körpers aufschrie und ihn für verrückt erklärte.

»Sorry, aber keine Chance. Ich muss erst wieder etwas Kraft sammeln.« Jane rieb sich müde die Augen. »Uns wird ständig eingebläut, dass wir nur wandeln dürfen, wenn wir ausgeruht sind. Andernfalls kann man sich in den Schatten verlieren.«

Sie erreichten ein Haus, das hoch emporragte, und beschlossen, auf die Straße zu wechseln. Eine kurze Illusion später waren sie eine Familie, die durch das nächtliche Berlin hetzte.

»Vermutlich hat er unsere Spur längst verloren«, kommentierte Jane.

»Der hat doch bestimmt auch Hightech«, warf der Nerd sein.

Nic hätte ihn gern betäubt, aber sie mussten schon Matt schleppen, die Illusion aufrechterhalten und sich auf mögliche Kämpfe vorbereiten. Außerdem würde ein zu heftiger Magieabzug aus der Umgebung Spuren hinterlassen.

Sie humpelten hinab in die U-Bahn, die glücklicherweise noch fuhr. Aufatmend sank Nic auf das Sitzkissen. Jane aktivierte ihren Anima und wirkte heilend auf Matt ein.

Auf den Monitoren wurde die Explosion als Sondermeldung eingeblendet.

»Brauchst du Hilfe?«, fragte Nic.

»Erklär mir lieber, was es mit alldem auf sich hat«, forderte sie.

Er ließ den Nerd einschlummern und erzählte Jane alles. Sollten sie ihn doch aus dem Haus werfen, mittlerweile war es Nic egal.

»Du beschützt den Nerd also, damit das Schicksal seinen richtigen Weg nimmt«, fasste Jane zusammen. »Und dieser seltsame Magieninja will die Richtung ändern?«

»Richtig.«

»Aber wenn der Dämon doch durch den Fluch sowieso Einfluss nimmt, wozu benötigt er dann seine Helfer?«

»Das ist kompliziert«, erklärte er Jane tiefsinnig.

»Du hast keine Ahnung.«

Womit sie natürlich recht hatte. »Doch, aber es würde zu lange dauern.«

»Lüg nicht.«

»Ich habe keine Ahnung«, gestand er. »Das alles ist total seltsam. Diese Maschine, die im 13. Haus steht, aber auch bei uns daheim. Was hat mein Dad an meinem Geburtstag damit gemacht? Und was ist mit diesem Gabriel passiert? Ich habe tausend Fragen. Dank dir jetzt eine mehr.«

»Gern geschehen.« Jane kaute gedankenverloren auf ihrer Unterlippe herum. »Zumindest bei einer Sache kann ich dir helfen. Komm her.«

Nic beugte sich nach vorne. Jane ergriff seinen Kopf mit beiden Händen, damit sie sich mit der Stirn berührten.

»Schick mir ein Bild von dieser Frau aus deinen Träumen. Die Schattenwandler sind ständig Geheimnisträger, weil wir alle möglichen wichtigen Personen von Ort zu Ort bringen. Glaub mir, unser Archiv übertrifft alles.«

»Glaubst du zumindest. Unseres ist bestimmt größer.«

»Schick mir das Bild!«, forderte sie.

»Ist ja gut.«

Nic konzentrierte sich, rief sich den Traum wieder ins Gedächtnis und ließ die Erinnerung als feines Gespinst zu Jane schweben. Beide Anima funkelten, als es durch ihre Stirn in ihren Geist eindrang.

»Ich will das aber auch«, erklärte Matt mit müden Augen.

Der Freund erholte sich langsam, trotzdem wirkte sein Gesicht noch immer müde und bleich.

»Später, wenn du wieder allein geradeaus gehen kannst.« Jane tätschelte Matts Arm.

Die U-Bahn ruckelte durch das nächtliche Berlin und brachte sie zum Hubertusbad Lichtenberg. Es lag außerhalb und damit wurden weitere Attacken gegen Unschuldige hoffentlich vermieden, falls ihr Gegner sie noch einmal fand.

Sie ließen Friedrichshain hinter sich und erreichten etwa vierzig Minuten später Lichtenberg. Hier ging es zu Fuß weiter, bis sie das Gebäude erreichten. In Sichtweite blieben sie stehen und beobachteten die Umgebung.

»Was sagt dein Spinnensinn?«, fragte Matt.

»Keine Veränderungen im Schicksal weit und breit«, erwiderte Nic nachdenklich. »Aber es gibt hier ganz seltsame Wirbel überall. So was habe ich noch nie gesehen.« Auf den verblüfften Blick des Nerds ergänzte Nic: »Kontaktlinsen mit Infraroterkennung.«

»Genial.«

Sie beschlossen, den Vordereingang zu vermeiden, und glitten stattdessen mit ein wenig magischer Unterstützung auf das Dach des Gebäudes. Nic merkte sich schon gar nicht mehr, was er dem Nerd alles an Erklärungen auftischte. Glücklicherweise war dieser so überrumpelt von den Ereignissen, dass er nur nickte.

Das Dach erwies sich als brüchige Angelegenheit, wie auch der Rest des Gebäudes. In der Mitte gab es ein gewölbtes Deckenglas, das einen Blick hinunter in das geschlossene Schwimmbad ermöglichte.

Die Becken waren leer und von Rissen durchzogen. Überall blätterte Farbe ab, Teile der Wand lagen als herausgebrochener Beton auf dem Boden. Am Rand des Beckens unter ihnen hing ein weißes Schild, auf dem ›3,40 Meter‹ stand, daneben ragte ein Sprungbrett in die Höhe.

»Das ist gruselig«, kommentierte Jane, die sich neben ihm über das Glas beugte.

Ein Gurgeln erklang.

Nic fuhr herum.

Matt war wieder umgekippt, lag auf dem Boden und krümmte sich. Schwarze Punkte erschienen auf seiner Haut, krochen über Gesicht und Arme, verdichteten sich zu größeren Flecken.

»Was ist das?«, hauchte Nic.

»Schatten«, erwiderte Jane der Panik nahe.

Als sie Matt vollständig umhüllten, glitt der Ninja hervor. Die Schwärze kollabierte.

»Er hat sich an Matt geheftet«, flüsterte Jane.

Die Apparatur hatte sie also nicht nur in den Schatten festgehalten, sie hatte irgendwie eine Verbindung hergestellt, einen Anker in Matt geschlagen.

Jane und Nic wechselten einen schnellen Blick.

»Formation Spiegeldoppel?«

»Yep.« Jane wich nach links aus, Nic nach rechts.

Mochte ihr Angreifer auch mehrere Anima besitzen, es war doch nur eine einzelne Person mit einem Paar Augen! Natürlich ließ Nic den Nerd nicht unbewacht. Er warf einen *Mystischen Wall* vor ihn, der in der Luft waberte und wie gebrochene Diamantfacetten aussah. Aufgrund der großen Fläche und Dichte sog der Zauber die

Magie ringsum auf wie ein Schwamm das Wasser. Lange würde das nicht gut gehen.

Matt schien nicht in akuter Gefahr zu sein, doch Jane signalisierte, dass sie auf ihn achtgeben würde. Der Nerd war Nics Zuständigkeit.

Der Ninja griff nach seinem Gürtel. Glühende Silbersterne mit spitz zulaufenden Strahlen rotierten durch die Luft, das Katana blitzte, Magie wurde aktiv. Der Boden unter Nic wurde zu feinem Nebel, beinahe wäre er in das Gebäude gekracht. Im letzten Augenblick konnte er der Falle mit *Engelsflügel* entgehen. Dafür übersah er die Straßenlaterne, die aus dem Untergrund gerupft worden war wie Unkraut. Sein Schild schützte ihn vor einem zerschmetterten Schädel, doch die Wucht trieb ihn an den Rand des Daches …

… und darüber hinaus.

Durch die abrupte Änderung im Untergrund versagte sein Schwebezauber. Er sackte in die Tiefe, konnte sich aber noch an der Kante halten. Damit stand Jane voll und ganz im Fokus der Attacken.

Mehrere der Sterne durchdrangen ihren Schutz und zerfetzten ihre Haut, ein Tritt in den Magen ließ sie taumeln. Der Angreifer machte eine blitzschnelle Bewegung mit den Händen und plötzlich lag Janes Anima in seiner Hand. Er warf das Lederband mit dem eingeflochtenen Stein zur Seite. Gnadenlos packte ihr Gegner Jane am Hals und hob sie in die Luft. Jane zappelte, doch der Ninja war zu stark.

Mit einem Ächzen zog Nic sich wieder in die Höhe, packte seine Pistole und jagte eine Salve an Betäubungskugeln auf den Gegner. Dieser flimmerte kurz. Mit einem *Pwap, pwap* schlugen die Kugeln in Janes Körper ein. Die Augen verdreht, erschlaffte sie.

Als wäre Nics beste Freundin nur Müll, warf ihr Gegner sie achtlos vom Dach.

»Nein!«, brüllte Nic.

Doch es war zu spät. Er kam nicht rechtzeitig auf die andere Seite, um sie mit einem Zauber abzufangen. All das musste ein Albtraum sein, anders war es nicht möglich. Ein Test. Oder er schlief.

Doch ihr Gegner kam mit geballten Fäusten auf Nic zu. Mondlicht brach sich in der messerscharfen Klinge des Katanas, das die Luft zerteilte. Das Geräusch klang wie das Singen einer Todesmelodie, die nur für ihn gespielt wurde.

Nic wob immer neue Schilde, veränderte die Richtung der Schwerkraft oder schleuderte herausgebrochene Schindeln gegen seinen Angreifer. Doch dieser wehrte alles mit Leichtigkeit ab. Während Nic an die Sequenz der Zauber gebunden war, konnte der Ninja sie parallel erschaffen. Wie gern hätte er jetzt …

Er besaß einen zweiten Anima!

Blitzschnell griff er in seinen Gürtel, hechtete zur Seite und brach das Siegel des kleinen Kästchens. Ein klarer funkelnder Stein lag darin. Bedauerlicherweise ohne eine Anleitung. Während er noch darüber nachdachte, was jetzt zu tun war, formte sich ein zweiter Ring. Der neue Anima kopierte den bestehenden, wurde zu einem Zwillingsring.

Er steckte ihn sich an den anderen Zeigefinger.

»Jetzt bist du erledigt«, flüsterte Nic, nur um verblüfft festzustellen, dass etwas nicht stimmte.

Um ihn herum gab es keine Magie mehr, die er mit seinen Anima aufsaugen und verweben konnte. Er stand inmitten einer toten Zone.

Der Ninja lachte leise, was Nic endgültig klarmachte, dass er selbst die tote Zone geschaffen hatte. Die Transformation des Anima hatte alles ringsum aufgesaugt. Normalerweise benötigte die Formung Jahre, hier waren nur Sekunden vergangen. Doch der Preis war entsprechend hoch, was ihm natürlich niemand gesagt hatte.

Er wich zurück.

Sein Gegner kam siegessicher näher.

Nic knallte gegen den Nerd.

»Alter, ich habe mit alldem nichts zu tun«, rief der in Richtung des Gegners. »Ich bin nur ein Übersetzer von uralten Glyphen.«

»Schlechtes Argument, ganz schlechtes Argument«, flüsterte Nic aus den Mundwinkeln.

»Oh Gott, ich darf nicht sterben.« Der Nerd schluckte. »Mein Bruder hat gerade seinen Freund verloren, unsere Eltern sind tot, ich bin der Einzige, den er noch hat.«

Nics Brust zog sich zusammen. Er wollte helfen, etwas tun, blieb aber völlig machtlos. Irgendwo dort unten auf der Straße lag Jane. Was mit Matt los war, wusste er nicht und die letzte Hoffnung hatte sich als furchtbarer Fehler entpuppt.

»Es tut mir leid, Angelo«, flüsterte der Nerd.

»Was?!« Entsetzt fuhr Nic zu seinem Schützling herum. »Wer ist Angelo?«

»Mein Bruder«, erklärte dieser.

Vor Nics innerem Auge erschien sein breitschultriger arroganter Trainer, der mit Jogginghose im Dunkeln der Küche saß und ein Bild betrachtete. Die Puzzlestücke purzelten an ihren Platz.

»Gabriel war sein Freund«, flüsterte Nic.

»Genau! Woher kennst du ihn?«, fragte der Nerd.

Eine Antwort würde er nie erhalten. Das Katana blitzte. Im Reflex wich Nic zurück.

Die Silberklinge fuhr durch die Luft und durchtrennte Haut wie Butter. Auf der Kehle des Nerds erschien eine klaffende Wunde, wie ein blutroter lachender Smiley. Mit entsetztem Blick kippte der Bruder von Angelo Santos seitlich zu Boden. Er zuckte kurz, seine Augen wurden glasig. Blicklos starrte er ins Leere und kündete von Nics vollständigem Versagen.

Damit war er der Letzte, der noch stand.

Tränen lösten sich aus Nics Augen, rannen heiß über seine Wangen. Seine Freunde, sein Schützling, alles war verloren. Er konnte den Blick nicht vom Nerd abwenden, um den herum sich eine Blutlache bildete. Ein Schicksal, ausgelöscht in einem Augenblick, ausradiert von einem gnadenlosen Gegner. Angelos Worte hatten sich aufs Grausamste bewahrheitet. Das hier war kein Spiel, kein Spaß, es war blutiger Ernst. Nic hatte versagt, was den Bruder seines Trainers das Leben gekostet hatte.

Er wird mich endgültig hassen.

Nics Körper war wie gelähmt, er konnte sich nicht rühren. Er wollte nicht sterben, besaß aber keine Kraft mehr, zu kämpfen. Womit auch? Seine Pistole blieb nutzlos, Zauber konnte er keine weben und mit Hilfe war nicht zu rechnen.

»Warum?«, fragte er mit krächzender Stimme.

Und tatsächlich antwortete der Angreifer, der doch so viel mehr war. Es war keine einzelne Stimme, die sprach, sondern mehrere. Mann und Frau mischte sich mit Jung und Alt. »Die Ära der Schicksalswächter neigt sich dem Ende zu. Das zweite Regnum zieht herauf.«

Damit schleuderte er den Dolch.

Ein kurzer stechender Schmerz breitete sich in Nics Brust aus, Taubheit folgte. Irgendwie war der Himmel plötzlich anders, der Boden fort. Es klirrte, Scherben wirbelten um ihn herum durch die Luft.

Er fiel.

Immer weiter, endlose Sekunden lang. Der Aufprall war kurz und hart, presste ihm die Luft aus der Lunge und ließ Knochen brechen. Nic hustete. Eine Fontäne aus Blutsprenkeln wirbelte durch die Luft.

Hoch über ihm trat sein Feind an das zerstörte Deckenlicht. Über ihm funkelten Abermilliarden von Sternen, das Mondlicht warf seinen Schein herab. Alles wirkte so friedlich. Endgültig. Die Schwere der Entscheidungen glitt von ihm ab, Verantwortung löste sich von seiner Seele. Er war frei.

Der Ninja zog mit einem Ruck die Maske herunter.

Eine weitere Träne rollte Nics Wange herab.

»Du.«

Seine Stimme war nicht mehr als ein Hauch, der vom Wind davongetragen wurde.

Dann umfing ihn die Endgültigkeit.

II

Der Atem des Schicksals

12.

Alles in Scherben

Aua, war das Erste, was Nic dachte.

Er war ganz offensichtlich noch am Leben, die Heilzauber leisteten jedoch eine miserable Arbeit.

»Die Heilzauber wirken ganz hervorragend«, erklang die Stimme von Inés.

Mit einem Blinzeln öffnete Nic die Augen. »Matt, Jane?«

Jemand hatte ganz offensichtlich ein Kinder Überraschungsei in der Mitte zerteilt und vergrößert, um ihn als Überraschung ins Innere zu setzen. Bedauerlicherweise bestand die Hülle nicht aus Schokolade, sondern aus weiß gehaltenem Metall. Er verdächtigte einen gewissen Apfelkonzern, den Raum gesponsert zu haben.

Nic setzte sich auf, damit er über den Rand des Heileis schauen konnte. Neben Inés stand eine Frau, die so dürr war, dass der nächste Windstoß sie vermutlich wie einen Ast zerbrechen lassen würde.

Der Raum war ganz in Weiß gehalten, genau wie die Kleidung der Frau. Ohne ihre dunkle Haut wäre sie wie ein Chamäleon mit der Umgebung verschmolzen. »Ich bin Zola Mubawe, die Heilerin. Meine Kollegen aus den anderen Häusern haben mir bestätigt, dass deine beiden Freunde überlebt haben. Doch es war knapp und die Verletzungen bleiben nicht ohne Folgen.«

Sofort hatte er Matt wieder vor Augen, der zitternd am Boden lag und als Tor aus den Schatten heraus missbraucht wurde. Der Sturz vom Hausdach war für Jane sicher nicht besser gewesen.

»An was erinnerst du dich?«, fragte Inés sanft.

Mit zittriger Stimme fasste Nic den Kampf auf dem Dach zusammen. »Dann bin ich durch das Glas gestürzt. Er hat auf mich heruntergesehen und ...«

»Ja?«

»Keine Ahnung, der Rest ist weg.« Obwohl er ziemlich sicher war, dass er etwas Wichtiges vergessen hatte.

»Deine Verletzungen sind nahezu verheilt«, erklärte Zola. »Allerdings werden dich die Hämatome noch ein wenig malträtieren. Der Zauber wird seine Arbeit in den nächsten Stunden vollenden.« Ihr magentafarbener Anima-Stein war in eine hauchdünne Metallplatte eingesetzt, die mit Schnüren auf ihrem linken Handrücken befestigt war.

»Lässt du uns einen Augenblick allein?«, bat Inés.

Mit einem Nicken zog sich Zola in das Weiß des angrenzenden Raumes zurück.

Das Halbei entfaltete sich, vollführte eine Drehung und plötzlich saß Nic auf einem halbrunden Stuhl.

»Es war Angelos Bruder«, sagte er leise.

»Wissen wir.« Inés zog einen weiteren Stuhl heran und sank in die Polster. »Noch nie zuvor wurden Angehörige von Schicksalswächtern angegriffen, wir wissen nicht, weshalb Angelos Bruder ein Ziel war.«

»Wieso war er kein Magier?«

»Petro war der Halbbruder von Angelo, sie haben die gleiche Mutter«, erklärte Inés. »Doch kurz nach der Geburt trennten sich die Eltern. Petro wuchs bei seinem Vater auf, einem Nichtmagier. Angelo bei der Mutter, eine Magierin.«

Auf Nics Husten reichte sie ihm ein bereitstehendes Glas Wasser.

»Wie ist es dir ergangen?« Nic gab das Glas zurück.

»Die anderen Schützlinge hatten keine familiären Bande zu unserem Haus. Es waren eindeutig Schicksalsziele, die eine Veränderung herbeiführen sollten. Petro war eine Ausnahme.«

Der Nerd. Petro. Angelos Bruder. Ein Mensch, der durch Nics Versagen gestorben war. Irgendwie waren da plötzlich Tränen, die über Nics Wange rannen. Schnell wischte er sie beiseite. »Wie geht es Angelo?«

Inés sog scharf die Luft ein. »In den nächsten Tagen entfällt dein Kampftraining.«

»Es tut mir leid.« Er konnte nicht in Worte fassen, wie sehr.

»Ich bin sicher, dass Angelo tief in seinem Inneren weiß, dass du dein Bestes gegeben hast.« Inés legte sanft ihre Hand auf Nics Brust, an die Stelle seines Herzens. »Doch er hat zu viel verloren.«

»Gabriel war sein Freund.«

»So ist es. Beide waren unzertrennlich. Angelo war ein Mensch, den man nie ohne ein Lächeln auf dem Gesicht sah. Bis zu dem Tag, als ihm Gabriel genommen wurde. Er hat es irgendwie geschafft, doch jetzt ist er vollkommen allein. Nic«, wechselte sie das Thema, »warum hast du einen zweiten Anima geschaffen?«

»Der Angreifer hatte auch mehrere.«

Ihre Hand, die Inés von seiner Brust zurückgezogen hatte, verharrte in der Luft. »Das kann nicht sein.«

»Aber so ist es. Er hat Zauber parallel ausgeführt.«

»So etwas funktioniert nur, wenn man …« Sie wirkte völlig fassungslos. »Kann es sein, dass du dich geirrt hast?«

»Er hatte drei Anima«, bekräftigte Nic. »Deshalb habe ich ja einen zweiten auf mich gebunden.«

»In Kürze werde ich dem Rat Rede und Antwort stehen müssen«, erklärte sie. »Man verlangt disziplinarische Maßnahmen, du weißt, dass ein zweifacher Anima verboten ist. Eine Bindung darf nur erfolgen, wenn der erste Anima zerstört wurde, was bei dir nicht der Fall war.«

»Es ging um das Leben des Schützlings.« Nicht zu vergessen das seiner besten Freunde.

»Ich kläre das, gemeinsam mit Jeremiah. Begib du dich bitte in dein Appartement. Sobald ich zurückkehre, erfährst du, wie wir weiter verfahren.«

Mit hängenden Schultern und schmerzendem Rücken verließ Nic die tote Zone mit dem Heilzimmer. Wie in Trance tapste er durch die Gänge. Einige Schicksalswächter grüßten ihn, doch er reagierte nicht.

Es gab niemanden, der nicht blaue Flecke oder angesengte Haare von seinem Kampf davongetragen hatte, Pablo humpelte sogar.

Wie viel Zeit hatte er in dem Heilei verbracht?

Dass sein Appartement sich mittlerweile sauber ausgeformt hatte, löste keinerlei Euphorie aus. Irgendwie schien ihm sein eigenes Verhalten bei dem Anblick der Räumlichkeiten wie das eines anderen Menschen. Möbel, Kleidung, das alles war so unbedeutend.

Ein Mensch war gestorben!

Er zog sich aus, trat unter die Regendusche und registrierte, wie seine Muskeln sich lockerten. Mittlerweile gab es einen gewaltigen Einbauschrank, der mit unterschiedlichen Jeans, Chinos, Converse, Slips, Boxershorts und Shirts gefüllt war. Darüber hinaus gab es Hoodies in allen Farben und Formen, mit und ohne Reißverschluss. Irgendwie hatte es auch eine einsame Weste dazwischen geschafft.

Er schlüpfte in frische Kleidung, ohne darauf zu achten, was er da anzog.

Auch ein Computer, ein Fernseher und ein gut gefülltes Bücherregal, in dem Taschenbücher und Hardcover dicht an dicht standen, waren entstanden. Innerhalb des Appartements funktionierte die Technik also, Verbindungen nach draußen waren allerdings nicht möglich. Als er testweise auf sein Smartphone blickte, bestätigte das die Vermutung. Es hatte keinen Empfang.

Der Zauber schien seinen Geschmack immer besser zu kennen, denn die meisten Bücher waren Scifi-Romane. Was die Biografien von Politikern dazwischen suchten, verstand er nicht so richtig. Ebenso wenig wie das fette Plüscheinhorn, das auf der Couch saß.

Wenigstens gab es eine Süßigkeitenbar mit verschiedenen Sorten an Schokolade, Gummibärchen und Keksen. Mehr bekam er heute sowieso nicht runter.

Dreißig Minuten später lag er auf der Couch und hielt sich stöhnend den Bauch. In seinem Magen ritten die Gummibärchen auf den Keksen, diese miesen kleinen Verräter. Er würde nie wieder etwas Zuckerhaltiges essen, beschloss Nic, während er auf der Schokolade herumkaute.

Irgendwann schlief er ein.

Ein nachdrückliches Klopfen an der Tür ließ ihn aufschrecken. »Ja!«, rief er matt.

Vorsichtig schob Inés den Kopf durch den Türspalt. Ein Blick und sie hatte ihn durchschaut. »Fresskoma?«

»Musste sein.«

Sie schloss die Tür hinter sich und sank neben ihm auf die Couch. In ihrer linken Hand trug sie eine Schatulle.

»Wenn das ein Antrag werden soll …«, begann Nic, hatte aber irgendwie nicht mal mehr die Kraft für einen Witz.

»Ich komme direkt vom Rat«, erklärte Inés und genau so sah sie auch aus – müde und abgekämpft. Noch schlimmer als zuvor. »Da Jeremiah an anderer Baustelle aktiv war, musste ich allein kämpfen. Normalerweise kann ich auf die Unterstützung deines Dads zählen, doch es versteht sich von selbst, dass er dieses Mal zurückhaltend war.«

Einmal, nur einmal hätte er für Nic kämpfen können. »Klar, verständlich.«

»Bedauerlicherweise waren nicht alle Mitglieder einsichtig. Es wird eine eingehende Befragung von Matt und Jane geben, um zu bestätigen, dass der Angreifer mehrere Anima besaß. Die Recherche zu dem Thema läuft bereits. In den nächsten Tagen wird die Bindung zwischen dir und dem zweiten Anima wieder aufgehoben, der Stein vernichtet.«

Nic betrachtete eingehend Zeige- und Ringfinger der rechten Hand, an denen er die beiden Artefakte nebeneinander trug. »Verstehe.«

»Leg ihn am besten ab, gewöhne dich nicht daran, die doppelte Menge an Magie aufnehmen zu können«, riet ihm Inés. »Allerdings hat der Rat darüber hinaus noch etwas beschlossen.«

»Das klingt irgendwie nicht gut.« Nic zog den neuen Anima von seinem Finger und reichte ihn Inés, die ihn schweigend entgegennahm und in einer Tasche ihres Kleides verschwinden ließ. Sie legte die Schatulle auf dem Tisch ab und suchte einen Augenblick lang nach Worten. Schließlich brach sie stockend das Schweigen: »Da wir in Zukunft mit allem rechnen müssen, hat der Rat beschlossen, dir einen Aufpasser an die Seite zu stellen.«

»Und der ist da drin?« Nic deutete schockiert auf die Schatulle.

»In gewisser Weise. Du musst wissen, dass vor langer Zeit jeder Magier einen Gefährten besaß. Man nennt die Kreatur Familiaris.«

»Das ist jetzt aber keine Katze, oder?«

»Wir sind keine Tierquäler!«, erklärte Inés kategorisch.

Nic war sich nicht ganz sicher, ob sie damit etwas über seine möglichen Qualitäten als Herrchen sagen wollte oder auf die Größe der Schatulle anspielte, verlegte sich aber aufs Schweigen.

Inés öffnete das Gefäß. Im Inneren lag ein Geflecht aus Fäden, das von einem Holzrahmen eingefasst war. Es erinnerte Nic an einen Traumfänger.

»Zieh bitte dein T-Shirt aus«, bat Inés.

»Warum wollen nur alle ständig, dass ich mich ausziehe?«

»Deine einnehmende Art, dein sonniges Gemüt, die stählernen Muskeln«, erwiderte sie trocken.

Nic musste tatsächlich grinsen, was die schreckliche Leere in seinem Inneren wenigstens ein Stück zurückdrängte.

»Diese Fäden werden sich magisch mit dir verweben und ein Tattoo auf deiner Haut hinterlassen«, erklärte sie. »Ich werde ihn dir auf die Schulter legen.«

Während Nic noch darüber nachdachte, wie ein Tattoo wohl an ihm wirken mochte, spürte er die Fäden auf seiner Schulter. Es brannte kurz, dann war es auch schon vorbei. »Das war's?«

Inés klappte die Schachtel zu. »Das war's.«

»Und dieser Familiaris ist mir dann irgendwie weisungsbefugt?«

»Um Himmels willen, nein.« Inés lachte auf. »Er wird die meiste Zeit in deiner Nähe sein, aber nicht ständig. Letztlich kann er sich in einem gewissen Umkreis frei bewegen, jedoch siehst und hörst nur du ihn.«

»Wieso werden diese Familiaris-Kreaturen nicht mehr als Partner eingesetzt?«

»Hm, das ist eine ausgezeichnete Frage.« Inés räusperte sich verlegen. »Weißt du, ich denke, ihr lernt euch in Ruhe kennen, dann besprechen wir das.«

Ein wenig mulmig wurde es Nic nun doch zumute. »Du weichst mir aus.«

»Keinesfalls.«

»Oh doch!«

»Nic, eine sinnvolle Argumentation besteht nicht aus ›Du tust es! Nein, ich tu es nicht!‹«, erklärte Inés würdevoll.

»Sondern?«

»Das erkläre ich dir morgen. Hab einen schönen Abend, entspanne dich und lerne deinen Familiaris kennen. In der Öffentlichkeit solltest du keine Unterhaltung mit ihm führen, das könnte peinliche Folgen haben.«

»Aha.«

»Ich wusste, wir verstehen uns.« Lächelnd, mit einem schuldigen Blick in seine Richtung, flüchtete Inés aus dem Appartement.

Da einstweilen nichts weiter geschah, sammelte Nic den herumliegenden Müll ein und verstaute das Teufelszeug aka die Süßigkeiten wieder in der Bar. Womöglich sollte er ein Zeitsiegel darauflegen, damit er nicht ständig dazu verleitet wurde, sich etwas daraus zu nehmen. Seine Mum hatte einmal einen Küchentresor aus Plastik gekauft, der ein Zeitschloss besaß. Auf diese Art konnte sie erfolgreich verhindern, dass Jason und Dustin ständig ungesundes Zeug futterten.

Wieder schälte er sich aus der Kleidung, um in etwas Bequemeres zu schlüpfen. Ob er überhaupt einschlafen konnte?

Nic öffnete den Schrank.

Direkt vor ihm saß eine der hässlichsten Kreaturen, die er je gesehen hatte. Aufschreiend sprang Nic zurück.

»Dein Anblick ist jetzt auch nicht gerade berauschend«, erklärte das Wesen prompt. »Kein großer Erfolg bei den Ladys, oder? Deshalb die Fressorgie.«

»Wa... Wie ...«

»Verstehe, du wurdest magisch verwundet und dein Sprachzentrum funktioniert nicht mehr richtig«, plapperte die Kreatur weiter und tapste auf ihren krallenbewehrten Füßen durch den Raum. »Das erklärt den debilen Blick. Wieso bekomme immer ich die schwierigen Fälle? Und überhaupt, der letzte liegt doch gerade einhundertdreiundfünfzig Jahre zurück.«

Die Kreatur hüpfte auf die Couch, hinterließ jedoch keinen Abdruck auf den Kissen. Neugierig betrachtete sie das weiße, pummelige Einhorn. »War das dein vorheriger Partner? Ich bin definitiv eine Verbesserung!«

Was eine glatte Lüge war. Äußerlich ähnelte das Wesen einem grauen Wasserspeier mit hässlicher Fratze, Hörnern und einem langen

Schwanz. Dieser endete in einer dolchartigen Spitze und hätte vermutlich als Waffe eingesetzt werden können, wenn die Kreatur Substanz besessen hätte.

»Du bist also mein Familiaris«, flüsterte Nic.

»Musst ja echt richtig danebengelangt haben«, kommentierte diese elende kleine Ausgeburt der Hölle. »Mein Name ist Nocturnus Abelba Mitras.«

»Ich bin Nicholas Ashton. Am besten nenne ich dich Nox.«

»Das tust du nicht.«

»Tue ich doch«, stellte er klar. Wer konnte sich den gesamten Namen denn auch merken?

»Selbst schuld, dann nenne ich dich Nic.«

»Oh, wie schrecklich.«

»Das hast du dir selbst zuzuschreiben.« Nox verschränkte die winzigen Ärmchen vor der Brust. Die Ironie schien ihm entgangen zu sein.

»Werden sie dich in ein Verlies werfen?«

Entsetzt starrte Nic auf den Familiaris. »Warum sollten sie das tun?«

»Nun ja, ich bin offensichtlich hier, damit der Rat mich über deine Aktivitäten ausfragen kann. Das lässt darauf schließen, dass du etwas verbrochen hast. Zu Zeiten des Regnums wurden wir sehr oft Magiern zugeteilt, die im Verdacht standen, sich dem Dämon angeschlossen zu haben. Meist wurden sie dann in ein Verlies geworfen oder eingeäschert.«

»Das ist schon lange her«, presste Nic hervor. »Magier werden nicht mehr in Verliese geworfen.« Vermutlich. Oder doch? Wer konnte schon sicher sein.

»Wie schade. Und einäschern? Das würde das Band zwischen uns sauber lösen. Ich kannte mal eine Familiaris namens Asha. Ihr Magier wurde in ein Verlies gesperrt und starb dort. Es dauerte dreißig Jahre, bis jemand nach der Leiche sah und die Bindung wieder auflöste. Grausam.«

»Nein, es wird auch niemand eingeäschert!«

»Dann werden wir sehr vorsichtig sein müssen. Denkst du, dass du im Kampf sterben wirst oder eher an Fettleibigkeit?«

Erst jetzt realisierte Nic, dass er noch immer keine Kleidung trug. Plötzlich sah sein Bauch so aufgedunsen aus. »Ich bin nicht dick!«

»Natürlich nicht. Ich sagte ja auch fettleibig. Vermutlich abrupter Herzstillstand. Oder Verfolger schnappen dich, weil du zu langsam davonschleichst und zu laut keuchst. Das könnte schnell gehen, womit meine Arbeit auch schon getan wäre. Warum isst du nicht noch eine Tafel Schokolade?«

»Argh!« Wütend stapfte Nic in seinen Ankleideraum und donnerte die Tür ins Schloss.

Mit einem leisen *Wusch* trat Nox durch die Tür. »Dir ist aber schon klar, dass ich mich von materiellen Hindernissen nicht aufhalten lasse. Willst du das wirklich anziehen?«

Nic schielte auf die Jogginghose. »Warum denn nicht?«

»Unvorteilhaft.«

»Wofür?«

»Alles.« Nox verschränkte seine Arme. »Unter uns Familiaris gelte ich als ausgesprochener Kenner von Mode. Vor einigen Jahrhunderten beriet ich sogar den Marquis de Roschel.«

»Nie von ihm gehört.«

»Hätte er meine Modetipps angenommen, wäre das anders.«

Nic verdrehte die Augen und schlüpfte in seine Jogginghose. »Du hältst aber schon mal den Mund, oder?«

»Absolut. Wenn es nichts zu kritisieren gibt«, erwiderte Nox. »Das sehe ich bei dir nicht so. Stattdessen werde ich dir mit meinem gesamten Wissen – das nebenbei bemerkt zahlreiche Jahrhunderte umfasst – zur Verfügung stehen.«

»Ich bin begeistert.«

»Das versteht sich von selbst. Willst du mir erzählen, weshalb ich mit dir verbunden wurde?«

»Nein.«

»Es reicht, wenn du dich intensiv auf den Grund konzentrierst, dann kann ich über unser Band in deine Erinnerung schauen. Oh, du hast also wirklich Mist gebaut.«

Verdutzt starrte Nic auf den Familiaris. »Hör sofort damit auf!«

»Das reicht schon. Toter Schützling, zweiter Anima, katastrophaler Einsatz. Was genau ist schiefgelaufen, ich sehe nur ständig diesen toten Kerl.«

»Petro«, presste Nic hervor. Der Nerd. Angelos Bruder.

Es war ein Albtraum.

»Erzähl mir mehr!«

»Lass mich in Ruhe!« Nic warf sich aufs Bett und rollte sich zusammen.

Verblüffenderweise schwieg der Familiaris. Wenn die Verbindung intensive Gedanken übertrug, dann vielleicht auch Gefühle. Der Schmerz in Nics Brust tobte unaufhörlich und sein Magen schien aus Säure zu bestehen. Ob die Schuld jemals wieder verschwand? Er drückte das Kissen fest an sich, als umarme er jemanden.

Irgendwann kam der Schlaf.

13.

BESTE FREUNDE

Am nächsten Tag wollte Nic Inés aufsuchen, um über sie noch einmal mit dem Rat Kontakt aufzunehmen. Er stand für jede Befragung zur Verfügung, Hauptsache, er wurde den Familiaris schnell wieder los. Bedauerlicherweise war Inés irgendwo in der Welt unterwegs.

Er vergrub sich stattdessen in der Bibliothek, um etwas über Kreaturen wie Nox herauszufinden, doch es gab kaum Einträge über sie. Vor einigen Jahrhunderten hatte tatsächlich jeder Magier einen Familiaris besessen, allerdings war von ›Versklavung‹ die Rede, was nicht auf zwei übereinstimmende Willenserklärungen hindeutete. Nun ja, in diesem Fall war wohl eher Nic derjenige, der versklavt worden war.

»Er wird mich in den Wahnsinn treiben.« Nic ließ seine Stirn auf das aufgeschlagene Buch sinken.

»Jetzt bist du ein bisschen melodramatisch, Prinzessin«, kommentierte Nox, worauf Nic seine Stirn hob und gegen die Tischplatte schlug.

Er verzichtete darauf, mit Nox zu diskutieren, wenn andere Schicksalswächter ihren Weg kreuzten. Den Familiaris freute das diebisch, konnte er so doch einfach drauflosplappern, ohne Widerworte erwarten zu müssen.

Einzig als Angelo ihren Weg kreuzte, verstummte die Kreatur.

Nic wollte mit seinem Trainer sprechen, doch der ignorierte ihn vollständig.

Zwei Tage nach den schrecklichen Ereignissen wurde Nics Unterricht wieder aufgenommen, womit die Tage sich in eine Abfolge aus Politik, fortgeschrittene Magie, Geschichte, Schicksalssicht und Kampftraining verwandelten. Letzteres übernahm Inés, indem sie Angreifer beschwor, gegen die er sich verteidigen musste. Bedauerlicherweise kam sie mit dem Schwierigkeitsgrad der Attacken nicht zurecht, was Nic zu einem Stammgast im Krankenflügel werden ließ und resignierte Blicke von Zola einbrachte.

Die erste Woche verstrich, die zweite folgte.

Der Rat nahm keine Stellung zu den Ereignissen und trotz mehrfachen Protestes blieb der Familiaris, wo er war.

»Du bist so eine Nullnummer!«, krakeelte Nox.

»Bin ich nicht!«, erwiderte Nic und bekam die Pranke einer beschworenen Schemenkreatur frontal ins Gesicht.

»Bist du doch, ich habe es nur vorweggenommen. War doch klar, dass du wieder auf der Fresse landest.« Nox bog sich vor Lachen, während Inés die nächste Kreatur beschwor.

Wie Nic diesen kleinen Widerling hasste. Der Gedanke, dass der zudem jedes gesprochene Wort an den Rat übermitteln konnte, befeuerte die Abscheu nur.

»Ich verlange Datenschutz«, konfrontierte er eines Tages Inés.

Gemeinerweise seufzte diese, klappte das Buch zu, in dem sie im Frühstücksraum gelesen hatte, und sagte: »Du spielst vermutlich auf deinen neuen Gefährten an.«

»Kerkermeister trifft es besser.« Nic sank neben ihr auf den Stuhl.

»Neuer bester Freund«, schlug Nox vor und begutachtete Inés eingehend. »Und dieser dürre Baststock hat dich vor dem Rat verteidigt?« Der Familiaris wuselte um sie herum. »Kein Wunder, dass du verloren hast.«

»Tut mir leid«, entgegnete Inés, die Nox ja weder hören noch sehen konnte, »aber es gibt noch zu viel Ungeklärtes, was der Rat in

Erfahrung bringen muss. Jane wurde befragt, aber Matthew ist erst vor zwei Tagen erwacht.«

»Was?!«, rief Nic. »Wieso erfahre ich erst jetzt davon?! Ich muss ihn sehen.«

»Das geht nicht.«

»Und wie das geht!«

Kurzerhand ließ er Inés sitzen und stapfte zur Eingangshalle. Mit seinem Anima aktivierte er den Spiegel.

»Wenn du das tust, werden die Wächter innerhalb einer Minute hier sein«, erklärte Inés. Sie war ein wenig außer Atem.

»Wächter.« Täuschte sich Nic oder war Nox noch grauer als gewöhnlich? »Sei bloß vorsichtig, mit diesen Sesselfurzern ist nicht zu spaßen. Die kennen nur ihre Regeln, Formulare und ein paar gemeine Todeszauber.«

»Warum darf ich nicht zu Matt und Jane?«

»Sie stehen unter Hausarrest, genau wie du.« Mit einer kurzen Bewegung ihres Anima löschte Inés den Spiegel. »Es tut mir leid. Diese Sache in Berlin hat für Aufsehen gesorgt. Ein ganzer Häuserblock wurde vernichtet, Menschen sind gestorben, ein zweiter Anima wurde erstellt und dein Schützling wurde getötet, der obendrein der Bruder eines Schicksalswächters war. Das war eine große Sache.«

»Aber Matt und Jane haben mir doch nur helfen wollen.«

»Das weiß ich«, sagte Inés sanft. »Das ist auch nicht das Problem. Die ungeklärten Fragen allerdings schon. In zwei bis drei Wochen ist diese Sache geklärt und euer Hausarrest wieder aufgehoben. Bis dahin musst du durchhalten. Ich werde schauen, dass du dich bald mit Matt und Jane treffen kannst. Du bist nicht allein.«

»Das ist so süß«, kommentierte Nox und hängte ein paar Würgegeräusche an.

»Was genau hast du ihnen eigentlich erzählt, wer Petro ist?«

Ein Stich schlechten Gewissens pikste Nic. »Jemand, den ich beschützen soll. Geheimniswahrer und so.«

Inés musterte Nic lange, doch schließlich nickte sie. »Das geht in Ordnung. Weißt du, es gab in der Vergangenheit oft Bestrebungen einzelner Häuser, sich anderen anzunähern. Doch letztlich hat die alte Konkurrenz gesiegt. Vielleicht sind du, Jane und Matt der

Typus einer neuen Zeit. Zusammenarbeit, anstelle von Konkurrenz. So war es eigentlich gedacht, als die 12 Häuser gegründet wurden. Wir kamen ja erst hinzu, als das Regnum endete.«

»Werden die beiden in ihren Häusern Ärger bekommen?« Immerhin war der Sprung nach Berlin ziemlich abrupt erfolgt.

»Die Oberste der Pflanzenmagier ist recht zugänglich und wird Matt sicher keine Vorwürfe machen, weil er einem Freund helfen wollte. Bei Jane kann ich es dir nicht sagen. Ihr Oberster ist … speziell. Aber letztlich wurde keine Regel verletzt.«

Damit gab Nic sich gezwungenermaßen zufrieden.

Immerhin, das Kampftraining an diesem Tag lief geschmeidig. Nic wurde von Nox so oft beleidigt, dass er die beschworenen Kreaturen fertigmachen konnte und selbst die Schrammen, blauen Flecke und der verstauchte Knöchel waren ihm egal. Ein wenig Magie und schon war er wieder wie neu.

»Ich kannte mal einen Familiaris …«, begann Nox.

»Spar dir deine blöden Geschichten«, fuhr Nic die Kreatur an. »Am Ende sind die Magier immer tot und deine Freunde können endlich in den Urlaub.«

»Ja, eben. Happy End.« Nox warf sich zufrieden auf die Couch in der Bibliothek und malte mit seinem Schwanz irgendwelche Zeichnungen in die Luft.

Nic beschloss, diese Bemerkung nicht mit einer Antwort zu würdigen. Stattdessen nahm er einen großen Schluck Kaffee und zog das nächste Buch hervor.

»Was suchst du da eigentlich?«, erklang irgendwann die Stimme von Nox zwischen den Kissen hervor.

»Informationen über meinen Angreifer.«

Sofort lugte der Familiaris zu ihm herüber. »Wieso suchst du denn danach?«

»Weil ich informiert sein will.«

»Es war ein Fatumaris«, erklärte die Kreatur leichthin.

»Was?« Verdutzt trottete Nic zur Couch. »Du weißt, was das war?«

»Natürlich! Du hast es doch genau beschrieben. Oder gedacht. Ich frage mich immer wieder, wie jemand so dumm sein kann, zu einem Fatumaris zu werden. Typisch Magier.«

Erst als Nic weiterhin sehr interessiert dreinschaute, was Nox mit den Worten »Du verstehst kein Wort von dem, was ich sage« kommentierte, wurde der Familiaris ausführlicher. »Das ist so ein Überkompensation-von-Minderwertigkeitskomplexen-Ding«, führte er aus. »Wenn ein Magier glaubt, dass er nicht mächtig genug ist, kann er seine Macht vermehren. Dazu benötigt er allerdings einen anderen Magier, der sich auf einen Kampf einlässt. Zuvor schließen beide einen Pakt. Nur einer kann überleben. Dieser Gewinner saugt dann die Lebensessenz des Unterlegenen auf und übernimmt seinen Anima und das Talent. Auf diese Art entsteht ein Fatumaris.«

»Das ist ja schrecklich«, flüsterte Nic.

»Dumm wie Stroh sind sie, diese Magier.« Nox nickte bestätigend. »Der Gewinner hat es natürlich gut. Er besitzt zwei Talente, zwei Anima und ist viel stärker. Zu Zeiten des Regnums kamen ein paar Magier auf die Idee, dass sie sich so dem Dämon entgegenstellen können. Hat natürlich nichts genutzt. Der Rat hat den Fatumaris-Pakt schon lange verboten und soweit ich weiß, hat das die letzten hundert Jahre auch niemand infrage gestellt.«

»Das heißt, dieser Fatumaris hat zwei Magier aufgesaugt, ihre Talente und ihren Anima übernommen und deshalb besitzt er jetzt von allem drei?«

»So sieht es aus.«

Was erklärte, weshalb ihr Angreifer durch die Schatten hatte wandeln können, ein ausgezeichneter Kämpfer war und drei Anima besaß.

»Und er kämpft für den Dämon«, überlegte Nic.

»Was tatsächlich seltsam ist«, warf Nox ein. »Immerhin war die Grundidee dieser Sache, das Regnum zu beenden. Der Dämon würde einen Fatumaris eher als Gefahr ansehen, aber sicher nicht als Verbündeten.«

Und trotzdem war es so.

Angriffe auf Schicksalswächter, ein Fatumaris und dazu diese Sache mit den Glyphen, an deren Entschlüsselung Petro gearbeitet hatte. Ob die Wächter bereits herausgefunden hatten, was Angelos Bruder genau getan hatte? Und war möglicherweise auch Angelo in Gefahr? Immerhin hatten die bisherigen Angriffe zwei Menschen gegolten, die mit ihm in direktem Kontakt standen.

»Ich muss mit Angelo sprechen.«

»Oh ja, bitte, tu das«, kommentierte Nox. »Er wird dich total verdreschen.«

»Wird er nicht!« Würde er ganz bestimmt.

Angelo streunte immer noch halb apathisch durch die Flure des Hauses, umgeben von einer dunklen Wolke aus Apathie und einem Hauch Aggression. Auf keinen Fall würde Nic derjenige sein, der dieser Wut einen Auslöser verschaffte, im Gegenteil. Sobald er auch nur erahnte, dass Angelo auf dem Weg war, nahm er einen anderen Weg. Dieser Tatsache verdankte er auch das Lob von Madam Ultinova.

»Du setzt deine Schicksalssicht viel öfter ein und wirst immer besser«, hatte sie ihn gelobt und ihm auf die Schulter geklopft, während er sein Erbrochenes aufwischte.

»Danke«, hatte er matt erwidert.

Sie war einfach nie zufrieden, trieb ihn in jeder Stunde auf die nächste Grenze zu. Und natürlich darüber hinaus. Doch immerhin konnte er mittlerweile tatsächlich problemlos die goldenen Fäden sehen und sogar Muster zuordnen. Wenn Angelo näher kam, ging eine Welle durch das Gespinst, als stapfe ein Riese heran. Bei Pablo schwangen sie nur leicht.

Generell schien jeder seiner Lehrer darauf erpicht zu sein, aus ihm den perfekten, allwissenden Kämpfer zu machen. Etwas, das laut Nox keinerlei Chancen auf Erfolg besaß.

Zugegeben, Nic *wollte* besser werden. Die Ereignisse von Berlin durften sich niemals wiederholen. Zusätzlich zum Kampfunterricht studierte er alle möglichen Risszeichnungen und Anleitungen zum Thema Artefaktkonstruktion. Er wollte selbst Waffen entwickeln. Als er Inés einmal mehr ein Loch in den Bauch fragte, brachte sie ihn zu einer Treppe, die in den Keller führte.

Mittlerweile war Nic geübt darin, die verborgenen Spiegelscherben zu erkennen, die Übergänge markierten. Der Keller war eine weitere tote Zone. Auf Nachfrage erfuhr er, dass diese in Frankreich lag, direkt in den Katakomben unter Paris, was den Geruch nach Staub und Tod erklärte. Dort waren Tausende von Totenschädeln eingelagert.

»Mir gefällt es hier«, kommentierte Nox prompt.

Hinter einer von drei Türen erwartete Nic eine Gerümpelkammer, die mit viel Glück als Labor durchging. Immerhin fand er winzige Spiegelsplitter und Anima-Bröckchen, halb fertige Konstruktionspläne und Konstruktionsmaterial.

»Gabriel hat hier gearbeitet«, erklärte Inés. »Ein paar seiner Entwicklungen stecken heute im Kampfgürtel. Wer weiß, vielleicht wirst du ja auch eines Tages etwas erschaffen, das uns allen nutzt.«

Schwang da Skepsis in ihrer Stimme mit?

»Die Frau hat noch Träume.« Nox sprang auf die Werkbank und glitt durch eine Fehlkonstruktion hindurch.

»Hier kannst du dich austoben«, erklärte Inés und fügte mit dem ihr eigenen trockenen Humor hinzu: »Explosionen kommen nicht durch die Spiegelverbindung.«

»Haha!«, rief Nic ihr hinterher und ergänzte an Nox gewandt: »Sie weiß natürlich, dass es hier keine geben wird.«

»Wenn ich Oberster dieses Schuppens wäre, hätte ich ständig ein Bombenräumkommando in deiner Nähe.« Nox beäugte allerlei Apparaturen. »Dieser Gabriel war ein Tüftler, was?«

Was Nic auf eine Idee brachte. Schnell warf er einen Blick über die Spiegelscherben und Anima-Brocken. Wurde ein Anima in einzelne Teile zerlegt, konnte er keine Bindung zu einem Magier mehr herstellen, aber immer noch eingesetzt werden, um durch die Zuhilfenahme eines externen Auslösers Magie zu verarbeiten.

Sicherheitshalber schaute Nic sich noch einmal um, dann zog er die Risszeichnung der Puderdose hervor, die er unter seine Jogginghose am Bund der Shorts festgeklemmt hatte. Er musste es schaffen, den Kontaktor nachzubauen.

Die darauffolgenden Tage verbrachte er damit, zu fluchen, Nox anzubrüllen, im Rennen Essen in sich hineinzuschaufeln und zu basteln. Letzteres erwies sich als überraschend schwer.

»Du musst diesen Kontakt mit dem linken Anima-Brocken verbinden«, kommentierte Nox über das Gerät gebeugt.

Rums!

»Das andere Links«, ergänzte der Familiaris, während Nic mit rußigem Gesicht und abstehenden Haaren auf das Gerät vor ihm starrte.

Es waren winzige Schritte, doch irgendwann stand eine Puderdose vor ihm, die möglicherweise sogar funktionierte. Es war tief in der Nacht, als er beschloss, sie erstmals einzusetzen. Falls versehentlich eine falsche Verbindung zustande kam, würde nicht gleich Angelo vor der Tür stehen und ihn anbrüllen.

Dass Nox einen ordentlichen Abstand zwischen sich und die Puderdose brachte, fasste Nic als persönliche Beleidigung auf. Andererseits war er diese dämliche wandelnde Statue damit endlich los.

Mit seinem Anima führte er vorsichtig ein wenig Magie zu und lachte freudig auf, als die Zinnspulen zu glühen begannen. Die Magie wurde transformiert. Nic dachte intensiv an Matt, doch es kam keine Verbindung zustande. Hatte er einen Fehler begangen? Auch der Fokus auf Jane hatte keinerlei Effekt.

»Seltsam«, murmelte er.

Neugierig kam Nox herbeigetapst. »Du hast es falsch zusammengebaut.«

»Habe ich nicht!«

»Aber ganz offensichtlich funktioniert es nicht.« Die Kreatur deutete auf die Puderdose. »Alles umsonst. Die Tage der Pein sind völlig bedeutungslos.«

»So schlimm war es jetzt auch nicht.«

»Für mich schon. Mit dir hier unten zu sein ist …«

Nic ignorierte die Worte seines manifestierten Albtraums und konzentrierte sich auf das Gerät. Womöglich eine falsch angeschlossene Spule. Wenn er das korrigierte … aber nein, alles war korrekt justiert und verdrahtet. Magische Technik war anscheinend nicht seine Stärke. Andererseits hatte er sich an die Anleitung gehalten.

Gab es womöglich eine Abschirmung?

Daran hatte er noch gar nicht gedacht. Möglicherweise sollte er versuchen, eine Spiegelverbindung mit einer Gegenstation hier im Haus aufzubauen. Falls das nicht funktionierte, lag es am Gerät. Wenn doch, konnte er lediglich keine Kommunikation nach draußen senden.

Nic sog weiter Magie aus der Umgebung ab und leitete sie in die Puderdose. Tatsächlich bildeten sich Schlieren auf dem Glas, es wurde milchig.

Schweigend starrten Nox und er auf die Scherbe, auf der die Eingangshalle sichtbar wurde.

»Es funktioniert!« Freudig sprang Nic auf und führte einen kleinen Siegestanz auf.

»Da stimmt was nicht«, kommentierte Nox.

»Du willst mir den Erfolg nur kaputt machen.«

»Das stimmt«, gab das elende kleine Monster zu. »Aber da ist trotzdem etwas nicht in Ordnung.«

Nic stoppte seinen Tanz für einen Moment und betrachtete die Übertragung. »Seltsam. Ich dachte, dass kein Schicksalswächter im Einsatz ist.«

Das Bild bewegte sich, was darauf hinwies, dass er keinen stehenden Spiegel als Gegenstation erwischt hatte, sondern eine andere Kommunikationsfläche. Eine Puderdose konnte es nicht sein, denn das Bild zeigte den Raum, wies also von der Person weg.

»Vielleicht hast du eine Brille erwischt«, überlegte Nox. »Trägt euer Oberster eine? Die sind doch immer alt und verhutzelt.«

»So alt ist Jeremiah nicht«, erwiderte Nic. »Außerdem trägt er keine.«

Die unbekannte Person bewegte sich durch die Halle und schritt auf die gegenüberliegende Tür zu. Dabei kam sie an einem Spiegel vorbei, der an der Wand hing.

»Der Fatumaris!«, schrie Nic und sprang auf. »Aber wie kommt er hierher?«

Selbst Nox wirkte verdutzt. »Siehst du diesen Schimmer?« Er deutete auf einen diffusen Nebel, der von dem Gegner ausging. »So sehen Reste von Spiegelstaub aus.«

»Spiegelstaub?«

»Er muss direkt nach dir in eine Spiegelverbindung gegangen sein, vermutlich wurdest du über diese vom sicheren Haus in Berlin hierhergebracht. Aber er hat seinen Durchgang verzögert. Er hing quasi zwischen den Spiegeln.«

Nic erbleichte. »Das geht?«

Aber hätte der Fatumaris dann nicht im falschen Haus ankommen müssen? Oder hatte er sich erst beim zweiten Durchgang gelöst?

»Hat ein paar Nebenwirkungen, ich würde es nicht empfehlen. Aber ein Fatumaris kann das, er hat ja drei Anima. So ganz ist er aber noch nicht wieder mit der Realität verbunden.«

Nic starrte noch ein paar Sekunden auf die Übertragung. In Sekundenbruchteilen wirbelten die Bilder durch seinen Geist. Jane, Matt, Petro … das durfte sich nicht wiederholen. Sie waren alle in Gefahr.

»Es war ein Trick, um hierherzugelangen«, flüsterte er.

»Der Kerl hat was drauf.« Nox war sichtlich beeindruckt.

Ohne auf seinen Familiaris zu achten, rannte Nic aus dem Labor. Wo war Inés? Oder Jeremiah? Angelo? Irgendwer!

Was auch immer der Fatumaris hier wollte, es war ganz offensichtlich nichts Gutes.

14.

WIR HABEN DA EIN PROBLEM

Nic betrat außer Atem den Raum. Ohne nach dem Klopfen abzuwarten, hatte er die Tür geöffnet.

Angelo blickte ihm mit glasigen Augen entgegen. Die leere Whiskeyflasche sprach Bände, ebenso das zertrümmerte Regal mit den zerfledderten Büchern.

»Wir haben ein Problem«, keuchte Nic.

»Verschwinde«, sagte Angelo matt. »Hau ab.«

Nichts hätte Nic lieber getan. Vorzugsweise mit einem Zauber, der ihn verpuffen ließ. Leider war das Leben aller in Gefahr. »Das Leben aller ist in Gefahr«, sagte er deshalb.

»Wie immer.«

Angelo zog von irgendwo eine Flasche Gin hervor. Gab es eine geheime Bar? »Hör zu, ich brauche deine Hilfe. Über den Spiegel …«

»Scheiß auf den Spiegel.« Angelo wuchtete seinen Körper in die Höhe und schlurfte heran.

Natürlich trug er nichts außer einem engen Slip. »Vielleicht solltest du …«

»Du. Sollst. Abhauen.« Vermutlich konnte nur Angelo seinen Zeigefinger so fest gegen die Brust eines anderen Menschen schlagen, dass der davon einen blauen Fleck bekam.

»Glaub mir, nichts würde ich lieber tun.« Nic wich zurück, knallte nach einem halben Schritt jedoch gegen die Tür. »Aber dann sterben wir alle.«

Angelo lachte. Ein Alkoholsturm umwehte Nics Gesicht und es war ein Wunder, dass er davon nicht schlagartig betrunken wurde.

»Der Kerl genießt sein Leben.« Nox tapste auf der Tischplatte herum und begutachtete die leeren Flaschen. »Das Zeug ist aber billig. Ich kannte mal einen Familiaris, der einer Magierin zugeteilt war, die in einer Schnapsbrennerei …«

»Wieso hast du ihn nicht gerettet?« Die Worte tropften aus Angelos Mund hervor wie die Reste aus einer Flasche.

Stille.

»Es tut mir leid.« Nic versuchte, noch weiter zurückzuweichen, was aufgrund physikalischer Gegebenheiten unmöglich war. Wie oft hatte er sich dieses Gespräch ausgemalt. Doch jetzt, wo es so weit war, fehlten ihm die Worte.

»Mein Bruder.« Eine Träne löste sich aus Angelos Augen. »Er war alles, was ich noch hatte. Du hast versagt und deshalb …« In einer fließenden Bewegung rammte Angelo seine geballten Fäuste gegen Tür und Wand.

Dass dabei die Haut aufplatzte, Blut spritzte und – wie Nic aus dem Knacken schloss – irgendetwas brach, schien er nicht zu bemerken.

»Es tut mir leid.« Nic spürte die altbekannte Schuld in seinem Inneren vibrieren wie eine Gitarrensaite, die jeden Moment aus der Fassung reißen und ihn aufschlitzen würde. Blutige Finger verkrampften sich in den Stoff seines Hoodies.

»Du kannst ja nichts dafür«, kam es leise aus Angelos Mund.

»Was?«

»Es ist unsere Schuld. Meine. Du warst nicht bereit. Du bist noch immer so schwach wie am ersten Tag.«

»Das stimmt doch gar nicht.«

»Du bist ein Opfer. Ich will gar nicht wütend auf dich sein, aber es lässt sich nicht abstellen.« Angelo richtete seinen Blick auf den Hoodie. »Du hast da ein paar Flecken.«

»Das ist dein Blut.«

»Oh. Wo ist meine Flasche?«

»Hallo!«, rief Nox. »Wie war das mit dem schrecklichen Killer, der alle umbringt?«

»Angelo?«

»Hm?« Es gluckerte, als noch mehr Alkohol in ein Glas floss.

»Ich habe das Protokoll doch richtig im Kopf, oder? Wenn ich einen Alarm auslösen will, muss ich dich, Jeremiah oder Inés aufsuchen. Und ihr aktiviert dann das jeweilige Protokoll?«

»Du hast ja doch zugehört.«

»Ein Fatumaris ist hier unterwegs, ich habe ihn über eine Spiegelscherbe gesehen«, erklärte Nic. »Alle hier …«

Angelos Gesicht nahm die Farbe von Naturjoghurt an. »Wieso hast du das nicht gleich gesagt?!« Sein Anima leuchtete, die glasigen Augen erhielten ihren Fokus zurück. »Kurz und prägnant, ich will alles wissen!« Schon war die Wirkung des Alkohols magisch neutralisiert.

Nic fasste zusammen, was er über die Spiegelscherbe gesehen hatte.

Ohne weitere Worte zu verlieren, berührte Angelos seinen Anima. »Da stimmt etwas nicht. Ich bekomme keinen der anderen in eine Verbindung.«

Ein roter Schimmer glitt über jede sichtbare Glasfläche, untermalt von einem durchdringenden Ton.

»Wir müssen zu Inés«, erklärte Angelo.

»Hose!«, rief Nic. »Und Shirt!«

Angelo verdrehte die Augen und streifte Sporthose und Shirt über. »Los!«

»Genau: Los!«, rief Nox. »Bestimmt sind schon alle tot.«

Sie eilten hinaus.

Die Gänge lagen wie ausgestorben vor ihnen. Der rote Schein glitt über die Gemälde und Büsten. Die Schatten wirkten auf den Bodendielen wie vergossenes Blut.

Vor jeder Gangbiegung hielt Angelo inne, schaute sich vorsichtig um und ließ Nic erst weitergehen, als alles gesichert war.

»Betrunken fand ich ihn besser«, kommentierte Nox. »Er war viel lockerer. Jetzt ist er so angespannt.«

Sie rannten zu Inés' persönlichem Raum. Während Angelo sicherte, hämmerte Nic mit der Faust dagegen. Wie ein Donnern hallten die Schläge durch die stillen Flure.

»Du sollst schlagen, nicht sanft klopfen!«, rief Angelo.

Er tat es noch einmal mit etwas mehr Nachdruck. Trotzdem kam keine Antwort. Kurzerhand öffnete Angelo die Tür, um hineinzuspähen. Inés lag auf dem Boden. Unter ihrem Kopf breitete sich eine Blutlache aus.

»Verdammt!« Angelo war mit einem Satz bei ihr. »Magisch zugefügte Wunde.« Sein Anima leuchtete. »Nicht so einfach heilbar.« Mit gerunzelter Stirn betastete er die Kopfwunde. »Ein Angriffszauber, der noch arbeitet.«

Inés wirkte zerbrechlich wie nie zuvor. Ihre bleiche Haut war totenblass, ihre Frisur hatte sich gelöst und umfing ihren Kopf wie ein Heiligenschein. Risse durchzogen den Stoff ihres Kleides.

»Aber sie lebt noch, ja?«, hauchte Nic.

»Noch«, bejahte Angelo. »Aber der Zauber muss neutralisiert werden. Dafür benötigen wir Zola. Ich kann nur keinen der anderen spüren. Warte.«

Mit wenigen Schritten erreichte Angelo ein Podest, auf dem ein flacher Spiegel eingepasst war. Er berührte seinen Anima-Stein, der an einem dünnen Lederband vom linken Handgelenk baumelte. Magie leuchtete sonnengelb. »Sie schlafen alle.«

Nic trat an das Podest. Im Inneren wechselten sich die Szenen in rasender Geschwindigkeit ab. Doch egal welcher Schicksalswächter im Fokus stand, er oder sie schlief. »Wie hat er das gemacht?«

»Ich weiß es nicht.«

»Kannst du die Spiegelübergänge schließen? Dann kann er die anderen nicht angreifen.«

»Gute Idee.« Angelo griff wieder nach seinem Anima und leitete Magie in den Podestspiegel. »Erledigt.« Trotzdem wirkte er bedrückt.

»Was ist los?«

»Ich habe versucht, einen Notruf an die Wächter zu schicken«, erklärte er. »Eine Bitte um Unterstützung. Es geht nicht. Unsere Verbindung nach draußen ist unterbrochen.«

Was erklärte, weshalb er weder Matt noch Jane über die Puderdose erreicht hatte.

»Wir sind auf uns allein gestellt«, erklärte Angelo.

»Die Alte hat doch eh schon genug Jahre auf dem Buckel«, kommentierte Nox und lenkte Nics Aufmerksamkeit wieder auf Inés. »Lohnt sich das überhaupt, sie zu reanimieren?«

»Wir könnten einen *Schlaf der Gerechten* weben«, schlug Nic vor. »An der Akademie haben wir die Grundlagen getestet. Ich war ganz gut. Einmal war der Zauber so stark, dass Jane eine Woche nicht mehr herausgeholt werden konnte«, erklärte er stolz.

Dass Jane ihn danach durch die gesamte Akademie geprügelt hatte, ließ er unerwähnt.

»Gute Idee.«

Angelo saugte Magie aus der Umgebung auf und wob ein dichtes Netz aus feinen Linien, das Inés umschloss. Ein Kokon aus gefrorener Zeit, der sie am Leben erhielt.

»Wohin jetzt?«, fragte Nic.

»Wir gehen logisch vor«, erklärte Angelo. »Du hast den Fatumaris in der Eingangshalle gesehen, doch er scheint direkt hierhergekommen zu sein, in den Bereich mit den Appartements. Warum?«

»Er will uns alle nacheinander ausschalten?«

»Vielleicht.« Angelo begann erneut, einen Zauber zu weben. »Ich hatte mal was mit einem Wächter, der hat mir ein paar Grundlagen zu forensischer Magie beigebracht. Das ist ein *Allsehendes Auge.*«

Die Luft begann zu flimmern, verwaschene Schemen bildeten sich. Einer davon war Inés, wie der blaue Farbklecks deutlich machte, der ihr Kleid war. Ein schwarzes Pedant umfing sie, beide schienen zu kämpfen.

»Die anderen Magier können mit dem Zauber nur weit entfernte Orte betrachten oder Echos sichtbar machen, die nur wenige Sekunden alt sind«, kommentierte Angelo. »Wir Schicksalswächter können an den Schicksalslinien entlang deutlich weiter zurückgehen. Kostet aber ziemlich viel Magie.«

Es waren keine Details auszumachen. Der Kampf währte nur kurz, Inés war mit der Gewalt von drei Anima überwältigt worden. Sie hatte keine Chance gehabt. Was Nic jedoch entsetzte, war, was der schwarze Schemen danach tat.

»Er hat etwas von ihrem Schreibtisch genommen«, stellte Angelo fest. Er ging vor der Platte in die Knie und betrachtete die Oberfläche. »Sieht aus wie ein Ring.«

»Mein zweiter Anima«, flüsterte Nic. »Er hat meinen zweiten Anima mitgenommen!«

Angelo fuhr in die Höhe. »Du bist ein Schicksalswächter! Mit deinem Anima kann er die versiegelten toten Zonen betreten. Jede! Deshalb wusste er, wohin er sich wenden musste. Als du den Anima gebunden hast, war er anwesend. Dadurch konnte er eine Verknüpfung aufbauen, die ihn geleitet hat. Das hat ihn direkt zu Inés geführt.«

»Du bist so was von erledigt«, kommentierte Nox. »Vielleicht bekomme ich meinen Urlaub doch früher als gedacht.«

»Warte mal«, stoppte Nic Angelos Redefluss. »Wenn niemand das Haus kennt, konnte der Fatumaris aber nicht wissen, dass die Räume in toten Zonen liegen und voneinander getrennt werden können. Oder?«

Verblüfft erwiderte Angelo Nics Blick. »Du hast völlig recht.«

»Das ist eine Wissenslücke, die wir ausnutzen können. Wenn wir ihn in einen Raum locken und die Verbindung kappen, wäre er dort gefangen.«

»Der Gedanke gefällt mir, aber vergiss nicht, dass wir vier Anima gegenüberstehen.«

»Und drei haben schon gereicht.« Nic konnte Angelos Blick nicht länger halten und sah schnell zur Seite.

»Es ist okay«, Angelo sprach leise. »Die Vorwürfe … es tut einfach noch weh, verstehst du? Er war mein Bruder. Wir haben uns als Kinder nur selten gesehen, weil unsere Eltern getrennt waren. Trotzdem haben wir uns geliebt. Er war kein Magier, deshalb konnte ich über diesen Teil meines Lebens nie mit ihm sprechen.« Er lächelte traurig. »Aber wir haben uns mindestens einmal im Monat getroffen und zu dritt gekocht, Filme geschaut, Spieleabende gemacht. Gabriel und er mochten sich auch.«

»Gabriel, richtig.« Wieder schaute Nic zur Seite. Dieses verdammte schlechte Gewissen.

»Was?«

»Nichts.« Sah man davon ab, dass Gabriel ein Informant gewesen war.

Aus irgendeinem Grund ließ Angelo seine Knöchel knacken, die mittlerweile wieder verheilt waren. »Spuck es aus.«

»Sollten wir uns jetzt nicht um Wichtigeres kümmern?«

»Tun wir, während du mir sagst, was hier vorgeht.«

Angelo veränderte den Forensikzauber und ließ die Szene weiterlaufen. Sie hefteten sich an die Fersen des Fatumaris, der zielsicher durch die Gänge eilte.

Hoch konzentriert blickte Nic in jeden Winkel.

»Ich warte.«

Mist. »Gabriel hat Kontakt zu den Wächtern aufgenommen.«

Angelo blieb wie vom Anima getroffen stehen. »Warum sollte er das tun?!« Ein Schatten huschte über Angelos Gesicht. »Moment, er hat sich ständig in irgendwelche Unterlagen vergraben und wollte mit mir darüber reden. Aber ich hatte so wenig Zeit.«

Jede Kraft schien aus ihm zu weichen.

»Es ist meine Schuld«, flüsterte er.

Jetzt war wirklich der falsche Zeitpunkt für eine Sinnkrise.

»Woher weißt du denn davon?«, wollte Angelo prompt wissen.

»Siehst du«, rief Nox, »deshalb ist es viel gesünder, zu lügen. Eine Wahrheit führt zur nächsten und am Ende hast du deine ganzen Geheimnisse verraten.«

Seufzend berichtete Nic von der unbekannten älteren Dame, die ständig durch seine Träume geisterte und von ihm verlangte, das Rätsel um Gabriel aufzuklären.

»Dort saß er immer«, erklärte Angelo matt und wirkte wie ein depressiver Teddybär.

»Lass uns doch zuerst den Fatumaris erledigen und danach über die möglichen Konsequenzen aus dieser Sache sprechen, in Ordnung?«

Stille, die förmlich danach schrie, dass Nic die Führung übernahm. Er besaß noch Energie, einen scharfen Verstand und sein Anima glühte förmlich. Genau genommen glühte es wortwörtlich.

»Wir sollten …«

»Da lang«, sagte Angelo und ging in die angegebene Richtung.

»Das wollte ich vorschlagen«, erklärte Nic. »Alles andere macht auch keinen Sinn.« Er eilte hinter Angelo her. »Was liegt dort?«

»Die Waffenkammer.«

Shit.

Eine Explosion zerfetzte die Tür vor ihnen. Holzsplitter surrten durch die Luft und durchlöcherten Nics Oberkörper, hart prallte er auf den Boden. Mehrere Folgeexplosionen erblühten, Beton prasselte herab. Angelo wurde wie ein aufgespießter Schmetterling auf die Bodendielen gepinnt. Blut schoss wie eine Fontäne aus seinem Mund.

Während die Flammen prasselten, kroch Nic zu ihm und wirkte einen *Nightingales Lampe.* Erst als Angelo nicht länger Blut spuckte, kümmerte er sich um seine eigenen Wunden. Mehr konnte er nicht tun, da die Magie ringsum nahezu aufgebraucht war. Wenn er mehr abschöpfte, erschuf er eine tote Zone.

»Jetzt hat er Waffen«, krächzte Nic.

Angelos Hand schoss hervor und packte Nic am Handgelenk. »Waffen … hatte er schon.« Mit letzter Kraft wuchtete Angelo sich in die Höhe, lehnte sich gegen die Wand. »Er wollte unsere Ressourcen zerstören. Oder etwas holen.«

Angelo verdrehte die Augen und wurde bewusstlos.

Sicherheitshalber prüfte Nic Puls und Atmung. Sein Trainer lebte, war aber heftig angeschlagen. In den nächsten Stunden würde er nirgendwo hingehen.

»Team Nox ist wieder allein«, freute sich dieser verdammte Familiaris-Lurch. »Wir ziehen gemeinsam gegen einen furchtbaren Mörder in den Kampf. Fühlst du dich bereit?«

»Nein«, patzte Nic.

»Das war eine rhetorische Frage. Niemand ist auf den eigenen Tod vorbereitet.«

»Bist du eigentlich zu irgendetwas gut?«

»Moralische Unterstützung«, erklärte Nox. »Angelo wird sie dir kaum geben, diese Heulsuse.«

»Er hat doch gar nicht geweint.«

»Hätte er aber bestimmt noch.«

Nic schüttelte nur wütend den Kopf. Mit Angelos Bewusstlosigkeit war auch der Zauber erloschen, den dieser gewoben hatte, das Abbild des Fatumaris war verschwunden. Wie sollte er ihn ohne diese Hilfe wiederfinden?

In den letzten Tagen hatte Nic sich die Skizzen des Hauses verinnerlicht, merkte aber immer wieder, dass er einzelne Dinge vergaß. Es gab unzählige Räume, Stockwerke und Übergänge, ein wahres Labyrinth.

»Komm schon, so blöd kannst du nicht sein«, kommentierte Nox. »Es ist doch wohl klar, wohin er will.«

Nic blendete den Störenfried aus, was seltsamerweise problemlos gelang. Dann glitt er in die Schicksalssicht. Der Gang vor ihm war aufgewirbelt, die goldenen Fäden vibrierten intensiv. Der Fatumaris hatte nicht nur Magie aufgesogen, er wollte sie einsetzen. Was er auch vorhatte, es besaß schon jetzt Auswirkungen auf das Gewebe des Schicksals.

»Was würde uns am meisten schwächen?«, grübelte Nic.

Es gab zu viele Möglichkeiten. Der Fatumaris konnte alles hier in die Luft jagen, einzelne Schicksalswächter als Ziele wählen oder etwas einleiten, was das Schicksal massiv …

»Die Maschine«, flüsterte er.

Ruckartig verfiel Nic in einen Sprint. Er hatte noch immer keine Ahnung, wofür die verdammte Apparatur überhaupt gut war, doch sie hatte etwas mit dem Schicksal zu tun. Und mit Anima. Dorthin würde der Fatumaris gehen.

Schon von Weitem wurde ersichtlich, dass diese Vermutung der Wahrheit entsprach. Die Tür war zerstört, Splitter lagen am Boden.

»Es hat mich gefreut, dich kennengelernt zu haben«, erklärte Nox. »Das ist natürlich eine Lüge, aber dass du so schnell erledigt wirst, hätte ich nicht gedacht. Vielleicht könntest du mit deinem letzten Atemzug so etwas röcheln wie ›Befreit den Familiaris‹, das wäre nett.«

Nic betrat den Raum mit der Maschine.

15.

IM SCHATTEN DER MASCHINE

Der Raum atmete Alter und Tod.

Etwas hier drinnen hatte sich verändert. Nic spürte mit jedem seiner Sinne, dass alles hier falsch war. Ein gewöhnlicher Mensch, ja, sogar ein Magier hätte nichts Auffälliges bemerkt. Sein Anima enthüllte, dass noch immer ausreichend silberner Staub ringsum existierte.

Die Schicksalssicht allerdings enthüllte Chaos. Der Fatumaris schien die Wirklichkeit aufzuwirbeln, wohin er auch ging. Ein Geschöpf, das aus verschiedenen Magiern bestand, sie aufgesaugt und ihre Kraft zu seiner gemacht hatte. Wie sollte er gegen einen solchen Gegner bestehen?

Gekleidet in seine schwarze Montur, stand der Fatumaris vor der Plattform. Die Kontrollkonsole der Maschine vibrierte, alle möglichen Schalter waren umgelegt. Die Spulen glühten.

Die Kreatur – und für Nic war es längst kein Mensch mehr – setzte zu einem Schritt an.

»Halt!« Irgendwas musste er ja rufen und ergänzte sicherheitshalber: »Stehen bleiben!«

Es funktionierte, ha! Der Fatumaris hielt in der Bewegung inne. Ganz langsam wandte er sich um.

»Ich hoffe, du hast einen Plan«, kommentierte Nox. »Denn ich glaube, mit der Kooperationsbereitschaft war's das.«

»Halt doch einfach mal die Fresse«, kommentierte Nic leise. »Und das meine ich total freundlich, so zwischen Familiaris und Magier.«

Nox verschränkte die Arme, tapste zur Konsole und lehnte sich an die Säule. »Na dann. Aber denk daran: Mit dem letzten Atemzug rufst du ›Befreie den …‹«

Der Fatumaris wirbelte blitzschnell herum, hob seinen linken Arm und wob einen *Vellamos Sturm*. Nox wurde getroffen, sauste durch die Luft und ploppte in die Wand. Weg war er.

Genial, dachte Nic, besann sich dann aber darauf, dass er hier einem Gegner gegenüberstand, der auch ihn töten wollte. Er nahm die Magie auf, erschuf einen *Mystischen Wall* zwischen der Kreatur und der Plattform, dazu einen *Mystischen Schild* vor seinem eigenen Körper.

»Du wirst mich nicht aufhalten«, flüsterte die Kreatur mit sich überlagernden Stimmen.

Seltsam. Erneut hatte Nic das Gefühl, eine der Stimmen zu erkennen. Ein Stechen hinter seiner Stirn ließ ihn taumeln. Wieder fiel er durch die zerbrochene Scheibe des Schwimmbads in Berlin, knallte auf den steinharten Untergrund. Über ihm trat der Familiaris vor das Loch.

Ein Schlag traf ihn. Er war wieder in dem Raum mit der Maschine, flog durch die Luft und donnerte gegen die Wand. Alles wiederholte sich.

Stöhnend rappelte Nic sich wieder auf. »So leicht gewinnst du nicht!«

»Ich habe dich bereits einmal getötet.«

»Fast«, konterte Nic, was nicht als Ansporn gedacht war.

Doch genau so schien es der Fatumaris aufzufassen. »Ich sollte es dieses Mal wohl endgültig machen.« Die Anima leuchteten.

Ein grauer Klecks schoss durch die Luft und donnerte gegen das Gesicht des Fatumaris. Knochen brachen, Blut spritzte und ein Stofffetzen löste sich.

»Ha!«, rief Nox. »So leicht lässt sich ein Nocturnus Abelba Mitras nicht durch eine Wand werfen.«

Der Fatumaris kippte nach hinten …

… direkt auf die Plattform.

»Nein!«

Nic setzte nach, kam auf der Plattform auf, hob beide Arme und griff auf seinen Anima zu.

»Das Schicksal wird dich zerreißen«, flüsterte die Kreatur.

Mit einer blitzschnellen Abfolge aus Bewegungen riss der Fatumaris die Anima von Armschelle, Gürtel und Stirnreif, um sie nach oben zu werfen, auf die Spitze der Spulen. Wie Magnete blieben sie dort haften.

»Leb wohl, Schicksalswächter.« Das eine sichtbare Auge des Fatumaris blitzte vor Freude auf.

Nic wappnete sich gegen den Schmerz, von dem er wusste, dass er bevorstand. Das Glühen der Spulen nahm zu, Blitze zuckten zwischen Anima hin und her, Magie wurde aus der Umgebung aufgesaugt. Immer mehr und mehr, bis rings um die Maschine keine mehr übrig war. Doch die Anima hatten noch nicht genug. Weitere Blitze tanzten über die Wände, Risse entstanden.

»Er muss damit aufhören!« Es war das erste Mal, dass der Familiaris Panik zeigte. »Es gibt keine Magie mehr, normalerweise würde jetzt eine tote Zone entstehen. Aber wir sind schon in einer toten Zone«, plärrte Nox und raste in Richtung Tür.

»Aber was …«

Der Familiaris war fort. Nic wich an den Rand der Plattform zurück. Was hatte Inés noch gesagt? Jeder Raum lag innerhalb einer toten Zone, war jedoch wieder frisch mit Magie befüllt worden. Damit bildete die tote Zone eine Kugelschale um den Raum herum. Der Fatumaris hatte jede Magie aufgesaugt, womit die Schale und das Innere beides tote Zonen waren.

Das schien der Umgebung nicht zu bekommen. Täuschte sich Nic oder schrumpfte der Raum? Wurde der Zauber etwa aufgehoben? Was geschah dann mit ihnen?

»Ja, gleich ist es genug«, flüsterte es aus verschiedenen Kehlen. »Ich mache mir das Schicksal untertan.«

»Wo ist die Sache mit der guten alten Weltherrschaft geblieben?« Nic überlegte fieberhaft, was er tun konnte, um den Prozess zu unterbrechen.

»Wer das Schicksal kontrolliert, kontrolliert die Welt«, flüsterte der Fatumaris. »Gerade du solltest das doch am besten wissen.«

»Ich?«, hakte Nic nach. »Sorry, aber ich bin erst zu kurz dabei.«

»Und doch bis du ein Schlüssel, ein Knoten im goldenen Gewebe der Grausamkeit.« Der Fatumaris lachte leise. »So ist das mit Geheimnissen, sie verbergen sich im Schatten und zerstören uns, wenn wir es am wenigsten erwarten. Familie ist nicht immer das, was wir glauben.«

Nic verstand kein Wort.

»Du weißt es nicht«, flüsterte der Fatumaris. Wieder erklang das gemeine Lachen. »Das macht es so viel leichter.« Ganz langsam glitt die Kreatur näher. »Das ist interessant. Du bist schon einmal damit in Berührung gekommen.«

Er meinte zweifellos die Maschine unter dem Büro von Nics Vater. »Ich habe keine Ahnung, wovon du sprichst.«

»Kleiner, dummer Nicholas Ashton.«

Erst jetzt bemerkte Nic, dass es zwar mehrere Stimmen waren, die gleichzeitig sprachen, doch es dominierte immer wieder eine andere. Weiblich und männlich im Wechsel.

Ein Stück des Raums brach weg, dahinter waberte endlose Schwärze.

»Die beiden toten Zonen kollidieren.« Der Fatumaris blickte auf den Riss in der Wirklichkeit. »Alles hier wird gelöscht.«

Was erklärte, weshalb Nox einen hysterischen Anfall bekommen hatte. Er ließ Nic beim Sterben allein.

Die Umgebung begann zu vibrieren, immer stärker und stärker, weitere Risse bildeten sich im Raum, gleichzeitig glühten die Spulen wie drei aufgehende Sonnen. Die Lichtquellen vermischten sich und schwappten als Welle purer Magie über den Fatumaris und Nic. Außerhalb der Plattform schien ein wütender Gott seine Fäuste auf die Konsole zu pressen und gegen die Wände zu schmettern. Die Wirklichkeit zerbrach und Fragmente wirbelten durch die Schwärze.

Panik schoss durch Nics Adern.

Ohne nachzudenken, warf er sich herum und rannte in Richtung Tür. Wenn alles hier gelöscht wurde, hatte sich das Problem mit dem Fatumaris sowieso erledigt, da war ein heldenhafter Tod nicht notwendig.

Eine Hand packte ihn.

Oben wurde zu unten und als der Schmerz des Aufpralls nachließ, fand Nic sich Auge in Auge mit einem schwarzen Loch wieder. Der Fatumaris hatte den Raum verlassen.

Mit einem Krachen verschwanden die Überreste der Konsole in der Schwärze, eine der Spulen knickte um wie ein Grashalm. Metall flog davon, der Sog wurde stärker. Ein dünner Schleier legte sich über die Tür. Zuerst wirkte es wie eine asphaltierte Straße an einem heißen Sommertag. Die Luft waberte. Doch Nic konnte die andere Seite immer schlechter erkennen, der Schleier wurde dichter.

Dahinter flitzte ein aufgeregter Nox durch die Luft, winkte mit seinen Armen und brüllte etwas. Kein Geräusch durchdrang die Barriere. Nic richtete sich auf und fühlte sich wie ein Baseball, der von zahlreichen Schlägern durch die Luft gedonnert worden war.

»Bewege deinen fetten Kadaver!«, brüllte Nox.

Klar, die Beleidigungen kamen natürlich durch. Er würde diesen elenden kleinen Wasserspeicher einfrieren und auf einen Glockenturm setzen. Direkt neben die Glocke.

Beinahe wäre dieser Gedanke Nics letzter gewesen, tat sich doch ein breiter Riss unter ihm auf. Er hechtete auf die Barriere zu und sprang. Das Wabern fühlte sich an wie flüssiger Bernstein, der ihn nicht passieren lassen wollte. Viel zu langsam bewegte er sich hindurch. Hinter ihm nahm der Sog an Stärke zu, als wolle das Schicksal Nics Flucht verhindern.

Tausend Nadeln stachen in seinen Rücken, Haut und Stoff wurden gedehnt, zerrissen und eingesaugt.

Doch irgendwann taumelte er hervor.

Hinter ihm verschwand der Raum mit einem *Plopp* mitsamt der Tür. Still und friedlich ragte die Wand empor, ohne einen Riss, als hätte der Raum mit der Maschine niemals existiert.

Die Uhr tickte, doch Nic benötigte einen Moment, um Atem zu schöpfen und die grausame Angst niederzukämpfen, die die Schwärze in ihm ausgelöst hatte. Es war weniger der Anblick gewesen als das Gefühl absoluter Verlorenheit. Einsamkeit, die ewig zu währen schien. Schwärze, durch die er für den Rest seines Lebens fallen würde, ohne

jemals die Gnade des Aufschlags zu erfahren. Sein Körper reagierte von ganz allein, Tränen rannen über seine Wangen, er zitterte.

Nox kam neben ihm auf dem Boden auf und tätschelte seine Schulter. »Alles wird gut.«

»Danke«, krächzte Nic.

»Wenn du tot bist – und das wird bald der Fall sein –, ist der Schmerz vorbei.«

Nic stöhnte auf. »Warum bist du nicht einfach still?!«

»Wie wäre es mit ein wenig Freundlichkeit?«

»Dito.«

»Ich bin ein Familiaris und kann somit von Natur aus nicht freundlich sein«, erklärte Nox, als spräche er mit einem Kleinkind. »Das kannst du natürlich nicht wissen, weil du dumm bist. Aber was ist deine Ausrede?«

Nic verweigerte eine Antwort und rappelte sich langsam auf. Er musste sich an der Wand abstützen, um nicht direkt umzukippen. Sein Kreislauf fuhr Achterbahn.

Wie gern hätte er jetzt Matt und Jane bei sich gehabt, die ihm den Rücken stärkten, doch er war allein. Was ihn zu der Frage brachte, wie es nun weitergehen sollte. Schliefen die übrigen Schicksalswächter noch?

Ein Blick auf die Uhr zeigte Nic, dass er lediglich vier Minuten in dem Raum mit der Maschine verbracht hatte.

»Wenn du unseren unverschämten Freund suchst, der ist dort entlanggerannt«, erklärte Nox und deutete in Richtung Eingangshalle.

Womöglich war er geflohen. Doch weshalb das Risiko mit der Maschine eingehen?

»Du bist wirklich immer schwer von Begriff«, kommentierte Nox. »Er ist natürlich nicht geflohen. Denk doch mal nach. Was würdest du tun, wenn du es ins Heiligtum deiner Feinde schaffst?«

»Sie alle töten?«, überlegte Nic.

»Hast du schon mal mit einem Seelenklempner über deinen Hang zu brutalen Morden gesprochen?« Der dämliche Felsklumpen starrte Nic mit geschürzten Lippen an und grübelte. »Das erklärt so vieles.«

»Was würdest du denn tun?«, fragte Nic provozierend.

»Die Quelle ihrer Macht zerstören«, entgegnete Nox, was bedauerlicherweise wie ein ziemlich guter Plan klang. »Du kennst nicht zufällig einen Ort hier im Haus, auf den das zutrifft?«

»Das Sanktum?!«

»Und prompt ging ein Licht auf, ach was, eine Sonne. Allerdings eine sehr kleine.«

Er musste die anderen warnen. Aber wie kam der Fatumaris überhaupt an den Schlüssel? Wer konnte ihn beschwören? Jeremiah natürlich. Inés? »Vielleicht hat er sie deshalb erledigen wollen.«

Ohne länger nachzudenken, rannte Nic zurück zu Angelo. Er musste ihn irgendwie wecken. Schon von Weitem erkannte er Pablo und Madam Ultinova, die sich über seinen Trainer gebeugt hatten.

»Er lebt«, erklärte Ultinova. »Wir brauchen Zola.«

Pablo berührte seinen Anima in der Brille. »Sie ist unterwegs. Die anderen haben sich in Gruppen zusammengeschlossen und durchsuchen die Räume.«

»Nicholas?«

»Niemand weiß, wo er ist.«

Keuchend kam er neben ihnen zum Stehen. »Mir geht es gut. Aber der Fatumaris ist hier. Er will in …«

»Der arme Junge«, unterbrach ihn Ultinova. »Er ist ja ein kleiner Schussel, aber ich mag ihn.«

»Wieso Schussel?« Nic stemmte die Arme in die Hüfte und bedachte sie mit einem grimmigen Blick.

»Hoffentlich ist ihm nichts passiert.« Pablo nahm die Brille herunter und massierte sich den Nasenrücken. »Könnte er eine Geisel sein?«

»Falls ja, wird er den Angreifer hoffentlich ins Koma quasseln.« Ultinova ließ ein wenig Magie in Angelo einsickern, die ihr Anima noch gespeichert hatte.

»Hallo?« Nic winkte aufgeregt. »Das ist nicht der richtige Zeitpunkt, mich zu ignorieren.«

Pablo seufzte, setzte seine Brille auf und ging direkt durch Nic hindurch.

»Wahhh!« Nic sprang zurück und blickte verdattert an sich selbst herab. »Ich bin ein Geist.«

»Ich glaube, das nennt sich *nichtmanifestes Abbild*«, erklärte Nox. »Willkommen in meiner Welt.«

Testweise berührte Nic die Wand oder versuchte es zumindest. Doch seine Hand glitt hindurch. Immerhin fiel er nicht durch den

Fußboden. Wartete dort auch diese ewige Schwärze, die ihn aufnehmen und nie wieder herauslassen würde?

Nox schnippte mit den Fingern. »Kannst du mit dem Nervenzusammenbruch noch etwas warten?«

»Aber wie soll ich die anderen warnen?«

»Offensichtlich gar nicht«, erklärte Nox. »Warte einen Moment.« Er trat an Ultinova heran und pikste sie mit seinem Schwanz. Doch der Stachel ging durch sie hindurch. »Wie schön wäre es gewesen, wenn die Substanz auf mich übergegangen wäre.«

Nic konnte nicht länger warten. Er ließ Pablo und Ultinova stehen. Wenn der Fatumaris ebenfalls keine Substanz mehr besaß, konnte er in das Sanktum vordringen. Weder Stein noch Abwehrzauber würden ihn aufhalten. Die Maschine hatte drei seiner Anima zerstört, nicht jedoch den vierten. Jenen, den Nic erschaffen hatte.

Irgendwie schien sich alles zugunsten des Fatumaris zu entwickeln. Angefangen von Nics Einsatz, bei dem er den zweiten Anima erschaffen hatte, bis hin zur Maschine, die in dem Raum gestanden hatte.

Nic verfiel wieder in die Schicksalssicht und überprüfte die Umgebung. Überall rotierten die Wirbel, die der Fatumaris hinterließ, wirkten die goldenen Fäden ausgefranst und leuchteten nur noch matt. Es würde nicht lange dauern, bis Ultinova sie entdeckte oder Angelo erwachte und eins und eins zusammenzählte. Doch bis dahin konnte es bereits zu spät sein.

Vor dem steinernen Tor blieb Nic stehen.

»Kann ich einfach durch?«

»Woher soll ich das wissen?«, gab Nox zurück. »Möglicherweise ist dahinter auch alles schwarz. Nach dir.«

Vorsichtig steckte Nic seinen Kopf in das Gestein, was letztlich nichts brachte, da es mehrere Meter dick war. Er holte tief Luft und rannte los. Es dauerte nur wenige Sekunden, doch die Schwärze brachte ihn einer Panik nahe. Was, wenn er mitten im Gestein wieder an Substanz gewann?

Wider Erwarten erreichte er die andere Seite unbeschadet und flitzte weiter durch den Gang.

»Warte auf mich!«, rief Nox.

Schon war der Familiaris neben ihm.

An dieser Stelle hatte Jeremiah den Koffer manifestiert. Nic starrte auf das Portal mit der Aussparung für den Schlüssel. War es wirklich so simpel? Wartete der Fatumaris auf der anderen Seite?

Nox schwieg, was Nic ein wenig Angst machte.

»Bist du sicher, dass du …«, begann der Familiaris.

Nic trat durch das Portal.

16.

IM ANGESICHT DES SCHICKSALS

Die Kammer hatte sich verändert.

Die Gegenstände darin waren durchscheinend und durchzogen von dem vertrauten Netz aus goldenem Gespinst. Die Flüssigkeit im Graben wirkte wie reines Gold, aus ihr heraus entsprangen die Fäden und glitten hinauf zu der Silhouette im Sarkophag und weiter in die Höhe, wo die Kugel sie aufnahm.

Der Fatumaris stand vor dem Sarkophag und presste seine Hände gegen das Gestein. Es mochte durchsichtig sein, setzte der Kreatur aber Widerstand entgegen.

»Das ist also die Quelle«, flüsterte Nox, wobei er ganz offensichtlich vergaß, dass der Fatumaris ihn hören konnte.

Die Kreatur wandte ihren Blick, behielt die Hände jedoch gegen den Sarkophag gepresst. Ganz langsam kam er voran und näherte sich der Silhouette im Inneren.

»Sieh hin«, erklärte der Fatumaris. »Das Ende eures Hauses zieht herauf.«

Nic konzentrierte sich auf seinen Anima, um besagtem Ende etwas entgegenzusetzen. Doch nichts geschah.

»Du besitzt keinen Zugriff mehr auf die Magie«, erklärte der Fatumaris. »Dein Anima und du, ihr seid kein Teil mehr der Wirklichkeit. Du und ich, wir wandeln außerhalb des Schicksals.«

»Du sprichst, als sei das Schicksal etwas Lebendiges.«

»Und was sollte es auch sonst sein?« Der Fatumaris lachte leise. »Es ist Zeit, Raum, Realität. Das Gewebe, das alles zusammenhält und lenkt. Ich sorge dafür, dass ihr nicht länger Manipulationen vornehmen könnt.«

»Also das ist doch wohl das Letzte«, fauchte Nic. »Wir beschützen das Schicksal und verhindern eure Manipulationen!«

»So mag es sein, doch der Dämon hätte niemals gefangen genommen werden dürfen«, erklärte der Fatumaris. »Das war die erste Änderung im Schicksal. Hätte alles seinen natürlichen Lauf genommen, wäre das Gefängnis nie erschaffen worden. Von diesem Punkt in der Geschichte an standen sich zwei Kräfte gegenüber. Jene, die den natürlichen Lauf wiederherstellen wollen, und jene, die diese Perversion weiterhin unterstützen.«

Aus der Perspektive eines psychopathischen Geistes, der die gesamte Menschheit in ein zweites Regnum stürzen wollte, ergab das durchaus Sinn. »Du willst also gar nicht die Weltherrschaft. Ein zweites Regnum und das Ende allen Seins reicht völlig aus.«

»Das Schicksal muss gereinigt werden von jeder Einflussnahme. Und das ist nur möglich, wenn eure Quelle versiegt und der Dämon befreit wird.« Der Fatumaris verstärkte seine Anstrengung. »Der Rest ist mir gleich.«

Nic beschloss, aufs Ganze zu gehen. Er rammte dem Fatumaris die Schulter in den Rücken. Oder versuchte es zumindest. Doch stattdessen glitt er durch seinen Feind hindurch, stolperte mit rudernden Armen nach vorne …

… und durch den Sarkophag.

Die Umgebung verschwand.

Nic stand inmitten eines Sees, der ganz offensichtlich nur wenige Zentimeter tief war. Eigentlich also eine überdimensionale Pfütze. Das Wasser war auch kein Wasser, sondern flüssiges Gold. Ob er ein wenig davon abschöpfen konnte?

»Du bist also hier«, erklang eine sanfte Stimme.

Vor ihm stand die alte Dame aus seinem Traum.

»Wo immer ›hier‹ auch ist.«

»Zwischen zwei Augenblicken«, erklärte sie. »Du bist noch immer im Sanktum und stolperst durch den Sarkophag, in dem ich liege.«

»Du liegst darin?!« Und er begriff. »Du gehörst nicht zu den Wächtern.«

»Damit liegst du richtig, obwohl ich das vor langer Zeit tat. Jetzt bewahre ich die Menschheit vor einem zweiten Regnum. Falls der Fatumaris Erfolg hat, wird es kommen.«

»Aber … wer bist du?«

Die alte Dame lächelte sphinxhaft. »Ich bin eine der Sieben. Als der Dämon vor langer Zeit auf dem Höhepunkt seines Regnums war, vereinten wir uns, um ihn aufzuhalten.«

Nic musterte sie von oben bis unten. »Das ist aber schon eine Weile her.«

»Da unsere Zeit begrenzt ist – ein Augenblick ist überraschend schnell vorbeigezogen –, konzentrieren wir uns doch auf das Wesentliche. Sieh es als Pendel. Ich bin die eine Seite, der Dämon die andere. Im Verlauf der Zeit haben sich zahlreiche Splittergruppen gebildet, die eine der beiden Seiten unterstützen. Es gibt jene, wie den Fatumaris und seine Gefährten, die den Dämon befreien wollen. Die Intentionen sind von unterschiedlicher Natur, doch das Ergebnis wäre fatal. Auf der anderen Seite stehen jene, die das unter allen Umständen verhindern möchten.«

»Wie wir Schicksalswächter.«

Die alte Dame nickte weise. »Von den Häusern der Magier akzeptiert, bildet ihr den Kern des Widerstands. Nur der jeweilige Oberste erhält Zugriff auf diese Kammer und wird alarmiert, wenn eine größere Welle durch das Netz gleitet – eine Veränderung. Es ist stets ein Zeichen dafür, dass die Gegenseite zum Schlag ausholt.«

»So kann man das wohl sagen.«

»Dieses Mal ist es anders.«

Die alte Dame begann auszuschreiten und Nic schloss sich ihr unweigerlich an. Ihr grauer Dutt wippte auf und ab, doch kein Haar löste sich. Mit Beton hätte man es nicht besser hinbekommen. Die weiße Bluse konnte Teflon Konkurrenz machen und der knöchellange Rock hatte etwas von einer undurchdringlichen Mauer.

»Unsere Feinde haben erkannt, dass es Schlupflöcher gibt«, erklärte die alte Dame. »Die Schicksalswächter können Veränderungen im Kleinen direkt wahrnehmen, die stärksten unter ihnen gar eingreifen. Doch keine Tat bleibt unbemerkt. Es sei denn, man entzieht seine eigene Präsenz dem Schicksal.«

»Die Maschinen«, schloss Nic messerscharf.

»Ursprünglich dazu geschaffen, das Schicksal zu alternieren«, bestätigte die alte Dame. »Doch es wurden zahlreiche weitere Funktionen entdeckt. Eine davon ermöglicht es Wesen wie dem Fatumaris, neben dem Schicksal zu wandeln.«

Nic räusperte sich. »Ganz offensichtlich betrifft das nicht nur ihn. Ich bin schließlich auch aufs Nebengleis geschoben worden.«

Wieder war da dieses sphinxhafte Lächeln und Nic konnte spüren, dass die alte Dame ihm etwas verheimlichte.

»Es wird nur temporär sein, das kann ich dir versichern. Doch wenn unser Gegner Erfolg hat, werde ich nicht länger wachen, um euch zu schützen und mit Informationen zu versorgen.«

»Aber wie soll ich ihn aufhalten?«, fragte Nic. »Er ist ja nicht einmal greifbar. Ich kann ihn nicht berühren.«

»Aber Nicholas«, sagte die alte Dame vorwurfsvoll. »Du musst lernen, auf das Offensichtliche zu achten.«

»Das da wäre?«

»Es gibt einen Punkt, an dem der Fatumaris mit der Wirklichkeit interagieren muss, sonst könnte er den Sarkophag nicht durchdringen.«

»Klingt logisch.« Er hatte keine Ahnung, wovon sie sprach.

»Seine größte Waffe ist auch seine größte Schwäche«, erklärte sie. »Denn sie ist nicht nur mit ihm verbunden. Ich werde Ausschau halten und dich in Kürze kontaktieren.«

»Mich?«

»Etwas geht vor im Haus der Schicksalswächter. Informationen fließen ab, die geheim bleiben sollten. Dein Einsatz in Berlin ist nicht durch Zufall ausgeartet. Du wurdest erwartet, gelenkt, missbraucht – jemand mit Macht hat seine Finger im Spiel.«

»War es das, was Gabriel für dich untersucht hat?«, fragte er.

»Gabriel hatte eine gänzlich andere Aufgabe, doch war sie von großer Wichtigkeit. Du wirst bald mehr darüber erfahren und womöglich gelingt es ja dir, die Wahrheit aufzudecken.«

Nic stolperte und knallte auf den Boden. »Wie wäre es das nächste Mal mit einer Vorwarnung?«

Sein Gegner stand noch immer am Sarkophag. »Mit wem hast du gesprochen?«

»Das würde ich auch gern wissen«, rief Nox.

»Verabschiede dich von deinem Leben«, flüsterte der Fatumaris.

Doch Nic achtete nicht auf seine Worte. Stattdessen betrachtete er eingehend den Körper der Kreatur. Erst jetzt wurde ihm bewusst, dass diese noch immer Magie aus der Umgebung abzog, um damit die durchscheinende Oberfläche des Sarkophags zu durchdringen. Doch wo war der Anima?

Vorsichtig kam Nic näher. Praktischerweise konnte der Fatumaris sich nicht bewegen.

»Was tust du?«, fragte die Kreatur.

Nic ging ganz nahe heran. Da war etwas! Er konnte seinen Anima spüren, war ganz nah.

»Du hast ihn verschluckt!«

Der Fatumaris beschleunigte seine Bemühungen, um die Barriere zu durchdringen.

»Nicht schlecht!«, rief Nox. »Tolle Idee. Vielleicht solltest du das auch tun. Dann kannst du ihn nicht mehr aus Dummheit verlieren, musst ihn nur jeden Morgen aus der Toilettenschüssel holen und wieder in den Mu…«

»Argh, hör auf damit!« Kopfkino. »Sonst landest du in Form Dutzender Gesteinsbrocken in der Toilette.«

Nic berührte den Fatumaris, indem er seine Hand auf dessen Rücken legte. Die Kreatur wollte ihn abschütteln, doch dafür hätte sie sich bewegen oder Angriffszauber schleudern müssen. Mit beiden Händen halb im Sarkophag war das schlicht unmöglich.

Die Magie floss langsamer, Nic zwang sie zurück in den Körper des Fatumaris. Dieser stemmte sich dagegen, wollte sie durch die Hände in den Sarkophag leiten. Das goldene Schimmern wurde stärker, immer mehr davon glitt aus dem Graben hinauf in den Leib der alten Dame, die nur als durchscheinende Silhouette zu erkennen war.

»Du wirst sterben, Nicholas Ashton.«

»Du zuerst.«

Nic riss so viel Magie an sich, wie er nur fassen konnte. Sie floss aus der Umgebung in den Anima im Bauch der Kreatur und von dort über deren Körper in den Ring an Nics Finger. Es war ein Schlupfloch, das ausgezeichnet funktionierte.

Der Sarkophag war fast durchdrungen. Die Finger des Fatumaris glitten hinein, berührten die alte Dame. Fast. Doch Nic ließ es nicht zu. Er verwob seine Magie, schlug Widerhaken in die Organe der Kreatur, vernetzte sie miteinander und dann …

… zündete er den zweiten Anima.

Direkt vor ihm ging eine Sonne auf. Eine ziemlich blutige mit Organfetzen und widerlichem Geruch. Nic wurde zurückgeschleudert und prallte gegen die Wand – er hatte aufgehört zu zählen, wie oft das in den letzten Wochen geschehen war. Zu oft.

Die magische Entladung hatte ihn wieder zu einem Teil der Realität werden lassen, ebenso den Fatumaris, dessen Überreste Nic von oben bis unten bedeckten.

»Du hast es geschafft! Du bist ein Held.« Nox schwebte vor ihm in der Luft. »Wenn deine Freunde irgendwann mal auftauchen, solltest du sie umarmen. So richtig. Ich glaube, da hängt eine Leber an deiner Wange.«

»Igitt!«

»Ah, ne, nur ein Stück Darm.«

Nic schloss die Augen und öffnete sie wieder.

Die Umgebung wirkte so normal wie zuvor. Wenn man ein Pyramidengrab als ›normal‹ betrachtete. Das schwarze Zeug im Graben floss träge im Kreis, der Sarkophag war geschlossen und alles fühlte sich wieder an wie zuvor. Sah man von den Überresten des Fatumaris ab.

Erschrocken starrte Nic auf besagte Überreste. Es waren zu viele.

»Oh Shit.«

»Jap«, kommentierte Nox. »Davon liegt hier auch was rum.«

»Das sind zwei Körper.«

»Waren sie zumindest«, bestätigte der Familiaris. »Du weißt doch: Machtgieriger Magier eignet sich im Zweikampf Anima an, saugt Magie und Talent auf und … nun ja, manche gehen noch ein Stück weiter.«

»Weiter?«, echote Nic.

»Sie verschmelzen ihre Substanz mit der des unterlegenen Magiers«, erklärte Nox. »Das bringt Stärke.«

»Wieso haben wir von all dem nichts auf der Akademie gelernt?«

Nox kringelte sich vor Lachen. »Ja, genau. Mach ein paar halbstarke Machos darauf aufmerksam, dass sie durch ein Ritual stärker werden können und dann zwei Anima besitzen. Sonst noch was? Mann, so lange kann die Pubertät bei dir doch gar nicht zurückliegen. Wenn ich mir diesen Pickel auf deiner Nase so anschaue, steckst du noch mittendrin.«

Reflexartig griff Nic nach seiner Nase, stoppte aber in der Bewegung. »Da ist gar kein Pickel!«

»Bist du sicher?«

Glücklicherweise hielt ihn das Schaben des Tores davon ab, Nox die passende Antwort um die Spitzohren zu schlagen. Mit bleichem Gesicht stürzte Jeremiah herein, an seiner Seite der humpelnde Angelo. Madam Ultinova hatte ihre Arme bereits für einen Angriffszauber erhoben.

»Ich habe den Fatumaris erledigt«, rief Nic mit einem stolzen Lächeln.

Alle drei starrten ihn an.

Etwas patschte. Aus Nics Haaren hatte sich der Teil einer Lunge gelöst.

»Es war ein harter Kampf«, ergänzte er.

17.
TRINK-BUDDYS

Ich bin stolz auf dich«, erklärte Jeremiah und schob Nic eine Tasse Tee über den Tisch.

Das Büro des Obersten wirkte einladend, ja, gemütlich. Ein wenig wie die saubere Variante des Fake-Büros im Fake-Haus. Nic spähte in die Tasse, roch daran und nahm schließlich einen vorsichtigen Schluck.

Es hatte ihn überrascht, dass Nox einfach verschwunden war, andererseits genoss er die Ruhe.

»Das ist Tee.«

»In der Tat«, bestätigte Jeremiah. »Kein Grund, so vorwurfsvoll zu schauen, der wird dir guttun.«

»Magisch?«

»Schwarz. Mit einem Schuss Milch.«

Grummelnd trank Nic einen weiteren Schluck, er wollte ja nicht unhöflich sein. Schon sein Vater hatte ständig versucht, ihm das Zeug schmackhaft zu machen. Aber er war und blieb eben Kaffee-Junkie.

Nic hatte sich geduscht und frische Kleidung übergestreift, bevor er dem Ruf Jeremiahs gefolgt war.

»Dank dir wird Inés überleben, Angelo ebenso. Besonders dein Trainer ist voll des Lobes.«

Wie nett von ihm.

»Sieht man von gewissen Konzentrationsproblemen deinerseits ab, wie er sagt.«

Der Mistkerl.

»Ich muss zugeben, die neue Art des Angriffs habe ich massiv unterschätzt. Auch was in Berlin geschah, war meine Schuld. Mittlerweile konnte ich den Rat beruhigen und habe bereits übermittelt, was hier geschehen ist. Man wird einen Vertreter entsenden, der uns bei der Aufarbeitung hilft.« Bei den letzten Worten sah Jeremiah alles andere als glücklich aus. »Dein zweiter Anima wurde zerstört, das Problem ist damit also erledigt. Bitte erzähle mir noch einmal, was im Sanktum geschehen ist.«

Nic stellte die Teetasse mit einem Klirren auf dem Schreibtisch ab, was Jeremiah zusammenzucken ließ, und gab ihm eine Zusammenfassung der Ereignisse. Dabei ließ er aber aus, was die alte Dame über ein mögliches Leck innerhalb des Hauses erwähnt hatte. Gab es einen Verräter?

»Was sie sagt, ist korrekt«, bestätigte Jeremiah. »Du kannst dich geehrt fühlen, niemand außer mir hat sie je kennengelernt. Sie war vor langer Zeit eine der Sieben. Dank ihr werden wir gewarnt.«

»Und die Sache mit der Maschine?« Nics Hände wurden feucht.

»Das ist eine sehr lange und komplizierte Geschichte«, erklärte Jeremiah. »Eine, die vor vielen Jahren begann. Zwei gegensätzliche Kräfte versuchten, diesen Krieg zu beenden. Die Maschine ist das Ergebnis. Sie ermöglicht es, das Schicksal massiv zu beeinflussen. Du hast in deinem Training erlebt, dass Madam Ultinova dazu in der Lage ist, wenn auch nur im Kleinen. Eine rückwirkende Alternierung des Schicksals. Also eine Veränderung in der Gegenwart, die Auswirkungen in die Vergangenheit und Zukunft hat.«

»Und die Maschine kann das?«

Jeremiah nickte. »Dafür wurden sie konstruiert. Die eine Gruppe wollte den Dämon rückwirkend besiegen und diesen Krieg beenden, bevor er eigentlich begann. Die andere verhindern, dass er je eingekerkert wird.«

»Wie bei einer Zeitreise?«

»Nicht ganz«, verneinte Jeremiah. »Niemand reist in die Vergangenheit. Die Maschine ermöglicht es, direkt auf das Schicksal zuzugreifen.

Die goldenen Fäden, die du gesehen hast. An ihnen entlang wirken Veränderungen in die Vergangenheit und Zukunft. Die Geschichte verändert sich, was wiederum andere Fäden beeinflusst. So entsteht ein völlig neues Konstrukt. Das Muster des Schicksals ändert sich.«

Nic ließ die Worte einen Moment auf sich wirken. Er verstand noch immer nicht, weshalb sein Vater ihn in die Maschine gesteckt hatte. Und was hatte es mit dem Stein auf sich, der kurz darauf erschienen war?

»Und wie stehen die Anima damit in Verbindung?«, fragte er.

Jeremiah schien nachzudenken. Fast glaubte Nic, er wollte ihm diese Antwort nicht geben, doch schließlich nickte der Oberste. »Die Anima verbinden uns mit der Magie ringsum. Sie sind eingebettet in das Gewebe des Schicksals, man könnte wohl sagen, sie sind eine Brücke. Du hast es bei deinem Kampf selbst bemerkt. Obwohl der Fatumaris und du nicht mehr Teil der Realität wart, konnte er über deinen zweiten Anima damit interagieren. Um die Maschine zu aktivieren, ihre Kraft zu nutzen, benötigt es Anima.«

»Und sie kann auch welche erzeugen?«

Jeremiah runzelte die Stirn. »Nein. Das wäre mir neu.«

Bevor der Oberste nachhaken konnte, sagte Nic schnell: »Wie geht es jetzt weiter?«

»Die Sicherheitsvorkehrungen für das Sanktum werden verstärkt, ebenso für dieses Haus. Ein weiteres Mal wird so etwas nicht geschehen. Der Rat wird seinen Abgesandten in Kürze schicken, du erhältst außerdem deine volle Bewegungsfreiheit zurück.«

»Verstanden.«

»Ruhe dich aus. Dein Unterricht findet morgen wie gewohnt statt.«

»Wie wäre es mit Urlaub?«

»Kein Schicksalswächter bekommt Urlaub«, kommentierte Jeremiah. »Was kommt als Nächstes? Eine Gewerkschaft?«

»Wäre das denn theoretisch …«

»Raus.«

Nic sprang auf, griff nach der Tasse und stürzte den Tee hinunter. Dann fiel ihm ein, dass er Schwarztee eigentlich nicht mochte. Mit seinen Reflexen stand es nicht zum Besten.

Er eilte hinaus.

Zurück in seinem Appartement, legte er sich aufs Bett und starrte zur Decke. Ob er noch ein wenig lesen sollte? Im nächsten Augenblick war er eingeschlafen. Im Traum sah er die alte Dame, die leuchtend vor ihm schwebte. Dann explodierte sie und ein Regen aus Kaffee ergoss sich über Nic. Leider kam dann ein Teebeutel, der den Kaffee aufsaugte und stattdessen Schwarztee versprühte und ›Mit einem Schuss Milch‹ brüllte.

Immerhin ließen ihn die anderen Schicksalswächter schlafen. Nic erwachte erst um die Mittagszeit von einem sanften Klopfen an der Tür.

»Herein«, rief er.

Angelo betrat den Raum. Wie immer trug er Sportklamotten, wirkte frisch und ausgeruht – der Angeber. Selbst nach einem Kampf auf Leben und Tod spielte er He-Man.

»Guten Morgen«, grüßte er freundlich.

»Wünsche ich dir auch.«

»Also, du hast im Alleingang das Haus gerettet. Inklusive meinem Leben. Danke.« Er nahm an Nics Schreibtisch Platz. »Als du hier ankamst … ich dachte, du bist so wie Gabriel und stürzt dich ständig in das nächste Abenteuer, weil alles nur ein großes Spiel ist. Ich wusste ja nicht, dass er für die Wächter gearbeitet hat.«

Da war wohl ein Update fällig. Schließlich hatte Gabriel für die alte Dame gearbeitet, die wohl kaum ein Wächter war.

»Weißt du, er ist gestorben. Einfach so. Und …« Angelo räusperte sich und verschränkte die Arme. »Auf jeden Fall kamst danach du. Und dann schicken sie dich in den Einsatz, obwohl du viel zu schwach und unfähig bist.«

»Äh, hallo?«

»Du kannst ja nichts dafür.«

Nur ein kleiner Schlag gegen Angelos Brustkorb hätte so gutgetan. »Du hast ja so recht.«

Ein freches Grinsen erschien auf Angelos Gesicht, er wurde jedoch sofort wieder ernst. »Auf jeden Fall bist du dann in den Kampf gezogen und das Nächste, was ich erfuhr … mein Bruder.«

Nics Magen zog sich zusammen. Die Übelkeit kehrte zurück und die Bilder.

»Tut mir leid.« Angelo starrte ihn verdutzt an.

Erst jetzt bemerkte Nic, dass er bei dem Gedanken an Berlin völlig verkrampfte. Er ließ die Arme wieder locker. »Schon gut. Kein Ding.«

Angelo schüttelte leicht den Kopf. »Eine Sitzung bei den Seelenheilern täte dir gut. Ich hatte ja keine Ahnung, dass es dir noch so nahegeht.« Er ließ seinen Blick auf Nic ruhen. »Auf jeden Fall habe ich den Bericht gelesen, den du übergeben hast. Über Berlin. Du hast echt bis zum Schluss gekämpft und deine Freunde auch. Ihr hattet keine Chance. Es tut mir leid.«

»Mir auch«, gestand Nic.

»Lass uns was trinken gehen.« Angelo erhob sich und stapfte hinaus.

»Aber es ist doch gerade erst Mittag!«, rief Nic ihm hinterher.

»Irgendwo auf der Welt ist es später Abend«, kam es zurück, was ein unschlagbares Argument war.

Sie nahmen also einen Spiegel nach London. Dort war es gerade Nacht und die Pubs, Lokale und Discos hatten geöffnet. Angelo schien nicht das erste Mal hier zu sein, denn er führte Nic auf direktem Weg zu einer edlen Bar in Soho. Ein wenig Magie und schon trugen sie weiße Hemden, Chinos, die Haare waren sauber gestylt und der Geruch von frischem Duschgel umwehte sie.

»Was ist das?«, fragte Nic und blickte auf den Cocktail, den Angelo ihm bestellt hatte.

»Ein Becks060«, erklärte der. »Hat jemand in Köln erfunden, in Deutschland. Spritzig, lustig, mit einem Hauch von Schärfe. Runter damit.«

Der Abgang war wuchtig und die Umgebung verschwamm für einen Augenblick.

Angelo musterte ihn neugierig. »Du bist nichts gewohnt, oder?«

»Klar bin ich das.« Kein Stück. »Noch einen!«

Und so nahmen der Abend und das Verhängnis seinen Lauf. Cocktail folgte auf Cocktail. Irgendwann stand Nic auf der Tanzfläche und tanzte eng umschlungen mit einem ziemlich heißen Londoner Girl. Ihre Küsse schmeckten nach Caipirinha und ihre Hände fühlten sich gut an auf seinem Po.

Neben ihnen war Angelo ebenfalls schwer beschäftigt. Er tanzte mit einem Kerl Ende zwanzig, wobei der Tanz längst in eine wilde

Knutscherei übergegangen war. Er schien sich treiben zu lassen und wollte ganz offensichtlich für einen Abend alles andere vergessen.

Nach Tagen und Wochen voller Verfolgungsjagden, neuen Eindrücken, toten Schützlingen und explodierenden Gegnern konnte Nic das nur nachvollziehen. Er ließ sich ebenfalls fallen. Tanzte, knutschte, berührte nackte Haut und sog die Leidenschaft in sich auf.

Am Ende landeten sie in einem luxuriösen Hotelzimmer, das dem Typen gehörte, der Brian hieß. Angelo und er verschwanden im Bett, während Nancy und Nic die Couch in Beschlag nahmen. Ihre Küsse wurden leidenschaftlicher, ihre Finger glitten über seine Shorts. Das Mondlicht fiel durch das Fenster auf ihre schweißbedeckten Körper, ihre Beine umschlagen Nics Hüften. Dann war da nur noch Hitze und Leidenschaft.

Irgendwann lagen sie nebeneinander, küssten sich und begannen von vorne.

Die Geräusche aus dem Schlafzimmer deuteten darauf hin, dass auch Angelo noch mehr einforderte. Das Stöhnen von ihm und Brian vermischte sich, wurde lauter, nur um schließlich zu enden.

Als der Morgen graute, verabschiedeten sie sich von Brian und Nancy. Letztere verließ das Hotel, um nach Hause in ihre Wohnung nach Chelsea zurückzukehren. Brian würde noch zwei Wochen im Hotel bleiben und Angelo versprach, noch einmal vorbeizuschauen.

Sie frühstückten in einem Pub.

Nic schaufelte Würstchen und Ei in sich hinein und badete in Kaffee. Angelo trank einen Shake und futterte ein Müsli, dieser elende Gesundheitsfanatiker. Außerdem sah er schon wieder viel zu frisch aus für so eine Nacht. Oder war es jetzt Tag? Nic hatte völlig das Zeitgefühl verloren.

»Du gewöhnst dich an den Jetlag.« Angelo grinste.

»Hmpf«, erwiderte Nic und schaufelte weiter. »Dieser Brian schien dir ja gut zu gefallen. Könnte das was Ernstes werden?«

»Auf keinen Fall!« Angelo atmete tief durch. »Das kann ich noch nicht. Ehrlich gesagt habe ich mich die letzten Monate von allem Männlichen ferngehalten. Es ist erst ein gutes Jahr her.«

»Ich wurde gar nicht sofort erwählt?«, fragte Nic mit gerunzelter Stirn.

»Wir müssen immer das Ritual abwarten«, erwiderte Angelo. »Deshalb ist es auch sehr gefährlich, wenn wir angegriffen werden und jemanden verlieren.« Mit jedem Wort war seine Stimme leiser geworden.

Das typische Leuchten nach gutem Sex war von Angelos Gesicht verschwunden. Stattdessen wirkte er, als säße ein schwerer Stein in seiner Brust, der jede Freude niederdrückte.

»Bist du oft unterwegs?«, versuchte Nic das Thema zu wechseln. »Ich meine, überall auf der Welt?«

»Die Zeit im Haus ist das Gegenteil von der Akademie«, erwiderte Angelo. »Wir können überall auf der Welt sein. Städte anschauen, Spaß haben, im Meer tauchen oder Kathedralen besichtigen. Das ist etwas ganz Besonderes. Andere Menschen können in ihrem ganzen Leben nicht so viel sehen wie wir.«

Was ein ziemlich cooler Gedanke war. Er konnte den Eiffelturm besichtigen, Lost Places besuchen, den Regenwald und Neuseeland. Dort wollte er schon immer mal hin.

Angelo stöhnte auf. »Was habe ich nur angerichtet.« Er zog seinen Geldbeutel hervor.

»Die haben hier Euro, oder?«

»Nein, Pfund.«

»Wie viel verdienen wir eigentlich?«, fragte Nic.

Mit einem Grinsen zog Angelo eine schwarze Kreditkarte aus dem Geldbeutel. »Sobald dein Grundtraining vorüber ist, bekommst du die. Das monatliche Gehalt ist ziemlich gut.«

»Leihst du mir deine?«

»Nein.«

»Aber Freunde tun so was«, erklärte Nic und streckte die Hand aus.

»Bis jetzt sind wir keine Freunde. Höchstens Trink-Buddys. Und S…«

»Schon klar«, grummelte Nic. »Du gönnst mir auch gar nichts. Dann bezahl wenigstens das Frühstück. Ha, was ist, wenn die keine Kreditkarte nehmen?«

Irgendwoher zog Angelo einen Schein und übergab ihn dem Kellner, wobei dieser ihm einen langen Blick zuwarf. Echt jetzt? In dem Kerl war zu viel Testosteron, was bei Typen überraschend gut ankam.

Sie kehrten in das Haus zurück, gerade als die Nachtphase anbrach. »Das meinte ich mit Jetlag.«

»Mist. Ich bin gar nicht müde.«

Was Angelo dazu veranlasste, eine Trainingsrunde vorzuschlagen und Nic – blöd wie er war – annahm. Immerhin waren sie jetzt Trink-Buddys! Was ganz eindeutig nicht für die Sporthalle galt. Angelo verdrosch ihn noch genauso schlimm wie zuvor. Nur ergänzte er das Ganze jetzt mit Sätzen wie: »Wenn Nancy dich so sehen könnte« oder »Letzte Nacht hast du dir aber mehr Mühe gegeben«. Vermutlich ein ganz mieser Trick, um Nic wütend zu machen, damit er unaufmerksam wurde.

Funktionierte leider hervorragend.

Die zweite Hälfte der Nacht verfiel Nic in einen tiefen, traumlosen Schlaf. Danach war alles wieder wie zuvor. Pablo konfrontierte ihn mit den Tücken der Politik, Madam Ultinova trieb ihn an seine Grenzen – immerhin musste er sich nicht mehr übergeben – und Angelo scheuchte ihn durch die Trainingshalle. Nics Muskeln wurden härter, seine Kondition besser. Mittlerweile konnte er Angelo sogar in zwei von zehn Fällen kontern und er verdächtigte seine Rippen, Hornhaut zu entwickeln. Die Schläge taten nicht mehr so weh.

Gleichzeitig ging es auch Angelo besser. Er lachte öfter und langsam konnte Nic erahnen, wie er vor Gabriels Tod gewesen war. Ungezwungener, fröhlicher, lockerer – ein völlig anderer Mensch.

Die Tage zogen dahin und Nic wurde besser darin, Ultinovas Manipulationen aufzudecken. Seine Schicksalssicht erweiterte sich und ein Zupfen kam hinzu. Wie der Spinnensinn von Spider-Man konnte er spüren, wenn jemand versuchte, sein Schicksal zu manipulieren. Es war paradox, denn Ultinova tat es erst, wenn er da war, doch die Wirkung spürte er bereits am Morgen. Dadurch konnte er viel schneller aufdecken, was sie getan hatte.

Zwei Wochen nach der Attacke des Fatumaris auf das Haus – Angelo hatte Nic wieder drei Stunden lang malträtiert – fiel Nic in seinen Sportklamotten auf das Bett.

Er schlief in der gleichen Sekunde ein.

Doch dieses Mal war alles anders.

18.

Lass den Welpen los!

Nic stand auf einer Plattform aus Bambusrohren, die von Basttauen zusammengehalten wurden. Die Luft roch nach Blütenduft, ringsum waren nur Baumwipfel zu erkennen.

»Ist das nicht toll?«, fragte er den Welpen, der gähnte und schwanzwedelnd Nics Gesicht ableckte.

»Lass den Welpen los!«, befahl Jane.

»Du bist aber unentspannt«, stellte Nic fest, während dem Welpen Flügel wuchsen und er davonflog.

»Kannst du ihm Klarheit verschaffen?«, fragte Jane eine andere Magierin, die in ihrer Lederkluft und mit dem Lippenpiercing irgendwie deplatziert zwischen dem Grün wirkte.

»Kriege ich noch hin, aber dann reicht es wirklich.« Sie starrte Nic mit ihren durchdringenden blauen Augen an und murmelte etwas, das er nicht verstand.

Ein Fingerschnippen.

»Jane!«, brüllte Nic. »Was … wie?«

Sie zog ihn in eine Umarmung. »Schön, dich zu sehen.«

Hinter ihr tauchte Matt auf, der ihn beinahe zerquetschte. »Alter, wir haben uns echt Sorgen gemacht.«

»Ihr? Das letzte Mal, als ich euch gesehen habe, flog Jane von einem Hausdach und du hast leblos die Schindeln geküsst.«

»Kurz danach bin ich aufgewacht«, erklärte Matt. »Und du lagst blutend, mit gebrochenen Knochen in einem leeren Schwimmbecken.«

»Ach ja, das.«

Auf der Plattform erschienen Stühle, die einander gegenüberstanden. Sie sanken darauf.

»Nett hier.«

»Nic, das ist Sam«, erklärte Jane. »Sie ist Traumwandlerin. Ich habe sie durch die Schatten gebracht und dabei sind wir ins Gespräch gekommen. Sie war so nett, einen festen Anker für uns zu erschaffen. Matt hat ihm dann mit seiner Kreativität Form verliehen.«

Sam nickte freundlich und deutete auf ein eingeritztes Zeichen im Bambus. »Merk dir das hier. Wenn du dich beim Einschlafen konzentrierst, wirst du direkt hier landen und dir bewusst sein, dass du schläfst.«

»Ich werde es versuchen.« Was hatten nur alle damit, seinen entspannten Schlaf ständig zu unterbrechen? »Das Piercing steht dir gut.«

Sam kicherte. »Danke. Aber du weißt ja gar nicht, ob ich wirklich eins trage. Vergiss nicht, das hier ist ein Traum.« Sie schnippte mit den Fingern.

In Nics Unterlippe erschien ein Piercing, vor ihm in der Luft ein Spiegel. »Ich müsste mich erst daran gewöhnen, glaub ich.« Er betastete den Ring. »Aber es hat was.«

»Also, der Grund, aus dem wir eigentlich hier sind«, begann Jane genervt, »mittlerweile wurden wir befragt und der Hausarrest ist aufgehoben, aber da wir uns in den Häusern nicht gegenseitig besuchen können, wollen wir das hierüber möglich machen.«

»Stimmt es, dass ein Fatumaris bei euch eingebrochen ist?«, fragte Matt.

Nic gab ihnen eine Zusammenfassung der Ereignisse und beschwor ein Abbild der alten Dame.

»Noch nie gesehen«, kommentierte Matt. »Aber wenn sie eine dieser Sieben ist, muss es doch Aufzeichnungen geben, oder?«

»Wenn man bedenkt, dass über den Sturz des Dämons kaum etwas bekannt ist, glaube ich das nicht«, entgegnete Matt. »Wir alle dachten schließlich, dass der Dämon vernichtet wurde. In meinem Haus tun sie das immer noch. Ich glaube, nur die Obersten der Häuser, die Wächter allgemein und die Schicksalswächter wissen Bescheid.«

»Die Identität der Magier von damals ist nicht bekannt«, erklärte Nic. »Ich habe das kurz nachgeschlagen. Es heißt immer nur, dass sich ein paar sehr mächtige Frauen und Männer vereint haben, um gemeinsam den Dämon zu besiegen. Sieben an der Zahl.«

»Was nicht gelogen ist«, merkte Jane an. »Er wurde ja besiegt, wenn auch nicht getötet.«

Nic berichtete von dem, was er über die Maschine erfahren hatte. »Dieses Teil ist echt gruselig.«

»Und es gibt zwei davon«, merkte Matt an. Auf Nics panischen Blick zu Sam ergänzte er: »Oh, keine Angst. Wir haben ein *Band der Imelda* geknüpft, sie kann nichts von dem erzählen, was hier passiert.«

Der magische Schwur verband zwei Magier miteinander und was im Verlauf der Verwebung geschworen wurde, konnte nicht gebrochen werden, solange beide am Leben waren. Viele nannten das Ganze Blutschwur, was martialischer klang, als es eigentlich war.

»Als ob ich das wollte.« Sam hob eine Braue, was sie ein wenig wirken ließ wie einen weiblichen Mister Spock.

»Ich habe unsere Bibliothek durchwühlt«, erklärte Jane. »Und ich meine wirklich: durchwühlt. Kein Schattenläufer interessiert sich für diese miefigen Schwarten und entsprechend miserabel ist auch alles katalogisiert. Aber es gab etwas zu Egmont Chavale.«

»Bei uns nicht.« Was Nic ein wenig ärgerte. Er hatte immer geglaubt, dass die Schicksalswächter quasi über alles Bescheid wussten. Andererseits hatte er nicht in der Abteilung suchen können, die ihm noch unzugänglich war. Ob Angelo das bereits getan hatte? Er musste daran denken, ihn zu fragen.

»Egmont Chavale war ein Magier, der sich durch seine Erfindungen einen Namen gemacht hat«, erklärte Jane. »Von ihm stammen die ersten Entwürfe für die Kontaktoren und sogar die Spiegelverbindungen. Er fand heraus, dass man mit Spiegeln auf die Songlines der Aborigines zugreifen konnte. Die Traumzeitpfade. Mit den Spiegeln erschuf er Tore, um das Netzwerk zu betreten. Normalerweise mussten sich Magier dafür in einen transzendentalen Zustand versetzen,

mit den Spiegeln ließ sich das vermeiden. Chavale fand heraus, dass das Spiegelbild den Magier mit dem richtigen Zauber in einen solchen Zustand versetzt, jedoch nur für eine Millisekunde – was einem heutzutage gar nicht mehr auffällt. Das war der Höhepunkt seines Schaffens und der Beginn des Spiegelns, wie wir es heute kennen.«

»Warum kennt ihn dann niemand mehr?«

»Chavale war … schwierig. Er gehörte eigentlich ins Haus der Heiler, trat aber nach seinen ersten vier Jahren sofort aus und konzentrierte sich auf seine Forschung. Mit Apparaturen wollte er Magiern ermöglichen, sich auch außerhalb ihrer Talente zu entfalten.«

»Cooler Grundgedanke«, sagte Matt. »Stellt euch vor, wir könnten nur das machen, was unsere Talente vorgeben.«

»Und damals war das ja noch viel restriktiver«, erinnerte sich Nic. »Fast wie ein Kastendenken. Die 12 Häuser haben sich teilweise sogar angegriffen, um Geheimnisse der anderen zu stehlen.« Die Erinnerung an den Geschichtsunterricht war so nebulös wie die an alle anderen Fächer.

Jane, die die Unterbrechungen gewohnt war, nickte nur. »Chavale war jedoch nie zufrieden, er testete jede Grenze aus und ging bei seinen Experimenten oft zu weit. Zweimal starben seine Assistenten unter ungeklärten Umständen. Auch spätere Untersuchungen galten als höchst gefährlich, weil sie sich mit dem Gefüge der Realität beschäftigten. Laut Chavale war das Schicksal manipulierbar, womit man Verbrechen, Morde, Katastrophen rückwirkend aus der Geschichte hätte tilgen können.«

»Wie bei einer Zeitreise«, warf Matt ein.

»Nein«, erklärte Nic tonlos. »Es ist mehr wie eine Veränderung, die du in der Gegenwart einwebst. Sie pflanzt sich dann rückwirkend durch das Netz. Darauf basiert das Talent der Schicksalswächter, auch wenn das nur die Stärksten tun können und selbst die nur sehr begrenzt.«

»Chavale träumte von einem Utopia«, sprach Jane weiter. »Mit Magie auf das Schicksal einwirken, um es zu verändern. So hätten ganze Kriege verhindert werden können. Die Folgen allerdings waren nicht kontrollierbar.«

»Er hat es getan?!«, fragte Nic.

»Das hat er. Zumindest existierte ein Prototyp der Maschine, als der Rat das Labor stürmte. Von Chavale fehlte jedoch jede Spur. Sein Schicksal ist bis heute ungeklärt.«

»Das ist so gruselig. Aber was passierte dann mit der Maschine?«

»Der Rat hat sie sicher verwahrt«, erklärte Jane mit einem vielsagenden Blick. »Ich gehe mal davon aus, dass insbesondere ein Mitglied heute dafür zuständig ist. Möglicherweise hat dein Dad sie auch einfach an sich gebracht, ohne dass die anderen etwas davon wissen. Bei dem Neid, der im Rat herrscht, kann ich mir nicht vorstellen, dass sie ihm die Maschine mal eben so übergeben. Vom Einsatz gar nicht zu schweigen.«

»Sie sah ziemlich aufpoliert aus«, überlegte Nic. »Aber die Schalter und Rädchen waren alt. Keine Ahnung, ob es das Original war. Die Version in unserem Schicksalswächterhaus wurde auf jeden Fall nachgebaut, das ist nicht die ursprüngliche. Jetzt ist sie vernichtet.«

Nic war weit davon entfernt, ein Profi in Sachen Politik zu sein, doch was er bisher von Pablo erfahren hatte, war nicht dazu angetan, sein Vertrauen in den Rat zu stärken. Sollte jemals ein Ratsmitglied herausfinden, dass Nics Vater diese Maschine zu Hause unter seinem Büro stehen hatte, war er erledigt. Mit dem Vorwissen um Chavale fühlte Nic sich noch elender. Warum hatte sein Vater ihn in die Maschine gesteckt? Was war in jener Nacht an seinem 21. Geburtstag tatsächlich passiert?

»Hör auf zu grübeln«, sagte Jane sanft, nur um keck zu ergänzen: »Das sieht immer so schmerzhaft aus. Es gibt nur eine Möglichkeit, die Wahrheit herauszufinden. Du musst noch einmal nach Hause. Steht nicht irgendein Fest an? Geburtstag?«

»Abgesehen von Weihnachten, nichts«, erwiderte Nic. »Und das dauert noch einige Monate. Wenn ich vorher auftauche, wird meine Mum sofort Verdacht schöpfen. Außerdem komme ich nicht so leicht in das Büro meines Dads.«

»Vielleicht sollten wir einen Besuch durch die Schatten abstatten«, überlegte Jane.

Bei dem Gedanken wurde Nic übel und Matt kreidebleich.

»Ach du, Weihnachten ist doch gar nicht mehr so lange hin«, sagte er hastig. »Das reicht doch völlig, wenn Nic dann mal nachschaut.« Sein bester Freund hatte die Hand erhoben und auf die eigene Brust gelegt.

»War es sehr schlimm?«, fragte Nic leise.

Matt schluckte. »Zuerst war da dieser entsetzliche Schmerz. Und dann hatte ich das Gefühl, als würde ich von innen heraus zerfetzt, meine Wünsche, Gedanken und Geheimnisse in die Welt verstreut. Ich lag nur da und war tot. Ich meine nicht körperlich. Es ging viel tiefer.«

Nic sprach es nicht aus, doch er hatte davon gelesen, dass Magier von skrupellosen Schattenläufern als Tore missbraucht worden waren. Es gab vier bestätigte Fälle, Matt war Nummer fünf. Das Gefühl wurde von den Betroffenen wie eine völlige Entblößung bis auf die Seele beschrieben. Manch einer erholte sich niemals davon.

»Müssen wir ja auch nicht«, wiegelte Jane schnell ab, die Matts Blick ebenfalls bemerkt hatte. »Aber was es damit auf sich hat, müssen wir herausbekommen.« Sie klatschte in die Hände. »In Ordnung. Matt, du recherchierst zu der alten Dame. Ich kümmere mich um die Maschine. Nic, versuch herauszubekommen, was Gabriel genau gesucht und recherchiert hat. Wenn Angelo jetzt Bescheid weiß, wird er dir doch bestimmt gern helfen.«

»Ich halte euch den Treffpunkt hier stabil«, erklärte Sam. »Damit ist er jede Nacht zugänglich.« Mit einem seltsamen *Wusch* verschwand sie.

»Okay, bevor wir abhauen: Was weißt du über Sam?«, fragte Nic an Jane gewandt.

»Ich habe doch gesagt, ich habe sie durch die Schatten …«

»Jane.« Dieses Mal ließ Nic nicht locker.

»Boah, ist ja gut. Sie ist eine Freie.«

»Was?!«, rief Matt mit überraschend schriller Stimme. »Wollt ihr beiden uns endgültig erledigen? Ständig so ein Mist!«

»Jetzt krieg dich wieder ein. Sie hat ihr Talent auch ohne Haus perfektioniert«, erklärte Sam. »Ich habe ein paar Wächter zum Ziel gebracht, die Sam gejagt haben. Und als sie dann so in der Falle saß, hatte ich Mitleid. Sie hat nichts Böses getan, sieht man davon ab, dass sie ihre ersten Jahre mit dem Talent nicht in einem der Häuser verbringen will. Sie ist da ein wenig anarchistisch. Gegen die Obrigkeit! Nieder mit den Fesseln der Häuser! Klingt ehrlich gesagt gar nicht so schlecht.«

»Jane!« Matt war wirklich sauer.

»Ist ja gut. Sie hilft uns nur ein wenig mit dem Traum, ansonsten ist sie gerade irgendwo in Südafrika unterwegs.« Jane knabberte auf der Unterlippe herum, was darauf hindeutete, dass sie tatsächlich ein schlechtes Gewissen hatte.

Nic prägte sich das Zeichen auf dem Bambus genau ein. Beim nächsten Einschlafen würde er sich darauf konzentrieren, um die Plattform erneut zu erreichen. »Hoffen wir nur, dass du den Schwur gut hinbekommen hast. Du weißt, wie das mit diesen Schlupflöchern ist.«

»Hey, jeder kennt die Geschichte«, patzte Jane. »Und jetzt will ich noch ein wenig schlafen.«

Kurzerhand hüpfte sie von der Plattform und verließ damit den gemeinsamen Ankerpunkt. Vermutlich sprang sie in der gleichen Sekunde schon wieder fröhlich durch den eigenen Traum, wo sie Befehle erteilte und Kerle verdrosch oder flachlegte.

»Ich muss wirklich aufpassen«, erklärte Matt leise. »Meine Eltern sind völlig am Ende. Zuerst die Sache mit Mikael und jetzt haben die Wächter sie noch zu mir befragt. Als meine Mum mit mir über Spiegel gesprochen hat, hat sie nur geweint, ich habe fast nichts verstanden.« Er wirkte wie ein Häufchen Elend und Nic konnte nicht anders, als seinen besten Freund in eine Umarmung zu ziehen.

Wo war Angelo, wenn man ihn benötigte? Die beiden hätten sich wunderbar trösten können. Andererseits bekam Nic bei dem Gedanken ein wenig Angst um Matt.

»Gibt es denn wenigstens eine Spur?«, fragte er.

Sein bester Freund schüttelte den Kopf. »Eines muss man ihm lassen, er ist gut darin, unterzutauchen.« Matt sah zu Boden. »Er würde sich niemals den Jüngern des Dämons anschließen. Als ich noch klein war, hat er immer auf mich aufgepasst und jeden weggeschupst, der mich ärgern wollte. Einmal hat Kilian Brennan mir mein Lieblingsstofftier abgenommen und in den Fluss geworfen. Mikael ist hinterhergesprungen. Es war ein wilder Fluss, der zu einem Wasserfall führte. Ich hatte schreckliche Angst, aber nach ein paar Minuten kam Mikael aus dem Wasser und hat mir das Stofftier in die Hand gedrückt.«

Nic erinnerte sich noch gut an Matts Bruder, der meist schweigend an ihm vorbeigehuscht war. Auf Bildern aus seiner Jugend hatte er fröhlich gewirkt, doch nach der Erweckung seines Talents hatte sich das verändert. Eine magisch versiegelte Auster war nichts dage-

gen. Mikael war ein Tierflüsterer gewesen. Anscheinend gaben ihm die Verbindungen zu den Tieren der Luft, des Wassers und Steppen mehr als die Gespräche mit Menschen.

»Sie finden ihn schon«, sagte Nic lahm.

»Das befürchte ich ja«, erwiderte Matt. »Pass auf dich auf, Alter.«

Damit breitete er die Arme aus und ließ sich von der Plattform in das dichte Blätterdach der Bäume fallen.

»Ihr hättet auch eine Strickleiter einbauen können!«, rief Nic.

Er hasste es, aus großen Höhen zu springen. Selbst wenn Magie jeden Fall bremsen konnte und in Träumen sowieso nichts Schlimmes geschah, war das Gefühl widerlich. Um den festen Bereich des Traumes zu verlassen, den Schnittpunkt all ihrer Gedanken, musste er von der Plattform herunter.

Ein kurzer Hüpfer und er segelte wie ein Wackerstein dem Erdboden entgegen. Und der wollte nicht verschwinden. Da stimmte etwas nicht, schloss Nic, als er aufprallte. Es tat überraschend weh, doch er blieb am Leben. Typisch Traum.

»Gut, dass du hier bist«, erklang die wispernde Stimme der alten Dame.

»Ja, toll«, quetschte Nic hervor. Mühevoll rappelte er sich auf. »Hätten wir nicht auf andere Art Kontakt herstellen können?«

»Ich bin noch geschwächt von dem Zwischenfall mit dem Fatumaris, Nicholas.« Sie war nur eine durchscheinende Silhouette, die im Takt seines Herzschlags Form annahm und verging.

»Sie haben also etwas gefunden?«, fragte er.

»Eine Magierin ist in Gefahr«, flüsterte sie mit rauchiger Stimme, als wäre sie heiser. »Sie wird sterben, geopfert von den Jüngern des Dämons. Das Schicksal wird sich unter ihrem Tod winden, möglicherweise wird das alles verändern. Was auch geschieht, du musst sie retten.«

»Aber wie?«

»Diese Mission muss im Geheimen erfolgen«, erklärte die alte Dame. »Niemand darf davon erfahren. Ich bin sicher, dass es einen Verräter im Haus der Schicksalswächter gibt. Erfährt er es, bist du erneut in Gefahr.«

Was natürlich wieder typisch war. Ein paar ruhige Wochen, Monate oder Jahre hätten auch gutgetan. Vielleicht sollte er noch einmal Nancy besuchen, bevor er sich endgültig vor einen Anima warf.

»Was muss ich tun?«

Die alte Dame wob mit ihren Fingern ein unsichtbares Muster in der Luft. Dieses Mal erschienen die Bilder nicht in Nics Geist, andererseits spielte sich alles hier in seinem Traum ab, also per se eben doch.

Eine stupsnasige blonde Magierin mit grünen Augen stieg gerade aus einer U-Bahn. Sie war modisch gekleidet, schlank und atemberaubend schön.

»Sie retten«, hauchte Nic. »Ja, das kriege ich hin.«

Die alte Dame seufzte. »Nicholas, das Schicksal der Welt steht auf dem Spiel. Die Angriffe auf Liz haben noch nicht begonnen, finde also alles heraus, was du kannst. Erkunde die Umgebung, bereite dich vor.«

»Keine Angst«, bestätigte er mit einem nachdrücklichen Nicken. »Noch einmal wird sich so etwas wie in Berlin nicht wiederholen!«

Die alte Dame blickte ihn noch einen Moment lang an, dann nickte sie schwer und verschwand.

Er erwachte und legte sich in Gedanken einen Plan zurecht. Dieses Mal durfte einfach nichts schiefgehen.

In Gedanken mit der vor ihm liegenden Aufgabe beschäftigt, schlenderte Nic zu Inés, um ihr eine Lüge aufzutischen. Er überlegte noch, ob der Blinddarm seiner Mutter oder ein Leistenbruch seines Bruders besser ankam, als sie auch schon vor ihm stand. Neben ihr betrachtete ein kleiner, glatzköpfiger Mann eingehend die Umgebung. Er erinnerte an einen grauen Babyzwerg und schaute drein, als gäbe es keine Freude im Leben.

Nic witterte die Gefahr bereits, bevor Inés etwas sagen konnte.

»Darf ich vorstellen, Nic, dass hier ist James Irons, ein Wächter. Er ist hier, um dich zu befragen.«

19.

ALLES MUSS SEINE ORDNUNG HABEN

Haha, jetzt bist du erledigt«, freute sich Nox, der pünktlich wie eh und je im ungünstigsten Moment wieder auftauchte.

Nic war stolz auf sich, denn es gelang ihm fast problemlos, seinen Familiaris zu ignorieren. »Mister Irons.« Er schüttelte dem Wächter die Hand.

»Mister Ashton.« Der Händedruck war fest. »Sie halten uns ganz schön auf Trab. Berlin ist noch nicht einmal abgeschlossen, da steht bereits das nächste Problem vor der Tür.«

»Ich möchte festhalten, dass Nicholas mein Leben gerettet hat«, stellte Inés klar. »Genau genommen das aller hier. Und nebenbei wurde das Sanktum vor Schaden bewahrt.«

Ob sie Mordgedanken hegte? Das Blitzen in ihren Augen deutete darauf hin.

»Mag sein.« Irons tippte auf den mitgeführten Aktenkoffer. »Aber alles muss seine Richtigkeit haben. Es gibt diverse Formulare, die ausgefüllt werden müssen.«

»Formulare«, echote Nic. »Die aus Papier?«

Irons betrachtete ihn sprachlos. Irgendwann sagte er: »Welche denn sonst?«

Inés wedelte mit der Hand, stieß ein ganz und gar künstliches Lachen aus. »Unser Nicholas hat einen gesegneten Humor. Haha. Natürlich setzt er sich gern mit Ihnen an einen Tisch und füllt jedes Formular aus.«

»Total. Gern sogar. Sofort, wenn ich zurück bin.«

»Zurück?« Die Brauen des Wächters wanderten nach oben. Beide. Er hatte das besser drauf als Jane.

»Ich muss noch mal weg.«

»Noch. Mal. Weg«, sagte der Wächter, jedes Wort betonend.

Auch Inés runzelte verblüfft die Stirn, schwieg aber und wartete ab.

»Ich gehe zu den Seelenheilern«, improvisierte Nic. »Zola Mubawe – unsere Heilerin – war der Meinung, ich müsste aufarbeiten, was in Berlin geschehen ist.« Der altbekannte Stich ließ ihn innerlich verkrampfen. Er ignorierte es.

»Oh.« Der Wächter nickte langsam. »Das ist sehr reif von Ihnen. Ich kenne Magier, die sich in solchen Fällen sträuben. Ich nehme an, es sind Träume?«

»Sie sind schrecklich. Überall Freunde. Tote Freunde.«

Die Mordgedanken, die Inés zweifellos hegte, intensivierten sich mit atemberaubender Geschwindigkeit, zuckte da nicht ein Muskel über der Augenbraue? Zumindest deutete ihr Blick in diese Richtung. »Dann solltest du *ganz schnell* tun, was du zu tun vorhast, und zurückkehren.«

»Keine Hektik«, erklärte Irons. »Ein Großteil der Formulare können auch wir beide gemeinsam ausfüllen.«

»Ach?« Inés starrte den Wächter entgeistert an. »Aber sollte nicht Nicholas …«

»Man muss Prioritäten setzen«, erklärte der Wächter mit gewichtigem Nicken. »Die seelische Gesundheit ermöglicht einen nachhaltigeren Einsatz von Humankapit… Magiern.«

»Da hat er recht.« Das eifrige Nicken war wohl zu viel.

Inés hatte etwas von der alten Angelo-Version, als sie Nic Mörderblicke zuwarf. »Geh.«

Schon war er weg.

Er flitzte zum Spiegel und aktivierte seinen Anima. Ein kurzes Wabern, dann stand er im falschen Haus.

Hier konnte er das Smartphone benutzen und eine kurze Recherche ergab, dass er nach New York musste. Liz McMannon lebte dort und arbeitete in einem Architekturbüro. Da er ihre Akte nicht offiziell anfordern konnte, wusste er nicht viel über sie, nicht einmal ihr Talent. Doch ein Schritt und er fand sich in einem gemütlichen Ankunftsraum wieder, in dem Lesetische mit kleinen Lampen standen. Ganz anders als der winzige Raum in Berlin. An einigen Tischen saßen gewichtig dreinschauende Magier und lasen in der Zeitung. Der Raum lag in einem zugemauerten Erdgeschoss in der Lower East Side. Der Eingang war mit einem variant-manifesten Trugbild versehen. Während ein gewöhnlicher Mensch gegen die Wand stieß, musste ein Magier nur seinen Anima einsetzen, um die Substanz zu Nebel werden zu lassen. Diese Variante war besonders für belebte Orte häufig im Einsatz, während unzugängliche Bereiche eher mit simplen Trugbildern gesichert wurden.

Nic verließ die Ankunftsstation in einer heruntergekommenen Gasse. Laut Kurzinformation über die Umgebung war er in einem vielfältig ausgestatteten Viertel gelandet. Die Lower East Side versammelte Reich und Arm, heruntergekommene Gassen und hochwertige Apartments. Musikclubs und Restaurants zogen Männer und Frauen seines Alters an, weil sie authentisch waren. Vermutlich würde das nicht lange so bleiben. Die Urbanisierung in Großstädten verschob diese Spots über die Jahre. Wohnungen wurden aufgekauft, modernisiert und das Flair verschwand. Das nächste Stadtareal kam an die Reihe und so ging es weiter.

Dank seines Smartphones und Google Maps war es ein Leichtes, das Architekturbüro zu finden, in dem Liz McMannon arbeitete. Nic setzte sich in ein Café direkt gegenüber des Büros und bestellte einen Cappuccino und ein Glas Wasser. Sorgfältig überdachte er seine weiteren Schritte.

Der Glasbau war eines der typischen Hochhäuser, deren Fassade die Sonne und die umliegenden Häuser spiegelte. Er hatte irgendwo gelesen, dass die Stadt New York zukünftig keine derartigen Gebäude mehr zulassen wollte, weil sie so viel Hitze generierten. Wie moderne

Fassaden wohl aussehen würden? Immerhin, der grüne Farbklecks deutete auf einen Dachgarten hin, der auf halber Höhe stufig angelegt war.

Wäre er ein Pflanzenmagier, hätte er jetzt irgendeine Wurzel nach oben wachsen lassen, vorzugsweise mit einem *Mata Hari* verwoben. Spionagezauber waren eine feine Sache.

Die Kellnerin brachte Wasser und Kaffee.

Also sie fort war, überprüfte er mit seinem Talent die Umgebung. Die Schicksalssicht offenbarte keinerlei Wellen oder Veränderungen. Sein Anima enthüllte gewöhnliche Magievorkommen, ohne tote Zonen oder abgeschöpfte Bereiche. Kurz und gut: Alles war völlig gewöhnlich. Die alte Dame hatte also recht gehabt, die Angriffe waren noch nicht erfolgt. Nach dem Debakel in Berlin war Nic jedoch vorsichtig geworden. Sicherheitshalber trank er das Wasser und warf das Glas auf den Boden. Ein wenig Magie genügte und die Scherben stiegen in die Höhe. Aus tausend verschiedenen Richtungen konnte er damit die Umgebung überblicken. Die Kellnerin kam mit wütendem Blick auf ihn zugeeilt, stoppte jedoch auf halbem Weg und ging mit glasigen Augen zurück zur Theke. Ein *Nebel von Seth* ließ sie ihr eigentliches Vorhaben vergessen und verwirrte ihre Gedanken.

Der Blick in die Umgebung offenbarte keine Gefahr. Nic ließ die Scherben auf die Hausdächer sinken und versah sie mit einem Annäherungsalarm. Die dafür notwendige abgeschöpfte Magie würde zwar Wirbel erzeugen, die bei genauer Beobachtung auffielen, aber mit etwas Glück untersuchte gerade niemand die Hausdächer.

Nic trank seinen Cappuccino und legte sich eine Taktik zurecht. Der Einsatz von Magie im Gebäude schied aus, schließlich sollte ihn niemand bemerken.

An der Akademie hatten sie natürlich dank unzähliger Streiche verschiedene Strategien entwickelt. Nic legte ein Trugbild auf seinen Ausweis und wob Änderungen in die Fasern von Jeans, Hoodie und Sneaker. Schon saß der perfekte reiche Spross vor dem Café. Nach hinten gegelte Haare, ein maßgeschneiderter Anzug von Armani und ein Lächeln, das Liz umhauen würde.

Er bezahlte und gab der Kellnerin ein ordentliches Trinkgeld – von seinem letzten Ersparten. Es wurde Zeit, dass er sein erstes Gehalt bekam.

Ganz die Selbstsicherheit verströmend, die in gehobenen Kreisen üblich war, schritt er über die Straße und betrat die Empfangshalle des Gebäudes, in dem Liz arbeitete.

Der Portier setzte sein breitestes und falschestes Lächeln auf. »Ja bitte?«

»Ich habe einen Termin.«

»Wie ist der werte Name?«

»Nicholas von Ashton«, improvisierte er und ärgerte sich im nächsten Augenblick.

Der Portier ließ die Finger über die Tastatur gleiten. Eine Datenbank anzupassen war magisch äußerst schwierig und konnte massive Folgen haben. Nicht umsonst waren Bluescreens vor allem in den Neunzigerjahren so populär geworden. Mittlerweile waren die technischen Magier besser darin, unbemerkt zu manipulieren.

Nic verlegte sich darauf, ein Trugbild auf den Monitor zu legen.

»Herzlich willkommen, Mister von Ashton.« Der Portier, auf dessen Namenschild ›Mr Mayers‹ zu lesen stand, reichte ihm eine Keycard. »Damit können Sie die Büroräume von Asterbroke Inc. betreten. Bitte geben Sie die Karte wieder ab, sobald Sie das Gebäude verlassen.«

»Danke«, erwiderte Nic mit so viel Arroganz, wie er nur aufbringen konnte, wandte sich ab und rauschte davon.

»Andere Richtung!«, rief der Portier.

Nic warf ihm ein falsches Lächeln zu und erreichte unbeschadet die Lifttüren. Damit war die erste Hürde genommen.

Die Kabine trug ihn nach oben in den 53. Stock des Gebäudes. Er fand derartige Bauten von außen durchaus beeindruckend, auch wenn die Arbeiter, die sie errichtet hatten, ihm leidtaten. Gleichzeitig war da immer dieses Gefühl, dass der gesamte Wolkenkratzer kurz davor stand, umzukippen oder einzustürzen.

Die Lifttür öffnete sich und Nic betrat den Empfangsbereich eines High-End-Architekturbüros. Einladende Möbel verschmolzen mit strategisch platzierten Pflanzen und Glaselementen. Die Dekoration vermittelte das Gefühl eines luftigen Strandes inmitten der Großstadt. Der Ausblick auf die Skyline der Stadt war atemberaubend.

»Beeindruckend, nicht wahr?«, erklang eine Stimme.

Verdattert starrte Nic auf James Irons. Der Wächter schien geradewegs aus dem Boden gewachsen zu sein.

»Was tun Sie hier?!«

»Sie überwachen natürlich«, kommentierte Irons. »Halten Sie mich tatsächlich für so naiv zu glauben, dass ein junger Magier nach einem Kampf freiwillig einen Seelenheiler aufsucht?«

Ja! »Auf keinen Fall.« Nic setzte ein verkrampftes Lächeln auf. »Ich bin quasi auf dem Weg dorthin. Das hier ist lediglich eine Zwischenstation.«

»Sie sind ein miserabler Lügner, Mister Ashton. Als Wächter habe ich die Autorität, Sie zu verhaften.« Irons deutete auf die Schatten. »Ein kurzer Spaziergang und wir befinden uns in einer Zelle.«

»Ach, Sie sind Schattenläufer?«

Der Wächter erwiderte seinen provozierenden Blick unbeeindruckt. »Was ich bin und was nicht, spielt keine Rolle. Wir verfügen über Ressourcen, die die jedes anderen Hauses übersteigen.«

Da das Talent eines Wächters das einzige war, das niemand außerhalb des Hauses kannte, wusste Nic nicht einmal, ob Irons tatsächlich durch die Schatten wandeln konnte oder nur bluffte.

»Reden Sie«, forderte der Wächter. »Details. Was tun wir hier?« Irons blickte sich um. »Gehobenes Büro auf der Lower East Side von New York. Mehrere Magier in direkter Umgebung, doch nur eine befindet sich in diesem Büro.« Irons Augen schimmerten dunkel.

»Wo ist Ihr Anima?«, wollte Nic wissen.

Irons Lippen kräuselten sich. »Wir haben Wege gefunden, unseren Anima effektiver einzusetzen, um weniger anfällig für Angriffe zu sein.«

Er schnippte und bevor Nic etwas tun konnte, flutschte der Ring von seinem Finger.

»Geben Sie ihn wieder her!«

»Ich denke nicht daran. Falls Sie nicht reden, werde ich Ihren Anima einziehen und … nun, die besagte Zelle steht bereit.« Irons ließ Nics Ring in der Tasche seines Jacketts verschwinden.

»Es ist kompliziert.«

»Der berühmte erste Satz eines jeden Verdächtigen«, kommentierte der Wächter trocken. »Beginnen Sie am Anfang. Ich will wissen, was Sie hier tun. Geht es um Verschleierung?«

»Verschleierung?« Wovon sprach er?

»Es gibt zahlreiche Ungereimtheiten bei der Sache in Berlin, angefangen mit der Tatsache, dass man Sie überhaupt erst in den Einsatz geschickt hat«, erklärte er. »Wir haken solche Dinge nicht im Vorbeigehen ab, Nicholas. Es ist bisher nie vorgekommen, dass das Sanktum einen so jungen Schicksalswächter in den Einsatz schickt. Kommt Ihnen das nicht ebenfalls seltsam vor?«

»Es war ein Großangriff.«

»Das mag sein. Trotzdem ist das für meinen Geschmack ein wenig zu viel des Zufalls.« Irons schritt huldvoll zum nächsten Sessel und sank hinein.

Die Empfangsdame schaute zu ihnen herüber und öffnete den Mund.

»Nein danke«, sagte der Wächter nur, seine Augen glühten kurz auf.

»Gern.« Sie lächelte und beschäftigte sich eifrig damit, die Wand anzustarren.

»Ich wollte hier jemanden treffen«, gab Nic zu. »Jemand, der in Gefahr ist.« Er setzte sich in den Sessel, der dem Wächter gegenüberstand. »*Sie* ist in Gefahr.«

»Eine Magierin?« Irons schien unbeeindruckt.

»Genau.«

»Und *Sie* wollen besagte Magierin retten?«

»Richtig.«

»Sollte tatsächlich eine Gefahr für das Leben eines anderen Magiers bestehen und Sie haben Kenntnis davon, müssen Sie uns Wächter informieren«, gab Irons ungerührt zurück. »Wie kommen Sie darauf, dafür besser geeignet zu sein?«

»Immerhin habe ich die Schicksalswächter gerettet!«, antwortete Nic.

»Nachdem der Fatumaris durch Sie einen zweiten Anima bekam, den Sie überhaupt nicht hätten erschaffen sollen, und er damit in das Sanktum eindringen konnte. Man könnte behaupten, dass Sie die Probleme gelöst haben, für deren Eskalation Sie selbst verantwortlich waren.«

Angesichts so viel Frechheit verschlug es Nic die Sprache.

Eine andere kannte da weniger Zurückhaltung. »Was soll das?!«

Liz McMannon stand vor ihnen, die Fäuste in die Hüfte gestemmt. Ihr Blick glich dem einer wunderschönen Rachegöttin, die gekommen war, sie beide zu zerfetzen. Unvergleichlich.

»Hallo.« Nic lächelte freundlich.

»Ah, jetzt bringt ihr Wächter auch schon den Nachwuchs mit«, blaffte sie. »Ich habe deinen *Mata Hari* erkannt, da hast du noch vor dem Café gesessen.«

Liz konzentrierte ihre Wut glücklicherweise auf Irons. »Ich habe doch schon gesagt, dass ich keine Unterlagen mehr besitze!«

Der Wächter erwiderte Liz' Blick lange und schweigend. »Und um welche Unterlagen genau ist es dabei gegangen?«

Nic realisierte sofort, dass der Wächter keine Ahnung davon hatte, wovon Liz sprach. Dieser schien es aufgrund ihrer Wut jedoch nicht aufzufallen.

»Das ist wirklich das Letzte! Zuerst diese ganze Geheimniskrämerei. Dann werfen Sie mich direkt wieder aus dem Projekt und plötzlich soll ich Unterlagen gestohlen haben!« Ihre Augen versprühten gefährliche Funken. »Wenn Sie irgendeine Frage haben, dann wenden Sie sich gefälligst an den Projektleiter und kommen Sie nicht an meinen Arbeitsplatz!« Ihr Blick fiel auf die Empfangsdame. »Die arme Julie ist sowieso nicht die Hellste, da braucht es nicht direkt noch einen *Nebel von Seth*.«

»Verstehe«, sagte Irons. »Ihre Wut ist natürlich absolut nachvollziehbar, Ms McMannon.« Ah, er hatte das Schild auf ihrer Bluse gesehen. »Und wären Sie wohl so freundlich, mir den Projektleiter zu nennen?«

Sie schnaubte. »Das ist so typisch für euch Bürokraten. Die eine Hand weiß nicht, was die andere tut. Er hieß Gabriel Alvarez.«

»Angelos Freund!«, platzte es aus Nic heraus.

»Gabriel Alvarez ist tot«, erklärte der Wächter gelassen.

»Was?« Mit bleichem Gesicht sank Liz in einen Sessel. »Aber … wie?«

»Das ist eine lange Geschichte«, erklärte Irons. »Doch es scheint, dass sich mehr dahinter verbirgt, als wir bisher annahmen. Darf ich fragen, was für eine Rolle genau Sie in dem Projekt einnahmen?«

Man musste Liz zugutehalten, dass sie tatsächlich antworten wollte. Die Tatsache, dass der Schädel des Wächters wie eine Wassermelone in der Mikrowelle explodierte, hinderte sie jedoch daran. Blut und Gehirnmasse verteilten sich über Liz, auf ihrem Gesicht und dem dunkelblauen Blazer.

Der Torso von Irons kippte zur Seite. Liz und Nic starrten die Überreste des Wächters exakt zwei Sekunden verdattert an, dann setzten ihre Reflexe ein. Blitzschnell warfen sie sich vom Sessel auf den Boden und suchten Schutz vor dem Angreifer.

Doch da war niemand.

Nic wollte auf seinen Anima zugreifen, doch der befand sich noch immer in der Westentasche der Wächterleiche.

»Siehst du jemanden?«, fragte Liz.

»Nein«, gab Nic zurück.

»Ruf Verstärkung!«

»Ich bin kein Wächter«, erklärte er. »Ich bin ein Schicksalswächter. Hier, um dich zu retten.«

Liz starrte ihn entgeistert an. »Schon wieder einer?«

»Was soll das denn heißen? Ach so, Gabriel.«

»Gabriel war auch ein Schicksalswächter?!«

»Wusstest du das nicht?« Irgendwie bekam er das Gefühl, dass sie aneinander vorbeiredeten.

»Was ist hier eigentlich los?!«, brüllte Liz.

»Das wüsste ich auch gern!«, brüllte er zurück.

Die Eingangstür explodierte.

20.

DIE EIN-MÖNCH-ARMEE

Das ist jetzt ein Witz«, entfuhr es Nic.

Liz blickte genauso verdattert drein, wobei die Blutspritzer auf ihrem Gesicht dem Ganzen eine dramatische Note verliehen. »Ein Mönch?«

In der Eingangstür stand ein Mann in brauner Kutte, das Gesicht unter einer Kapuze verborgen. Nur die Statur verriet, dass es ein männlicher Gegner war.

Glücklicherweise waren Nics Reflexe mittlerweile ausgezeichnet trainiert. Er sprang in die Höhe und vollführte die Bewegungen, die einen *Dunklen Schlund* erschufen, gleichzeitig verfiel er in die zweite Sicht. Ohne Anima leider eine blöde Idee. Weder konnte er die Magie ringsum wahrnehmen noch zeigten die Bewegungen Wirkung. Während er noch entsetzt auf seinen leeren Ringfinger starrte, rief der Mönch etwas in einer unbekannten Sprache.

Liz sprang auf und warf einen lodernden Flammenball auf den Mönch.

Er wich aus und griff seinerseits auf Magie zu, sein Anima musste unter der Kutte verborgen sein. Ein Wirbel erfasste Nic und schleuderte ihn quer durch den Raum. Aufstöhnend blieb er liegen. Er rollte hinter eine Couch und lugte dahinter hervor. Der Mönch widmete seine gesamte Aufmerksamkeit Liz, was Nic endgültig verdeutlichte, dass Irons und er nur Kollateralschäden in diesem Kampf waren.

Mittlerweile hatte Liz auf die Magie in der Umgebung zugegriffen und Nic stellte überrascht fest, dass ihr Anima-Stein ebenfalls in einem Ring saß. Dieser war schlichter als sein eigener und sie trug ihn an der linken Hand, nicht wie Nic an der rechten. Der Stein glühte silbern.

»Na, gibst du wieder dein Bestes?«, krähte Nox in Nics Ohr.

»Hör auf, mich in einem Kampf zu erschrecken!«

»Wolltest du die Kleine nicht retten?« Der Familiaris deutete auf Liz, die soeben hinter einer explodierenden Palme in Deckung ging. »Deine Erfolgsbilanz ist mit Leichen gepflastert.«

Nic pirschte sich zwischen Couch und Sessel hindurch. Der Torso von Irons lag direkt vor ihm. Blitzschnell griff er in dessen Brusttasche.

Leer.

»Suchst du den dort?« Nox deutete auf den Anima, der unter einen Sessel gekullert war.

Nic zerbiss einen lautlosen Fluch zwischen den Zähnen.

Der Kampf hatte nur wenige Sekunden gedauert, doch der Eingangsbereich sah bereits aus, als hätte jemand einen Fatumaris explodieren lassen. Blut, menschliche Überreste, zerfetzte Kissen und zersplitterte Möbelstücke. Dazwischen donnerte der Mönch schmutzig gelbe Zauber gegen den *Mystischen Schild* von Liz. Die wechselte ständig die Position, kam aber kaum dazu, die Angriffe zu parieren. Eine Schattenläuferin war sie definitiv nicht und wenn man das ganze Unkraut hier bedachte, auch keine Pflanzensprecherin, sonst hätte sie es eingesetzt.

Der Kopf des Mönchs fuhr herum, Augen musterten Nic aus dem Kapuzenschatten. Wieder wurden Worte gerufen, hasserfüllt und mit Mordlust in der Stimme.

»Greif ihn an!«, brüllte Liz.

»Mein Anima ist unter dem Sessel!«, brüllte er zurück.

Dummerweise schien der Mönch englisch zu verstehen, denn sein Blick heftete sich auf den Ring. Er streckte die Hand aus, ein Wirbel erschien. Nic wollte sich auf den Anima stürzen, doch der fein ziselierte Ring mit dem wasserblauen Stein wirbelte durch die Luft und landete in der geöffneten Hand des Mönchs.

»Wie gewonnen, so zerronnen«, krakeelte Nox.

»Ich kriege ihn zurück!«

»Damit meinte ich doch dein Leben.«

Liz verstärkte den Angriff abrupt und tatsächlich geriet der Mönch ins Taumeln. Unbesiegbar war er also nicht. Die Sprache ähnelte etwas Fernöstlichem. »Mandarin vielleicht?«

»Es kann ebenso gut japanisch sein, du würdest es sowieso nicht verstehen«, schloss Nox messerscharf.

Der Mönch donnerte einen *Höllenwirbel* gegen die deckenhohen Fensterscheiben. Es klirrte und der Raum war erfüllt vom natürlichen Wind, der hereingefegt kam. Ein wenig Magie und schon musste Liz sich festhalten, um nicht hinausgeweht zu werden. Nic krallte sich an einem Schrank fest. Einen Sturz aus dieser Höhe konnte er ohne Anima nicht überleben. Irgendwie musste er an den Ring gelangen.

Instinktiv verfiel er in die Schicksalssicht. Wieder legte sich ein Schimmer über die Umgebung, goldene Fäden verliefen zwischen den Kämpfenden, den Gegenständen, einfach allem. Er rief sich ins Gedächtnis zurück, was er über die Fähigkeiten der Schicksalswächter wusste. Dummerweise war das nicht viel. Sie konnten Änderungen am Schicksal erkennen. Dass Liz in goldenem Fanal leuchtete, war eindeutig. Sie war ein Knotenpunkt, nicht umsonst hatte die alte Dame Nic auf die Magierin aufmerksam gemacht. Um den Mönch herum stoben goldene Funken und eine Welle bewegte sich auf Liz zu.

Er wollte sie töten, um dem Schicksal einen völlig anderen Verlauf zu geben. Wut überkam ihn. Wie konnte ein Magier nur so dumm sein? Funken tanzten über die Goldfäden, die von Nic in den Raum gingen. Plötzlich sah er nicht einzelne Fäden, sondern ganze Bündel, ein richtiges Netz.

Vorsichtig berührte er einen davon, doch seine Hand glitt hindurch. Nur die stärksten Schicksalswächter konnten manipulieren, wie Madam Ultinova. In diese Kategorie gehörte Nic noch lange nicht. Verblüfft stellte er fest, dass die Funken um den Mönch herum Muster ausbildeten. Immer kurz bevor ein Zauber zum Einsatz kam, verdichteten sich die Fäden.

Praktisch, dass er die gleichen Zauber immer wieder nutzte, um Liz anzugreifen.

»*Dunkler Schlund*!«, rief Nic.

Liz handelte im Reflex, sprang in die Luft und entging so den aufbrechenden Dielenbrettern.

Der Mönch brüllte irgendeine Beleidigung.

»Selber!«, kommentierte Nic. »*Flammensenke*!«

Liz parierte jeden Angriff und fegte ihrerseits den Mönch von den Beinen. »Du bist echt gut.«

Nic beschloss, den verblüfften Unterton zu ignorieren. »Danke. Oh, er wirft die Pflanze.«

Die Warnung kam eine Sekunde zu spät. Der überdimensionale Blumentopf, in dem die Palme stand, donnerte mit einem *Klonk* gegen Liz' Schädel. Sie stürzte zu Boden, eine Platzwunde an der Stirn.

Konturen bildeten sich in der Luft.

»Er manifestiert etwas!«, rief Nic.

Der Masseerhaltungssatz verhinderte, dass Magier sich beliebig Gegenstände aus dem Nichts erschaffen konnten. Es gab jedoch Möglichkeiten, dieses Problem zu umgehen. Der Kampfmönch hatte sich Mikrodepots geschaffen, ähnlich einer *Flammensenke*. Taschen in der Wirklichkeit, in denen er Eisengranulat deponiert hatte. Die winzigen Partikel verdichteten sich, wurden zu fünf messerscharfen Dolchen und surrten durch die Luft. Plötzlich waren überall goldene Fäden zwischen dem Mönch und den Klingen.

Etwas in Nics Geist veränderte sich.

Wie in Trance erkannte er, aus welchen Richtungen die Dolche auf Liz zuflogen. Sie kam rechtzeitig in die Höhe und tänzelte auf sein Kommando hin zur Seite. Die Gemälde an den Wänden hatten weniger Glück, wurden aufgeschlitzt.

»Da geht sie hin, diese wunderbare Kunst«, seufzte Nox. »Was für ein Banause.«

Liz schrie auf, als eine der Klingen sie traf. Wie gern hätte Nic ihr geholfen, doch ohne seinen Anima war er ein machtloser Nichtmagier, der von einem einzigen Stich erledigt werden konnte. Auch der Wind nahm wieder zu, Strudel bildeten sich und zogen an den goldenen Fäden.

Ein leichter Schmerz durchzuckte Nic. Doch es war nicht der Dolch. Mit gerunzelter Stirn blickte er auf einen einzelnen Faden, der ihn mit der Palme zu seiner Linken verband.

Er gab dem Gefühl nach und warf sie um. Die Dolche waren genau im richtigen Augenblick heran, bohrten sich in die Rinde und wurden zu Boden gedrückt. Abgesehen von einem verzweifelten Zittern waren die Waffen außer Gefecht gesetzt.

Immer dichter wurde das Netz aus Linien. Alles hing miteinander zusammen, vibrierte und gab ihm Möglichkeiten vor. Variationen der Ereignisse, die stattfanden und stattfinden würden.

Madam Ultinova hätte die goldenen Fäden ergriffen, verknotet oder getrennt, um so die Wirklichkeit rückwirkend zu beeinflussen. Wie simpel Kämpfe dadurch wurden, wenn Gegenstände plötzlich schon immer an anderer Stelle gestanden hatten. Ein Gegner hatte keine Chance. Zum ersten Mal begriff Nic die wahre Macht, die von seinem Talent ausging.

Bedauerlicherweise schien es dem Mönch ähnlich zu ergehen, denn zwei der Dolche ließen von Liz ab. Wieder gab Nic seinem Gefühl nach. Er tänzelte zur Seite, riss ein Gemälde von der Wand und warf es exakt im richtigen Augenblick. Die Klingen bohrten sich in das Holz der Leinwand und segelten gemeinsam mit ihm aus dem Fenster.

Liz wirkte zutiefst beeindruckt. Ihr blondes Haar wirbelte, die Augen blitzten. Sie war eine Amazone, wie sie so dastand und dem Mönch entgegentrat.

Nics Konzentration zerstob, die goldenen Fäden verschwanden.

Täuschte er sich oder war ein triumphierendes Grinsen unter der Kapuze zu erkennen? Wieder wurden Worte in unbekannter Sprache geschrien. Der Boden erzitterte, ein Riss bildete sich, durch den Nic die Menschen im Büro unter ihnen sehen konnte. Schreie erklangen. Vermutlich gingen spätestens jetzt bei allen Polizeistationen im Umland Notrufe ein und die Spezialisten für Geiselnahmen rückten aus. Wenn das dank all der Architekten hier nicht sowieso bereits geschehen war, denn die verhielten sich überraschend still.

Die Empfangsdame saß noch immer an ihrem Tisch und betrachtete eingehend die Wand. Aus den anderen Büros lugten Köpfe hervor, doch niemand traute sich heraus.

Liz trieb auf den Abgrund zu. Der Mönch verstärkte seine Attacken, führte Zauber und Messer gegen die Magierin. Liz würde fallen. Es gab ein *Ping*, als eine winzige Münze gegen ihre Schläfe krachte, geschleudert von dem Mönch. Sie verdrehte die Augen, ihre Finger lösten sich.

»Nein!«

Er würde nicht erneut versagen!

Nic rannte zum Fenster und packte Liz. Mit einer schwungvollen Bewegung wollte er sie in Sicherheit werfen. Durch den Schwung hätte sie ihn dann automatisch mitgezogen. Grundsätzlich ein ausgezeichneter Plan, wie er fand. Was genau daran schiefgegangen war, entzog sich seiner Kenntnis, und die Tatsache, ohne Anima mit einer bewusstlosen Magierin aus dem 53. Stock eines Wolkenkratzers auf die Lower East Side zu stürzen, forderte seine gesamte Aufmerksamkeit. Er brüllte.

Hinter ihnen blieb die zerstörte Front des Wolkenkratzers zurück. Nic spürte die dolchartigen Blicke des Mönchs in seinem Rücken, als er dem Tod entgegenfiel. Die akute Gefahr rechtfertigte es, dass er Liz eine Ohrfeige verpasste, doch die wollte nicht aufwachen.

»Hui, so schnell bin ich schon lange nicht mehr nach unten geflogen«, freute sich Nox. »Meine Freiheit kommt näher. Du weißt schon, der Beton des Straßenpflasters.«

Ihr Fall verlangsamte sich.

»Spielverderber«, grummelte Nox.

Ein Ruck, ein kurzes Zittern, dann gingen sie in eine elegante Schleife über, die zwei betrunkenen Tauben glich. Gemeinsam mit Liz flog Nic zwischen den Häusern hindurch und über die wartenden Polizeiautos hinweg. Er sah sich selbst, Liz und Nox in den spiegelnden Flächen der Gebäude. Ein seltsamer Anblick. Noch nie zuvor hatte er außerhalb der Akademie einen solchen Flug absolviert. Da sie niemand bemerkte, musste ein Trugbild ihre Flucht verbergen. Doch wer war der unbekannte Retter?

Zwei Häuserblocks weiter gingen sie in den Sinkflug über.

Irgendwie verblüffte es ihn nicht, als er Matt erkannte. Sein bester Freund stand in einer Seitengasse und hatte die Umgebung beinahe ausgetrocknet, indem er einen solchen Zauber über weite Entfernung gewoben hatte.

»Alter, du bist es!«, freute sich Nic und ließ im Reflex Liz fallen, die hart auf den Beton aufschlug.

Matt funkelte ihn wütend an. »Bist du wahnsinnig?! Dich kann man keine Minute allein lassen!«

Nic bückte sich, um Liz aufzuhelfen. Gleichzeitig hätte er Matt eine Antwort gegeben, wenn in diesem Augenblick nicht Liz erwacht wäre. »Geht es dir gut?«

»Ich lebe noch«, erklärte sie. »Aber wir sind wohl böse gestürzt.« Sie musterte ihn.

»Ich hatte Glück.«

Matt trat zu ihnen. »Wie kann man nur seinen Anima verlieren? Und wer war dieser Mönch?!« Er wandte sich Liz zu. »Matt, freut mich.«

»Liz, angenehm.« Sie klopfte sich den Dreck des Bodens von ihrem Pulli.

»Was wollten der Wächter und du überhaupt bei mir? Und wer ist dieser Mönch gewesen?«, fragte Liz.

»Wie kommst du hierher?«, wollte Nic von Matt wissen.

»Vorschlag: Wir hauen alle erst einmal ab und klären die Details später. Ich fürchte nämlich, dass dieser Mönch in Kürze hier ist.«

»Er ist auf jeden Fall sehr anhänglich.«

»Und bereits auf dem Weg«, erklärte Matt nachdrücklich. »Die Pflanzen des Dachgartens haben mich gewarnt.«

Gemeinsam eilten sie durch die Gasse.

»Pflanzenmagier?«, fragte Liz Matt.

Die beiden schienen sich prächtig zu verstehen.

Matt nickte. »Und du?«

»Zeitseher«, erwiderte Liz.

Ein Talent, das Nic durchaus spannend, aber auch traurig fand. Sie konnten eine Manifestation von sich selbst in die Vergangenheit projizieren und dort bei wichtigen Ereignissen zugegen sein. Meist schrieben sie am Ende dicke Wälzer darüber, wie es wirklich gewesen war. Nicht aus der Sicht einer kriegerischen, aber siegreichen Partei, sondern die objektive Variante. Sie waren also zur ewigen Schreibtischarbeit verdonnert und mussten grässliche Dinge mit ansehen. Wer wollte schon ein so nutzloses und grausames Talent?

»Ich liebe mein Talent.« Liz' Augen leuchteten. »Aber mittlerweile setzte ich es kaum noch ein.« Ihr Blick verdüsterte sich.

Sie verließen die Gasse und steuerten die U-Bahn an. Nic hatte keine Ahnung, wo sich das nächstgelegene Portal befand, aber einstweilen waren sie von der Straße herunter. Es war mehr einem Gefühl geschuldet, dass er auf der Treppe nach unten kurz stehen blieb und sich umsah.

Hinter ihnen kamen drei Mönche angerannt.

»Verdammt! Schneller!«

Sie sprangen die Stufen hinab und in die nächste U-Bahn, kurz bevor die Türen sich schlossen. Die Wagen setzten sich in Bewegung, als die Mönche gerade auf der Plattform auftauchten.

»Die werden nicht aufgeben«, flüsterte er.

»Wir müssen die Wächter alarmieren«, forderte Matt.

»Das kannst du vergessen«, stellte Liz klar. »Die sind ein Haufen unfähiger Idioten. Außerdem liegt einer davon tot in meinem ehemaligen Büro. Das zu erklären wird schwierig.«

»Und dann würden auch die Schicksalswächter alles erfahren.«

Nic behagte es kein Stück, Jeremiah und Inés außen vor zu lassen, doch die alte Dame hatte mehrfach darauf hingewiesen, dass es einen Verräter im 13. Haus gab. Dass der Angreifer kurz nach Nic aufgetaucht war, konnte kein Zufall sein. Er befühlte seinen rechten Ringfinger und fühlte sich nackt. Seit er sich erinnern konnte, war sein Anima Teil von ihm, die Magie spürbar, formbar, sichtbar.

»Hey.« Matt legte ihm eine Hand auf die Schulter. »Die Verbindung zwischen dir und deinem Anima bleibt doch bestehen. Wir werden ihn wiederfinden. Und wenn nicht, formst du dir einen neuen aus.«

Worauf Jeremiah und Inés zweifellos Freudensprünge aufführen würden und die Wächter Pirouetten drehten. An welcher Stelle hatte sein Leben gleich diesen dämlichen Verlauf genommen?

»Du heulst jetzt aber nicht, oder?« Nox hatte sich auf einer Sitzlehne niedergelassen, streckte seinen Kopf über die Schulter eines Mannes und las die New York Times. »Was ist ein Brexit?«

»Aber was tun wir dann?«, fragte Matt.

»Ich kenne einen Ort, an dem wir unterkommen können«, erwiderte Liz. »Und dort will ich Antworten von euch.«

Oh ja, wenn es etwas gab, das Nic ebenfalls wollte, dann das. Die Fragen hatten sich in den letzten Wochen aufgetürmt. Liz war lediglich die Spitze davon. Wie stand sie mit Gabriel in Verbindung? Was für ein Projekt hatte dieser geleitet, von dem selbst die Wächter nichts gewusst hatten?

»Wieso starrst du mich so an?«, fragte Liz mit argwöhnischem Blick.

Matt grinste still, dieser gemeine Mistkerl von einem besten Freund. Er würde es ihm heimzahlen, sobald er wieder irgendeinen Kerl anstarrte.

»Du hast da was«, improvisierte Nic.

»Was denn?«

»Blut. Und ein paar Hautfetzen. Aber keine Angst, das steht dir.« Hatte er das wirklich gerade gesagt? »Also ich meine, ich hatte das auch schon. Waren sogar ein paar Organe dabei.«

Matt stöhnte auf und verdrehte die Augen.

»Aber das war bei einem Kampf«, sagte Nic schnell. »Und eigentlich hing mir nur ein wenig Darm in den Haaren.«

»Alter«, sagte Matt leise, »hör auf zu reden.«

Dieses eine Mal hörte Nic auf seinen besten Freund. Das gemeine Grinsen von Nox ignorierte er ebenfalls. Es war nicht seine Woche.

21.

ECHO AUS VERGANGENER ZEIT

Ihr habt, was?!«, ereiferte sich Nic.

»Wir hatten doch recht«, verteidigte sich Matt. »Du hast dich wieder in Schwierigkeiten gebracht.«

»Das ist nicht wahr«, erklärte Nic kategorisch. »Wer hätte denn bitte mit einem Kampfmönch rechnen können?«

Sie waren gemeinsam aus der U-Bahn gestiegen, hatten jedoch keinen offiziellen Spiegelknotenpunkt aufgesucht. Wer auch immer die Mönche waren, sie hatten es geschafft, einen Wächter zu töten, und verfolgten sie. Die Tatsache, dass Nic keinen Anima mehr besaß und möglicherweise ein Verräter aus dem Haus der Schicksalswächter mit den Ereignissen in Verbindung stand, machte es nicht besser.

»Jane und ich dachten, dass es sinnvoll ist, zu schauen, was du so treibst.«

»Sie hat dich also in der Gasse abgesetzt, nachdem ihr mich durch einen Zauber aufgespürt habt?« Nic warf seinem besten Freunden einen bitterbösen Blick zu.

»Eigentlich haben wir dafür die Ortungsfunktion deines Smartphones benutzt«, erklärte Matt.

Verärgert dachte Nic an die Standortfreigabe.

»Sei doch froh.« Liz schritt weiter aus, wobei sie sich immer wieder vorsichtig umschaute. »Andernfalls wären wir jetzt zwei Fettflecken auf dem Asphalt, mit einem hübsch leuchtenden Anima dazwischen.«

Mittlerweile hatte Nic die Orientierung verloren, Liz schien jedoch genau zu wissen, wohin sie sie führte. Die Dämmerung ließ die Schatten wachsen und Nic erwartete jeden Augenblick, dass Jane aus einem davon heraussprang, doch die Freundin blieb verschwunden.

Vor einer alten Fabrikanlage blieb Liz stehen. Mit zusammengekniffenen Augen betrachtete sie das Gebäude. Nic realisierte, dass sie die Magie in der Umgebung überprüfte. Er tat es ihr in der Schicksalssicht gleich, fand jedoch keinerlei Auffälligkeiten.

»Scheint sauber zu sein«, murmelte sie endlich.

»Was ist das für ein Grundstück?«

Wortlos führte Liz sie zu einem Lattenverschlag, der den rückwärtigen Teil der Fabrik abgrenzte. Brackige Erde und ausgehobene Stellen vermittelten das Bild einer Baustelle, nur durchbrochen von ein paar grünen Büscheln, die alles noch trostloser wirken ließen. Ein paar alte Reifen und rostiges Wellblech lagen herum. Die rückwärtige Hausfront bestand aus eingeworfenen und vom Alter blind gewordenen Fenstern. Ein wenig wirkte es auf Nic, als starre sie ein Pirat mit milchigen Augen an.

»Das ist eine alte Stahlfabrik«, erklärte Liz.

»Sie wird euch töten«, stellte Nox sachkundig fest. »Und eure Leichen dann hier verbuddeln. Schau mal, der Hügel vorne links, ich glaube, da hat etwas gezuckt.«

Nic hatte beschlossen, den Familiaris grundsätzlich zu ignorieren. Andernfalls wurde die Kreatur nur dazu angestachelt, noch mehr zu plappern. Davon abgesehen wollte er nicht, dass seine Freunde von diesem Klotz am Bein erfuhren. Wie blöd wirkte das denn, wenn er seinen neuen Babysitter vorstellte?

Er ließ sich ein wenig zurückfallen. »Hast du dem Rat schon erzählt, was hier passiert ist?«

»Mitnichten«, gab Nox hochmütig zurück. »Was denkst du denn, wer ich bin?! Dein Bote? Ich berichte lediglich, wenn ich von einem

offiziellen Vertreter gerufen werde. Eigeninitiative ist bei Sklaven wie mir nicht drin.« An dieser Stelle seufzte er herzerweichend.

Vermutlich würde der Rat sofort aktiv werden, wenn der Tod des Wächters bekannt wurde. Ein magischer Kampf mitten in New York blieb keinesfalls verborgen. Irgendwer würde Irons finden und damit waren alle anderen Schritte vorgegeben. Sie würden Unterstützung erhalten, hoffentlich bevor die Kampfmönche hier auftauchten.

Liz warf sich mehrfach gegen die Eingangstür, bis diese endlich mit einem Schaben auf dem steinernen Boden aufglitt. Im Inneren der Fabrik erwarteten sie leere Lagerhallen und alte Paletten, garniert mit einem ranzigen Geruch.

»Heimelig«, kommentierte Nic.

»Du!« Liz donnerte ihm ihren Zeigefinger gegen die Brust wie ein magisch präpariertes Streichholz, an dessen Ende ein überaus hübscher Fingernagel saß. »Das ist alles deine Schuld. Ich will jetzt Antworten!«

»Sie hat ganz schön Feuer.« Nox schwebte um Liz herum und betrachtete sie eingehend. »Schade, dass sie hässlich ist. Keine Narbe, glatte Haut, seidiges Haar. Widerlich.«

»Ist ja gut«, Nic wich zurück. »Was willst du denn wissen?«

»Alles!«

Nic kam der Aufforderung nach und erzählte ihr alles.

Am Anfang womöglich ein wenig zu viel, doch mit der Zeit hatte er den Dreh heraus, denn sie wirkte total beeindruckt.

»Du hast also beinahe deine Freunde umgebracht, einen Fatumaris in das Haus der Schicksalswächter geschleust und am Ende den Tod eines Wächters verursacht, weil du ohne Absprache nach New York gekommen bist?!«

»Sie ist pfiffiger, als ich dachte«, kommentierte Nox sofort. »Alles in wenigen Sätzen zusammengefasst. Sie gäbe eine fabelhafte Sekretärin ab.«

»Halt doch einfach mal die Schnauze!«, fauchte Nic.

Liz Gesicht umwölkte sich. »Echt jetzt?«

»Ich meinte nicht dich.«

»Sondern?«

»Sollten wir nicht lieber darüber sprechen, was wir jetzt weiter tun?«, fragte Nic freundlich. »Alles andere ist doch eher nebensächlich.«

»Was ist denn das für eine Frage?!« Liz hatte sich in einen kleinen, gemeinen Vulkan verwandelt. »Wir finden heraus, wer diese Mönche in ihren verwanzten Kutten sind, hauen ihnen eine rein und klären das. Ich habe genug von dieser Geheimniskrämerei. Erst das Projekt und jetzt …«

»Welches Projekt?!«, warf Matt ein.

Eigentlich wäre Nic davon ausgegangen, dass Liz Matt über den Mund fuhr. Stattdessen erwiderte sie freundlich: »Vor einigen Monaten hat mich ein Magier angesprochen, der Hilfe benötigte, um einen alten Text zu übersetzen. Die Sprache ist hochkomplex und mit Magie nicht zu dechiffrieren.«

»Eine solche Sprache gibt es doch gar nicht.« Nic hatte an der Akademie einen Aufsatz darüber geschrieben. »Mit einem *Stein von Rosette* kannst du in der heutigen Zeit alle Varianten der alten Schriften entschlüsseln. Selbst die der untergegangenen Manifestationsreiche.«

»Deshalb war es auch so spannend«, erklärte Liz. »Gabriel ist zu mir gekommen und hat behauptet, er komme im Auftrag der Wächter. Aber wie sich jetzt herausstellt, war das eine Lüge. Dabei war er total nett.«

»Du warst nicht die Einzige, die er rekrutiert hat.« Nic gelang es irgendwie, die Bilder von Berlin in den hintersten Winkel seiner Erinnerungen zu vertreiben. »Es gab da noch einen anderen, einen Spezialisten aus Berlin.«

Liz hatte sich an eine Palette gelehnt, die hochkant an einer Wand stand. »Der Nerd, von dem du erzählt hast?«

Sie war wirklich gut darin, eins und eins zusammenzuzählen. »Petro hieß er. Hat irgendwas mit Computern gemacht und sollte dich bei der Entschlüsselung unterstützen. Bedauerlicherweise ist er jetzt tot.« Da war er wieder, der Kloß im Hals. Das schreckliche Gefühl, dass aufgrund seiner Unfähigkeit ein anderer Mensch gestorben war.

»Aber ihr wisst nicht, ob er erfolgreich war oder wie weit er damit gekommen ist?«

»Wir wissen überhaupt nichts über das Projekt«, erklärte Matt. »Nur, dass Gabriel der Freund von Angelo war und Petro sein Halbbruder. Irgendwie hängen diese Dinge alle mit Angelo zusammen.«

»Ja, das ist typisch für ihn«, erklärte Nic, erinnerte sich aber noch rechtzeitig daran, dass Angelo eigentlich ganz nett war und er ihn nicht mehr hasste. »Na ja, er ist ganz nett. Wir waren gemeinsam was trinken und haben dann getanzt.«

»Zusammen?!«, entfuhr es Matt.

»Nein! Natürlich nicht. Das ist eher deine Baustelle. Aber …« Seine Wangen brannten. »Ist doch egal.«

Liz grinste süffisant. »Oh ja, bitte erzähl uns von deinen Eroberungen. Jetzt ist eindeutig der richtige Zeitpunkt dafür.«

»Ich bin für alternative Vorschläge offen.« Nic funkelte sie böse an.

»Wie gesagt, ich bin eine Zeitseherin, kann mich also in die Vergangenheit projizieren. In den zurückliegenden Monaten habe ich mein Talent nicht mehr genutzt – die letzte Sichtung war verstörend –, aber grundsätzlich müsste ich das hinbekommen.«

»Du willst zurückgehen und mit anhören, was Gabriel Petro erzählt hat?«, fragte Matt.

»Damit hätten wir zumindest alle Informationen. Allerdings ist das nicht so leicht. Ich benötige einen Anker. Wenn ich meinen Geist an ein Ereignis oder eine Person kette, kann ich die Zielzeit exakt anpeilen. Frag nicht, wie oft ich nachts in Museen eingebrochen bin, um da irgendwelche Gegenstände in Vitrinen zu betatschen. Manchmal waren es auch Privatsammlungen. Wenn ihr wüsstest, was in mancher Villa so versteckt ist.«

»Dummerweise ist seine Wohnung in die Luft geflogen«, merkte Matt an. »Zusammen mit dem gesamten Häuserblock.«

»Es würde reichen, wenn ich etwas bekomme, das ihm gehört hat. Dann kann ich an seiner Lebenslinie entlang zurückgehen und den richtigen Zeitpunkt abpassen, an dem er sich mit Gabriel getroffen hat.«

»Gibt es kein zeitliches Limit?«, fragte Nic.

»Zeitlich nicht, aber andere Hürden. Magier haben ab dem ausgehenden 19. Jahrhundert Sicherheitsmaßnahmen ergriffen. Glimmerschilde, die Ereignisse vor Zeitläufern verbergen. Andernfalls könnten wir jedes Gespräch nachträglich belauschen. Manche Magier belegen auch ihre persönlichen Gegenstände mit einem Zauber, damit wir keine Verbindung aufbauen können.«

»Sollte ich wohl auch tun«, merkte Nic leise an.

»Wie kommen wir also an einen persönlichen Gegenstand Petros heran?«, fragte Matt.

»Der Arbeitsplatz«, überlegte Nic. »Die Brüder haben keine Eltern mehr und an Angelos Sachen von seinem Bruder kommen wir nicht heran. Die Wohnung ist zerstört. Bleibt nur der Arbeitsplatz, aber dort finden wir bestimmt genug.«

»Also noch mal Berlin«, schloss Matt messerscharf. »Kennst du die Adresse von seinem Büro?«

»Ich habe zwar eingehend recherchiert …«, begann Nic, wurde aber brutal von Liz unterbrochen.

»Schon klar, wir müssen selbst ran. Wir nehmen einen Spiegel nach Berlin, den Rest erledigt die Suchmaschine. Sollte doch nicht so schwer sein, ein IT-Unternehmen zu finden, das sich in irgendeiner Form mit der Übersetzung von alten Texten befasst.«

Liz führte sie eine Treppe hinab. Am unteren Ende erwartete sie ein großer verlassener Raum, in dem mehrere mit dunklen Tüchern verhangene Spiegel standen.

»Was ist das alles hier?«, fragte Matt mit zittriger Stimme.

»Ich sage doch, ich bin eine Zeitseherin«, erklärte Liz. »Ich habe auf Trödelmärkten und Auktionen allerlei Spiegel gekauft. Mit denen geht es noch besser, weil ich zuerst über das enthaltene Charakterecho den Punkt der Geschichte anpeile und dann mein Talent einsetze.«

»Weil die Spiegel den Charakter von Personen einfangen und du damit direkt zu den Ereignissen im Leben des Besitzers gehen kannst?«

Sie nickte.

»Ha, da musst du Pablo aber aus Dankbarkeit einen Geschichtswälzer schenken. Versehen mit einer handschriftlichen Lobeshymne«, kommentierte Nox. »Ohne seine kleine Lektion über Politiker und ihre Projektion wärst du aufgeschmissen gewesen.«

Liz trat vor einen der Spiegel und zog das Tuch beiseite. Es war eine mannshohe Fläche in einem hölzernen Rahmen, der von gedrechselten Figuren bedeckt war. »Der stammt aus den Siebzigern, Ostberlin. Die Stadt war damals nämlich geteilt, wisst ihr.«

Nic erinnerte sich dunkel an die Geschichtslektion, in der es um diese Teilung und den Kalten Krieg gegangen war. Was der Spiegel wohl für Geschichten gesehen hatte?

Liz strich versonnen über den Holzrahmen. »Er hat einer Familie gehört, die einst mit Mühe den Nazis entkommen war. Viele Jahre später, als das Regime gestürzt war und die Mauer stand, hatte die Stasi sie dann zu Feinden erklärt. Das Glas atmete die Geschichte von drei Generationen. Ich habe mir alles angeschaut. Sie hatten den Spiegel immer dabei.«

Während Liz erzählte, stiegen in Nic die zugehörigen Bilder auf. Männer in Uniform, eine Wohnung, die gestürmt wurde. Flucht, Verfolgung und dann eine tragische Wiederholung, als das Pendel der Geschichte von der einen auf die andere Seite glitt.

»Wie ist es ausgegangen?«, fragte Matt leise.

»Die jüngste Generation lebt heute glücklich in Kanada. Vor ihrer Auswanderung hat sie den Hausrat verkauft.«

Liz strich sich eine Strähne aus der Stirn und blickte versonnen in die spiegelnde Oberfläche. Das freudige Glitzern, das im ersten Augenblick in ihre Augen trat, wenn sie von ihrer Gabe und Reisen in die Vergangenheit erzählte, war verschwunden. Zurück blieb ein Hauch von Traurigkeit, der sich mit Melancholie vermischte. In diesem Augenblick verspürte Nic den Impuls, sie in den Arm zu nehmen. Als er seinen Blick in Richtung Spiegel wandte, erkannte er verblüfft, dass er selbst genauso verloren wirkte.

»Und deshalb konntest du über den Spiegel alles sehen?«, fragte er schnell, um die Stille zu durchbrechen.

»Der Spiegel bietet nur einzelne Charakterschwingungen, Momentaufnahmen sozusagen. Aber mit meinem Talent konnte ich mir dann alles direkt anschauen. Ich war in einem Blick zurück live dabei.«

Nic hatte nie zuvor darüber nachgedacht, wie wertvoll Zeitseher waren und wie spannend das Talent. Aber wäre er bereit, den Preis zu zahlen? Es war eben kein Film, bei dem man am Ende mit dem Gedanken das Kino verließ, dass es nur Fiktion gewesen war. Es handelte sich stets um reale Personen und Schicksale, wenn Liz in die vergangene Zeit eintauchte.

Matt trat an den Rahmen und berührte ihn mit seinem Anima. »Okay, ich habe eine Station in Berlin.«

Es waberte kurz, sie traten hindurch.

Auf der anderen Seite erwartete sie ein gemütlich eingerichteter Raum, der zu einem Café gehörte. Falls der Kellner sich darüber wunderte, dass drei Personen aus Richtung der Toiletten kamen, die zuvor nicht da gewesen waren, sagte er nichts dazu.

Liz war eifrig am googeln, als sie auf die Straße traten. »Die Explosion des Häuserblocks wird auf ein Gasleck geschoben und ist überall in der Presse. Auch international.«

»Erinnert ihr euch noch an den Kampf in Köln? Das Stadtarchiv? Da waren es angeblich die Bauarbeiten im Untergrund.«

»Hier steht, dass der Verstorbene in einem Start-up in Kreuzberg gearbeitet hat«, las Liz vor. »Er war in der archäologischen Kryptoforensik tätig. Es gibt wohl ein Unternehmen, das sich darauf spezialisiert hat, alte Glyphen und Texte, die noch nicht übersetzt wurden oder so beschädigt sind, dass Referenzmaterial fehlt, mit einer KI zu analysieren. Die soll dann die Übersetzungen anfertigen.«

Zwei Suchmaschinenaufrufe später kannten sie den Namen der Firma und ihre Adresse. Fünf U-Bahnhaltestellen und sie standen vor den verschlossenen Räumen, die im Erdgeschoss eines Altbaus untergebracht waren. Ein Schild wies auf einen Todesfall hin, aufgrund dessen niemand anwesend war.

»Vermutlich ist heute die Beerdigung.« Nic starrte auf das Schild, unfähig, einen Schritt zu tun.

Immer wieder kam ihm der verpeilte, aber freundliche Blick des Nerds in den Sinn. Wie hielt Angelo das nur aus? Wieso hasste er ihn nicht? Er hatte seine große Liebe und den Bruder innerhalb kürzester Zeit verloren.

»Hör auf damit.« Matts Stimme war leise, seine Hand auf Nics Schulter schwer. »Du bist nur ein Mensch. Wir konnten nichts tun. Es war ein verdammter Fatumaris.«

Nic schwieg.

Liz wob einen Zauber, der die Tür mit einem Klacken öffnete. Sie betraten das Büro. Die Computer und Schreibtische lagen verlassen nebeneinander, die Fenster gewährten einen Blick auf den verwahrlosten Innenhof. Tausende von Notizzetteln, Tassen mit Kaffeeresten und Comicbildchen vermittelten ein kreativ-chaotisches Nerd-Flair.

»Voll schön hier«, kommentierte Matt freudig.

Sie suchten die Schreibtische ab. Am Ende des Raumes stand einer, dessen Platte völlig freigeräumt war. Einzig ein offener Karton stand am Rand, der mit Habseligkeiten gefüllt war.

»Das ist dann wohl seiner.« Nic griff hinein und zog ein gerahmtes Bild heraus. »Der Linke ist Angelo.«

»Der ist echt …« Matt schwieg, seine Wangen färbten sich rot.

Nic lächelte, schwieg aber. Wie er wusste, dachte Angelo momentan an alles, aber nicht an ernsthaftes Daten. Höchstens zwanglosen Spaß in einem Hotelzimmer, was das Gegenteil von dem war, was Matt benötigte.

Liz begutachtete fachmännisch den Inhalt des Kartons und griff zielsicher nach einer Uhr. Sie war alt, das Glas zerkratzt. Auf der Rückseite war ein Datum eingraviert, das sechsundzwanzig Jahre in der Vergangenheit lag. »Könnte ein Geschenk vom Vater an den Sohn sein. Oder wurde zu Petros Geburt angefertigt.« Sie schloss die Augen und ließ ihre Finger darübergleiten. »Er hat sie getragen. Ja, damit funktioniert es.«

Innerlich atmete Nic auf. Er wollte nicht länger hier sein, fühlte sich wie ein Grabschänder. »Können wir dann jetzt gehen?«

»Auf keinen Fall.« Liz machte eine Geste, die den Raum mit einschloss. »Das hier ist perfekt. Er hat hier gearbeitet, dieser Karton enthält alle möglichen persönlichen Gegenstände. Und nicht nur das, vermutlich ging es hier um genau das Projekt, das er für Gabriel durchgeführt hat. Wir machen das hier.«

»Aber … wenn jemand kommt«, protestierte Nic schwach.

»Das glaubst du doch selbst nicht«, entgegnete Liz. »An so einem Tag kommt niemand ins Büro. Und falls doch, reicht ein kleiner Zauber. Sind doch alles Nichtmagier.«

»Sei kein Weichei«, warf Nox ein. »Zeig doch mal deine Eier. Also ich meine das nicht wortwörtlich, lass die Hose zu. Aber wenn du Liz beeindrucken willst, dann kannst du nicht länger den depressiven Versager spielen.«

»Wie wäre es mit einem Deal? Du lässt die Schnauze zu und ich meine Hose.« Nic war in den Schatten getreten und flüsterte.

»Das, was bei dir hinter dem Schlitz lauert, ist tausendmal schlimmer als all meine Worte. Ich wette, Liz würde mir zustimmen.«

Und damit beschloss Nic endgültig, kein Wort mehr mit diesem Scheusal zu wechseln. Ein Vorsatz, der nur wenige Minuten anhielt.

22.
EIN BLICK ZURÜCK

Mit einem Ruck fuhr Liz in die Höhe. Ihr fiebriger Blick fuhr zwischen ihnen hin und her.

»Was ist passiert?«

Ohne ein Wort riss sie die unterste Schublade auf und griff hinein. Zufrieden zog sie eine Puderdose hervor. »Wartet, dieses Mal folge ich Gabriel.«

Sie versank erneut in ihrem Talent, nur um kurz darauf wieder zusammenzuzucken. Sie öffnete die Augen. Der Stuhl quietschte, als sie sich erhob und tief durchatmete. »Es hat geklappt.«

Insgesamt eine Stunde hatte Liz mit geschlossenen Augen auf dem Bürostuhl gesessen, die Lider von einem leuchtenden goldenen Schimmer bedeckt. Nic fragte sich unweigerlich, ob alle Talente sich so kenntlich machten. Oder reiste Liz an den Schicksalslinien entlang in die Vergangenheit? Konnte sie miterleben, wenn diese rückwirkend verändert wurde?

»Erzähl«, bat Matt.

»Ich zeige es euch. Kommt her.«

Liz berührte Matt und Nic an den Schläfen. Ihr Anima leuchtete silbern …

… und die Umgebung verging in einem Wirbel.

Ein Schimmer lag über der Umgebung, wie feiner Goldstaub, den ein magischer Zuckerbäcker auf alles gelegt hatte. Es waren Liz' Erinnerungen, was die beiden Personen verdeutlichten, die im Büro standen.

Nic erkannte Petro sofort wieder. Er trug die Brille, sein Hemdkragen ragte aus dem Pulli hervor und die Chinos gingen in bunt gemusterte Socken über. Er saß vor dem Monitor und deutete auf eine Matrix, in der Symbole und ihre Übersetzung flimmerten. »Ich habe jede öffentliche Sprachdatenbank der Welt durchlaufen lassen, aber bisher gibt es zu wenig Referenzen.«

»Wie ist das möglich?«, fragte der andere Mann, bei dem es sich offensichtlich um Gabriel handelte.

Er war etwas größer als Nic, aber kleiner als Angelo, vom Typ her eher drahtig. Das dunkle Haar war in einem Undercut geschnitten, das Gesicht glatt rasiert. »Jede Sprache basiert auf der Basis ähnlicher Grundschemata. Selbst die untergegangenen Manifestationsreiche konnten damit referenziert werden.«

Petro nickte nur gelassen. »Es gibt asiatische Semantik, die symbolspezifisch ist. In manchen Kulturen gibt ein einzelnes Symbol ein Wort wieder oder gar einen kompletten Satz. Das macht die Entzifferung ohne Referenzmaterial zu einer schwierigen Angelegenheit.«

»Angelo hat mir von eurer KI-Entwicklung erzählt«, gab Gabriel zurück. »Müsste ein fortschrittlicher Algorithmus nicht alle Permutationen durchspielen können?«

Nic verstand nur die Hälfte, aber KI reichte völlig aus.

»Mit der notwendigen Kapazität ist das kein Problem«, gab der Nerd zurück. »Aber durch die ist auch eine KI gebunden. Wir haben hier keinen Supercomputer.«

»Dann benötigen wir einen.«

»Da bin ich dir voraus. Ich konnte mir über ein paar Kontakte den Supercomputer in Karlsruhe buchen – genau genommen Rechenzeit eines Clusters. Aber selbst damit würde es dauern.«

»Wie lange?«

»In Jahren oder Jahrzehnten?«

Gabriel stieß einen Fluch aus, der Nox zu Ehren gereicht hätte. Nic stellte erfreut fest, dass der verlauste Wasserspeier nicht hier war.

»Diese Symbole müssen unter allen Umständen entziffert werden.« Gabriel rieb sich die müden Augen. »Das ist wichtig für die Sicherheit Europas.«

»Und du willst mir immer noch nicht sagen, mit welcher Behörde du zusammenarbeitest?«

»Tut mir leid. Top Secret. Aber ich habe noch jemanden darauf angesetzt. Eine ziemlich gute Archäologin aus New York. Sie besitzt ein Talent, wenn es darum geht, alten Schriften nachzuspüren. Bisher hat das leider nichts gebracht. Vermutlich müsste ich ihr ein vollständiges Original beschaffen.«

Frustriert wandte Petro sich von seinem Monitor ab. »Wieso hast du das nicht gleich gesagt? Dann brauchen wir diesen ganzen Aufwand nicht betreiben! Unsere KI bekommt das hin, falls du so ein Original beschaffen kannst.«

»Ich kann das Original nicht mal eben so einstecken.« Er schnaubte. »Selbst diese Fotografie anzufertigen war riskant. Die Ausgrabungsstätte ist gesichert.«

»Sagtest du nicht, dass du durch deine Behörde zahlreiche Vollmachten besitzt? Wieso können die dir keinen Zugang verschaffen?«

Angelos Bruder hatte keine Ahnung von den wahren Hintergründen, daher entging ihm das schuldbewusste Aufblitzen in den Augen von Gabriel. »Wir müssen unter dem Radar bleiben. Bevor wir mit den großen Geschossen aufwarten, muss ich die Vorarbeit leisten. Dazu gehört es, die Sprache zu entschlüsseln und damit auch die Bedeutung der Steintafel.«

»Tja, ich will dir ja nicht die Hoffnung nehmen, aber entweder du hast verdammt viel Geduld oder du beschaffst mir Referenzmaterial.«

»Sie dürfen nicht aufmerksam werden«, murmelte Gabriel. »Aber ich könnte versuchen, noch ein paar Bilder zu machen. Hilft dir die Umgebung weiter, in der das Artefakt gefunden wurde?«

»Absolut. Skulpturen, Steinformationen, sogar der Ort selbst könnte die Suche spezifizieren. Wieso sagst du das alles erst jetzt?«

»Es ist riskant«, gab Gabriel zurück und es wurde offensichtlich, dass er Angst hatte. »Die Steintafel wurde in einer Höhle in Brasilien gefunden. In Kürze gehe ich dorthin zurück, dann versuche ich mein Glück. Versprechen kann ich nichts.«

»Du bist derjenige, dem so viel daran liegt, an diese Übersetzung zu kommen«, stellte Petro klar. »Ich werkle hier weiter. Immerhin konnte ich

unsere Algorithmen durch die Arbeit verbessern. Sie lernen jetzt noch ein wenig schneller.« Petro ging zum Kaffeeautomaten und zog sich einen Cappuccino. »Eines kann ich dir auf jeden Fall versichern: Es gibt niemanden, der diese Steintafel entschlüsseln kann. Es sei denn natürlich, er hat eine Übersetzungsmatrix oder ein Schlüsselelement für Syntax und Semantik.«

Bei diesen Worten atmete Gabriel auf. Ein wenig der Anspannung schien von ihm zu weichen, dafür wurde die Müdigkeit deutlicher.

»Wie wäre es, wenn du dich mal zurücklehnst und entspannst? Angelo hat mich schon wissen lassen, dass er viel zu wenig Zeit mit seinem Freund verbringt.«

Beim Namen seines Freundes leuchteten Gabriels Augen vor Glück. »Ich gelobe Besserung. Aber wir arbeiten hier trotzdem gegen die Zeit. Es gibt eine feindliche Fraktion, die auf gar keinen Fall vor uns die Übersetzung in Händen halten darf. Andernfalls droht … ich erspare dir das.«

»Diese Behörde scheint einen miserablen Job zu machen, wenn die Fraktion genug Ressourcen aufbauen konnte, um eine solche Entschlüsselung überhaupt anzugehen.«

Gabriel zuckte nur mit den Schultern.

»Niemand hätte gedacht, dass es so kommt. Irgendwie hat die Entwicklung alle Beteiligten überwältigt.«

In diesem Augenblick wirkte er wie ein kleiner Junge, für den die Welt um sich herum zu groß geworden war. Er war auch nur ein Spielstein, jemand, der das Richtige hatte tun wollen, aber von den Ereignissen überrollt worden war.

Nic trat ans Fenster und warf einen Blick hinaus. Abgesehen von Gabriel und Petro war das Büro leer, also vermutlich ein Sonntag. Vor dem Fenster fielen Schneeflocken herab, also war vermutlich Januar oder Februar.

Wie viel später war Gabriel gestorben? Seinem Freund hatte er auf jeden Fall nichts erzählt, denn Angelo hätte ihm ordentlich den Kopf gewaschen und kurzerhand alle im Haus der Schicksalswächter informiert. Damit wäre diese Sache vermutlich längst aufgeklärt gewesen.

»Mach weiter«, bat Gabriel. »Ich kümmere mich um zusätzliches Material, zumindest soweit ich kann. Ich habe noch etwas für dich.« Er griff in seine Jackentasche und legte eine Puderdose auf den Tisch. »Im Notfall kannst du mich darüber erreichen. Wir nennen es ›Kontaktor‹.«

Staunend öffnete Petro das Gerät. »Sieht ziemlich alt aus.«

»Alt ist manchmal sicherer. Kommunikation darüber kann nicht abgehört werden. Betätige einfach den großen runden Knopf, das Gerät ist auf mich geeicht.«

»Danke. Ich halte dich auf dem Laufenden.«

Ein kurzer Abschied, dann verließ Gabriel den Raum.

Die Umgebung waberte kurz. Das war jener Moment, an dem Liz die Verbindung zu Petro abgebrochen und sich mit dem Kontaktor an Gabriel geheftet hatte.

Sie wurden wie von einer Nabelschnur mitgezogen, die Umgebung ging fließend in die nächste über. Straßen zogen vorbei, Gehsteige, die flüchtigen Gesichter von Menschen.

Aus Beton wurden Pflanzen, der Untergrund erdig. Feuchtigkeit hing in der Luft und legte sich auf ihre Haut wie ein in Wasser getränktes Tuch. In der Ferne plätscherte ein Bach. Das Schwappen des Spiegels hallte ihm noch in den Ohren, als Gabriel die Ausgrabungsstätte erreichte.

Mit gebanntem Blick starrten Matt und Nic auf die gewaltige Steinwand eines Berges, der zwischen der dichten Dschungelvegetation emporwuchs. An dicken Tauen hingen Holzplattformen vor Spalten und Fresken. Das Schlagen von Hämmern und Klingen von Meißeln auf Stein hallte durch den Dschungel.

Männer und Frauen rannten umher, gruben im Dreck, siebten aus und stiegen zwischen die Spalten im Fels. Es waren eindeutig Magier, Nic erkannte die Anima-Steine, die sie trugen. Doch keiner davon leuchtete. Magie wurde offensichtlich nicht eingesetzt, kein Zauber gewirkt.

»Was tun die hier?«, flüsterte Matt.

»Und warum ohne ein paar gescheite Zauber?«, überlegte Nic. »Schau nur, wie fertig die sind und ständig schwitzen.«

Er besah sich jene Magier genauer, die sich über den Flusslauf beugten. Sie hatten feine Siebe in runde Holzrahmen gespannt. Ein wenig ähnelten sie Goldgräbern, die zwischen dem Dreck nach kostbaren Körnern suchten. Da Gold für Magier völlig bedeutungslos war, konnte das jedoch nicht sein.

»Schau!«, Matt krallte sich in Nics Schulter. »Da!«

In einem der Siebe glitzerte es. Der Magier schrie und sofort kamen alle zu ihm geeilt. Tatsächlich erkannte Nic die winzigen Körner sofort.

»Anima«, flüsterte er. »Aber winzig. Und schwarz.«

Aufgeregt tuschelten die versammelten Magier miteinander.

»Ich dachte, Anima gibt es nur in Form großer Steine«, sagte Nic.

Auf der Akademie gab es natürlich auch einen Kurs über diese besonderen Artefakte, die die Verwendung von Magie überhaupt erst ermöglichten. Sie wurden jedoch nicht dadurch gewonnen, dass man sie wie Gold oder andere Edelmetalle aus dem Boden schürfte. Stattdessen gab es speziell dafür ausgebildete Magier, die die Grundessenz in mühevoller Arbeit über Jahre auffingen.

»Das sind keine Anima-Steine«, flüsterte Matt. »Das sind Körner und diese Schwärze passt auch nicht.«

»Wieso suchen die hier nach dem Zeug?«

»Vielleicht haben die was mit Anima-Steinen zu tun?«, überlegte Matt.

Diese Suche schien wichtig zu sein, bedachte man, mit welcher Verbissenheit die versammelten Magier ans Werk gingen.

Wieder legte sich ein Flimmern über alles.

Gabriel steuerte auf den Eingang zu einem Stollen zu und hatte Liz dabei automatisch mit sich gezogen. Auch Matt und Nic blieb keine andere Wahl, obwohl er viel lieber verfolgt hätte, worüber die Magier jetzt sprachen. Oder gesprochen hatten.

Der Stollen erwies sich als dunkel und eng, bei jedem Schritt musste Gabriel erst den Untergrund testen. Er trug eine Fackel, von denen mehrere in Halterungen am Eingang platziert worden waren. Ein simples Licht von Mykonos hätte die Dunkelheit vertrieben, doch auch hier wurde keine Magie angewendet.

Nic spürte einen Hauch von Alter und Vergessen, den Atem der Ewigkeit. Es war kaum in Worte zu fassen, doch dieser Ort wollte sie nicht einlassen, hütete seine Schätze eifersüchtig. In jedem Augenblick konnte eine uralte Kreatur aus dem Schatten erscheinen und sie ins Verderben ziehen.

»Alles klar?«, fragte Matt. »Du bist so bleich.«

Er schwieg.

Gabriel stieg immer tiefer und tiefer hinunter in die Katakomben. Die Wände waren feucht. Kleine Rinnsale liefen daran herab und bildeten Pfützen auf dem felsigen Grund. Es patschte bei jedem Schritt, den Gabriel tat. Der Gang wand sich, fiel ab und ging immer weiter.

In Nics Brust bildete sich eine Enge, die auf zukünftige Panik hindeutete. Es wunderte ihn kein Stück, dass Liz am Ende ihres Ausflugs aufgeschreckt war. Dieser Trip in den Untergrund war nichts für schwache Nerven.

Endlich erreichte Gabriel das Ziel. Der Gang erweiterte sich zu einer Höhle, die problemlos als Kulisse für einen Indiana-Jones-Film hätte herhalten können. Eine Hängebrücke verlief über einen bodenlosen Abgrund. Auf der anderen Seite wartete eine gerade Brücke aus Stein, ohne Geländer, die von zwei riesigen Steinkreaturen links und rechts besetzt war.

»Was ist das?«, hauchte Matt.

»Familiaris«, hauchte Nic als Echo zu seinem besten Freund. »Ich habe etwas von ihnen gelesen, im Archiv. Du etwa nicht?«

Matt schüttelte nur schweigend den Kopf.

Bei keiner der beiden Figuren handelte es sich um Nox, sie wichen in verschiedenen Details von ihm ab, doch die wasserspeierartige Grundstruktur war ähnlich.

Gabriel trug die Fackel hoch erhoben, wackelte über die Hängebrücke und betrat den Steg. Der Abgrund zu beiden Seiten schien in der Dunkelheit zu flüstern. Worte, die dazu animierten, sich fallen zu lassen in eine ewige Schwärze.

Erst jetzt erkannte Nic die in den Stein gehauenen Ketten, die bis zu einem Halsband an den beiden Statuen verliefen. Die Familiaris waren Sklaven. Was Nox gesagt hatte, war nicht nur so dahingesagt. Er schluckte und beschloss, ein wenig netter zu der Kreatur zu sein. Immerhin hatten die Magier irgendwann von ihrem abscheulichen Tun abgelassen. Heute waren die Kreaturen frei, sah man von Nox ab.

Gabriel eilte so schnell voran, dass sie wieder mit ihm gezogen wurden und keine Zeit mehr blieb, die Umgebung noch genauer zu betrachten. Es hatte aber den Vorteil, dass sie nicht nach unten stürzen konnten, denn ihr Führer war ebenfalls nicht hier gestorben.

Ein heißer Schreck durchfuhr Nic.

Gabriel war angeblich in Brasilien gestorben, in einem verlassenen Kaufhaus bei einem Kampf. Doch was, wenn das alles nur eine Lüge gewesen war? Starb er heute, hier? Das Letzte, was Nic wollte, war, noch einem Magier beim Sterben zuzusehen.

Doch die Dunkelheit glitt vorbei und am Ende des Steges wartete eine weitere Kammer. Hier gab es keine Abgründe, doch sie war noch gruseliger. Körbe aus geflochtenem Bast hingen von der Decke, in ihnen lagen die toten Gerippe von Menschen, aber auch anderen Kreaturen, die Nic nicht zuordnen konnte.

Altäre ragten in die Höhe, auf denen Steintafeln lagen. Nicht nur eine, sondern sieben davon.

»Da hat Gabriel wohl ein paar Dinge zurückgehalten«, flüsterte Nic. »Von wegen nur eine Tafel.«

Er beugte sich über die erste. Kaum lesbar. Ein Teil war zerbröckelt.

»Liz ist bestimmt sauer«, kommentierte Matt. »Sie wusste ja auch nur von einer Tafel, die sie hätte entziffern sollen. Und von Brasilien ebenfalls nichts.«

Um was für ein Projekt es sich auch handelte, die Wächter wussten mit absoluter Sicherheit nichts davon. Doch wer waren die Frauen und Männer, die Stein abtrugen, den Sand auswuschen und versuchten, die Symbole zu entziffern? Es musste etwas mit den Familiaris zu tun haben. Doch was?

Gabriel war allein in dem großen Raum und schritt die Podeste ab. Vor einem davon zog er sein Smartphone. Mit wenigen zielsicheren Griffen knipste er die Oberfläche, machte ein detailliertes Video und sicherte alles.

»Es tut mir leid«, flüsterte er. »Wieso habe ich es nicht früher gesehen? Wir wurden alle belogen.«

Und dann geschah etwas, womit Nic niemals gerechnet hätte.

Gabriel verbarg sein Gesicht in den Händen und weinte. Hilflos schweigend starrten sie auf den Magier, der in diesem Augenblick so einsam wirkte, als trüge er die Bürde der ganzen Welt auf seinen Schultern.

»Was geht hier nur vor?«, flüsterte Matt, die Augen traurig auf Gabriel gerichtet.

Was sie hier sahen, war nur ein Schatten aus tiefster Vergangenheit. Gabriel war längst tot, seine Geschichte hatte ein tragisches Ende gefunden. Nic glaubte keine Sekunde daran, dass dies bei einem gewöhnlichen Kampf in einem Kaufhaus geschehen war. Was immer hier auch vorging, Gabriel war zum Opfer in einem Spiel uralter Mächte geworden, das sie noch nicht einmal ansatzweise überblickten.

Die Umgebung begann zu wabern.

Hier endete der Blick in die Vergangenheit.

In der letzten Sekunde, bevor alles kollabierte, sah Nic jedoch jemanden, der aus dem Schatten hervortrat und auf Gabriel zueilte. Dieser bemerkte es nicht.

»Dad«, flüsterte Nic.

Ihre Reise in die Vergangenheit endete.

23.

Lust auf einen Kurzurlaub?

Was hat mein Dad in Brasilien gemacht?« Nic drehte seinen zehnten Kreis. Ein Wunder, dass der Teppich noch keine Furchen besaß. »Und was hatte er mit Gabriel zu tun?«

Seine Gedanken trieben die krassesten Blüten. Was wusste er eigentlich von der Arbeit seines Vaters?

»Beruhig dich.« Matts Stimme hatte einen sanften Klang angenommen.

»Wie würdest du denn reagieren, wenn sich plötzlich herausstellt, dass ein Mitglied deiner Familie …« Matts Bruder kam ihm in den Sinn. »Vergiss es. Sorry.«

»Schon okay.«

Liz rieb sich die Schläfen. Eine emotionale Reise in die Vergangenheit schien ein Garant für Kopfschmerzen zu sein. »Was, glaubt ihr, hat es mit dieser Ausgrabung auf sich?«

»Wenn mein Dad damit zu tun hat, könnte es ein geheimes Projekt des Rates sein«, überlegte Nic. »Andererseits scheint es nichts mit den Wächtern zu tun zu haben. Vielleicht wollen die Ratsmitglieder nicht, dass die davon erfahren.«

»Irgendwer scheint alle zu erledigen, die mit dem Projekt in Verbindung stehen«, spann Matt den Faden weiter. »Gabriel ist tot, Petro auch und Liz hätte es beinahe erwischt. Die alte Dame hat doch gesagt, dass der Angriff auf Liz von den Jüngern des Dämons ausgeht, also scheinen diese Tafeln damit in Verbindung zu stehen.«

»Dabei war ich nicht mal erfolgreich«, warf Liz ein.

»Könnte es sein, dass jemand verhindern möchte, dass die Tafeln entschlüsselt werden?«, überlegte Nic.

Der Gedanke lag nahe. Bedauerlicherweise besaßen sie keinerlei Informationen.

»Wir könnten uns nach Brasilien spiegeln.« Liz schürzte die Lippen. »Gabriel ist in das Camp gegangen und hinuntergestiegen. Was kann uns schon schlimmstenfalls passieren?«

»Mir fällt da eine ganze Menge ein«, kommentierte Nic.

Er hatte Nox darüber ausquetschen wollen, was es mit den Familiaris an der Brücke auf sich hatte, doch wenn man ihn einmal benötigte, war er natürlich nicht da. Unweigerlich fragte sich Nic, wie oft Nox dem Rat Bericht erstattete und wem dort. Konnte es sich um Nics Vater handeln, der die Kreatur auf seinen Sohn angesetzt hatte?

Gemeinsam verließen sie das Büro und suchten den nächsten Spiegel auf. Matt versuchte, Jane via Smartphone zu erreichen, erhielt jedoch keine Antwort. Ein Schattensprung hätte die Reise vereinfacht, andererseits verzichtete Nic liebend gern auf die Erfahrung. Durch Gabriel wussten sie in etwa, wohin der Spiegel justiert werden musste.

Liz fand einen weiteren Nebenspiegel, der an das Netzwerk angeschlossen war. Mit ihrem Anima aktivierte sie die Verbindung und sie traten nacheinander hindurch.

Nic wurde von einer Stechmücke begrüßt.

Die subtropische Hitze schlug über ihm zusammen. Er hätte gern für ein wenig Abkühlung gesorgt, doch ohne seinen Anima war das unmöglich. Sie erreichten Brasilien über einen Spiegel in einer kleinen Hütte im Urwald. Hier hatte auch Gabriel das Netzwerk verlassen und es wurde offensichtlich, dass diese Station nur angelegt worden war, um einen Zugang zur Ausgrabungsstätte zu ermöglichen.

Sie folgten einem schmalen Pfad und kurz darauf kam der gewaltige Berg in Sichtweite. Gestein waren abgetragen worden, weitaus mehr als zuvor, und enthüllte eine Skulptur aus schwarzem Glas, die unter dem Gestein verborgen gewesen war.

»Ist das …« Nic schluckte.

»Der Dämon«, flüsterte Matt.

Nic konnte nicht sagen, um welches glasartige Material es sich handelte, aus der das Antlitz geschaffen worden war. Sie besaß den Körper eines Menschen, das Gesicht jedoch war eine einheitliche, glatte Fläche. So wurde der Dämon überall dargestellt, was mittlerweile Sinn ergab. Die einfachen Magier wussten schlicht nicht, dass die Kreatur aus einem Menschen entstanden war und Bilder aus der Zeit des Regnums existierten nicht.

»Spürt ihr das?«, fragte Liz.

Sie kniff die Augen zusammen und suchte die Umgebung ab, nur um kurz darauf zusammenzuzucken. »Es ist eine tote Zone.«

Matt nickte eifrig.

Nic fluchte innerlich. »Wie groß?« Ohne seinen Anima konnte er die Magie oder eben die tote Zone ringsum nicht sehen.

»Alles«, erklärte Matt. »Das gesamte Areal ist komplett leer gesaugt. Keine Magie mehr vorhanden.«

Nic glitt in seine Schicksalssicht und starrte gebannt auf den Anblick, der sich ihm bot. Die schwarze Statue bestand aus leuchtendem Gold, tausend Fäden und mehr entsprangen der glatten Oberfläche. Die Umgebung ringsum war erfüllt vom Leuchten. Es entstieg dem Boden, schwebte in der Luft und umgab die Figur. Nic schloss geblendet die Augen.

»Was ist?« Matt war stehen geblieben und schaute herüber.

»Schicksal«, erklärte Nic. »Alles leuchtet. Und ganz viele Fäden gehen von der Kreatur aus – oder enden darin. Ich kann es nicht genau sagen. Aber das hier ist ein riesiger Knotenpunkt.« Er wollte sich nicht ausmalen, was geschah, wenn jemand an dieser Stelle Zugriff auf das Schicksal nahm.

»Alles könnte sich ändern«, flüsterte er.

Was war dies für ein Ort?

Sie durchschritten das Tor und betraten damit das Areal der Ausgrabungsstätte. Während es noch vor wenigen Monaten von Magiern gewimmelt hatte, war es heute verlassen. Die holzgefassten Siebe lagen am Boden, Schubkarren standen herum, sogar Taschenlampen und Meißel entdeckte Nic.

»Wirkt auf mich, als seien sie ziemlich plötzlich aufgebrochen.« Matt sah sich um. »Haben alles stehen und liegen gelassen.« Er schloss die Augen und streckte die Hand aus. »Hier gibt es keine Pflanzen. Das ist seltsam.«

»Ist halt ein karges Gebiet«, sagte Liz leichthin.

»Wurzeln findest du normalerweise trotzdem, wenn auch weit in der Tiefe.«

Das verlassene Gebiet jagte Nic einen Schauer über den Rücken. Hatten die Magier schlicht ihre Suche vollendet oder waren sie vor jemandem geflohen? Innerhalb dieses Bereichs stand keine Magie zur Verfügung. Damit konnten sie sich nicht verteidigen, wenn Gegner mit schweren Waffen anrückten. Sofort musste er an den Fatumaris denken, der hier zwar ebenfalls keine Magie zu wirken vermochte, jedoch mit Katana und Wurfsternen problemlos alle hätte erledigen können.

Unweigerlich richteten sich Nics Gedanken auf seinen Vater. Ging es ihm gut?

»Damit dürften wir kein Problem mehr haben, unsere Identität zu verschleiern.« Liz nahm es von der praktischen Seite. »Gehen wir runter?«

Eine rhetorische Frage, die Nic liebend gern mit einem ›Nein‹ beantwortet hätte. Die Schlucht war ihm noch gut in Erinnerung, ebenso die Ausstrahlung des Ortes. Trotzdem schloss er sich Matt und Liz an, als sie gemeinsam in den Schacht stiegen.

Die Fackeln hingen noch immer in ihren Aussparungen. Liz und Matt zogen je eine heraus und entzündeten sie mit dem beiliegenden Feuerzeug. Es war ein seltsames Gefühl, jeden Handgriff ohne Magie auszuführen. Gleichzeitig freute es Nic, dass er nicht länger der Einzige war, der verzichten musste. Von zwei Anima auf null war ein doppeltes Ärgernis.

Sie folgten dem Pfad, den Gabriel vor langer Zeit genommen hatte, und drangen in die Tiefen vor. Die Statuen der beiden Familiaris-

Kreaturen am Brückenzugang blickten in die Dunkelheit, der Abgrund wisperte. Fast glaubte Nic, den Schatten Gabriels vor sich zu sehen, der den Weg in den Untergrund wies.

Sie erreichten die Halle, in der Gabriel auf Nics Dad getroffen war. Die Podeste mit den steinernen Tafeln waren in Trümmer zerschlagen worden, die Brocken hatte jemand so bearbeitet, dass die Inschriften unlesbar waren.

»Sieht so aus, als kommen wir zu spät«, kommentierte Liz. »Ich …«

»Was?« Matt folgte ihrem Blick.

Ein schmaler Durchgang führte zu einer weiteren Kammer. In ihrem Inneren lagen sie alle. Es mussten die Magier sein, die an der Oberfläche gearbeitet hatten, denn sie trugen die Kleidung, die Nic in Liz' Erinnerung gesehen hatte. Er war kein Fachmann für die unterschiedlichen Stadien der Verwesung, aber der Tod dieser Menschen lag eindeutig mehrere Wochen zurück. Die verschiedenen Käfer und Larven sprachen eine deutliche Sprache. Der Gestank ließ Matt abrupt würgen und beinahe hätte Nic sich erneut übergeben.

»Sie wurden erschossen«, stellte Liz fachmännisch fest. »Hier liegen Kugeln.«

»Da hast du wohl Glück, dass du nicht direkt hier eingesetzt worden bist.« Nic blickte traurig auf die toten Magier. »Irgendwer will jeden ausschalten, der mit dem Projekt zu tun hatte. Zuerst die Magier hier, dann hat er sich Gabriel geschnappt und ist über ihn an Angelos Bruder und dich gelangt.«

»Die Jünger des Dämons«, merkte Matt an. »Aber was ist hier so besonders?«

»Eine tote Zone, eine Skulptur aus irgendeinem schwarzen Glas, das wie ein Schicksalsknotenpunkt wirkt, und dazu diese Steintafeln.« Nic ließ seinen Blick schweifen.

Sie ließen die Kammer mit den Leichen hinter sich. Nic fragte sich unweigerlich, wieso das Verschwinden all dieser Magier niemandem aufgefallen war. Die Wächter behielten jedes Land und die dortige Gemeinschaft im Blick. Die Toten waren außerdem eindeutig westlicher Abstammung gewesen, vermutlich europäisch.

»Können wir die Steintafeln rekonstruieren?«, fragte Matt.

»Ohne Zauber wohl kaum«, entgegnete Nic. »Und raustragen geht auch nicht, dafür sind es zu viele.« Doch ihm kam ein Gedanke. »Aber mein Talent hat hier funktioniert.«

Matt begriff sofort. »Ich kann meines nicht testen, hier gibt es keine Pflanzen.«

Mit einem Schritt war Liz bei der nächsten Säule. Sie legte ihre Hände auf eine Bruchstelle und schloss die Augen. »Ich kann es fühlen. Ich kann mich in die Schicksalslinie einfädeln, aber der Widerstand ist enorm. Weit komme ich nicht.«

Wieder erschien das Glimmen auf Liz' geschlossenen Lidern, golden und warm.

Ruckartig öffnete sie die Augen. »Ich komme nicht zurück bis zur Zerstörung, aber da war ein Schatten und er ist dort entlanggegangen.« Sie deutete auf eine glatte Wand.

Ohne abzuwarten, eilte Liz darauf zu und durchdrang das Gestein, als bestünde es nur aus Nebel. Ein Trugbild. Matt folgte dichtauf und nach einem kurzen Blick zurück trat auch Nic durch den Schleier. Auf der anderen Seite erwartete sie ein domartiger Raum. Der Boden war bedeckt von einzelnen Steinbrocken, die mit dem Erdreich verschmolzen schienen. Die gegenüberliegende Wand war ein Kunstwerk aus steingehauenen Fresken, die mit Glyphen verschmolzen.

Staunend betrachtete Nic das Werk und fühlte sich so winzig wie eine Ameise in einer Kirche. Lag da nicht der Geruch von Weihrauch in der Luft? Er schüttelte den Kopf. Nein, das war nur Einbildung.

»Seht ihr das?« Liz deutete auf drei Stellen. »Als ich mir die Vergangenheit angeschaut habe, konnte ich mir eine der Steinplatten genauer anschauen. Diese Symbolgruppe war darauf zu sehen.«

»Es sind Ausschnitte.« Matt nickte eifrig. »Die Platten waren Abbildungen von einzelnen Bereichen der Wand.«

Nic erinnerte sich nur verschwommen an die Glyphen. Viel verblüffender fand er die eingeschlagenen Szenen – und um genau solche handelte es sich. Männer und Frauen, die miteinander kämpften. Schmuckstücke, von denen Funken ausgingen. Eindeutig Anima. Kämpfe gegen Monster oder Kreaturen, die er noch nie zuvor gesehen hatte.

»Könnte das aus der Zeit vor der letzten Manifestation stammen?« Nic deutete auf eine Szene, in der mit Speeren bewaffnete Männer gegen eine Kreatur aus dem Meer kämpften. »In den Vorlesungen war immer die Rede von Rissen, die sich manifestierten und Kreaturen in unsere Welt entließen.«

»Ich denke, du hast recht.« Liz betrachtete die Stelle mit Bedacht. »Diese Formen habe ich schon einmal gesehen. Besonders in den Meeren öffneten sich noch sehr lange Spalten. Wir Archäologen gehen davon aus, dass es in den Tiefen unerschlossene Gebiete voller ursprünglicher Magie gibt, die nie mit einem Anima abgesaugt wurde. An manchen Stellen ist sie dann entartet und hat die Risse ausgebildet.«

Die Manifestationsreiche hatten in früheren Zeiten für Chaos gesorgt und zahlreiche Magier und Nichtmagier das Leben gekostet. In grauer Vorzeit war so die Legende von Göttern und ihren schrecklichen Kreaturen entstanden. Der Leviathan war ein gutes Beispiel. Zahlreiche Monster aus den griechischen Sagen hatte es tatsächlich gegeben, bis die Risse endlich vollständig versiegelt worden waren.

»Das sind Szenen aus unterschiedlichen Epochen.« Matts Blick huschte über die dargestellten Kämpfe. »In den Darstellungen weiter links tragen die Krieger ihren Anima-Stein noch auf der Speerspitze.«

Eine dämliche Idee, wie Nic fand. Die frühen Magier mussten ständig kämpfen und hatten nach der ersten Entdeckung der Magie die Anima aufgeladen, damit sie im Körper ihrer Feinde detonierten. Erst später hatte die kunstvolle Nutzung der umgebenden Magie begonnen, sie war verwoben worden, um spezielle Ereignisse in Gang zu setzen.

»Hier drüben gibt es seltsame Apparaturen, vermutlich aus der viktorianischen Zeit.« Matt deutete an die besagte Stelle.

»Das sieht seltsam aus.« Liz ging näher heran. »Diese Art der Spulen in Kombination mit Anima kenne ich nicht.«

»Ich schon.« Nic konnte nicht anders, als müde die Augen zu schließen. »Das ist die Apparatur meines Dads, die auch in unserem Schicksalswächterhaus stand, bevor der Fatumaris sie zerstört hat.«

»Aber diese Arbeit muss doch uralt sein. Oder nicht?« Matt warf Liz einen fragenden Blick zu.

Sie ließ ihre Finger über die Erhebungen gleiten. »Alles wirkt glatt. Ich könnte mir vorstellen, dass bei der Erschaffung Magie zum Einsatz kam. Das würde bedeuten, dass die gesamte Arbeit entstand, als hier noch Magie existierte. Die tote Zone entwickelte sich erst danach. Die Steintafeln wurden mit Hammer und Meißel erschaffen, also zu einer späteren Zeit. Damit haben wir zwei unterschiedliche Zeiträume.«

»Warum haben die Magier keine Aufnahmen angefertigt?« Matt zog sein Smartphone hervor und aktivierte die Kamera. »Kein Problem, Technik funktioniert.«

»Sie wollten nicht, dass Aufnahmen davon gemacht werden«, vermutete Nic. »Gabriel hat das doch angedeutet. Es wäre gefährlich, Aufzeichnungen zu erschaffen.«

Gedanklich hatte Nic längst den Faden zwischen den hier gefunden Aufzeichnungen, der geheimen Gruppierung innerhalb der magischen Gemeinschaft und seinem Vater gezogen. Wie das alles zusammenhing, musste er noch herausfinden.

»Kannst du mit den Szenen als Referenz die Glyphen entschlüsseln?«, fragte Matt.

»Möglicherweise. Ich muss eine Sprach-Symbol-Matrix aufbauen. Aber das dauert.«

Die Wand ragte so weit in die Höhe, dass das obere Ende in den Schatten verschwand. Nic ging die gesamte Breite ab und benötigte fünfzig Schritte. Allein die lückenlose Aufzeichnung des gesamten Bereichs würde Tage in Anspruch nehmen. Gabriel hatte Liz also lediglich eine Tafel gegeben, Angelos Bruder eine andere.

»Meint ihr, die haben diesen geheimen Bereich überhaupt gekannt?«, überlegte Nic. »Was, wenn sie nur die Steintafeln entdeckt haben, aber das Trugbild nicht bemerkten? Immerhin gab es keine Magie.«

»Möglich. Uns fehlen zu viele Informationen. Wieso haben die dort oben nach diesen Körnern gegraben? Außerdem scheinen sie von der verborgenen Statue im Felsen gewusst zu haben, aber woher? Und was ist das für ein Material?«

Nic hätte noch eine endlose Reihe an Fragen anfügen können. Antworten waren ihm jedoch lieber. »Kannst du von hier noch mal zurückgehen?«

Wieder berührte Liz das Gestein. »Der Widerstand ist geringer, ich bin nicht sicher, weshalb. Aber da schwingt etwas mit, das ich so nicht kenne.« Sie schien zu lauschen. »Verschiedene Linien. Die Wand wurde über einen langen Zeitraum von mehreren Menschen bearbeitet, daher führen sie unterschiedlich weit zurück. Ich könnte zwischen ihnen wechseln, wenn ich einen Knotenpunkt finde.«

Sie knabberte unsicher auf ihre Unterlippe. Ein hübscher Anblick.

»Du schaffst das«, feuerte Nic sie an.

»Natürlich schaffe ich das«, gab sie zurück. »Aber es ist nicht ungefährlich.«

Sorgfältig ging Liz die gesamte Wand ab, ließ ihre Finger über die Erhebungen gleiten und schloss immer wieder die Augen. Irgendwann schien sie zufrieden. Ihre Finger umfassten die knubbelige Schnauze einer grotesken Kreatur. »Wundert euch nicht, wenn ich in Trance verfalle und mein Körper sich bewegt.«

»Wir passen auf dich auf«, versprach Nic.

Sie nickte beiden noch einmal zu, ihr Talent wurde aktiv. Wie gern wäre Nic mit ihr in die Vergangenheit gereist.

Er lächelte bei dem Gedanken.

Ein Lächeln, das erstarb, als sich der erste Riss auf der Wand bildete. Ein Rumoren erklang.

Dann zerbrach das Gestein.

24.

DU HAST ES KAPUTT GEMACHT

Das Gestein prasselte herab.

Aus!, dachte Nic.

Sekunden später realisierte er verblüfft, dass das Gestein wie eine hauchdünne Schale auf etwas anderem gehaftet hatte. Das gesamte Fresko bestand aus dem geheimnisvollen schwarzen Glas, das die Magier auch bereits aus dem Gestein des Berges herausgehauen hatten. Dabei war die Schale so dünn, dass sie auf Nics Schädel zerbrach, ohne Schaden anzurichten.

»Ich sag ja, du bist ein Dickschädel«, frotzelte Matt.

»Für meinen Geschmack entwickelst du zu viel Selbstbewusstsein«, gab Nic zurück.

Ein weiteres Rumoren lenkte Nics Aufmerksamkeit wieder auf das Fresko, Liz und die Umgebung. »Meinst du, sie ist in Gefahr?«

Matt betrachtete sie skeptisch. »Dann könnte sie doch die Verbindung aufheben. Ich glaube eher, dass ihre Magie etwas in dem Material ausgelöst hat.« Vorsichtig berührte er das schwarze Glas, nur um mit großen Augen zurückzuschrecken. »Wow, ich hatte gerade das Gefühl, alle Pflanzen der Welt zu spüren.«

Nic musste gar nicht erst seine Hand ausstrecken. Er sank in die Schicksalssicht und war prompt umgeben von goldenem Leuchten. Das schwarze Glas hatte also nicht nur Wirkung auf ihn, es verstärkte die Talente eines jeden Magiers. Damit war Liz möglicherweise weiter in die Vergangenheit vorgedrungen als je zuvor.

»Warte hier, ich will mal etwas prüfen.«

Er ließ Matt stehen und rannte zurück durch das Trugbild, eine der Fackeln in der Hand. Von Nox gab es weiterhin keine Spur. Keuchend erreichte er das andere Ende der Brücke. Schließlich tauchte ein heller Fleck vor ihm auf, schon war er aus der Höhle heraus. Hoch über sich sah Nic die Statue im Felsen.

Und tatsächlich!

Er war automatisch davon ausgegangen, dass jemand mit Hammer und Meißel Teile des Felsens herausgeschlagen hatte, und vielleicht war das zu Beginn auch so gewesen. Doch die Mehrheit des Gesteins lag in Bruchstücken unter dem schwarzen Glas. Auch hier war es von innen nach außen gesprengt worden.

»Da hat wohl jemand sein Talent in der Nähe des Glases eingesetzt«, schloss er. »Ihr hattet keine Ahnung, was ihr hier tut.«

Die Theorie, dass die Archäologen zwar auf die Steintafeln gestoßen waren, jedoch nicht auf das Gesamtfresko, verdichtete sich. Doch was hatten sie geglaubt, hier zu finden? Die Ausgrabungsstätte hatte etwas mit dem Dämon zu tun, da war Nic sicher.

Während er noch nachdachte, ließ er den Blick schweifen …

… und sah den Mönch.

Aus einem wurden zwei, drei und mehr. Sie blickten von hoch oben auf ihn herab, einer setzte sich sofort in Bewegung, um die Schneise im umgebenden Felsen zu erreichen.

Einer von ihnen rief etwas in der unbekannten Sprache. Es klang ziemlich mörderisch.

Nic warf sich herum und tauchte zwischen den Felsspalten hindurch. Es waren gut und gern zehn Kampfmönche gewesen. Wie hatten sie Liz, Matt und ihn nur gefunden?

Er hastete so schnell die unebenen Windungen hinab, dass er mehrfach stolperte. Die Brücke schien sich in der Zeit seiner Abwesenheit in die Länge gezogen zu haben, denn es dauerte ewig, bis er die Höhle erreichte und durch das Trugbild glitt.

»Die Mönche sind da!«, brüllte er.

Matt hätte vor Schreck beinahe die Fackel fallen lassen. »Wie haben sie uns gefunden?!«

»Woher soll ich das wissen? Wir müssen hier weg!«

Nic packte Liz am Arm, um sie von dem Fresko fortzuziehen. Im nächsten Augenblick lag er benommen an der Felswand und jeder Knochen im Leib tat ihm weh.

»Echt jetzt? Was bin ich, ein Punchingball?«

Matt betrachtete Liz mit zusammengekniffenen Augen. »Anscheinend kann man Zeitseher nicht aus ihrer Verbindung lösen.«

»Ach was. Wirklich?« Ächzend richtete Nic sich auf. »Dann haben wir jetzt ein Problem, Sherlock.«

»Vielleicht finden die Mönche das Trugbild nicht.«

»Willst du dich darauf verlassen?« Nic trat an die magische Barriere heran, die von dieser Seite her durchsichtig war.

Noch waren die Mönche nicht in der Höhle aufgetaucht. Er hatte jedoch keinerlei Zweifel, dass sie den Durchgang finden würden. Sie waren bedauerlicherweise effizient in ihrem Tun.

»Da ist ein Gang.« Matt deutete in die Dunkelheit.

Nic ließ die Fackel über jene Stelle wandern und tatsächlich, zwischen den Felsen tat sich ein Loch auf. Es war so klein, dass man es nur kriechend passieren konnte. Er bekam allein bei dem Anblick Platzangst. »Ich suche weiter.«

Doch es gab nur diesen Ausweg.

Auf der anderen Seite des Trugbildes strömten die Mönche in die Kammer. Ihre Kutten rauschten, die Kapuzen bedeckten ihre Gesichter.

»Wir müssen Liz da rausholen, schnell!« Mit wenigen Schritten stand er wieder neben Matt und der Zeitseherin.

»Wir könnten versuchen, den Stein unter ihrer Hand abzutrennen«, überlegte Matt, »leider habe ich keine Ahnung, womit. Vielleicht schlagen wir mit einem Stein darauf.«

»Das versuchst dann aber du«, stellte Nic klar. »Ich habe keine Lust, wieder durch den Raum zu fliegen.«

»Ich bin für andere Vorschläge offen.«

Nic durchdachte verschiedene Szenarien. Berühren konnte er Liz nicht, es gab kein Werkzeug, mit dem er den Felsen bearbeiten konnte. Ihm kam eine Idee. Er hielt die Fackel an ihre Schuhe.

»Was tust du da?«, fragte Matt entsetzt.

»Ich zünde sie an.«

»Alter, echt jetzt?«

»Sie wird die Hitze spüren und aufschrecken«, erklärte er Matt. »Ich erinnere mich noch genau an die Vorlesung über den Selbsterhaltungstrieb und das Talent. Ich ziehe die Fackel weg, bevor die Hose brennt.«

Die Hose begann zu brennen.

»Verdammt!« Fluchend riss Nic die Fackel beiseite.

Liz verblieb noch immer in ihrer dämlichen Trance, verbunden mit der tiefsten Vergangenheit. Eine erste Flamme tanzte über ihr Hosenbein nach oben, es roch nach verbranntem Stoff.

»Lösch sie!«, brüllte Matt.

»Womit denn?!« Hier gab es offensichtlich kein Wasser und dummerweise auch keine Magie. Wieso hatte er nicht früher daran gedacht? »Wir müssen ihr die Hose ausziehen.«

»Du bist ein schrecklicher Freund«, patzte Matt. »Mit dir passieren immer die schlimmsten Dinge.«

»Jetzt zieh ihr die Hose aus.«

»Warum ich?«

»Du bist schwul. Wenn ich das mache, denkt sie gleich das Schlimmste.«

Matt gab sich geschlagen und griff nach Liz' Gürtel. Bevor er die Bewegung zu Ende führen konnte, schrie sie auf. Blitzartig holte sie aus, donnerte Matt die flache Hand gegen die Wange und schüttelte das Bein. Ein paar gezielte Schläge auf den Stoff und die Flammen erloschen.

»Was sollte das denn?«, brüllte sie Matt an.

»Nic hat dich angezündet.«

»Was?« Ihr Fadenkreuzblick richtete sich auf ihn.

»So war das nicht. Ich wollte dich retten. Aber dein Selbsterhaltungstrieb hat nicht funktioniert.«

»Ich gebe dir gleich Selbsterhaltungstrieb!« Sie riss ihm die Fackel aus der Hand. An Matt gewandt fuhr sie fort: »Du solltest dir andere Freunde suchen.«

Matt konnte sichtlich nicht fassen, dass er geschlagen worden war. »Das denke ich öfter.«

»Vielleicht sollten wir uns um das naheliegende Problem kümmern«, lenkte Nic die Aufmerksamkeit der beiden auf das Trugbild. »Mönche. Viele davon.«

Liz rannte an den Übergang zwischen den Höhlen und starrte durch den wabernden Schleier. »Das sind echt viele. Sie suchen die gesamte Höhle ab.«

»Hier ist ein Ausgang.« Nic winkte sie herüber.

Matt drückte Nic die andere Fackel in die Hand und folgte Liz. Plötzlich war die Höhle leer. Nic setzte dazu an, seinen beiden Freunden zu folgen, doch sein Blick fiel auf einen Teil der Wand, den er bisher nicht bewusst wahrgenommen hatte. In der Szene war die Apparatur zu sehen. Ein Mann stand hinter einem Schaltpult, ein jüngerer Mann vor ihm auf der Plattform. Hoch über ihnen schwebten drei Steine, von denen Lichtstrahlen in alle Richtungen ausgingen.

»Das bin ich«, flüsterte Nic.

Ein Schauer rann seinen Rücken hinab. Wie war es möglich, dass jemand vor einer Ewigkeit diese Szene in das schwarze Glas geschlagen hatte? Zeitseher konnten in die Vergangenheit blicken, nicht jedoch in die Zukunft. Selbst die Seher nahmen nur Schatten der kommenden Ereignisse wahr, die kaum Aussagekraft besaßen. Meist brabbelten sie nur irgendwelche sinnlosen Phrasen, die dem Orakel von Delphi zu Ehre gereicht hätten. Doch irgendwie hatte jemand Ereignisse aus dem Glas gearbeitet, die weit in der Vergangenheit und weit in der Zukunft lagen. Doch es waren nicht irgendwelche Szenen, begriff Nic. Knotenpunkte des Schicksals waren es, deshalb war das Leuchten so intensiv. Er verstand trotzdem nicht, wie das möglich war.

Sein Blick glitt zu dem Trugbild.

Einer der Mönche stand direkt davor und streckte langsam die Hand aus.

»Shit!«

Nic kroch in das Loch. Die Dunkelheit verschluckte ihn und für einen Moment geriet er in Panik. Von Matt und Liz war nichts mehr zu sehen. Wenn seine Fackel jetzt erlosch, war er allein und verloren. Niemand würde ihn hier finden, höchstens die Mönche. Er

würde als kopfloser Torso enden, den irgendwann in der Zukunft ein Archäologe fand und sich fragte, wer das wohl gewesen war. Immerhin konnten die Mönche Liz und Matt dann nicht mehr folgen, denn sein toter Körper verstopfte den Gang. Er hätte sich damit für seine Freunde geopfert, die jedoch niemals etwas davon erfahren würden.

Ein ziemlich dämlicher Tod, wie er fand. Grund genug, so schnell nach vorne zu robben, wie es ihm möglich war. Das raue Gestein schürfte ihm die Haut auf, mehrmals bohrte sich scharfkantiger Fels in seinen Rücken. Der Gang fiel in flachem Winkel ab, nur um kurz darauf wieder steil anzusteigen. Mehrmals loderte ihm die Flamme ins Gesicht. Roch es da nicht verbrannt?

Hinter Nic erklangen Rufe.

Die Mönche waren bis in die Höhle vorgedrungen. Einzig die Tatsache, dass sie keine Magie einsetzen konnten, hatte Liz, Matt und ihn bisher gerettet. Einer allein war bereits gefährlich, doch so viele Mönche auf einem Haufen ließen ihnen keine Chance. Aber so leicht bekamen sie ihn nicht!

Die Fackel erlosch.

Entsetzt verharrte Nic in der Bewegung. Er befand sich kilometertief unter der Erde, gefangen in einem Gang, der so eng war wie ein aufgeblasener Schlafsack. Überhaupt war es hier verdammt warm. Das Atmen fiel ihm schwer, er betastete die Wände. Vorsichtig robbte er voran. Das Gestein schien sich um ihn herum zu schließen, ihm die Luft abzudrücken. Er wollte hier heraus.

Wieder erklangen Stimmen, dieses Mal näher. Zwei der Mönche, eindeutig, denn er verstand keines ihrer Worte. Sie riefen etwas. Immer näher kamen die Stimmen.

»Nic!«, zischte es vor ihm.

Ein Licht kam näher. Es war Matt!

»Die Fackel ist ausgegangen«, erklärte er.

»Der Gang ist fast zu Ende.«

Matt kroch wieder rückwärts, Nic folgte ihm langsam. So näherten sie sich Gesicht an Gesicht dem Ende des Tunnels. Die Tatsache, dass dieser abschüssig verlaufen war, ließ Nic Böses erahnen.

Sie erreichten den Ausgang und aufatmend kroch er durch die Öffnung. Liz wartete mit erhobener Fackel in einer gewaltigen Höhle, deren Ende nicht erkennbar war. Sie waren aus einem Loch im Boden gekrochen.

»Das ist schon fast eine Ebene.« Matts Stimme hallte durch die Dunkelheit.

»Hier gibt es Magie.« Liz ließ ihren Blick schweifen. »Nicht viel, aber genug für ein paar simple Zauber.« Ihr Anima-Stein glühte und ein *Licht von Mykonos* schwebte in silbrigem Glanz in die Höhe.

Der Lichtschein enthüllte eine weite steinige Ebene, deren Ende nicht sichtbar war. Geröllberge wuchsen empor, doch darüber hinaus gab es schlicht nichts. Damit hatten sie ein Problem.

»Die Mönche sind gleich hier«, erklärte Nic hektisch. »Und hier haben wir keine Deckung.«

Matt wirkte konzentriert, als er sagte: »Es ist nur ein Echo, aber hier gibt es Pflanzen. Ich kann sie nicht richtig greifen, etwas schirmt sie ab, aber wenn wir weiter in diese Richtung gehen«, er streckte den Finger aus und wirkte dabei wie ein Kompass, »müssten wir sie erreichen.«

Wo Pflanzen waren, gab es auch Wasser. Einen Fluss möglicherweise. Mit Magie konnten sie den Sauerstoff aus dem Wasser saugen und durch das Flussbett tauchen. Also Matt und Liz konnten das, er besaß ja keinen Anima.

Liz zog die Lichtkugel wieder herab und sie löschten die Fackeln. Gemeinsam rannten Liz, Matt und er in die Dunkelheit. Abgesehen von ihrem keuchenden Atem und dem knirschenden Gestein unter ihren Schuhsohlen war kein Laut zu vernehmen.

Bis hinter ihnen eine Stimme erklang.

Die Mönche waren da. Zumindest einer, denn was immer er gesagt hatte, er bekam keine Antwort. Nic konnte nur beten, dass der Gang eingestürzt war oder einer der Mönche feststeckte.

Matt übernahm die Führung, da er der Einzige war, der die Pflanzen spüren konnte.

»Ist es noch weit?«, fragte Nic.

»Leider ja«, antwortete Matt.

Die Dunkelheit schien weit und undurchdringlich. Einmal wechselte Nic in die Schicksalssicht, schließlich konnte man nie wissen,

doch hier unten war alles frei von jeglichem goldenen Schimmer oder Fäden. Das Gegenteil der anderen Halle.

Irgendwann sagte Matt: »Wir sind fast da.«

Was sich kurz darauf bestätigte. Sie erreichten den Rand eines gewaltigen unterirdischen Sees. Schwarzes Wasser schimmerte im Licht der Leuchtkugel. So viel zu der Hoffnung, auf einen unterirdischen Fluss zu stoßen.

»Wenn das Grundwasser ist, das sich aus dem Erdreich hier gesammelt hat, sind wir erledigt«, kommentierte Nic.

»Ich spüre die Pflanzen unter Wasser.« Matt blickte konzentriert in die dunkle Brühe, nur um kurz darauf frustriert aufzustöhnen: »Aber da ist kein Zulauf.«

Jede Kraft schien aus Liz zu weichen. »Das war es dann.«

»Was hast du gesehen?«, fragte Nic. »In der Vergangenheit?«

»Ehrlich gesagt kann ich mir das selbst nicht erklären. Das gesamte Fresko ist gewachsen.«

»Gewachsen?«

Sie nickte eifrig. »Das schwarze Glas hat sich innerhalb des Gesteins gebildet und als genug davon vorhanden war, sind die Szenen entstanden. Fast hatte es den Anschein, als sei das Glas flüssig. Immer mehr Symbole sind aufgetaucht und Bilder von Ereignissen haben sich herausgebildet. Ich dachte zuerst, dass die anwesenden Magier dafür verantwortlich waren, aber es ist einfach passiert.«

»Welche Magier?«

»Ich weiß es nicht«, erklärte Liz. »Zuerst war es nur einer, aber dann kamen mehrere. Sie haben das Fresko bestaunt und damit begonnen, die Steintafeln anzufertigen. Ich konnte nicht erfassen, wann es war, aber es lag weit zurück.«

Ein weiteres Rätsel.

»Das schwarze Glas ist der Schlüssel«, befand Matt. »Wenn wir herausfinden, was es damit auf sich hat, haben wir die Lösung.«

Ganz so optimistisch war Nic nicht, aber das spielte sowieso keine Rolle. Sie waren hier unten gefangen, eine riesige Pfütze vor sich. Es hätte ihn nicht gewundert, wenn plötzlich ein gewaltiges Monster aus grauer Vorzeit aus dem Wasser geschossen wäre, um sie alle zu verschlingen.

Doch die Gefahr kam aus gänzlich anderer Richtung.

Ein undeutbarer Satz wurde gebrüllt, dann war einer der Mönche heran. Magie wurde gewirkt, die Luft verdichtete sich. Mit einem lauten Schrei flog Matt in den See. Vor Liz wurde der Stein zerschossen, ein Splitter traf sie an der Schläfe. Während sie nach hinten kippte, traf ein exakt ausgeführter Tritt Nic am Kinn.

Er stürzte.

Mit geballten Fäusten kam der Mönch näher.

25.

DER SCHWARZE SPIEGEL

Der Mönch richtete Worte des Hasses an Nic. So klang es zumindest, denn was genau er sagte, blieb unverständlich. Er hätte diesem kuttentragenden Fanatiker ja gern in Form eines ordentlichen *Dunkler Schlund* geantwortet, stattdessen lag Nic am Boden und starrte seinem Henker ins schattige Angesicht.

Eine Wasserfontäne wirbelte durch die Luft, magisch gelenkt durch den Anima des Mönchs, den Nic noch immer nicht erkennen konnte. Das Wasser umhüllte Nic und nahm die Form eines langen Blocks an. Schon wurde seine Luft knapp, er kam nicht mehr heraus.

Ein Sarg aus Wasser! Auf eine solch dämliche Idee konnte auch nur ein Mönch kommen. Nic wand sich, ruderte mit den Armen, wollte fliehen. Doch ohne Magie war er seinem Gegner ausgeliefert.

Dieser stand vor dem Wassersarg wie ein zum Leben erwachtes Standbild. Seine Augen blickten gnadenlos unter der Kapuze hervor, er verfolgte jede seiner Bewegungen, als wolle er sichergehen, dass Nic tatsächlich ertrank.

Dann verschwand der Mönch.

Im ersten Augenblick war Nic davon überzeugt, dass er sich von einer Sekunde zur nächsten in Magie aufgelöst hatte. Ein Schattensprung?

Das Wasser zerfloss, als es nicht länger von Magie getragen wurde. Nic landete auf seinem Rücken, spuckte und atmete keuchend ein und wieder aus.

»Geht es dir gut?«, fragte Liz.

Sie hielt sich die Schläfe. Aus einer Platzwunde floss ein stetiges Rinnsal.

»Danke!« Er atmete schwer.

»Ich hätte diesem elenden Dreckskerl gern direkt die Kutte versengt, aber er hat einen *Mystischen Schild* hochgezogen.«

Besagter Dreckskerl kam viel zu schnell wieder auf die Beine. Seine geballten Fäuste wurden von Flammen umlodert. Erneut flossen die seltsamen Worte über seine Lippen.

In Nics Rücken prustete jemand. »Matt!«

»Schön, dass ihr an mich denkt«, beschwerte sich dieser. »Ich …«

Ein kurzes Platschen, er war fort.

»Etwas hat ihn unter Wasser gezogen, ich habe es gesehen!«, rief Liz.

Nic wollte sich in den See werfen, doch wieder kam ihm der Kuttenträger dazwischen. Aufschreiend versank Liz im flüssig werdenden Untergrund. Nic besaß zwar keinen Anima, doch seine Fäuste waren ihm geblieben. Kurzerhand stürmte er auf den Mönch zu. Dieser hatte die Attacke jedoch vorausgesehen und verdichtete die Luft, sodass Nic kaum noch vorankam.

»Wage es nicht, sie anzurühren!«, brüllte Nic.

Der Mönch reagierte überhaupt nicht auf ihn. Wie eine Mücke, gefangen in Bernstein, umfloss die Luft Nics Körper. Jede Bewegung kostete ihn mehr Kraft als die vorherige.

Der Kuttenträger wandte sich wieder Liz zu. In seiner geöffneten Hand bildete sich eine Feuerlohe. In leicht gebückter Haltung, auf jede Attacke vorbereitet, schleuderte er die manifestierte Magie gegen Liz. Dieser war es jedoch gelungen, den Untergrund aufzubrechen und sie verwandelte sich in einen tanzenden Schatten. Sie wich geschickt aus. Ihre Gegenattacke ließ nicht lange auf sich warten. Der Boden unter den Füßen des Mönchs explodierte. Ihr Gegner war davon gänzlich überrascht worden und taumelte zur Seite.

Sofort wurde die Luft um Nic herum von Magie befreit, er taumelte auf den See zu.

»Rette Matt!«, rief sie.

Der kam in diesem Augenblick jedoch wieder aus dem Wasser, getragen von einem unterarmdicken Pflanzenstrang. »Ich habe sie gefunden.« Breit grinsend hob er die Arme. »Sie waren nur einsam und haben mich deshalb nach unten gezogen.«

Wurzelstränge verwoben sich und donnerten auf den Mönch zu, der sich gerade aufrappelte. Der Schlag fegte ihn von den Beinen. Irgendwo in der Dunkelheit prallte er auf.

»Irgendeine Idee?«, fragte Liz.

»Ich kann den Pflanzen befehlen, nach oben zur Decke zu wachsen, damit sie sie durchbrechen«, schlug Matt vor. »Aber keine Garantie.«

»Was wir auch tun, es muss schnell passieren.« Nic sah sich gehetzt um. In der Ferne erklangen weitere Stimmen, was seine schlimmsten Befürchtungen bestätigte. Plötzlich war die Dunkelheit erfüllt von Flammen. Die Mönche stiegen schwerelos in die Höhe, ihre Kutten brannten. Kaltes Feuer loderte über den Stoff.

Ein Schlag wirbelte ihn durch die Luft. Er hatte aufgehört zu zählen, wie häufig das bereits geschehen war. Dieses Mal krachte er jedoch nicht schmerzhaft auf den Boden. Wasser schlug über ihm zusammen, Dunkelheit umgab ihn. Seine Kleidung wurde schwer, zog ihn unbarmherzig in die Tiefe.

Wieso ließ Matt die verdammten Pflanzen nicht nach ihm greifen?

Nic strampelte, versuchte, durch gleichmäßige Schwimmbewegungen wieder an die Oberfläche zu gelangen. Doch wo war diese überhaupt? Das Wasser war schwarz wie Teer, schien das Licht vollständig zu schlucken. Eine seltsame Ruhe überfiel Nic. Konnte er nicht einfach loslassen? So viele Fragen, endlose Kämpfe, immer wieder Tote. Er wollte mit Matt und Jane ins Skydive spiegeln, gemeinsam mit Liz einen Cocktail trinken, um sie besser kennenzulernen. Stattdessen tauchte er durch diese Suppe. Die Luft wurde knapp, doch aus irgendeinem Grund war es Nic völlig egal. Nichts spielte noch eine Rolle. Wie ein Stein sank er hinab auf den Grund, die schwarzen Wogen umfingen ihn, würden ihn nie wieder aus ihrer ewigen Umarmung entlassen.

Es tat ihm leid, dass er seine Freunde zurückließ, aber irgendwie passte das schon. Er gehörte nicht hierher und der See war das natürliche Ende seines Weges. Das Schicksal wollte es so.

Etwas in Nic verkrampfte.

Das Schicksal?

Wie eine einzelne Gitarrensaite, die gezupft wurde, erklang etwas in seinem Inneren. Ein Ton, der ihn aus der Lethargie riss. Schwindel überkam ihn und ohne dass er es bewusst eingeleitet hatte, glitt er in die Schicksalssicht. Das schwarze Wasser wurde zu reinem Gold. Er schwebte in flüssigem Bernstein, wurde umwogt von Sternenstaub, umfangen von einem Schleier aus verfestigter Ewigkeit.

Er blickte direkt in das Licht, doch seine Augen schmerzten nicht. Unter ihm erschien ein Schimmer, der noch heller war als alles andere ringsum. Er schwebte darauf zu. Sauerstoff wurde eindeutig überbewertet, denn seine Lunge gierte nicht nach Luft.

Dann sah er ihn.

Zwischen den Felsen des Grundes lag ein Spiegel. Ein unterarmdicker Rahmen ohne Schnörkel umgab das tiefschwarze Glas. Zahlreiche Schicksalsfäden entsprangen der Oberfläche. Das war die Rettung! Sah man davon ab, dass er den Spiegel nicht aktivieren konnte.

Sanft kam Nic auf dem Grund auf.

Schritt für Schritt kam er der Fläche näher. Die goldenen Fäden vibrierten, als könnten sie seine Nähe spüren. Er griff nach ihnen. Seine Hand glitt nicht durch sie hindurch, wie es normalerweise der Fall war, stattdessen pulsierte es heiß unter seinen Fingern, als sei jede der Schicksalslinien mit einem Herz verbunden.

Bilder blitzten auf. Orte, die mit den Fäden verwoben waren, so musste es sein. Ein Strand, ein altes Haus und viele mehr. Nic zupfte an den Fäden wie ein Gitarrenspieler, der eine Melodie erschaffen wollte. In Nics Geist erklangen Töne, das Schicksal vibrierte durch die Fasern seines Körpers.

Das hier war der Ausweg!

Er blickte wieder hinauf zur Oberfläche, wo der Kampf zwischen den Mönchen und seinen Freunden tobte. Er musste ihnen helfen, bevor sie unter den Attacken ihrer Gegner fielen.

Nic stieß sich ab. Die Oberfläche kam viel zu langsam näher. Schon konnte er Feuerbälle lodern sehen und Kutten, die durch die Luft glitten.

Ohne nachzudenken, durchstieß er die Wasseroberfläche und griff nach den erstbesten Fäden. Matt stolperte und klatschte ins Wasser,

Liz sprang in den magischen Schlag eines Mönchs und wurde ebenfalls in den See geschleudert. Das schwarze Wasser verstärkte Nics Talent, wie auch das Glas es getan hatte.

Er packte seine beiden Freunde und gemeinsam glitten sie hinab in die Tiefe, durch flüssiges Gold und bleierne Schwärze. Die beiden reagierten instinktiv und bildeten eine Luftblase um ihre Köpfe.

Gemeinsam erreichten sie den Spiegel.

Nic berührte einen der Fäden und öffnete den Weg zur Gegenstation. Er benötigte keinen Anima, keine Konzentration, all das funktionierte einfach so. Als würde er einen neuen Sinn zum ersten Mal benutzen, erstmals begreifen. Mit einem Schubs glitt Matt in den Spiegel, Liz folgte. Ein dumpfer Aufprall erklang, gefolgt von regelmäßigem Pochen. Einer der Mönche glitt näher. Was auch immer hier vor sich ging, auf einen Kampf war Nic nicht vorbereitet.

Er tat den letzten Schritt und tauchte ein in den Spiegel.

Ein stechender Schmerz durchzuckte seinen Geist, wie ein Meißel, der in die Schädeldecke geschlagen wurde. Feuer loderte durch seine Gedanken, verbrannte Erinnerungen entblößten seine Ängste und Wünsche.

Etwas blitzte auf.

Wieder war er in Berlin. Das Dach verschwand, er stürzte. Der Fatumaris schaute durch das Loch zu ihm hinab. Blut und Leben rannen über den kalten Stein des geleerten Schwimmbeckens, jeder Atemzug brachte Nic dem Tod näher.

Der Fatumaris zog sich die Maske vom Gesicht.

Kalte Augen blickten aus einem aristokratischen Antlitz auf ihn herab. Der Bart war sauber gestutzt, fast glaubte Nic, die goldene Taschenuhr zu sehen, die unter dem schwarzen Dress verborgen sein musste.

»Jeremiah«, flüsterte Nic.

Der Name verlor sich in der Unendlichkeit der Spiegelverbindung.

Es konnte nicht sein und war doch gewesen. Der Fatumaris war gestorben, zerrissen von den Gewalten des explodierenden Anima im Sanktum. Kurz darauf hatte Nic Jeremiah gegenübergesessen, der ihn für den Kampf lobte. Den Obersten des 13. Hauses konnte es doch unmöglich zweimal geben.

»Er hat uns irgendwie verraten«, begriff Nic.

Jeremiah Caldwell arbeitete für den Dämon. Damit war das gesamte Haus der Schicksalswächter nicht länger sicher und jeder in Gefahr.

Die Spiegelverbindung trug ihn davon, in eine trügerische Sicherheit. Wo auch immer ihr Ziel lag, die Mönche würden weiter nach ihnen suchen. Und auch die Vermutung der alten Dame hatte sich bewahrheitet, es gab einen Verräter im 13. Haus.

Mit seinem letzten Gedanken begriff Nic, dass sie verloren hatten. Dann kam die gnädige Bewusstlosigkeit und der stechende Schmerz erlosch.

III

Das Feuer des Schicksals

26. Zwischen Staub und Schatten

Hey!« In dem Wort schwang eine Angst mit, die Nic abrupt die Augen öffnen ließ.

Liz atmete auf. »Bist du okay?«

Sicherheitshalber wackelte Nic mit Zehen und Fingern, löste eine mathematische Gleichung in den unteren Bereichen des Einmaleins und atmete tief durch. Letzteres war eine dumme Idee, er hustete sich die Seele aus dem Leib. Wie eine Fontäne schoss das Wasser aus ihm heraus.

Während Nic noch Atem schöpfte und nur langsam realisierte, dass sie entkommen waren, sah Liz sich um. Matt kauerte neben ihnen an der Wand, das Gesicht blass, seine Lippen bebten.

»Wo hast du uns hingebracht?«, fragte Liz.

»Keine Ahnung.« Nic fühlte sich schwer, als er seinen Körper in die Höhe wuchtete und auf die Beine kam. »Das war kein gewöhnlicher Spiegel. Ich habe das Ziel angesteuert, indem ich auf die Schicksalslinien zugriff. Und das Wasser … ich kann es nicht genau sagen. Alles war anders. Ich konnte nur bestimmte Gegenstationen ansteuern und das war mehr instinktiv. Als wollte mich jemand leiten.«

Die Worte klangen selbst in seinen Ohren unglaubwürdig, doch weder Matt noch Liz schienen ein Problem damit zu haben.

»Dein Leben ist spannend«, kommentierte Nox. »Ein Drama, das ein blutiges Ende nehmen wird. Deine armen Freunde.«

Nic war stolz auf sich, dass er den Familiaris so gekonnt ignorierte, diesen elenden schimmelbedeckten Steinbrocken.

»Sieht aus wie ein Keller.« Liz ließ ein *Licht von Mykonos* aufsteigen. Silbrig schien es herab.

Tatsächlich waren sie in einem heruntergekommenen Keller gelandet. Der Spiegel stand zwischen altem Gerümpel, das gut und gern aus dem vorletzten Jahrhundert stammen konnte. Nic starrte auf ein Bügeleisen, das an einen Vorschlaghammer erinnerte, so klobig sah es aus. Daneben hingen in einem zusammengeschusterten Wandschrank Hosen und Hemden, die er in den Dreißigern verortete. Außerhalb des Lichtscheins wuselten Spinnen zurück in die schützenden Schatten.

»Heimelig.« Matt richtete sich langsam auf. Sein Blick fuhr zu dem schwarzen Glas des Spiegels. »Was, wenn die Mönche uns nachkommen?«

Erst jetzt erkannte Nic die Brandspuren auf Matts Gesicht und die rußigen Haare. Es war wohl ziemlich knapp gewesen. Die Kampfmönche hätten ihre Flucht beinahe endgültig beendet.

»Ich glaube kaum, dass sie nachvollziehen können, wohin wir geflohen sind. Es gab verschiedene Stationen. Außerdem besitzen sie keine Schicksalssicht und damit können sie den Spiegel gar nicht aktivieren.«

Da Liz ein *Licht von Mykonos* hatte erschaffen können, gab es offensichtlich Magie ringsum, doch wie stand es um die Schicksalslinien? Verblüfft stieß Nic die Luft aus, als er die Umgebung durch die Augen eines Schicksalswächters betrachtete.

»Was ist?«, fragte Liz.

»Keine Linien. Hier ist gar nichts.« Er spähte zwischen den Gegenständen hindurch und in die Schatten. »Als gäbe es hier kein Schicksal, keine Verbindung zu der Welt außerhalb, zum Gewebe der Wirklichkeit.«

Was ihn zu der drängenden Frage brachte, wo sie sich befanden.

Der Raum ging in ein kurzes Kellergewölbe über, von dem mehrere Räume abzweigten. An dessen Ende führte eine Steintreppe empor. Unebene Stufen ohne Geländer mündeten vor einer Holztür, die unverschlossen war. Gemeinsam betraten sie einen gewöhnlichen

Flur. Da Nic als Einziger keinen Anima besaß, blieb er stets zwischen Liz, die vorausging, und Matt, der die Nachhut bildete.

Der Rest des Hauses war ein Ebenbild des Kellers, zumindest was den Verfall anging. In der Diele waren Messinghaken in die Wand geschlagen, an einem davon hing eine Weste. Das Parkett mochte vor langer Zeit edel gewirkt haben, doch jetzt knirschte das Holz bei jedem Schritt und Risse durchzogen die Platten. Die Diele führte zu einem Salon.

»Hier hat definitiv mal jemand von hohem Stand gewohnt«, schloss Liz. »Schaut euch das nur an.« Sie deutete auf eine Vitrine, in der edles Porzellan ausgestellt war.

Auf einer Kommode an der Seite lagen eckige Spiegel, eingefasst mit langen Haltegriffen. Nic nahm einen davon auf. Das Glas war blind.

»Die wurden früher von Butlern benutzt«, erklärte Liz. »Wenn die hohen Herrschaften zum Essen luden, stellten die Bediensteten sich mit dem Gesicht zur Wand auf und hielten die Spiegel so, dass sie auf gewisse Gesten sofort reagieren konnten. Gleichzeitig wurde so Distanz gewahrt.«

»Wie schlau sie ist«, kommentierte Nox. »Eigentlich passt ihr gut zusammen, Gegensätze ziehen sich doch an.«

An den Salon grenzte ein Arbeitszimmer, das aussah, als habe jemand einen *Höllenwirbel* beschworen. Bücher lagen zerfleddert am Boden, Regale waren umgeworfen, die Schreibtischplatte leer gefegt. Zwischen den Büchern lagen Buchstützen und Postkarten. An der Wand hingen Schwarz-Weiß-Bilder.

Nic ging in die Knie. »Schaut mal, auf dem Kuvert, das ist Siegelwachs.«

Bedauerlicherweise war er kein Kenner der englischen Aristokratie. Doch dass sie sich hier irgendwo im Vereinigten Königreich befanden, war eindeutig. Der Stil des Hauses und die Sprache in den Büchern verdeutlichten das.

»Kann ich auch nicht zuordnen«, erklärte Liz. »Es gab eine Zeit, da hatte jedes höhere Haus ein eigenes Siegel.«

Jane hätte hier sofort ihre Meinung gesagt. Sie hielt nicht viel von Standesdünkel und hatte das ein paar snobistischen Magiern an der Akademie durch Worte und Taten eindrucksvoll verdeutlicht.

An den Nacktmarsch, zu dem sie ihn gezwungen hatte, dachte er nur ungern zurück.

Sie untersuchten den Rest des Hauses und fanden im oberen Bereich verschiedene Schlafzimmer. In einem Anflug von Euphorie – immerhin hatten sie überlebt und waren vorerst in Sicherheit – warf Nic sich auf das Bett. Das Gestell knirschte und krachte und gab unter ihm nach. Matt und Liz brachen in schallendes Gelächter aus.

Nox war irgendwo im Haus unterwegs und konnte somit ausnahmsweise nicht sein Maul aufreißen. Der Familiaris vermochte sich in einem gewissen Umkreis um Nic frei zu bewegen, konnte jedoch nur verschwinden, wenn der Rat ihn zu sich rief. Letzteres geschah hoffentlich bald, dann würde er von den aktuellen Ereignissen berichten können.

»Schaut mal.« Matt winkte Liz und Nic ans Fenster. »Sieht so aus, als wären wir in London.«

Das Haus stand am Ende einer Sackgasse, die in einen kleinen Platz mündete. Ein typisches schwarzes Londoner Taxi brauste auf der rechten Seite davon.

»Schauen wir uns doch mal an, welcher Name auf dem Klingelschild steht«, schlug Nic vor.

Sie polterten die Treppe herab und öffneten die Eingangstür. Auf einem verstaubten Messingschild stand zu lesen: ›Egmont Chavale Esquire‹.

»Was?! Ich dachte, der ist Franzose gewesen«, entfuhr es Nic.

»Möglicherweise war es eine Heirat«, überlegte Liz. »Es gab ja immer mal wieder Phasen, in denen sich die großen Häuser vermischten. Blaues Blut und so. Chavale ist, glaube ich, 1744 verschwunden, sein Haus wurde durchsucht.« Ihr Blick wanderte über die Fassade. »Aber es war nicht das hier.«

»Ein zweiter Unterschlupf?«, schlug Nic vor.

»Möglich, aber so geheim kann der doch gar nicht gewesen sein«, murmelte Liz. »Das wäre doch jemandem aufgefallen, wenn sich einer von hohem Stand hier niederlässt.«

Matt war in der Zwischenzeit die Vortreppe heruntergestiegen. Zwischen Hauswand und dem umgebenden schwarzen Eisenzaun lagen etwa zwei Meter. Auf diesem Streifen wuchs ein regelrechter Urwald, was Matt zu einem freudigen Grinsen verleitete.

Bis er frontal gegen ein Hindernis stieß.

Er hielt sich die angeschlagene Nase. »Was ist das denn? Eine Barriere?«

Was eine kurze Untersuchung bestätigte. Wie eine Käseglocke war das Haus von ausgehärteter Magie umgeben, die dauerhaft manifestiert worden war. Das Haus selbst schien sie zu erzeugen und zu erhalten.

»Die hier ist echt meisterhaft ausgeführt«, stellte Liz fest. »Da kann nicht mal ein Schattenläufer durch. Ohne Spiegel kommt hier niemand herein oder hinaus. Aber wie wurde sie so lange gespeist? Die Magie ringsum müsste schon vor einer Ewigkeit aufgebraucht gewesen sein.«

Faszinierend, aber gleichzeitig ein gruseliger Gedanke. Ohne den Ausgang würden sie also verdursten und jämmerlich sterben. Niemand würde sie jemals finden, ihre Gebeine ausbleichen.

»Lass dir ja nicht einfallen, hier hopszugehen«, plärrte Nox. »Dann kann niemand unsere Verbindung aufheben. Ich würde hier sitzen und mich mit den Spinnen unterhalten, die nicht besonders helle sind.«

Nic verdrehte genervt die Augen.

»Ich kannte mal einen Familiaris, der war an einen Archäologen gebunden. Ein ziemlich nervender Kerl, der sich ständig in irgendwelche Todesfallen stürzte. Tempel sind über ihm eingestürzt, riesige Steinkugeln gerollt, es war furchtbar.«

»Und, welche Falle hat ihn getötet?«, fragte Nic leise, während die anderen zurück ins Haus gingen.

»Keine«, erwiderte Nox. »Er ist zu Hause die Treppe heruntergefallen. Es war eine Treppe wie diese hier. Selbst der schlaueste Geist kann durch banale Dinge sterben. In deinem Fall ist dein Licht sowieso nur ein glimmender Docht, also pass gefälligst auf.«

»Du bist so selbstlos.« Nics Stimme triefte vor Ironie.

»Das weiß ich. Ist dir mal aufgefallen, dass du die offensichtlichen Dinge ständig laut aussprichst? Aber gut, jeder muss irgendeine Funktion in der Gruppe einnehmen.«

Nic schlug wütend mit der Faust gegen die Wand und sprang erschrocken zurück, als sich der Putz löste.

»Ich bin am Arsch«, seufzte Nox.

Sie setzten sich gemeinsam in etwas, das einem Wohnzimmer am nächsten kam. Staubwolken umhüllten Liz, als sie sich in einen

Sessel warf. Besser als die Sprungfeder, die Nic in den Hintern schoss, worauf Matt böse grinste, aber die Klappe hielt.

»Was jetzt?«, sprach Liz aus, was sie alle dachten.

»Ich habe mich kurz vor dem Durchgang hierher wieder an alles erinnert, was in Berlin geschehen ist«, enthüllte Nic. »Der Fatumaris hat seine Maske abgezogen. Es war Jeremiah.«

Matt war dabei, seine Verbrennungen zu heilen und hielt in der Bewegung inne. »Der Oberste deines Hauses? Aber hat er dir nicht gratuliert, nachdem du den Fatumaris in Organsoße verwandelt hast?«

»Das ist ja das Komische daran.«

»Könnte der Fatumaris dich getäuscht haben?«, fragte Liz. »Er bestand doch aus drei Magiern und ihrem Talent. Wenn eines davon ein Leibwandler war, könnte er jede Person nachmachen.«

»Dazu muss er den jeweiligen Magier aber berührt haben«, warf Matt ein. »Wäre das bei jemandem wie Jeremiah so einfach möglich?« Matt sah wieder aus wie neu. Wenn auch in leicht zerrupfter Version.

»Keine Ahnung. Aber falls nicht, müsste jemand dem Fatumaris etwas von Jeremiah gebracht haben – also von seinem Körper. Auf jeden Fall gibt es einen Verräter im Haus der Schicksalswächter.«

Ein Gedanke, der ihm zu schaffen machte. Er mochte sie doch alle. Inés, Pablo, Angelo, Ultinova und Jeremiah.

»Damit dürfte ausgeschlossen sein, dass wir in deinem Haus um Hilfe bitten«, merkte Liz an. »Ich fürchte nur, das schränkt unsere Optionen drastisch ein. Alle anderen würden sofort deinen Obersten informieren, auch die Wächter.«

»Die sind momentan vermutlich auch ein bisschen wütend«, warf Matt ein. Gedankenverloren spielte er an der Ledermanschette herum, die seinen Anima trug. »Immerhin hattet ihr beide etwas mit dem Tod dieses Wächters in New York zu tun. Da fehlen ihnen noch alle möglichen Details.«

»Aber sie wissen, dass es ein Mönch war.« Nic rutschte ein wenig auf dem Stuhl herum, damit die Sprungfeder die linke Pobacke pikste und seine rechte entlastet wurde. »Da reicht ein simpler Forensik-Zauber. Oder sie schicken einen Zeitwanderer zurück, der sich alles anschaut.«

Liz nickte zustimmend. »Das glaube ich auch. Dieser Kult dürfte mittlerweile bei den Wächtern ziemlich weit oben auf der Prioritäts-

liste stehen. Deshalb werden sie uns beide als Zeugen vernehmen wollen, was wir auf keinen Fall tun.«

Matt stöhnte auf. »Ihr beide seid schrecklich. Die Wächter könnten uns beschützen.«

»Sollen wir Irons dazu befragen?«, sagte Nic nur. »Das sind doch nur ein Haufen Bürokraten ohne Ahnung. Und was willst du ihnen denn bitte sagen? Dass ich auf den Rat einer alten Frau, von der außerhalb des Hauses gar niemand etwas wissen darf, nach New York gereist bin, um Liz zu retten?«

»Das war übrigens eine nette Geste. Auch wenn es schrecklich misslungen ist«, merkte Liz an.

Am liebsten hätte er ihr einen Kuss auf die hübsche Stupsnase gegeben. »Hauptsache, wir leben noch.«

»Letztlich wissen wir nicht, was hier vorgeht, und müssen schnellstens ein paar Antworten finden«, schaltete Matt sich ein. »Gabriel und Liz sollten sterben, weil sie etwas über die Entschlüsselung dieses Freskos wissen, und die anderen Beteiligten hat es auch nicht besser getroffen.«

»Das Zeug in der Höhle ist auf jeden Fall uralt und das schwarze Glas verstärkt Talente. Irgendwie ist es mit dem Schicksal verbunden oder zieht die Fäden an, keine Ahnung.«

»Dann muss auch Chavale damit zu tun gehabt haben«, überlegte Matt. »Denn der Spiegel führt direkt hierher. Meint ihr, er wusste von den Abbildern? Dem schwarzen Glas? Allem?«

»Fassen wir also zusammen«, begann Liz. »Wir wissen nichts. Es gibt alle möglichen Hinweise zu Jeremiah, Chavale oder diesen Maschinen. Aber wer wann was getan hat und wieso die Mönche jetzt aktiv werden, ist völlig unklar. Momentan kann außerdem keiner von uns zurück in sein Haus. Wir müssen uns genau überlegen, was wir als Nächstes tun.«

»Du hast wohl recht«, sagte Matt leise.

»Wir sollten nach Nahrung suchen und uns hier alles ein wenig herrichten«, schlug Liz vor.

Erst bei diesen Worten bemerkte Nic, wie hungrig und müde er war. Verfolgungsjagden auf Leben und Tod verbrannten offensichtlich viel Energie. Sie verteilten die Aufgaben. Matt prüfte die Wasserleitungen und würde sie gleich noch magisch instand setzen, falls etwas nicht funktionierte. Liz durchsuchte das Haus nach Essbarem. Nic erhielt die Aufgabe, die Schlafzimmer vorzubereiten, was sich ohne Anima als langwierige Aufgabe herausstellte.

Auf eine Beschwerde hin verschwand Liz aus dem Raum und kehrte mit einem Putzlumpen zurück, den sie ihm in die Hand drückte. Auf kleiner Flamme köchelnd arbeitete er weiter. Unter den hämischen Kommentaren von Nox besorgte er sich eine komplette Putzausstattung, die jedoch nichts mit modernen Utensilien gemein hatte. Ihm gelang es, Staub und Spinnweben unter heftigem Niesen wegzuwischen. Kissen und Decken schlug er mit einem Klopfer vor dem Fenster aus, worauf beides zwischen das Grünzeug fiel. Eine gute Stunde und zahlreiche Kratzer und Schürfwunden später – einige der Pflanzen besaßen Dornen – war alles einigermaßen sauber.

Liz betrat die Räume, wob einen Zauber und schon waren die Betten stabil, Bezug und Decken gereinigt und die Risse im Boden schlossen sich. Wieder war da dieses freche Grinsen. Fast als erwartete sie, dass Nic sich beschwerte. Er tat ihr den Gefallen nicht. Stattdessen schritt er mit hocherhobenem Haupt davon. Bedauerlicherweise in eines der anderen Schlafzimmer, weshalb er noch einmal zurückkommen musste, um die Treppen hinabzusteigen.

»Ich glaube fast, sie steht auf Versager.« Verblüfft betrachtete Nox Liz und dann wieder Nic. »Schau nur, sie lächelt verliebt.«

»Was?!« Nic fuhr herum und stolperte über seine Füße.

Donnernd wie eine Kanonenkugel krachte er am Fußende der Treppe auf das Parkett.

»Nur ein Scherz«, murmelte Nox. »Bist du tot? Kannst du noch sagen: ›Ich löse die Bindung zu meinem Familiaris und gebe ihn frei.‹? Es reicht auch, wenn du ein paar Worte stammelst, das kriege ich hin.«

»Aua«, sagte Nic nur.

»Bist du verrückt?« Liz sank neben ihm in die Knie. »Keine Sekunde kann man dich allein lassen. Du bist eine Katastrophe auf zwei Beinen.« Panisch suchte sie seinen Körper ab, ihr Anima-Stein glühte.

Eine *Nightingales Lampe* sickerte lindernd in seinen Körper.

»Tiefer«, stöhnte Nic.

»Was …« Liz' Blick umwölkte sich. »Du und deine blöden Witze! Das nächste Mal kann Matt dich heilen!«

Sie stapfte davon.

»Aber da ist noch eine Stauchung!«, rief Nic hinterher.

»Haha, du bist so lustig.« Schon war sie weg.

Bedauerlicherweise war es kein Witz gewesen, weshalb Nic Matt herbeirufen musste, damit dieser ihn vollständig heilte.

Glücklicherweise hatte Nics bester Freund bereits einige Glasflaschen abgefüllt und irgendeine grüne Paste hergestellt, die angeblich total gesund war. Sonst gab es nichts Essbares im Haus.

Nach dem ›Essen‹ verkrochen sich jeder in einem Zimmer und innerhalb kürzester Zeit schlief Nic tief und fest. Er versuchte, sich vor dem Schlafen das Symbol in Erinnerung zu rufen, damit er die Plattform erreichen und mit Jane sprechen konnte, doch es wollte ihm nicht gelingen.

In seinen Träumen rannte er durch eine Stadt aus schwarzem Glas, zwischen deren Türmen sich goldene Fäden spannten. Hinter den gläsernen Fassaden sah er die Gesichter von Inés, Jeremiah, Ultinova und Angelo, die schmerzverzerrt um Hilfe riefen.

Er spürte etwas.

Eine Präsenz, die nicht hätte hier sein sollen.

Mit rasendem Herzen schoss Nic in die Höhe. Sein Atem ging stoßweise, sein Gesicht war schweißnass.

»Ich bin es!«, zischte Liz.

»Was machst du hier?« Der Traum klebte noch immer an ihm wie eine zähflüssige schwarze Masse.

»Jemand kommt durch den Spiegel. Schnell!«

Damit warf sie sich herum und rannte aus dem Raum.

27.

DER NÄCHTLICHE BESUCHER

Während Nic die Nachricht noch verdaute, raste Matt an der offenen Tür vorbei. Er war wohl ebenfalls abrupt erwacht und hatte es noch geschafft, die Hosen überzustreifen, das Shirt jedoch falsch herum angezogen. Praktischerweise war Nic direkt aufs Bett gefallen und eingeschlafen, ohne sich davor auszuziehen.

Er folgte den beiden in den Keller, wobei er sorgfältig darauf achtete, nicht die unebenen Stufen hinunterzudonnern. Einmal war genug. Als er eintraf, wurde sofort ersichtlich, was Liz meinte. Der Spiegel glühte von innen heraus in einem sphärischen Licht. Gleichzeitig entstanden Wölbungen unter der Oberfläche. Finger, überzogen von flüssigem Glas, kamen hervor, nur um kurz darauf wieder hinter der stehenden Fläche zu verschwinden.

Instinktiv verfiel Nic in die Schicksalssicht. Der Spiegel glühte wie erwartet in purem Gold. Dahinter war eine Silhouette zu erkennen, die sich wand. Fast glaubte er, einen gutturalen Schrei herauszuhören.

Jemand kämpfte darum, durch die Passage zu gelangen. Es stellte sich nur die Frage, ob es sich um einen Freund oder Feind handelte. Instinktiv wollte Nic auf seinen Anima zugreifen und fluchte laut, als er einmal mehr feststellte, dass dieser nicht an seinem Platz war.

Doch halt!

Er lauschte tief in sich hinein. Das vertraute Glimmen war da, wenn auch weit entfernt, nahezu am Rande der Wahrnehmungsschwelle. Instinktiv griff Nic danach, um es heranzuziehen.

Die Silhouette machte einen Satz. Finger und Arme glitten aus dem Spiegel hervor, gefolgt vom Rest eines Mannes. Harte Muskeln, eine breite Schulter und Augen voller Angst durchstießen die Oberfläche.

»Angelo«, hauchte Nic.

Der Schicksalswächter war in die typische Kampfmontur gekleidet. Schwarze Boots, Hosen und Muskelshirt, darüber die Sicherheitsweste. Im Halfter steckte die Pistole, der Gürtel war prall gefüllt.

»Nic«, hauchte Angelo. »Du lebst.«

Dann brach er auf den kalten Bodenfliesen zusammen. Eine Blutlache breitete sich unter seinem Körper aus, wurde beständig größer und brachte Angelo sekündlich dem Tod näher.

Während Liz bereits einen *Nightingales Lampe* wirkte, öffnete Nic Angelos Gürteltaschen und durchsuchte mit fliegenden Fingern den Inhalt.

»Im alten Ägypten gab es auch solche wie dich.« Nox saß mit verschränkten Armen neben Angelos Hüfte. »Die haben den Toten alles abgenommen. Leichenfledderer. Dass du dich nicht schämst.«

Wieder nichts. Nic öffnete den nächsten Gürtel. Da! Verborgen in einer schwarzen Schatulle befand sich der vertraute Ring mit dem wasserblauen Stein. Mit einem tiefen Einatmen streifte Nic ihn über. Ja, da war er. Es tat so verdammt gut, die vertraute Präsenz der Magie zu spüren, die wahrhafte Umgebung wahrzunehmen und nicht mehr länger mit blinden Augen durch die Gegend zu stolpern.

»Angelo hatte deinen Anima«, staunte Matt.

Nic wob einen *Mutter Teresa*, um die Schmerzen zu lindern, und unterstützte Liz. Die Wunden von Angelo waren tief, geschnitten von messerscharfen Klingen, die gnadenlos Fleisch und Knochen durchtrennt hatten. Er musste sich mit letzter Kraft in den Spiegel gerettet haben. Nic machte sich bittere Vorwürfe. Angelo musste den Mönch gestellt und den Anima an sich gebracht haben. Mit diesem hatte er Nic dann aufspüren können.

»Brandwunden, Fleischwunden, Schnitte, sogar Knochen wurden auseinandergerissen.« Liz war kreidebleich. »Die haben ihre Wut über unsere Flucht wohl an ihm ausgelassen.«

Nic versuchte, die Bilder des lachenden Angelos zu vertreiben, der in den letzten Kämpfen im Trainingsraum zunehmend offener geworden war. Seinen traurigen Blick hatte er jedoch nie verloren. Wie schwer musste es ihn getroffen haben, dass Nic es nicht zurück ins Haus geschafft hatte, dass er in Lebensgefahr schwebte.

Angelo stöhnte auf. Er war noch immer ohne Bewusstsein, aber wenigstens waren die Wunden geschlossen, der Blutfluss gestoppt worden. Damit hatten sie vorerst sein Leben gerettet.

»Wir bringen ihn nach oben.« Nic wob eine *Schwebende Jungfrau*, was bei diesem Brocken von Mann gar nicht so leicht war. Schwerelos hob Angelo sich in die Luft.

Glücklicherweise gab es im obersten Stockwerk exakt vier Schlafzimmer, weshalb für jeden ein Raum zur Verfügung stand. Sie wirkten weitere Heilzauber, bis keine Gefahr mehr bestand. Angelo würde überleben. Trotzdem beschlossen sie, abwechselnd Wache zu halten.

Liz schaffte einen der Sessel aus dem Salon herbei. »Ich übernehme die erste Wache.«

Nic meldete sich für die zweite Schicht, Matt würde den Abschluss bis zum Morgengrauen übernehmen. Bevor er schlafen ging, holte Nic eine Flasche Wasser aus der Küche und deponierte sie neben dem Bett. »Rufst du mich bitte, sobald er aufwacht?«

Ein mildes Lächeln erhellte Liz' Gesichtszüge. »Klar. Ihr seid Freunde?«

»Auf keinen Fall! Dieser testosterongesteuerte Affe verprügelt mich einfach nur gern.«

»Und du stehst drauf.«

Nun war es an Nic, zu lächeln. »Genau.«

»Ich beneide dich um deine Freunde«, sagte Liz leise und ergänzte auf seinen fragenden Blick: »Meine Vergangenheit ist bewegter. Da bilden sich nicht so schnell Freundschaften. Zumindest keine, die halten.«

Da war er wieder, dieser traurige Schatten, der sich auf ihre Züge legte. »Aber es kann doch nicht sein, dass du niemanden hast?«

Liz rang mit sich. »Ich hatte … Weißt du, mein Talent hat mir viel gegeben. Vielleicht zu viel. Wenn du in die Vergangenheit tauchst und dich ständig mit dem umgibst, was du verloren hast, vergisst du darüber die Gegenwart.«

Nic spürte einen Kloß in seinem Hals. »Wen hast du denn verloren?« Vorsichtig sank er auf die Bettkante zwischen Angelo und Liz.

»Alle.«

In diesem Augenblick wusste er einfach nicht, was er sagen sollte. Und vielleicht war das auch gar nicht nötig. Sanft nahm er Liz' Hand und schenkte ihr ein Lächeln.

Sie räusperte sich und zog ihre Hand zurück. »Wie auch immer, du solltest schlafen gehen.«

Nic betrachtete sie noch einen Moment, dann erhob er sich und verließ das Zimmer. Liz wollte allein sein. Mit sich, ihren Gedanken, vermutlich auch ihren Erinnerungen. Zurück in seinem Zimmer sank er auf das Bett und verfiel in einen traumlosen Schlaf. Wieder konnte er sich nicht auf das Zeichen konzentrieren, blieb dafür aber auch von schwarzem Glas und goldenem Schicksal verschont. Viel zu früh wurde er von Liz geweckt.

Während sie davontrottete, nahm er den Platz auf dem Sessel ein. Irgendwie hatte Liz Angelo die Schutzweste und die Boots abgestreift. Das Muskelshirt spannte sich über der breiten Brust seines Trainers. Was mochte er erlebt haben, allein in der unterirdischen Höhle? Dieser Kerl war eine Ein-Mann-Armee und hatte es geschafft, den Ring zurückzuholen und Nic zu finden. Waren die Mönche möglicherweise längst besiegt?

»Wir müssen erfahren, was dort draußen vor sich geht«, flüsterte Nic.

Er trat ans Fenster und schaute hinaus auf die dunklen Häuser der Straße, die vom Laternenschein den Schatten entrissen wurden. Überall schliefen die gewöhnlichen Menschen in ihren Betten, auch ein paar Magier waren darunter. Keiner von ihnen wusste, dass der Dämon noch existierte und das Schicksal zu seinen Gunsten manipulierte. Mit jedem Dominostein, der fiel, kam das zweite Regnum näher. Schon das erste hatte die magische Welt kaum überlebt, ein zweites würde sie endgültig in den Untergang treiben.

Es gab so viele offene Fragen. Nic schloss müde die Augen.

Vermutlich fehlte ihm einfach Schlaf, weshalb er sich so ausgebrannt fühlte.

Eine Hand legte sich sanft auf seine Schulter.

Er zuckte zusammen.

»Sorry«, entschuldigte sich Liz. »Ich habe noch eine Decke gebracht, damit du nicht frieren musst.«

»Oh, das ist nett. Danke.« Nic konnte es nicht benennen, doch es war, als stünde die Zeit um sie herum still. Ihre Blicke trafen sich. Der Hauch eines Lächelns überzog Liz' Gesicht. Wasserblaue Augen schimmerten im Dämmerlicht, Minzatem kitzelte seine Lippen.

Angelo stöhnte auf.

»Du schaust besser, ob es ihm gut geht«, flüsterte Liz.

Der Moment war fort.

Dann war sie auch schon verschwunden. Beinahe glaubte Nic, sich alles nur eingebildet zu haben. Doch da war die Berührung auf seiner Schulter, die er immer noch spürte.

»Es muss ein Fatumaris gewesen sein, der die Gestalt von Liz angenommen hat, da du grinst wie ein debiler Trottel«, verkündete Nox. »Oh, schau, es hat funktioniert.«

Seltsamerweise störten ihn die Bemerkungen des Familiaris kein Stück. Problemlos ignorierte er die Beleidigungen des verschimmelten Steinklotzes und überprüfte Angelos Werte. Sie waren in Ordnung.

Nic betastete die Wunden und …

… starrte in geöffnete Augen.

Eine Hand schloss sich um seinen Arm. »Nic!« Angelo kniff die Augen zu schmalen Schlitzen zusammen. »Nic?«

»Ja, ich bin es. Alles okay, du bist in Sicherheit.«

»Mönche. Schwarzes Glas.«

Armer Angelo. »Ich weiß. Aber du hast es geschafft, du bist ihnen entkommen.«

»Es ist eine Lüge in einer Lüge.« Mit beiden Händen griff sich Angelo an die Schläfe. »Es ist wichtig. Aber ich kann nicht … da war etwas.« Er sackte zurück und schloss die Augen.

Nic wollte Angelo helfen, doch er wusste nicht wie. Was bei diesem Kampf auch geschehen sein mochte, es hatte Angelo äußerlich und innerlich zerstört.

»Hey«, erklang Matts Stimme von der Tür. »Ich konnte nicht schlafen.«

»Würde ich auch gern sagen. Ist das ein Angebot für eine Doppelschicht?«

»Netter Versuch.« Matt warf sich gähnend in den Sessel. »Du kannst immer so tolle Monologe halten, dabei ist noch jeder eingeschlafen. Erinnerst du dich an deinen Vortrag über die Gewinnung von Anima durch die multiple …«

»Jaja, ist ja gut. Das war ein wenig improvisiert«, verteidigte sich Nic.

Das typische lausbubenhafte Grinsen erschien auf Matts Gesicht. »Weil du am Abend zuvor über den Durst getrunken hast und dann auf den Tischen des Skydive tanzen wolltest.«

»Jane und du, ihr habt mich gerettet«, gab Nic zu. »Obwohl ich sie im Verdacht habe, für den blauen Fleck verantwortlich zu sein, der am Morgen danach auf meinem Oberarm aufgetaucht ist.«

»Das war Baldwin.«

»Der Spargel?«

»Du hast versucht, seine Freundin anzubaggern, da wurde es ungemütlich. Ist dir nicht aufgefallen, dass sie am Tag danach freudestrahlend an ihm klebte und dir böse Blicke zuwarf?«

»Wieso habt ihr mir das nie verraten?!« Immerhin hatte er Baldwin damit geholfen, der konnte sich nicht beschweren.

»Ja klar.« Matt verdrehte die Augen. »Wenn deine Ehre mal gekränkt ist, bist du zu allem fähig. Wir wollten kein Desaster auslösen.«

Was natürlich völlig übertrieben war. Er hätte ihn nur ordentlich vermöbelt. »Ich vermisse das Skydive.«

»Darauf einen Toast.« Matt trank einen großen Schluck aus der Wasserflasche.

»Du bist immer noch viel zu brav. Sieht man davon ab, dass dein Blick ständig über diese Brustmuskeln huscht, die sich heben und senken.« Nic grinste dreckig.

Matts Wangen färbten sich tomatenrot ein. »Das ist gar nicht wahr!«

»Du findest Angelo also nicht sexy?«

»Doch, klar.«

»Aha!«

Die Röte breitete sich aus. »So war das nicht gemeint. Er schläft ja. Das fühlt sich nicht richtig an.«

Nic stöhnte frustriert auf. »Alter! Es ist richtig. Glaub mir, total. Also nicht für mich, aber für dich. Außerdem glaube ich, dass Angelo dringend Nähe braucht. Er ist allein und fühlt sich verloren.«

»Seit wann bist du so tiefsinnig?«

»Bin ich gar nicht! Jetzt werde nicht beleidigend. Aber unter dieser gemeinen, brutalen, machohaften Schale verbirgt sich ein in Ausnahmefällen netter Kerl.«

»Du solltest wirklich an deinen Komplimenten arbeiten«, riet ihm Matt. »Manch einer könnte sie als Kriegserklärung auffassen.«

Schweigend betrachteten sie Angelo. Der Anblick machte Nic deutlich, wie viel Glück sie gehabt hatten. Wenn eine Kampfmaschine wie er so zugerichtet werden konnte, hatten sie nur mit knapper Not überlebt. Ohne den seltsamen Spiegel wären sie in der Höhle gestorben. Verbrannt, ertrunken oder zerfetzt.

Während seiner Zeit auf der Akademie hatte Nic sich auf die Zeit in den Häusern gefreut, ihr entgegengesehen. Nichts hatte er sich mehr gewünscht, als dort aufgenommen zu werden. In eines der tollen Häuser, in die jeder wollte. Natürlich gab es jene, in die niemand eintreten mochte, es kursierten Gerüchte und immer wieder machten einzelne Gruppen sich lustig über Seelenheiler oder Traumwandler.

Mittlerweile sah er es anders. Die 12 Häuser waren ein exakt austariertes Geflecht aus Stärken und Schwächen, wodurch eine Machtbalance erschaffen wurde. Niemand war mächtiger als die anderen, sah man von den Wächtern ab, die mit ihrer Sonderbefugnis ausgestattet waren. Seit Pablo ihm die politischen Abhängigkeiten und Verbindungen offenbart hatte, sah er die Häuser mit anderen Augen.

Nic war jetzt ein Teil von alldem, gehörte in das eine geheimnisumwitterte Haus, über das nur geflüstert wurde. Aus Frustration war Faszination geworden und schließlich Stolz. Dicht gefolgt von Wut und Entsetzen. All diese Toten, die Flucht, Geheimnisse und Intrigen. Die Welt um ihn herum veränderte sich mit rasender Geschwindigkeit. Sein einziger Trost waren Matt und Jane, die ewigen Konstanten in

seinem Leben. Und Liz. Vielleicht auch eine Winzigkeit Angelo. Trotzdem fühlte er sich wie von einem Waschzauber herumgeschleudert.

»Ich übernehme den Rest«, sagte Matt, der Nic genau beobachtet hatte.

»Schon, okay, ich …«

»Geh schlafen.«

Für eine Handvoll Sekunden hielt Nic dem Blick seines besten Freundes stand, dann trottete er davon. Sein Innerstes fühlte sich leer an und von der Euphorie des Moments mit Liz war nichts geblieben. Er sehnte einen Augenblick der Ruhe herbei, doch der schien ihnen nicht vergönnt.

Das leere Zimmer begrüßte ihn, unter dem Laken war es kalt. Er zog das Kissen zur Seite und drückte es an sich, als umarme er einen Körper. Behäbig umfing ihn die Wärme, langsam glitt er tiefer in die Schichten des Traums. Nic richtete seine Gedanken auf das Symbol, das er verinnerlicht hatte.

Getragen von warmen Luftströmen glitt er durch die Wolken, seine Arme waren von schwarzen Federn geschmückte Schwingen. Wie gezupfte Watte umgab ihn das reine Weiß. Er fühlte sich frei, lachte und drehte eine Pirouette. Eine weitere Wolkenschicht, dann schob sich dichtes Grün in sein Blickfeld, dazwischen eine viereckige Platte aus Holz.

Eine einsame Gestalt stand darauf.

Jane!

Nic ging tiefer, seine Gedanken klärten sich und als er sanft aufsetzte, war ihm glasklar bewusst, dass er sich in einem Traum befand.

»Endlich!« Jane riss ihn in eine Umarmung. »Bist du okay?«

»Lass mich ganz. Mir geht es super!« Eine glatte Lüge.

»Lüg nicht!«

»Wir hatten ein paar holprige Stunden.«

»Ist Matt bei dir?«

»Ihm geht es gut. Liz konnten wir auch retten und Angelo ist da. Diese Mönche haben uns verfolgt und da war schwarzes Glas und ein Fresko, das vor langer Zeit gewachsen ist.«

»Okay, atme. Du erinnerst dich doch, jeder Satz benötigt Punkt und Komma. Die meisten zumindest. Zeig es mir.«

»Was?«

»Wir sind in einem Traum. Zeigen, nicht erzählen.«

Die Baumwipfel wichen zur Seite und machten einer riesigen Kinoleinwand Platz. Wie von selbst begannen die Ereignisse darauf abzulaufen, angefangen mit dem Augenblick, als er aus dem Spiegel in New York getreten war.

»Das erklärt so einiges.« Jane hatte die Hände vor den Mund geschlagen und ging unruhig auf und ab.

Über die Kinoleinwand lief der Abspann, auf dem die Namen aller Beteiligten zu sehen waren.

»Die Wächter sind in Aufruhr und haben unseren Obersten befragt. Ständig sind irgendwelche wichtigen Treffen, der Rat kommt normalerweise nicht so häufig zusammen, aber in Kürze ist eine weitere Versammlung geplant, an der *alle* teilnehmen. Beide Kammern, verstehst du. Die Vertreter der Häuser und der gesamte Rat.«

»Wissen sie etwas von den Mönchen?«

»Nic, ich bin eine Neue in meinem Haus, denkst du wirklich, ich erfahre irgendetwas? Ich weiß, dass Jeremiah ständig unterwegs ist und sich auch mit meinem Obersten trifft, aber sonst nichts. Der Name deines Dads wurde ein-, zweimal genannt.« Der Gesichtsausdruck von Jane machte deutlich, dass es keine Loblieder waren, die auf ihn gesungen wurden.

»Er steckt in Schwierigkeiten«, schloss Nic.

»Sieht so aus. Aber ich kenne keine Details.«

»Der einzig echte Anhaltspunkt ist Jeremiah. Er hat etwas mit dem Fatumaris zu tun, aber wir wissen nicht was. Er könnte … aber er ist so nett.«

»Nic, egal ob er jetzt der Bösewicht oder ein Helfer in diesem Spiel ist, ihr müsst herausbekommen, wie er damit zusammenhängt. Die Versammlung ist in drei Tagen. Was immer sie deinem Dad auch vorwerfen, es wird dort geschehen. Falls er seinen Sitz im Rat verliert … Ehrlich gesagt habe ich keine Ahnung, was dann passiert, aber gut ist es nicht.«

Auf der Kinoleinwand war das Ende des Abspanns erreicht.

Die After-Credit-Szene begann.

Nic versank in den wasserblauen Augen von Liz.

28.

ALL DIESE SCHÄTZE

Der Morgen graute viel zu schnell.

Nic plumpste aus dem Bett und kroch zum Frühstückstisch. Die Hoffnung, dass ihn der Duft frisch gebrühten Kaffees begrüßen würde, entpuppte sich als vergeblich. Stattdessen standen vier rissige Schüsseln im Salon, in denen eine grüne Pampe schwamm. Und weil die Farbe so schön war, befand sich auch in den bereitstehenden Gläsern pures Chlorophyll.

»Ist jetzt nicht dein Ernst«, murrte Nic.

»Keine Sorge, ich habe in dein Glas ein paar ganz spezielle Sprossen hineingetan. Die wirken wie Koffein.« Matt grinste breit.

Nic hätte seinem besten Freund gern eine gelangt. Nichts konnte Kaffee ersetzen. »Toll.« Er warf sich auf den Stuhl und prompt pikste ihn wieder die Feder im Sitzkissen. Was für ein beschissener Tag.

»Guten Morgen«, trällerte Liz.

Natürlich sah sie aus wie frisch geduscht und roch auch noch gut. Wieso schafften Frauen es selbst in den ausweglosesten Situationen wie frisch desinfiziert und mit Parfüm besprüht in einen Raum zu schweben?

»Morgen«, brummte Nic.

»Was ist denn mit dir los?«

»Oh, das war freundlich«, warf Matt ein. »Normalerweise starrt er dich vor dem ersten Kaffee nur aus blutunterlaufenen Augen an und wünscht dir die Pest an den Hals.«

»Wie niedlich«, kommentierte Liz, was es absolut nicht besser machte. Oder doch? Vielleicht nach dem ersten Grünsprossen-Kaffee-ersatz-Drink.

Nic schnappte sich das Glas und roch vorsichtig daran. »Willst du uns alle umbringen?«

»Ich trinke gern Green Smoothies zum Frühstück.« Liz schnupperte an der grünen Flüssigkeit und nahm einen großen Schluck. »Gar nicht schlecht.« Und als wäre das nicht genug, begann sie die Pampe zu löffeln.

»Guten Morgen«, erklang eine kratzige Stimme.

»Angelo!« Nic wuchtete seinen geräderten Körper vom Stuhl und zog den Freund in eine Umarmung. »Geht es dir … gut?«

»Einigermaßen. Matt war so nett, mich zu informieren. Bin vor einer Stunde wach geworden. Danke für die Waschschüssel.«

Matts Wangen spielten erneut Feuersalamander. »Selbstverständlich. Ist doch kein Ding. Man muss sich ja irgendwie waschen.«

»Er hat eine Waschschüssel?«, hakte Nic nach. »Ich habe keine.«

»Benutzt du sowieso nicht«, gab Matt zurück und wandte sich sofort wieder Angelo zu. »Fühlst du dich kräftiger?«

»Natürlich würde ich eine Waschschüssel benutzen!«

»Keine Runde im Boxring in nächster Zeit, aber die Bettruhe ist vorbei«, erwiderte Muskelprotz.

»Ich hätte die Waschschüssel benutzt«, erklärte Nic Liz. »Ganz sicher. Ich will auch eine!«

»Setz dich doch.« Matt zog ruckartig einen Stuhl nach hinten, damit Angelo sich setzen konnte. »Nic und ich haben die kaputten Stühle. Da pickst es ständig im … Also ihr habt auf jeden Fall die unbeschädigten.«

»Was?« Nic warf Matt einen wütenden Blick zu. Er entwickelte sich zu einem kleinen gemeinen Verräter, der aufgrund von Liebestrunkenheit jede Loyalität vergaß. »Das wird ja immer besser. Kein Kaffee, keine Waschschüssel und jetzt auch noch den kaputten Stuhl.«

»Willst du meinen?«‹, bot Liz an.

»Nein!«

»Wieso beschwerst du dich dann?«

»Aus Prinzip«, gab Nic schwach zurück. Diskussionen vor dem ersten Kaffee waren eine Qual.

»Ah ja, das gute alte Prinzip.« Liz kicherte leise. »Jetzt trink deinen Kaffeeersatz, ist ja nicht auszuhalten mit dir.«

»Sie hat dich durchschaut«, mischte sich prompt Nox ein. »Vermutlich ist das Gift und deine Freunde wollen dich loswerden.«

Stöhnend sank Nic wieder auf den Stuhl, ignorierte die Sprungfeder, die seine linke Pobacke malträtierte, und stürzte die grüne Flüssigkeit hinunter. Glücklicherweise konnte er den abrupt einsetzenden Würgereflex unterdrücken.

Das Zeug schmeckte scheußlich, besaß aber tatsächlich eine belebende Wirkung. Auch die Pampe ließ sich löffeln, obgleich Nic sorgfältig darauf achtete, währenddessen nicht durch die Nase zu atmen.

Er berichtete von seinem Zusammentreffen mit Jane auf der Plattform. Die Mönche hatten einiges an Staub aufgewirbelt und die Wächter offensichtlich in Alarmbereitschaft versetzt. Damit konnten ihre Verfolger nicht länger aus dem Verborgenen heraus handeln. Die Frage blieb, wie Jeremiah in all das hineinpasste.

Nach dem Essen bestand Angelo darauf, auch eine Aufgabe zu bekommen, schlief jedoch sofort auf der Couch ein. Sie ließen ihn schlafen.

Matt machte sich daran, mehr Nahrung zu produzieren, und kümmerte sich rührend um die Pflanzen. Liz und Nic vergruben sich in der Bibliothek von Egmont Chavale. Er schien im Zentrum all der Ereignisse zu stehen, die vor langer Zeit geschehen waren und das Schicksal bis in die heutige Zeit beeinflussten.

Sie begannen damit, die Möbel zu reparieren und die Bücher nach einem von Liz aufgestellten System zu katalogisieren. Dabei ›durfte‹ Nic sie alle im Regal einräumen, während Liz den Inhalt prüfte und den Index auf einem gelbstichigen Papier niederschrieb. Das Kratzen der Feder ließ seine Nerven vibrieren. Mit einem Computer und angeschlossenem Barcodescanner wäre das alles viel effektiver möglich gewesen. Überhaupt vermisste er neben dem Kaffee auch Süßigkeiten, Fernsehserien und seinen Laptop.

»Du schaust schon wieder so«, merkte Liz an, ohne von ihrem Gekritzel aufzusehen.

»Wie schaue ich denn?«

»Entkoffeiniert.« Sie kicherte.

»Ich mag sie.« Nox hatte sich auf der Lehne der Couch niedergelassen, malte mit seinem Schwanz irgendwelche Folterszenen in die Luft und gähnte. »Es ist ganz schön anstrengend, euch beim Arbeiten zuzuschauen.«

»Halt die Fre… freut mich, dass du so viel Spaß hast.« Nic hielt den Blick auf Liz gerichtet.

»Meinst du, deine Lizimaus mag Angelo auch? Hach, das wäre schön. Matt und Liz prügeln sich um den Muskelbär und am Ende nimmt er sie beide. Dann wärst du ganz allein. Grund genug für Suizid, oder?«

Nic donnerte das nächste Buch ins Regal.

»Etwas vorsichtiger«, ermahnte Liz ihn. »Du willst doch keine wichtigen Informationen zerstören?«

»Willst du doch nicht, Sklavenhalter, oder?« Nox hatte seinen steinernen Pummelkörper herumgewuchtet, den Kopf auf einer Pranke platziert und betrachtete Nic. »Du weißt schon, dass du dich mitschuldig machst.«

Tat er nicht! »Wie viele sind es denn noch?!«

Liz blickte ihn an, als habe er den Verstand verloren. »Du stehst direkt vor dem Stapel. Ein bisschen Konzentration und du schaffst es bestimmt, die Bücher durchzuzählen.«

Nic ärgerte sich über seine eigene Laune. Mit Nox im Raum fühlte er sich einfach nicht frei. Gern hätte er die vergangene Nacht noch einmal angesprochen, fühlte sich aber total blockiert. Grummelnd nahm er das nächste Buch und öffnete es. Der Index wuchs weiter, die Stunden verstrichen. Gegen Mittag brachte Matt ihnen frische grüne Pampe und weil er dabei so überaus stolz lächelte, verzichtete Nic auf eine ehrliche Bemerkung dazu. Am frühen Abend war das ehemalige Büro von Chavale vollständig instand gesetzt, aufgeräumt und alle Bücher und sonstigen Schriften katalogisiert.

»Ab morgen können wir uns die Inhalte anschauen und nach Informationen suchen.« Liz' Augen leuchteten vor Freude.

»Du liebst Bücher, kann das sein?«

»Wer tut das nicht? Was liest du denn so?«

»Netflix?«

Liz verdrehte die Augen. »Du wirst doch irgendein Buch lesen?«

»Irgendwie werde ich dabei immer so müde, dass ich sofort einschlafe.«

»Dann hast du noch nicht das richtige gefunden! Aber das kriegen wir hin.« Sie strahlte. »Ich werde eines für dich aussuchen.«

»Das klingt … toll.«

»Wart's nur ab. Du wirst zu einer Leseratte.« Zufrieden ging sie hinaus.

Am Abend saßen sie gemeinsam im Salon. Matt hatte ein wärmendes Feuer im Kamin entzündet. Während Liz und Nic nebeneinander auf der Couch saßen, hatten Matt und Angelo die einander gegenüberstehenden Sessel gewählt. Die zuckenden Flammen ließen die Schatten im Raum tanzen.

»Noch zwei Tage«, erklärte Nic. »Ich habe keine Ahnung, wie wir etwas finden sollen, was meinen Dad entlastet.«

Angelo rieb sich müde die Augen. »Ich fürchte, ich bin da keine große Hilfe. Keine Ahnung, was diese Mönche mit mir gemacht haben, aber meine Erinnerungen sind löchrig wie ein Sieb. Da sind nur Bruchstücke, Bilder, die nicht zusammenpassen.«

»Du hast zu mir gesagt: ›Es ist eine Lüge in einer Lüge‹. Als du in der Nacht aufgewacht bist«, erklärte Nic. »Kannst du damit etwas anfangen?«

»Ich erinnere mich nicht einmal daran, überhaupt aufgewacht zu sein.« Prompt wirkte Angelo noch unglücklicher. »Ich verstehe das nicht. Der letzte klare Gedanke betrifft diese riesige Höhle. Ich weiß noch, dass ich durch einen Gang gekrochen bin – wobei, selbst das ist verschwommen – und dann um mein Leben gekämpft habe. Da war Feuer. Dann schwarzes Wasser und Gold. Ich wollte fliehen, aber etwas hat mich zurückgestoßen.«

»Wieso konnte Nic problemlos die Verbindung herstellen und uns in das Haus spiegeln, aber du wurdest zurückgestoßen?«, fragte sich

Matt. »Ich wette, du bist nur hierher durchgekommen, weil du Nics Anima dabeihattest und er sich an ihm festgeklammert hat.«

»Möglich. Die Barriere wurde irgendwann schwächer und ich konnte sie mit letzter Kraft überwinden. Danach ist alles schwarz.«

Womit klargestellt war, dass Angelo ihnen nicht viel weiterhelfen konnte. Sie wussten nicht einmal, welche der Bruchstücke, an die er sich zu erinnern glaubte, echt waren. Auf die Frage, wie der Kampf gegen den Mönch verlaufen war, der Nics Anima in seinem Besitz gehabt und Irons getötet hatte, wusste er nichts zu sagen.

»Womit nicht viele Optionen übrig bleiben«, schloss Liz. »Letztlich gibt es nur zwei Spuren, denen wir nachgehen können. Einmal die Unterlagen von Egmont Chavale, aber davon gibt es ziemlich viele. Oder wir kümmern uns um Nics Dad.«

»Meinen Dad? Was können wir denn da tun?«

»Es scheint, als glaube der Rat, dass er etwas mit den Mönchen zu tun hat, oder nicht? Also müssen wir das Gegenteil beweisen.«

»Ich möchte hier jetzt nicht klugscheißen«, warf Matt zaghaft ein, »aber ein Negativum zu beweisen ist unmöglich. Wie willst du das tun? Ein absoluter Nachweis, dass Nics Dad *nicht* mit den Mönchen zusammenarbeitet, ist unmöglich.«

»Du schließt aber schnell etwas aus«, gab Liz zu bedenken. »Wenn wir dem Rat den echten Verräter des 13. Hauses präsentieren, werden sie Nics Dad nicht mehr verdächtigen. Und wenn die Wächter den Verräter verhören, dürfte die Sache recht schnell aufgeklärt sein. Die erste Spur führt zu Jeremiah.«

»Der mir gegenübersaß, nachdem der Fatumaris im Sanktum explodiert ist«, erklärte Nic.

»Und woher willst du wissen, dass es nur einen gibt?«

Verblüfft erwiderte er Liz' Blick. Er war immer davon ausgegangen, dass es in der heutigen Zeit so etwas wie einen Fatumaris nicht mehr gab, die Schriften sprachen von seltenen Aufkommen in der Vergangenheit. Doch was, wenn ihre Gegner mehrere davon geschaffen hatten?

»Jeremiah«, flüsterte Nic. »Über den wir aber nichts wissen.«

»Dann müssen wir eben etwas herausfinden«, beharrte Liz. »Auch der Oberste muss einmal auf der Akademie gewesen sein, bevor er dem 13. Haus zugeteilt wurde. In den Unterlagen befindet sich bestimmt einiges über ihn. Wenn ich eines bei meinen Recherchen in der Vergangenheit festgestellt habe, dann, dass sich jeder Charakter schon in jungen Jahren bildet. Meist finden sich über die Mächtigen dort zahlreiche Informationen.«

Was Nic ihr sofort abnahm. Doch bei alldem gab es ein Problem. »Die Akademie gibt aber keine Informationen heraus. Da werden sie kaum eine Ausnahme für uns machen.«

Wie angeknipst lag dieses freche, wunderbare, gemeine Grinsen auf Liz' Gesicht. »Aber ich habe doch gar nicht vor, zu fragen. Wir beschaffen uns die Informationen durch einen kleinen … Einbruch.«

»Sie ist noch wahnsinniger als du.« Matt starrte Liz mit großen Augen an. »Wir können nicht in die Akademie einbrechen!«

»Das ist auch nicht nötig«, machte sich Angelo bemerkbar.

Drei Köpfe ruckten herum, drei Augenpaare fixierten Angelo in ihrem Fadenkreuz.

»Warum nicht?«, fragte Nic.

»Weißt du etwas?«, hakte Matt nach.

Einzig Liz schwieg erwartungsvoll.

»Jeremiah ist ein Oberster. Seine Akten sind versiegelt wie die aller Hausobersten und Ratsmitglieder. Sie achten sehr darauf, dass ihre Privatsphäre gewahrt bleibt, damit niemand sie erpressen kann oder ihre Familien angreift.«

»Und weißt du, wo die Akten verwahrt werden?«

Er wusste es, das sah Nic sofort. Doch Angelo zögerte.

»Jetzt sag schon«, forderte Liz.

»Ein Ort, den ihr nicht uneingeladen aufsuchen wollt«, sagte er leise. »Ich war einmal mit Gabriel dort. Unterm Strich könnte man wohl behaupten, es ist eine Bibliothek. Oder ein Archiv. Aber eines der ganz besonderen Art.«

»Man kann überall einbrechen«, stellte Liz klar. »Ich habe Dutzende von Gefängnissen als Projektion besucht. Manchmal auch Museen. Egal ob von Menschen gefertigt oder Magiern.«

Angelos Blick richtete sich ins Leere. Langsam strich er über seinen Dreitagebart. Wieder und wieder. Das kratzende Geräusch ging Nic auf die Nerven und er hätte Angelo am liebsten einen Rasierer gebracht – oder ein rostiges Messer –, doch endlich machte dieser den Mund auf.

»Du wirst keine Probleme haben, das Gebäude zu betreten«, erklärte er. »Doch die notwendigen Unterlagen lassen sich nicht heraustragen und nur von jenen lesen, für die sie bestimmt sind. Es gibt da mehr als eine Sicherung. Die Macht der Häuser wurde vereint, um diesen Ort zu schaffen.«

Nic seufzte. »Wir haben Killermönche und Fatumaris überlebt, da werden wir auch das hinbekommen.« Noch während er die Worte aussprach, bemerkte er, dass er nicht an sie glaubte.

»Vielleicht sollten wir es für heute gut sein lassen.« Nic verließ den Tisch und war aus dem Raum, bevor irgendwer ihn aufhalten konnte.

Er war müde.

Eine Müdigkeit im Inneren, die ihn zu Boden drückte. Es war, als zerbreche alles, was seinem Leben Stabilität verliehen hatte. Er vermisste seine eigene Unbeschwertheit, das befreite Lachen und die Abende mit Drinks und Freunden. Stattdessen saß er in einem Haus, das seit Jahrzehnten niemand mehr betreten hatte.

Er stieg die Treppen hinauf und ging an seinem Zimmer vorbei. Am Ende des Ganges gab es ein Fenster, das er im Vorbeigehen gesehen hatte. Nic öffnete es und sog tief Luft in die Lunge. Das Haus mochte sie beschützen, doch er fühlte sich gefangen von den dicken Mauern, eingeengt von Alter und Geheimnis.

»Er ist mein bester Freund«, erklang eine Stimme. »Ich sollte ihn suchen.«

Nic wich in die Schatten zurück.

»Lass ihm ein wenig Zeit«, sagte Angelo. »Er hat viel durchgemacht.«

»Wir alle.«

»Immer noch keine Neuigkeiten von deinem Bruder?«, fragte Angelo sanft.

Die beiden wirkten, als kannten sie sich bereits ziemlich gut. Wann genau war Angelo erwacht? Hatten sie sich länger unterhalten?

»Zumindest habe ich vor New York nichts erfahren. Aber Mikael ist stark, dem passiert nichts. Du?«

Sofort musste Nic wieder an die Geschichte denken, in der Matts großer Bruder sich in einen reißenden Fluss gestürzt hatte, um den Teddybären herauszufischen.

»Tut mir leid, aber als Schicksalswächter haben wir nichts mit den normalen Wächtern zu tun. Die sind für ihn zuständig.«

Matt nickte traurig.

Der Anblick zerriss Nic das Herz. Warum hatte er nicht bemerkt, dass es seinem besten Freund so schlecht ging? Matt lachte ständig, kümmerte sich fleißig um das Essen und hörte jedem zu. Sie frotzelten, neckten sich, aber wenn Nic es genau nahm, hatte keiner von ihnen davon erzählt, was in ihm vorging.

Gerade wollte er aus den Schatten treten, als Angelo Matt in eine Umarmung zog. Während Nic noch verblüfft auf die beiden starrte, strich Angelo sanft über Matts Wange und … küsste ihn.

»Ich …« Matt schluckte.

»Denk nicht darüber nach.«

Der Kuss ging weiter.

Nic sah es vor sich und dafür benötigte er nicht einmal die Schicksalssicht oder Magie: Angelo und Matt waren beide auf ihre ganz eigene Art einsam und verloren, zwei Ertrinkende, die sich aneinanderklammerten.

Mit dem Verlust von Gabriel hatte Angelo mehr verloren, als sein starkes Äußeres vermuten ließ. Er litt. Matt seinerseits schien jede Kraft aufgebraucht zu haben, Sorge und Angst brachen hervor.

Die beiden küssten sich heftiger. Es wurde immer leidenschaftlicher. Eine Gürtelschnalle klickte, sie verschwanden in Angelos Zimmer. Das Bett wurde in dieser Nacht eindeutig einem Härtetest unterzogen. Sie benötigten die gegenseitige Nähe und er gönnte es ihnen.

Nic sah aus dem Fenster und gab einem Impuls nach. Er zog sich nach oben und kletterte über die Schindeln bis auf die Spitze. Von hier oben ließ er den Blick über das nächtliche London schweifen. Die Stille tat gut und bestärkte doch seine Einsamkeit.

29.
GEFLÜSTER IN DER NACHT

War er ein schlechter bester Freund?

Er hatte nicht bemerkt, wie sehr es Matt getroffen hatte, dass sein Bruder verschwunden war, und doch hatte er sich weiter um Nic gekümmert. Ihm geholfen, ihn beobachtet, sein Leben gerettet. Er konnte nur hoffen, dass Angelo ihn gut behandelte.

»Wenn nicht, bekommt er es mit mir zu tun!«, rief er dem Mond zu.

»Und da muss er sich auch total fürchten«, antwortete dieser. Beinahe wäre Nic vor Schreck vom Dach gefallen. Natürlich war es Nox, der auf dem Schornstein saß und ihn gemein angrinste. »Na, steht jetzt ein Nervenzusammenbruch an? Existenzkrise?« Erfreut sprang er auf. »Oder springst du etwa?«

»Nein«, knurrte Nic.

»Man kann ja noch hoffen.«

»Ist es so schrecklich für dich, dass du an mich gebunden bist?«

»Was denkst du denn?« Nox ließ seine zwei in Krallenfüßen endenden Stampfer vom Schornstein baumeln. »Da genieße ich in einem Augenblick noch meinen Kurzurlaub in einem Lavasee und im nächsten klebe ich an einem hässlichen Magier und muss Babysitter spielen.«

»Aber ich würde dich jederzeit freilassen.«

»Glaube ich dir nicht.«

»Ich schwöre«, bekräftigte Nic.

»Dann spring.«

»Aber dann wäre ich tot.«

»Siehst du!«, ereiferte sich Nox. »Immer denken die Magier zuerst an sich selbst! Was ist dein Leben denn schon wert, im Vergleich zu meiner Freiheit?«

»Äh.«

»Lass stecken, ich will die Ausreden gar nicht hören. Und da wunderst du dich, dass ich so ehrlich zu dir bin und dir ständig deine Unzulänglichkeiten offenbare. Was anderes bleibt mir ja nicht zu tun. Ich habe auch ein Leben, weißt du.«

Und dabei wäre Nic dazu so viel eingefallen. Der Familiaris schien ein völlig anderes Wertesystem zu besitzen, als ein Mensch es tat. Geschah das automatisch, wenn man so lange lebte? Oder war der Hass auf Magier durch die Versklavung so sehr angewachsen?

»In Brasilien haben wir die Statuen gesehen«, begann er vorsichtig und konzentrierte sich auf das Bild.

»Statuen?!« Nox sprang auf. »Ach, die.« Er sank zurück auf den Schornstein. »Ein Sinnbild für die Versklavung meines Volkes über viele Jahrhunderte.«

»Wie wurde das denn beendet?«

»Die Magier wurden arroganter und beschlossen irgendwann, dass sie uns Familiaris nicht mehr benötigten. Vermutlich hatte es auch damit zu tun, dass wir unsere Fähigkeiten verweigerten.«

Nic konnte sich ein solches Schicksal nicht vorstellen. Auf ewig gebunden an eine magische Kreatur, die ihn kontrollierte, steuerte, über sein Leben bestimmte. »Welche Fähigkeiten?«

»Das sage ich dir nicht.« Nox stemmte seine Fäuste aufgebracht in die Hüfte. »Sonst wirst du mich ebenfalls ausbeuten, aber das kommt gar nicht infrage.«

»Ich will doch gar nicht …«

»Du willst dich nicht mal in die Tiefe stürzen, also komm mir nicht so«, unterbrach ihn der Familiaris. »Dabei hast du sowieso nur ein kurzes Leben. Bedenkt man, dass du von einer Katastrophe in die nächste stolperst, sogar ein noch kürzeres als alle anderen.«

Sein Mitleid mit Nox schrumpfte rapide.

»Wieso bist du nicht sauer auf den Rat? Immerhin haben die dich doch an mich gebunden.«

»Ich bin sauer auf jeden Magier«, entgegnete Nox. »Ich kannte mal einen Familiaris, der glaubte an die Güte in den Magiern und stellte seine Fähigkeiten in vollem Umfang zur Verfügung. Freiwillige Unterstützung sozusagen.«

»Was ist passiert?«

»So begann die Versklavung.«

Sprachlos starrte Nic auf die kleine graue Gestalt, die sich gegen das Mondlicht abzeichnete. Er wusste so wenig über die magische Welt. Ein paar Jahre im 13. Haus hätten das sicher geändert, doch der Zug war erst mal abgefahren. Er wollte etwas sagen, doch Nox war verschwunden.

Nic schlang die Arme um seine Beine und blickte hinaus in die Dunkelheit. Die Gedanken zogen an ihm vorbei wie die Lichter fremder Autos auf der Autobahn. Schlaglichter, Impressionen, alles vermengte sich zu einem undeutbaren Bild. Er konnte die offenen Fragen nicht mehr zählen, so viele waren es. Er hätte so gern mit jemandem gesprochen, um Klarheit zu erhalten. Sein Vater oder seine Mutter, was beides eine dumme Idee war, so kurz bevor der Rat eine Attacke gegen seinen Vater unternahm. Inés, Pablo oder Madam Ultinova, irgendjemand.

Möglicherweise konnte Angelo mit jemandem Kontakt herstellen, dem er vertraute, sobald sie das Haus verließen. Bis dahin blieb nur zu hoffen, dass die Barriere den Rat davon abhielt, Nox zu sich zu rufen. Wenn dieser magisch dazu gebracht werden konnte, alles auszuplaudern, was Nic erlebt hatte, bekamen sie ein Problem. Doch konnte man das irgendwie verhindern?

Nic beschloss, in der Bibliothek nach einer Lösung zu suchen, bevor sie irgendwelche gefährlichen Unternehmungen durchführten. Vielleicht konnte er die Bindung sogar lösen und Nox in die Freiheit entlassen? Ja, der Gedanke gefiel ihm. Zum einen fühlte er sich miserabel dabei, den Familiaris auf dieser Ebene zu binden, ihn – wenn auch unfreiwillig – zu versklaven. Zum anderen hatte er genug von den frechen Sprüchen und Beleidigungen des kleinen Mistkerls.

Gähnend stieg Nic durch das Fenster wieder ein. Sein Zimmer lag leer und dunkel vor ihm, als er unter die Decke kroch. Dieses Mal konzentrierte er sich nicht auf irgendein Symbol, er wollte schlafen. Falls Jane mit neuen Informationen auf der Plattform wartete, würde Matt das bestimmt übernehmen. Der kleine Pfadfinder hüpfte nach dem Sex zweifellos gern noch mal kurz zwischen den Baumwipfeln herum.

Die Nacht war kurz und der Schlaf unterbrochen von ständigem Erwachen. Nic kam innerlich nicht zur Ruhe. Gerädert schlurfte er am nächsten Morgen zum Frühstückstisch, ignorierte die Gemeinheiten von Nox und stürzte das grüne Gebräu hinunter. Unterm Strich hatte er ja keine Wahl.

»Ich habe eine Idee«, verkündete Liz in gemeiner Frische.

»Na toll«, konnte Nic sich nicht verkneifen, was ihm ein böses Funkeln einbrachte. »Ist ja gut, lass es raus.«

»Ich habe gestern Nacht noch mit Angelo gesprochen«, erklärte Liz und deutete auf einen ekelhaft zufrieden dreinschauenden Wandschrank in Kampfmontur.

Immerhin konnten sie ihre Kleidung dank Magie auch ohne Waschmaschine reinigen, wodurch die Blutflecken fort waren.

Matt kam fröhlich pfeifend aus der Küche, klatschte Nic eine viel zu große Portion grüne Pampe in die Schüssel und setzte sich in Angelos Nähe. Betont unauffällig warf er immer wieder Blicke zu diesem hinüber.

»Also wenn es euch nicht interessiert, können wir gern auch auf eine Selbstmordmission gehen.« Liz verschränkte die Arme vor der Brust.

»Worum geht es?«, fragte Matt sofort.

»Ich habe eine Idee. Gestern Abend konnte ich nach dem Abendessen noch kurz mit Angelo darüber sprechen.«

Immerhin, damit entfiel die grauenvolle Vorstellung von Matt, Angelo und Liz, die sich gemeinsam leidenschaftlich auf den Bettlaken räkelten. Liz' schlanker Körper hatte sich nicht unter den Händen von Angelo gebogen, er hatte ihr seine Lippen nicht auf den Körper gepresst, während Matt …

»Du schaust, als habe jemand irgendwo Kaffee gebrüht«, sagte Liz gefährlich leise.

»Gar nicht«, konterte er. »Ich bin voll da und höre dir zu. Willst du nicht endlich damit rausrücken?«

»Diese Bibliothek befindet sich in einer toten Zone, weshalb wir dort keine Magie anwenden könnten und der Zeitablauf scheint unterschiedlich fragmentiert zu sein. Sie wurde von allen 12 Häusern in gemeinsamer Arbeit, um einen mystischen Korridor herum erschaffen.«

Nic erinnerte sich dunkel an die Vorlesung. Mystische Korridore hatten einstmals Manifestationsreiche miteinander verbunden und waren so etwas wie Abfallprodukte. Das Ganze klang auf jeden Fall wie ein Selbstmordkommando.

»Wie sollen wir dann an die Unterlagen gelangen?«, fragte Matt.

Worauf Liz gewartet hatte, denn die Worte sprudelten aus ihr heraus: »Über Jeremiahs Träume.«

»Kannst du vergessen«, stoppte Nic sie sofort. »Traumwandlern ist es verboten, bei einem Obersten herumzuschnüffeln. Aber mit der Hilfe von Sam … Vielleicht wäre es doch möglich.«

»Seht ihr? Wir schaffen das!«

»Seid ihr sicher, dass ihr beide nicht Geschwister seid oder so?« Matt ließ seinen Blick zwischen Nic und Liz hin und her wandern. »Auf solche schrecklichen Ideen kommt normalerweise nur er.«

»Es ist auf jeden Fall mit dem geringsten Risiko verbunden«, erklärte Angelo. »Wenn man bedenkt, was bisher geschehen ist, sollten wir vorsichtig sein.«

»Wieso bist du überhaupt mit so etwas einverstanden?«, fragte Nic. »Das ist doch gegen die Regeln.«

»Wenn Jeremiah etwas mit dem Tod von Gabriel zu tun hat, will ich das wissen.«

Totschlagargument. Nic schielte zu Matt, ob dieser bei der Erwähnung von Angelos Ex vielleicht ein wenig eifersüchtig reagierte. Nein, er wollte seinen Angelospatz wohl nur in den Arm nehmen, um ihn zu trösten.

»So schlimm ist die Idee jetzt auch wieder nicht.« Liz hatte Nic beobachtet und seinen Gesichtsausdruck völlig falsch gedeutet.

»Ehrlich gesagt finde ich sie sogar gut«, gab er zurück. »Falls Sam uns hilft. Immerhin begibt sie sich auch in Gefahr.«

»Hat Jane nicht erzählt, dass sie eine Freie ist?«, hakte Angelo nach.

»Stimmt. He, woher weißt du das?«, fragte Nic.

»Ich habe es ihm gesagt«, gab Matt sofort zu, was Nic keine Sekunde wunderte. Womöglich war Angelo ein Spion der Mönche und hatte Matt nur verführt, um an Informationen zu gelangen. Der schmachtende Blick seines besten Freundes verdeutlichte jedoch, dass es keine gute Idee war, diesen Verdacht laut auszusprechen.

»Wie kämen wir denn in Jeremiahs Traum hinein?«, fragte Nic.

»Ich habe dazu recherchiert«, verkündete Liz.

»Natürlich hast du das.«

Sie ignorierte ihn. »Wir benötigen eine Traumwandlerin. Diese muss den Obersten berühren, um einen direkten Kontakt herzustellen. Alternativ ist es möglich, dass eine Person, die sich länger in seiner Umgebung befunden hat, als Verbindung dient.« Dabei warf sie Angelo einen Blick zu. »Die Traumwandlerin öffnet so etwas wie einen Korridor und wir«, wobei sie auf Matt, Nic und sich selbst deutete, »betreten dann den Traum. Dort angekommen, müssen wir Jeremiah sanft in die Richtung der gesuchten Erinnerungen lenken. Wenn wir zu ruppig vorgehen, wird er umgehend erwachen. Falls wir unseren Job gut machen, bekommen wir die Vergangenheit gezeigt. Die Schwierigkeit besteht darin, die echten Erinnerungen und Träume voneinander zu unterscheiden.«

Durch die Traumwelt eines Obersten zu streifen gehörte nicht unbedingt zu Nics bevorzugten Hobbys. Allerdings schien es die einzige Möglichkeit zu sein, an die gesuchten Informationen zu gelangen. Und besser als ein Einbruch in ein mehrfach magisch gesichertes Gebäude war es allemal.

»Irgendwelche Risiken?«, hakte Matt nach.

»Eine ganze Menge«, gab Liz offen zu. »Zum einen könnte Jeremiah merken, dass wir nicht Teil seines natürlichen Traums sind, sondern von außen kommen. In dem Fall besitzen Oberste verschiedene Techniken, die Eindringlinge festzuhalten, bis weitere Traumwandler eingreifen. Sam müsste in diesem Fall wohl die Verbindung beenden und wir würden außerhalb unserer Körper festgehalten.«

»Gruselig«, murmelte Matt.

»Wenn alles glattläuft, haben wir noch das Problem, dass wir uns intensiv auf das gefundene Wissen konzentrieren müssen, denn auch wir sind in einem leichten Traumzustand. Dabei vergisst man recht schnell Dinge.«

»Klingt lustig«, merkte Nic an.

»Die Rückkehr muss exakt gesteuert werden«, kam Liz zum Ende. »Die Verbindung ist fragil und kann jederzeit zusammenbrechen. Auch dann sitzen wir außerhalb unseres Körpers fest, im schlimmsten Fall irgendwo im magielosen Raum.«

Sofort kam Nic wieder die Schwärze in den Sinn, in die er bei der Zerstörung des Raums mit der Maschine beinahe gesaugt worden war.

»Na, da kann ja quasi nichts schiefgehen.« Matt verdrehte die Augen.

»Willst du lieber in die Bibliothek?«, fragte Nic.

Matt schwieg.

Sofort spürte Nic wieder den Stich seines schlechten Gewissens. Letztlich wollte sein bester Freund nur sicherstellen, dass sie in Sicherheit waren und keiner Mist baute. Gerade nach dem Verschwinden seines Bruders würde es ihn hart treffen, wenn noch jemandem etwas geschah. Es war sicher kein Zufall gewesen, dass ausgerechnet der eher schüchterne Matt in New York ein Auge auf Nic gehabt hatte.

»Was brauchen wir sonst noch?«, fragte Liz an Angelo gewandt.

»Letztlich können wir jederzeit loslegen, sobald ihr Sam überzeugt habt«, erklärte der. »Ihr muss aber klar sein, was für ein Risiko sie eingeht. Falls Jeremiah andere Traumwandler alarmiert, werden diese alles daransetzen, sie zu finden.«

»Das wird sie eher anspornen, es zu tun«, war sich Nic sicher. »Sie ist ein wenig anarchistisch veranlagt.«

Mit der Zunge betastete er jene Stelle, an der im Traum auf der Plattform jetzt immer das Piercing saß. Wie bekam er das Teil eigentlich wieder weg?

»Ich übernehme das«, bot sich Matt an. »Mittlerweile komme ich easy auf die Plattform. Das Zeichen hängt irgendwie in meinem Unterbewusstsein fest, ich lande fast jede Nacht dort.«

»Warst du Jeremiah überhaupt nahe genug, damit du als Wegweiser fungieren kannst?«, fragte Nic Angelo.

Dieser löffelte langsam die grüne Pampe, als sei die eine schmackhafte Eiscreme. »Immerhin bin ich ein paar Jahre länger im Haus der Schicksalswächter als du. Es geht dabei nicht um die körperliche Nähe.« Er räusperte sich. »Jeremiah hat mich ausgebildet. Im Kampf.«

»Was?!«, platzte es aus Nic heraus.

Er konnte sich nur schwer vorstellen, wie der distinguierte Jeremiah Caldwell Attacken gegen Angelo ausführte und ihn quer durch den Raum prügelte. Ob Liz einen kleinen Ausflug unternehmen konnte, um ihm das Ganze zu zeigen? Ein Bier, ein wenig Popcorn und dabei zuschauen, wie Angelo verdroschen wurde. Unbedingt!

»Warum grinst du so dämlich?«, hakte Liz nach.

»Tagträume.«

Der grimmige Blick von Angelo holte Nic sofort in die Wirklichkeit zurück. »Sollen wir uns mal über deine Träume unterhalten?«

»Nicht nötig«, haspelte Nic. »Die interessieren dich nicht.«

Mit einem Mal fühlte Nic sich umgeben von mobilen Minen, die jederzeit detonieren konnten. Hilfe suchend blickte er zu Matt, der jedoch nur süffisant grinste und ihm mit seinem dämlichen Chlorophyllglas zuprostete.

»Die sind privat«, patzte Nic. »Quasi Datenschutz.«

»Wie schnell kannst du Sam informieren?«, wandte sich Liz an Matt.

»Na ja, ich habe heute Nacht nicht so gut geschlafen. Die Matratze ist zu hart.«

»Dass das hart war, kann ich mir denken«, murmelte Nic.

»Deshalb bin ich noch etwas müde«, sprach Matt weiter. »Ich könnte einen Mittagsschlaf machen und mit Sam einen Termin vereinbaren.«

»Sieben Uhr am heutigen Abend, mitteleuropäische Zeit«, schlug Liz vor und warf einen fragenden Blick in die Runde.

Alle nickten.

Matt trabte davon, um sein Mittagsschläfchen zu halten. Der Mistkerl hatte Sex gehabt und durfte jetzt auch noch schlafen.

»Gehen wir wieder in die Bibliothek?« Liz' Blick machte deutlich, dass es sich nicht um eine Frage handelte.

»Aber klar, total gern«, heuchelte Nic, was Angelo ein gemeines Grinsen ins Gesicht trieb.

Nachdem sie die Katalogisierung hinter sich gebracht hatten, stand die Recherche an. Liz teilte Nic Bücher zu und er verdächtigte sie, ihm die langweiligsten zu geben. Anstelle von spannenden Konstruktionszeichnungen oder Theorien über unentdeckte Magie, bekam er Beobachtungen der Politik und der Wandlung in der magischen Gesellschaft, die Chavale notiert hatte. Der Kerl war obsessiv damit beschäftigt gewesen, die Veränderungen vorauszusagen, die auf der Einstellung von Menschen gegenüber ihren Mitmenschen basierte. Ständig sprach er davon, dass die Öffnung von Grenzen das Bild der Menschen auf ihren eigenen Kosmos veränderte. War das Chaos innerhalb einer geschlossenen Gemeinschaft einmal durch gewachsene Strukturen beigelegt, stagnierte der Wandel. Erst durch die Beimischung eines neuen Teilchens, das erst einmal Chaos auslöste, wurde die Dynamik neu generiert, Veränderungen eingeleitet und die Evolution beschleunigt. Aus Chaos wurde Veränderung, wurde Fortschritt und Verständnis.

»Wir sollten das mal digitalisieren und ein paar Politikern schicken«, überlegte Nic. »Vielleicht erweitert das auch deren Horizont.«

»Ich dachte, bei euch in Kanada läuft das ganz gut?« Liz hatte ihre hübsche Stupsnase in ein Buch über die Risswirkung chaotischer Magie gesteckt.

»Das schon. Aber schau dir den Rest der Welt an.« Nie hätte er geglaubt, einmal überhaupt eine Meinung zu Politik zu haben. Pablo war schuld.

Doch Liz nahm den Faden auf und Minuten später diskutierten sie eifrig über die politischen Unterschiede verschiedener Länder und die Auswirkungen, die diese auf ihre Nachbarn und die Welt hatten.

Es machte tatsächlich Spaß, obwohl sie so heftig diskutierten, dass Angelo den Kopf durch die Tür steckte, aber nur schnell rief: »Sieben Uhr heute Abend klappt«. Dann flüchtete er.

Sie debattierten eifrig weiter, bis es endlich so weit war.

30.

TRAUMREISE

»Ich bin viel zu aufgeregt«, erklärte Nic. »Ich werde niemals einschlafen.« Er schlief sofort ein.

Schuld waren diese ekelhaften Räucherstäbchen von Liz. Sie rochen nach irgendeinem Kraut, das angeblich entspannte und dabei half, in den Schlaf zu gleiten.

Angelo saß im Schneidersitz in der Mitte, um ihn herum lagen irgendwelche Teppiche am Boden, die Liz herbeigeschafft hatte. Auf ihnen lagen Matt, Liz und Nic, bildeten ein Dreieck, mit Angelo im Zentrum.

Glücklicherweise hatte Nic noch an das Symbol gedacht und glitt so entspannt zur Plattform. Matt war bereits vor Ort und kurz darauf kam auch Liz elegant wie ein Schwan zu Boden geschwebt. Sie hatten ihr das Symbol aufgezeichnet, wodurch sie es hatte verinnerlichen können.

Sam hatte gemeinsam mit Jane gewartet.

»Freut mich, dich kennenzulernen«, Liz streckte die Hand aus.

»Gleichfalls«, Jane griff zu. »Die Jungs tanzen dir hoffentlich nicht auf der Nase herum.«

Nic setzte schon dazu an, sich zu verteidigen, doch Liz sagte nur: »Alles gut. Sie sind beide total nett.«

Jane schien verblüfft, enthielt sich aber eines Kommentars dazu.

»Ich konnte mich dank Angelo einfädeln«, erklärte Sam. »Ihr habt Glück, euer Oberster befindet sich wohl in der gleichen Zeitzone wie ihr, er schläft seit zwei Stunden.«

Womit nur zu hoffen blieb, dass nicht irgendein Notfall dafür sorgte, dass er erwachte.

»Ich öffne euch den Zugang und ihr könnt durch, aber beeilt euch. Die Sache ist echt gefährlich.« Die sonst so taff wirkende Sam schien besorgt. »Ihr müsst durch den Tunnel zurück sein, bevor Jeremiah erwacht.«

»Verstanden«, bekräftigte Nic.

Sam wirkte skeptisch. Trotzdem bewegte sie die Arme wie ein Nichtmagier, der vorgab, ein Magier zu sein und sein Publikum mit irgendwelchen Fuchteleien ablenken wollte. In der Luft erschien ein Wabern, das sich schnell verdichtete.

»Die Zeit läuft«, verkündete Sam, was nicht dazu angetan war, Nic zu beruhigen.

Liz zuckte nur mit den Schultern und war – schwups – verschwunden. Matt ballte die Fäuste und sprang hinterher. Nic konnte nicht länger warten, wollte er nicht dastehen wie ein Feigling. Ein Schritt, es schwappte und …

… nein, da war kein Fall. Stattdessen stand er im Inneren eines Tunnels. Die Wände bestanden aus dunklem Gestein, das von innen heraus leuchtete. Dahinter bewegten sich Schatten, die nach ihnen zu greifen schienen.

»Gemütlich«, kommentierte er.

»Das dürfte dann wohl die Verbindung sein, aber noch nicht Jeremiahs Traum.« Matt berührte das Gestein, zog aber sofort seine Hand zurück. »Es ist warm.«

»Wir sind in der Todeszone.« Liz rannte los. »Beeilt euch!«

Sie flitzten durch den Gang, an dessen Ende eine schlichte Holztür auf sie wartete.

»Das ist so typisch Jeremiah«, kommentierte Nic.

Sie ließ sich problemlos öffnen. Dahinter wartete aber nicht, wie von Sam angekündigt, ein chaotischer Traum.

»Ist das ein Landsitz?«, fragte Matt.

Mit einem Knall fiel die Tür hinter ihnen ins Schloss.

Sie befanden sich in einem weitläufigen Raum, der mit großen Fenstern ausgestattet war. Grün bedeckte die Landschaft, hinter einer Klippe brandete das Meer. Die Einrichtung war luftig leicht gehalten, hier eine Pflanze, da eine Schüssel mit Sand und Steinen darin.

»Das ist so gar nicht Jeremiah.« Nic besah sich einen der Steine in einer besonders hübschen Schüssel genauer.

Wie aufs Stichwort kam der Oberste hereingestürmt. »Aber wir müssen etwas tun!«

»Und damit alles riskieren?!« Neben Jeremiah betrat eine hochgewachsene Frau mit grauem Kurzhaarschnitt den Raum. »Jeremiah, das würde alles aufs Spiel setzen. Wir wissen doch gar nicht, wer dahintersteckt.«

»Es muss Esme sein.«

»Esme ist tot. Ihre gesamte Gruppe wurde abgeschlachtet. Hör endlich auf mit deinen albernen Theorien darüber, dass sie irgendwie überlebt hat.«

»Die Unterlagen …«

»Ich bitte dich, Jeremiah!«

»Sie lebt, Angela.«

Die Antwort bestand in einem frustrierten Stöhnen. »Ich kann es dir ja sowieso nicht ausreden. Trotzdem kannst du es auf keinen Fall riskieren, die Wächter einzuschalten.«

Verblüfft registrierte Nic, dass irgendein Pulver von Angela herabrieselte. War das Sand?

»Ist dir *seine* Idee lieber?«

»Auf keinen Fall!«

Die beiden hatten mittlerweile das Zentrum des Raumes erreicht und standen sich gegenüber wie zwei unversöhnliche Kontrahenten. »Das würde alles nur schlimmer machen.«

»Eben! Wir brauchen das vollständige Manuskript des Malus Magica Aeternum. Wenn uns das nicht gelingt, ist die Maschine der einzige Ausweg.«

Angela schrie wütend auf, wobei noch mehr Sand zu Boden rieselte. »Du bist so ein Sturkopf! Chavale hat vor seinem Verschwinden dafür gesorgt, dass niemand das Buch findet, und ausnahmsweise war das einmal eine gute Idee. Dieser Idiot hätte uns noch alle ins Unglück gestürzt.«

»Wenn wir wüssten, was genau er gefunden hat«, beschwor Jeremiah sie, »dann könnte ich dich retten.«

»Mich retten?« Sanft legte Angela ihre Hand auf die Wange des Obersten. »Aber Jeremiah, mittlerweile sind nicht mal mehr meine Knochen geblieben. Es ist so lange her. Lass endlich los.«

Wie ein Mehlbeutel, der gegen eine Wand geschlagen wurde, verpuffte Angela als feiner Staub durch die Luft. Sie war fort.

Jeremiah blieb allein zurück.

Die Szene schien ihm nicht fremd, denn er ging gemächlich davon, wenn auch mit hängenden Schultern. Nic fühlte sich elend. Ganz offensichtlich hatten sie hier einen schrecklichen Augenblick im Leben des Obersten miterlebt. War Angela möglicherweise seine Frau gewesen?

»Das scheinen Erinnerungen zu sein«, flüsterte Liz.

Sie folgten Jeremiah.

Dieser stieg eine breite Steintreppe hinab in die Tiefe. Mit jeder Stufe veränderte sich die Umgebung und die Beschaffenheit der Treppe, die am Ende aus brüchigem Holz bestand.

»Kann es gelingen?«, fragte jemand.

Nics Körper gefror. »Dad?«

Liz verpasste ihm einen heftigen Rippenstoß, doch weder sein Vater noch Jeremiah achteten auf die Worte.

»Ich weiß es nicht. Die Linien sind in Aufruhr, aber es scheint, als gleichen sie den Knoten aus. Er löst sich.« Nics Vater wirkte niedergeschlagen. »Es erfolgt keine Veränderung, die sich fortpflanzt.«

»In Chavales Buch stand etwas von drei Anima, die miteinander verwoben sein müssen.« Jeremiah hielt plötzlich ein vergilbtes Buch in Händen, was Nic verdeutlichte, dass es sich um einen Traum handelte. Fast hatte er es vergessen. »Vielleicht haben wir das falsch interpretiert.«

»Ich bin für jeden Vorschlag offen.«

Nics Dad wirkte ein wenig verwahrlost und – was Nic am meisten schockierte – er trug keine Weste. Auch fehlten die grauen Strähnen in seinem Haar. Wie lange lag dieses Ereignis zurück?

»Familie«, sagte Jeremiah tonlos. »Was, wenn du für einen großen Eingriff die Anima deiner Familie benötigst? Drei davon.«

Während Nics Vater über die Worte nachdachte, hatte Nic ein weiteres Mal das Gefühl, in einen Bottich aus Eiswasser getunkt zu werden. Hatte sein Vater ihn deshalb an Nics einundzwanzigstem Geburtstag auf diese Plattform gestellt? Hatte er einfach Nics Anima benötigt, um etwas zu verändern?

»Beruhige dich«, flüsterte Matt. »Dafür gibt es bestimmt eine vernünftige Erklärung.«

Es klimperte, als Jeremiah die Hand öffnete, in der drei Anima lagen. »Meine Frau, meine Söhne. Wir versuchen es.«

Nics Dad nahm die Anima zögerlich entgegen. »Ich platziere sie. Aber dir ist klar, dass wir die Folgen nicht absehen können. Was auch geschieht …«

»Sie hätten es gewollt.«

Mit einem Mal war Nic sich gar nicht mehr so sicher, dass Jeremiah tatsächlich der Böse in diesem Spiel war. Was, wenn sie sich irrten?

Nics Vater platzierte die drei Artefakte auf den Spitzen der Spulen. »Du musst sie aktivieren. Die Verbindung besteht zu dir.«

Jeremiah trat an die Konsole. Von ihrer Position aus konnten sie nicht erkennen, was genau er tat, doch der Erfolg stellte sich umgehend ein. Die Spulen begannen zu vibrieren, leuchtende Magie tanzte über das Metall. Ein Summen erklang wie von tausend Bienen. Inmitten der Luft bildete sich ein Wirbel.

»Es funktioniert!« Jeremiah machte eine Armbewegung und das Glühen erlosch.

Die beiden Männer fielen sich in die Arme.

»Wir haben es geschafft«, flüsterte Nics Dad.

»Das haben wir«, erklärte Jeremiah. »Jetzt kann ich dich töten.«

Im nächsten Augenblick brach die Wand entzwei, die Umgebung veränderte sich. Sie befanden sich auf einer weiten Fläche, in der Ferne tobte ein Gewitter. Jeremiah und Nics Dad standen sich gegenüber, Magie wurde aktiv. Bäume segelten durch die Luft, Erdreich explodierte, Metall blitzte.

»Sie bekämpfen einander«, stellte Matt fest. »Aber warum?«

»Jeremiah hat meinen Dad benutzt, um die Maschine zu bauen«, flüsterte Nic. »Die alte Frau hat doch angedeutet, dass es zu einer Spaltung kam und sich jetzt zwei Gruppen gegenüberstehen, die einen unterschiedlichen Weg einschlugen.«

Der Kampf war hart.

Bereits nach wenigen Minuten lag Nics Dad sterbend im Gras. Blut rann aus einer tiefen Wunde.

Jeremiah trat neben ihn. »Keine Sorge, ich kümmere mich um die Maschine.« Er lachte, wie Nic es nie zuvor an ihm gehört hatte.

Dann ging er davon.

Nic wollte seinem Vater helfen, doch sie befanden sich in Jeremiahs Traum, blieben also bei ihm. Und immerhin war sein Vater ganz offensichtlich nicht gestorben.

Der Oberste schritt zwischen den Baumwipfeln hindurch, bis er ein Loch im Boden fand. Dahinter wartete eine breite Wendeltreppe ohne Geländer, die in ein Gewölbe führte.

Zwischen Dutzenden von Artefakten blieb er stehen, betrachtete sie eingehend. Wie in Gedanken strich Jeremiah sich über die Rückseite der linken Hand. Mit gerunzelter Stirn registrierte er ein daumennagelgroßes Tattoo. Im nächsten Augenblick hielt er sich die Nase zu, schloss den Mund und sog die Luft ein.

»Es funktioniert«, flüsterte er. »Ich träume. Es ist ein Traum!«

Glücklicherweise gab es ausreichend Ecken und Steinbrocken, um sich dahinter zu verstecken.

»Er träumt bewusst«, flüsterte Liz. »Das nennt sich luzides Träumen. Sam hat mit ihrer Plattform dafür gesorgt, dass wir das auch tun, sobald wir uns an das Zeichen erinnern. Verdammt!«

»Und ausgerechnet hier«, sprach Jeremiah. »Nutzloser Tand.«

Es waren Artefakte, die der Dämon einst benutzt hatte, wie Nic erkannte. Sie türmten sich auf zu einem Berg, schienen jedoch magisch nicht länger aktiv zu sein. Da es sich um einen Traum handelte, konnte er das natürlich nicht überprüfen.

Jeremiah schien ungerührt. Er schnippte mit dem Finger.

Die Umgebung veränderte sich erneut.

Wieder standen sie in jenem weitläufigen Haus, in dem ihre Reise begonnen hatte, doch die Einrichtung hatte sich verändert.

Alles wirkte düsterer, älter, verstaubter. Vor den Fenstern war noch immer dichtes Grün zu sehen, doch dahinter ragte die Skyline einer Stadt empor.

»Er hatte Frau und Kinder«, flüsterte Matt.

Sie waren alle hinter einer Gangbiegung in Deckung gegangen. Glücklicherweise schien Jeremiah nicht auf die Idee zu kommen, dass sich Eindringlinge in seinen Traum schleichen könnten. Zielsicher ging er den Gang entlang und verschwand in einem Raum. Sie folgten ihm und lugten durch die offene Tür.

Es war sein Büro.

»Was jetzt?«, ragte Matt.

»Wir schauen uns um«, erwiderte Liz. »Wenn das hier ein gesteuertes Abbild von Jeremiahs echtem Haus ist, dann befinden sich auch alle Gegenstände darin.«

Die Küche wirkte, als habe hier seit Jahrhunderten niemand mehr gekocht, worauf auch die altmodischen Küchengeräte hindeuteten. Auf dem Glas der Anrichte lag Staub, die Rührmaschine war eindeutig aus den Neunzigern und manche Dinge konnte Nic nicht einmal zuordnen.

»Kommt mal hierher!« Liz Stimme kam aus dem Nebenraum.

Im Abstand von jeweils zwei Schritten waren kleine Podeste aufgebaut, über denen sich gläserne Käseglocken wölbten. Darunter lag jeweils ein Gegenstand. Meistens waren es Apparaturen, die problemlos einem Steampunk-Roman entsprungen hätten sein können. Aber auch einzelne Papyri oder Rahmen von Anima.

Staunend studierte Liz ein Pergament. »Das entstammt dem alten Ägypten, das sind Hieroglyphen.«

Es war süß, wie sehr sie darüber in Verzückung geriet.

Matt starrte auf eine Apparatur, die wie ein riesiger Metallhandschuh wirkte. Man konnte Anima einpassen und ihn überstreifen.

»Total genial«, hauchte er.

»Und wenn du ihn überstreifst und schnippst, löschst du die halbe Welt aus«, kommentierte Nic.

»Die halbe Galaxis«, korrigierte Matt. »Meinst du, Jeremiah merkt es, wenn ich den mal anziehe?« Seine Augen leuchteten.

»Mach mal.«

»Nein, machen wir nicht.« Liz warf sich förmlich auf die Glocke, bevor Matt sie hochheben konnte. »Das ist so typisch Jungs. Jetzt haltet euer Nerd-Gen mal flach.«

»Das ist Diskriminierung«, erklärte Nic sofort.

Matt nickte eifrig.

»Ihr wisst aber schon, dass dieser Traum jederzeit enden kann. Da muss nur ein Wecker losgehen oder jemand gegen die Tür klopfen.«

Was sie umgehend auf das harte Bordsteinpflaster der Realität zurückbrachte.

Sie suchten also weiter.

Dieses Mal war es Nic, der etwas fand. Unter einer Käseglocke lag ein dickes Buch mit brüchigem Einband. Mit krakeliger Handschrift waren Worte darauf geschrieben, ein Wachssiegel angebracht.

»Chavale«, sagte Liz nur und riss die Käseglocke herunter. Sie blätterte eifrig darin. »Das ist seine Schrift, ich erinnere mich daran.«

Auf der ersten Seite leuchteten ihnen die Worte ›Malus Magica Aeternum‹ entgegen. Die Folgeseiten waren dicht beschrieben und mit Zeichnungen versehen. Nach der Hälfte wurden die Worte durchscheinend, dann kamen nur noch leere Seiten.

»Was ist das?«, fragte Nic.

»Jeremiah hat nur das gelesen, was hier auch sichtbar ist. Die leeren Seiten dürften dann wohl der Teil des Manuskriptes sein, der nicht gefunden wurde. Chavales Erbe.«

»Wie kriegen wir die Informationen hier heraus?«, fragte Nic.

»Überhaupt nicht«, stellte Jeremiah klar.

Aufschreiend fuhren sie herum.

Der Blick des Obersten traf das Manuskript. »Ah, ich verstehe. Und plötzlich ergibt alles einen Sinn. Korrigiert mich, aber ganz zweifellos gehört keiner von euch in diesen Traum. Ich sollte wohl erwachen.«

Und genau das tat er.

31.

FLUCHTKURS

Bevor Nic auch nur den Gedanken verarbeiten konnte, dass Jeremiah sie entdeckt hatte, handelte Liz. Sie sprang auf den Obersten zu und schleuderte ihn zur Seite.

»Los!«

Risse erschienen auf der Wand wie schwarze Spinnennetze, die in Sekundenschnelle gewoben wurden. Putz bröckelte zu Boden, wo er einfach verschwand. Der Traum kollabierte.

Sie rannten durch die Tür, den anschließenden Gang entlang und zu jener Stelle, an der sich das Ausgangstor befand. Liz war bereits hindurch, als Matt aufschrie.

Der Holzboden verflüssigte sich und bildete Tentakel aus, die ihn festhielten.

»Hau ab!«, rief Matt.

»Ich denke gar nicht dran.« Mit einem Satz war Nic bei seinem besten Freund und zerrte an ihm.

»Was ist los?«, brüllte Liz.

»Hau ab!«, rief Nic.

»Hau doch selber ab!« Mit wenigen Schritten war sie ebenfalls heran und packte Matt.

Gemeinsam gelang es ihnen, die Tentakel zurückzuschlagen. Jeremiah trat durch die gegenüberliegende Tür. Gelassen betrachtete er die Szene, die Augen zusammengekniffen, als suche er etwas. Schließlich nickte er. »Du bist also der Anker.«

»Shit! Los! Raus hier!« Nic war die Panik in seiner Stimme nicht einmal vor Liz peinlich.

Sie sprangen in den Gang und rannten. Ähnliche Träume hatte Nic bereits erlebt, wer nicht? Doch normalerweise erwachte er stets daraus, wenn es zu schlimm wurde. Die Wände des Gangs schoben sich langsam näher, die Schatten dahinter nahmen Konturen an. Eine Armee aus dunklen Silhouetten reihte sich hinter dem durchsichtigen Gestein auf. Arme wurden nach vorne gestoßen, Finger durchbrachen das Hindernis.

»Was ist das?« Matt wich von der einen Seite zurück und wäre beinahe von den gierigen Händen auf der anderen erwischt worden.

»Weiter!« Liz bildete den Abschluss und scheuchte sie voran. Immer wieder schaute sie zurück zur offenen Tür, die in Jeremiahs Traum führte.

Nics Magen machte einen Satz, als der Oberste kurzerhand selbst durch die Tür trat und durch den Gang auf sie zukam. Die ausgestreckten Arme mieden ihn, zogen sich sogar dort zurück, wo er näher kam.

Nic beschleunigte seine Schritte. »Wieso kann er hier herein?«

»Solange der Tunnel besteht, kann er uns bis zurück auf die Plattform folgen.« Liz verpasste Matt einen ordentlichen Schups. »Jetzt beweg dich!«

»Tue ich doch!«

»Aber zu langsam!«

»Wir entspannen uns jetzt mal alle«, erklärte Nic panisch. »Oder versuchen es zumindest. Während wir rennen. Und das könntest du wirklich etwas schneller tun, Matt.«

Der Ausgang auf der anderen Seite kam in Sichtweite. Leider hatte der Gang mittlerweile eine Enge erreicht, die es schwer machte, den Händen auszuweichen. Nic verspürte pure Angst bei dem Anblick. Die Steinwand schien nur noch aus einer dünnen Membran zu bestehen, die diesen Teil des Traumes von einem grauenhaften Albtraumland abgrenzte. Abertausend von gebeugten

Schatten wanderten dahinter über weite Ebenen. Beinahe hätte Nic vor Angst geschrien.

Jeremiah schien von alldem nichts mitzubekommen. Er schritt einfach geradeaus, den Blick starr auf sie gerichtet. Oder durch sie hindurch?

»Der Traum müsste sich schon längst aufgelöst haben.« Liz' Worte wurden unterbrochen von einem beständigen Keuchen, sie war körperlich am Limit. »Angelo hält ihn irgendwie fest. Das merkt Jeremiah.«

Nic stolperte durch die Tür, die auf der anderen Seite das Waberns war, und schlug der Länge nach auf die Plattform. Matt schien an etwas festzuhängen, kam aber ebenfalls durch. Sie starrten erwartungsvoll auf den Durchgang, doch von Liz fehlte jede Spur.

»Ich muss die Verbindung aufheben.« Es war das erste Mal, dass Nic so etwas wie Panik auf Sams Gesicht erkannte. »Er kommt näher.«

»Warte!«

Ohne abzuwarten, sprang Nic durch das Wabern. Finger verkrallten sich in sein Haar, packten seine Arme, wollten sich durch seine Augen bohren. Er brüllte. Genau wie Liz, die nur wenige Zentimeter entfernt festgehalten wurde. Jeremiah kam beständig näher. Wie Moses das Meer, teilte er die Arme.

Nic gelang es, Liz in eine enge Umarmung zu ziehen. Finger stießen in seine Rippen, donnerten auf seinen Rücken.

Liz' Mund war direkt an seinem Ohr. »Du Idiot. Warum bist du nicht geflohen?«

»Und dich zurücklassen? Niemals.«

Sie waren sich ganz nah und für einen Augenblick verschwand die Angst, spielte Jeremiah keine Rolle mehr. Die Arme wurden bedeutungslos.

Es fühlte sich richtig an. Alles fühlte sich richtig an.

Jeremiah blieb stehen. Sein Blick fokussierte sich erstmals auf Liz und Nic, nicht länger in die Ferne. Die Augen des Obersten weiteten sich. Er sagte etwas, was Nic nicht verstehen konnte. Die Arme schienen an Kraft zu verlieren, hielten in der Bewegung inne.

Dann begann Jeremiah zu rennen. Mit hastigen Schritten und ausgestreckten Armen kam er auf sie zu. Doch gleichzeitig wichen die Arme zurück.

Nic stieß sich ab.

Gemeinsam mit Liz fiel er durch die Tür auf die Plattform.

»Schließ die Verbindung! Schnell!« Er löste die Umarmung und kam in die Höhe.

»Jeremiah ist gleich hier!«, ergänzte Liz.

Sam schloss die Augen, nur um sie ruckartig wieder zu öffnen. »Es geht nicht. Ich lasse diesen Ort vergehen.« Sie sprang von der Plattform.

Dann geschah alles gleichzeitig.

Jeremiah stolperte durch das Wabern. Der Untergrund brach weg. Sam löste sich auf und sie alle stürzten ins Bodenlose. Der Oberste streckte seinen Arm aus, seine Hand war nur wenige Zentimeter von Liz' Knöchel entfernt.

»Wah!« Nic schreckte hoch.

Der Traum war vorbei, er war wieder in Chavales Haus. Hastig sah er sich um. Mit einem Stöhnen auf den Lippen erwachte Matt.

»Das war knapp.« Auch Liz kam zu sich. »Ich konnte seine Finger schon spüren. Sein Blick hat mich geradezu erdolcht.«

Der Druck fiel von Nic ab. Lachend ließ er sich wieder auf die Matte sinken. »Ganz ehrlich, dieses Traumwandelzeug ist nicht meins. Viel zu surreal und creepy.«

»Ich werde so was von Albträume haben.« Matt stand ächzend auf. »Danke, dass du uns Zeit erkauft hast, Angelo.«

Stille.

Ruckartig setzte Nic sich auf.

Angelo saß vornübergebeugt im Zentrum. Blut bedeckte den unteren Teil seines Gesichtes, zwei dünne Rinnsale liefen aus der Nase.

»Angelo!« Matt war sofort bei ihm.

Sie aktivierten nahezu synchron ihre Anima, um Heilzauber zu wirken, doch es ließ sich nicht erfassen, was ihm überhaupt fehlte.

»Ich finde keine Verletzungen.« Matt ließ seine Hand fahrig über Angelos Körper wandern. »Ihr?«

Sie schüttelten den Kopf.

Immerhin, Angelos Brust hob und senkte sich gleichmäßig. Er war am Leben, ließ sich jedoch nicht aufwecken. Sie ließen ihn ins Bett schweben, wo Matt verschiedene Versuche unternahm, ihn auf-

zuwecken. Sie schlugen alle fehl. Selbst ein ekelhaftes grünes Gebräu, das er ihm einflößte, besaß keine Wirkung.

»Er war doch gar nicht Teil des Traums.« Liz saß in einem Sessel im Salon und kaute auf ihrer Unterlippe herum.

Während Matt weiterhin alles versuchte, Angelo aufzuwecken, hielten sie Kriegsrat.

»Könnte Jeremiah etwas getan haben?«

»Zum Beispiel?«

»Vielleicht hat er den Anker verankert. Sorry, das klingt blöd.« Nic rieb sich müde die Augen.

»Das klingt gar nicht blöd. Wenn Angelo die Verbindung nicht mehr aufheben konnte, hängt er im Traum fest. Aber wie bekommen wir ihn dort heraus?«

Sie wechselten einen schnellen Blick und sagten gleichzeitig: »Sam.«

»Aber die Einzige, die weiß, wo Sam wirklich ist, ist Jane«, sagte Nic. »Leider können wir ohne die Plattform keinen Kontakt zu ihr herstellen.«

»Was ist mit den Anima-Kontaktoren? Wir haben keine, aber ich habe schon mal einen zusammengebaut.«

»Wirklich?« Liz wirkte beeindruckt.

»Ich konnte damit sogar den Fatumaris aufspüren.« Versehentlich, aber das spielte keine Rolle.

»Kannst du noch einen bauen? Im Keller war doch die kleine Werkstatt.«

Sie stiegen gemeinsam die Treppe in den Keller hinab. Neben dem Spiegelraum gab es noch andere, einer davon war die Werkstatt. Diese war vollgestopft mit Bauteilen.

»Bei der Hälfte von dem Zeug weiß ich nicht mal, wofür es verwendet wurde.« Nic nahm einen Stab auf, an dessen Ende etwas saß, das wie ein Ninjastern aussah. Kurzerhand kratzte er sich damit den Rücken. »Praktisch.«

»Hast du denn geprüft, ob der Stern vergiftet ist?«

Er warf das Teil zurück auf die Werkbank. »Chavale mag ja ein kleines Genie gewesen sein, aber das meiste Zeug hier sieht aus, als gehöre es auf den Sperrmüll. Vermutlich hängen irgendwo hier seine

Staubpartikel herum, weil er jämmerlich krepiert ist. Und weil das Haus so geheim war, konnte es niemand finden.«

»Ob du es glaubst oder nicht, aber ich würde dir bei der Konstruktion helfen. Ich habe bei meinen Zeitprojektionen immer mal wieder ein wenig von altertümlichen Konstruktionen mitbekommen. So eine Puderdose kann doch nicht so schwer zu entwickeln sein.«

Sie beschlossen, am nächsten Morgen mit der Konstruktion zu beginnen. Noch einmal sahen sie nach Angelo, der noch immer ohne Bewusstsein war, aber wenigstens stöhnte. Sein Körper reagierte also auf etwas, das er erlebte.

»Ich passe auf ihn auf«, erklärte Matt und warf sich in den Sessel neben Angelos Bett.

»Wenn du Hilfe brauchst …« Nic betrachtete den schlafenden Angelo.

»Klar, danke. Aber schlaf du dich aus, damit du morgen eine Puderdose konstruieren kannst. Ich helfe euch dabei.«

Nic verließ das Zimmer. Wenn es nur eine Möglichkeit gäbe, Jane leichter zu erreichen. Nach ihrer Rückkehr war sie bereits fort gewesen. Immerhin hatten sie in Angelos Gürtel den klaren Anima gefunden und konnten ihn für die Puderdose verwenden. Die Pistole war sicher auch noch nützlich.

Müde betrat er sein Zimmer.

Und war sofort hellwach.

Liz stand mit dem Rücken zu ihm und schaute aus dem Fenster.

»Was machst du hier?«, fragte er.

»Glaubst du, wir stehen es durch?«

»Was?« Verwirrt kam er näher.

»Kampfmönche, geheime Splittergruppen und ein Oberster, der uns alle erledigen will.« Sie wandte sich ihm zu. »Denkst du, dass wir am Ende überleben?«

»Aber klar. Wir sind doch Profis.« Auch wenn sie von einer Katastrophe in die nächste stürzten. »Und das mit Angelo wird auch wieder. Am Ende werden Matt und er Händchen haltend durch die Fußgängerzone irgendeiner langweiligen Kleinstadt spazieren. Wollen wir wetten?«

Liz lächelte. »Wenn du meinst.«

»Wo kommt diese düstere Wolke her, die da über dir schwebt?«

»Und das fragst du? Glaub nur nicht, du kannst es vor mir verbergen. Du fühlst dich genauso verloren.« Wieder war da das zaghafte Kauen auf der Unterlippe. »Weißt du, ich hatte eine tolle Kindheit. Wie aus dem Bilderbuch. Eltern, die mich lieben, einen tollen Bruder. Wir haben in einer Kleinstadt in Irland gewohnt.«

»Klingt wunderbar.«

»Irland war lange Zeit ein gefährliches Pflaster«, sprach sie weiter. »Ich meine, vor dem Karfreitagsabkommen. Bomben sind explodiert, Menschen wurden getötet.«

»Deine Familie …«

»Wir Magier konnten uns immer vor so etwas schützen. Bis sich ein paar von uns einmischten.« Liz schloss die Augen. »Der Rat und die Wächter nahmen die Bedrohung zuerst nicht ernst, bis die ersten magischen Fallen hochgingen. Eine Kirche stürzte ein, Nichtmagier starben. Meine Eltern waren in der Nähe und wollten mit Heilzaubern helfen …« Sie schluckte. »Doch es gab eine zweite, zeitverzögerte Attacke. Das machen sie gern, weißt du. Damit treffen sie nämlich auch alle, die helfen wollen. Das verbreitet Angst.« Eine Träne rollte Liz' Wange herab.

»Deine Familie …«, setzte Nic erneut an, doch seine Stimme brach.

»Ich wurde zu einer Waise.« Liz' Stimme war brüchig wie hauchdünnes Glas. »Zuerst nahm mich ein befreundeter Magier auf. Er war schon alt und starb zwei Jahre später friedlich im Schlaf. Dann kam ich auf die Akademie. Meine Zeit dort war eine schöne Erfahrung, aber irgendwie habe ich nie in diese ganzen Gruppen hineingepasst. Ich kam mir vor wie ein Fremdkörper. Später im Haus war es genauso.« Sie zuckte mit den Schultern. »Immerhin konnte ich mich in vergangenen Zeiten vergraben, untergegangene Zivilisationen erforschen und alte Rätsel lösen. Und dann … habe ich zum ersten Mal die Vergangenheit meiner Eltern besucht.« Sie schluckte. »Wieder und wieder. Ich habe ihnen dabei zugesehen, wie sie sich kennenlernten, wie meine Mum schwanger wurde. Eigentlich habe ich fast den gesamten Tag in der Vergangenheit verbracht. Verloren in alten Erinnerungen, bin ich mit Geistern umhergestreift. Es waren nur Echos, aber sie gaben mir mehr als die Gegenwart.«

Nic starrte Liz traurig an und spürte ihre Verlorenheit mit jedem Wort zu sich herüberwehen. Sanft strich er die Träne von ihrer Wange. »Aber jetzt bist du bei uns. Das ist spannender als die Vergangenheit.« Sein Lächeln verunglückte.

»Du bist wirklich süß.«

Sein Magen schlug einen Purzelbaum, während seine Wangen glühten wie ein schimmernder Anima. »Du aber auch. Sehr.« Bevor er weitersprechen konnte, erinnerte er sich an Matts Rat, dass weniger mehr war.

Plötzlich lagen ihre Lippen auf seinen. Einfach so. Zaghaft, als wären sie zwei zerbrechliche Porzellanfiguren, umarmten sie einander. Der Kuss wurde intensiver, Nics Lippen öffneten sich. Noch zaghafter als zuvor stupste er Liz' Zunge mit seiner an.

Dann kam die Leidenschaft wie eine alles verzehrende Welle. Wie zwei Ertrinkende klammerten sie sich aneinander, küssten sich gierig und taumelten in Richtung Bett.

Auf dem Weg verschwand Nics Jeans, Liz' Shirt landete daneben. Es war reiner Instinkt und Leidenschaft, alles andere hatte hier nichts mehr zu suchen.

Nic ließ seine Lippen über Liz' Körper gleiten, beschäftigte sich ausgiebig damit, ihr stöhnende Laute zu entlocken. Wieder küssten sie sich, dann waren es Liz' Lippen, die er auf seinem Körper spürte. Seine eigenen Stöhnlaute waren eindeutig lauter, doch es war ihm egal. Die Gedanken an das Gestern und Morgen vergingen in reiner Leidenschaft, er ließ sich fallen und genoss.

Dann saß Liz auf ihm.

Sie verschmolzen, trieben gemeinsam zum Höhepunkt und sanken ermattet auf das Bett.

Der Schein der Straßenlaternen enthüllte ihre nackten Körper, die sich aneinanderschmiegten. Nic wollte sie nie wieder loslassen.

»Versprich mir, nicht zu sterben«, flüsterte Liz.

»Dir ist aber schon klar, dass das ein ganz mieser Pillow Talk ist.«

Sie kicherte. »Ich konzentriere mich eben auf das Wesentliche.«

»Das habe ich gemerkt.«

»Also versprich es.«

»Ich verspreche, dass ich, Nicholas Ashton, auf keinen Fall absichtlich sterben werde.«

Das Kissen knallte gegen sein Gesicht. Lachend entwand er es Liz und schlug ihr dabei auf den nackten Po. Ein schönes Geräusch, wie er fand. Auch als sie sich revanchierte.

Als sie wieder zur Ruhe kamen, sagte er leise: »Ich gebe mein Bestes, versprochen. Und du auch, ja? Immerhin sind die Kampfmönche hinter dir her.«

»Jetzt mach mir kein schlechtes Gewissen.«

»Ich würde dich jederzeit wieder retten.« Nic strich ihr sanft über das Haar. Wie bekamen es Frauen eigentlich hin, dass es so weich war? Testweise fuhr er durch sein eigenes, aber das Wort ›borstig‹ traf es ganz gut.

»Korrigiere mich, aber hast du nicht hektisch nach deinem Anima gesucht, während *ich* den Kampf ausgefochten habe?«

»Eben. Ohne meine Ablenkung hätte der Mönch dich erledigt. Gern geschehen.«

»Und dass wir gemeinsam aus dem Fenster gehüpft sind, war auch geplant?«

»Haben wir überlebt?«

»Dank Matt«, merkte Liz gemeinerweise an. »Und auf dem Weg nach unten hast du mir eine geknallt.«

Wieso klang das nur alles so negativ? Sie verloren das Wesentliche aus den Augen. »Eine zweite Runde?«

»Na gut.«

Er liebte ihren Pragmatismus. Und ihre Leidenschaft. Beim zweiten Mal ließen sie sich mehr Zeit. Vermutlich hörten dieses Mal sogar die Nachbarn ihr Stöhnen.

Nic vergaß alle Probleme.

Bis zum nächsten Morgen.

32.

FRESKO UND SPIEGEL

Mit einem herzhaften Gähnen öffnete Nick die Augen und lächelte hinüber zu Liz.

»Guten Morgen, Schatz.« Nox blinzelte aufreizend mit den Augen.

»Waaah!« Ruckartig fuhr Nic in die Höhe. »Was machst du hier?«

»Bescheuerte Frage, ich bin dein Familiaris.« Nox lag im Bett wie eine Meerjungfrau auf ihrem Stein, nur hässlicher. »Sex tut dir nicht gut. Danach bist du noch dümmer als davor.«

»Ich meinte: Wo ist Liz?«

»Hat sich rausgeschlichen.« Nox kicherte. »Falls du einen Nachschlag wolltest, wird das erst einmal nichts. Du fühlst dich jetzt aber nicht benutzt und weggeworfen, oder?«

Liz durfte ihn so oft benutzen, wie sie wollte. Aber wieso war sie davongeschlichen? »Sie war vermutlich hungrig.«

Nic schlüpfte in seine Hosen, streifte sich das Shirt über und verließ den Raum. Natürlich war da die leise Hoffnung, dass Liz tatsächlich Hunger gehabt hatte.

Im Salon fand er sie jedoch nicht. Auch an Angelos Bett wartete niemand. Erst in der Werkstatt fand er sowohl Matt als auch Liz.

»Na, ausgeschlafen?« Matt zwinkerte.

»Heute etwas müde. So muss es dir die letzten Tage ergangen sein.« Ein Zwinkern zurück und schon spielte Matt wieder Tomate.

Liz gab sich gelassen. »Wir haben damit begonnen, die Puderdose zu konstruieren.«

»Wie geht es Angelo?«, hakte Nic nach.

»Er hat Fieber und halluziniert. Er dachte, ich sei Gabriel.« Matt schluckte hart. »Einmal hat er mich am Kragen gepackt und behauptet, ich sei der Dämon. Seit einer guten Stunde liegt er im Fieberschlaf.«

»Das klingt aber wirklich seltsam.« Nic schob Matt beiseite und begann damit, einen Draht an ein Chromelement zu pinnen. Die Technik der Puderdose war eine Mischung aus alt und neu.

»Ich lasse euch Jungs mal allein. Das Arbeitszimmer wartet.« Schon war Liz aus dem Raum.

»Oh, oh«, sagte Matt.

»Sei still.«

»Ich sag ja nichts.«

»Tust du wohl.« Nic warf ihm einen bösen Blick zu. »Mit Subtext.«

»Und was sage ich?«

»Dass ich nur Zeitvertreib war.« Trotzig kümmerte er sich um den nächsten Draht. »Und sie mich ja nicht mal mit einem Kuss begrüßt hat oder so.«

»Der Draht muss dort vorne dran.« Matt deutete mit dem Finger auf irgendein blaues Element, was Nic gerade ziemlich egal war. »Ich glaube nicht, dass du ein Zeitvertreib für Liz warst.«

»Aber sie verhält sich so.«

»Heute Morgen sah sie sehr zufrieden aus.«

»Oh, wirklich?« Endlich war das verdammte Ding befestigt. »Auf einer Skala von eins bis zehn, wie zufrieden hat sie gewirkt? Zehn ist das Beste.«

»Boah, Alter, du warst bestimmt eine Granate im Bett. Wenn du das da dort anschließt, wird die Puderdose explodieren, weil die magischen Ströme des Anima nicht richtig umgeleitet werden. Ich dachte, du hast so was schon mal konstruiert?«

Hatte er. Von den Explosionen musste Matt ja nichts wissen. »Dann mach es doch selbst.«

»Gern.« Matt schob ihn beiseite.

»Und wie war es eigentlich bei Angelo und dir?« Neugierig betrachtete Nic Matt.

Der Effekt seiner Worte war beeindruckend. Die Intensität des Rottons auf den Wangen seines besten Freundes nahm beängstigende Ausmaße an. Nic machte sich für eine Reanimation bereit.

»Seit wann stellst du solche Fragen?«

»Ich nehme eben Anteil an deinem Leben«, erklärte Nic. »Wo du jetzt ja keine Jungfrau mehr bist und so.«

Aufstöhnend schloss Matt die Augen. »Können wir wieder über *dein* Liebesleben sprechen?«

»Du glaubst, sie mag mich?«

Ein blauer Überschlagblitz zischte und Matt schrie auf. »Verdammt! Nic, hör auf, mich abzulenken. Wenn du es wissen willst, dann frag sie doch. Aber taktvoll.«

»Taktvoll.« Er nickte eifrig. »Das kriege ich hin.«

»Die arme Liz.«

»Was?«

»Ich meinte: du und Liz. Ihr beiden passt toll zueinander.«

»Findest du?« Der Gedanke gefiel Nic.

»Absolut.«

»Und wie war das jetzt mit dir und Angelo?«

Natürlich hatte Matt geglaubt, Nic mit seinem Ablenkungsmanöver aufs Glatteis führen zu können, aber so ein paar Komplimente – auch wenn sie der Wahrheit entsprachen – reichten da nicht.

»Wenn du es genau wissen willst: Es war toll. Leidenschaftlich, intensiv und … anders, als ich es mir vorgestellt habe.« Ruppig packte Matt erneut die Puderdose.

»Besser?«

»Anders.«

»Okay. So ging es mir beim ersten Mal auch. Ich glaube, da sind wir alle gleich.« Nic kratzte sich gedankenverloren am Kinn. »Es wird mit jedem Mal besser. Und jetzt hast du ja einen muskulösen Teddybären, mit dem du alles ausprobieren kannst.«

»Geh. Zu. Liz.«

»Aber ich meine das doch total nett.« Matt wirkte, als würde er gleich vom Gizmo zum Gremlin mutieren. »Und Glückwunsch.«

»Danke.« Grummelig zog Matt einen Schraubenzieher hervor, der aus einem Holzgriff mit langem Eisendorn bestand, und werkelte.

Nic ließ seine Hand auf Matts Schulter klatschen. »Angelo wird wieder. Der ist zäh. Okay?«

Matt nickte nur schweigend.

Angelo *musste* wieder in Ordnung kommen. Matt würde keinen weiteren Verlust verkraften. Er war ein Familien- und Freundesmensch. Jemand, der sich in der Umgebung anderer wohlfühlte, jeden zum Lachen brachte und ein Herz wie Ghandi besaß. Es brauchte keinen Sherlock Holmes, um zu erkennen, dass er bis über beide Ohren verliebt war.

Es schien, als seien Matt und er zum gleichen Schicksal verdammt.

»Brauchst du mich hier noch?«

»Passt schon«, erklärte Matt. »Liz freut sich bestimmt über deine Gesellschaft.«

Was für ein Glück, dass sie in Angelos Gürtel den unbeschädigten Anima-Stein entdeckt hatten. Nur dank diesem war es möglich, überhaupt eine Puderdose zu konstruieren. Wenigstens einmal spielte ihnen das Schicksal in die Karten.

Nic rannte die Stufen empor und stolperte elegant in die Küche. Dort füllte er ein Glas von Matts grünem Ekelsirup ab, den Liz so mochte, und garnierte ihn mit einem Minzblatt. So ausgerüstet betrat er das Arbeitszimmer.

Im Nachhinein war ihm völlig klar, dass Liz die Schuld trug. Sie hatte die Bücher in einer chaotischen Anordnung auf dem Boden gestapelt, die sich als Stolperfalle der boshaftesten Art entpuppte.

»Ah, hey, ich glaube, ich …«, begann sie.

Im nächsten Augenblick klatschte flüssiges Ekelgrün in ihr Gesicht und Nic donnerte wie der Querschläger eines Angriffszaubers zu Boden.

Immerhin, er hatte sich am Glas festgeklammert, das nicht zu Bruch gegangen war.

Liz blinzelte. Sie sah aus wie etwas, das er lieber nicht in Worte kleiden wollte. Hübsch, aber eklig.

»Nic«, sagte sie gefährlich leise.

Schnell rappelte er sich wieder auf. »Welcher Idiot hat die Bücher so vor die Tür gelegt?«

»Nic«, sagte sie erneut, allerdings eine Spur gefährlicher.

»Oooh, das warst du.« Er nickte weise. »Schönes Muster. Ich wollte dir etwas zu trinken bringen.«

»Offensichtlich.«

Er zog ein Taschentuch aus seiner Jeans und begann damit, Liz hektisch abzutupfen.

»Ist das ein benutztes?«

Verdutzt starrte er auf das Taschentuch. »Möglich. Ein bisschen.«

»Nic.«

»Ja?«

»Verschwinde. Schnell.«

Man musste wissen, wann man verloren hatte. Nic trat den strategischen Rückzug an. Trotzdem kehrte er noch einmal zurück und warf ein Handtuch durch die offene Tür. Dabei traf er eine Büste, die vom Schreibtisch fiel und direkt auf Liz' Fuß landete. Wütend brüllte sie auf.

Zurück in seinem Zimmer, sank er frustriert aufs Bett. »Ich bin ein Idiot.«

Nox plumpste auf das Bett. »Ich kannte mal einen Familiaris …«

»Nein!«, brüllte Nic. »Du kanntest keinen verdammten Familiaris.«

»Kannte ich wohl.«

»Ich will aber nichts davon hören!« Er sprang auf und funkelte die kleine, miese Kreatur böse an. »Sag mir, wie ich das verdammte Band wieder lösen kann! Du treibst mich in den Wahnsinn! Und fang jetzt nicht an mit irgendwelchen Suizidlösungen!«

Nox blieb von Nics Gefühlsausbruch gänzlich unberührt. »Der Zauber kann nur von dem gelöst werden, der ihn ausgesprochen hat.«

»Inés?«, hakte Nic nach. »Das müsste sich doch machen lassen. Wenn die Puderdose funktioniert, funke ich sie an.«

»Doch nicht Inés.« Nox schlug sich mit seinem Schwanz gegen die Stirn.

»Aber sie hat die Schatulle gebracht.«

»Das mag ja sein, der Zauber wurde aber bereits zuvor darauf gelegt. Von zwei Personen. Einem Wächter und einem Ratsmitglied.«

»Die wie genau heißen?«

»Kann ich dir nicht sagen. Es gibt gewisse Regeln, denen ich mich unterwerfen muss.«

Frustriert sank Nic aufs Bett und verbarg das Gesicht in den Händen.

»Mit wem sprichst du?«, fragte Liz.

»Was? Ich?« Er sauste in die Höhe. »Mit niemandem. Hast du mich sprechen hören? Selbstgespräche. Genau. Furchtbar, aber die kommen von der ständigen Einsamkeit.«

»Nic«, sagte sie ruhig, »mit wem hast du gesprochen?«

»Was soll's. Ist sowieso egal.« Er ließ die Schultern hängen. »Nach meinem ersten Einsatz in Berlin haben sie mir einen Familiaris aufs Auge gedrückt. Nox. Als Aufpasser sozusagen. Nur ich kann ihn sehen, er besitzt keine Substanz. Leider eine umso größere Klappe.«

»Die haben dir eine magische Kreatur als Aufpasser zur Seite gestellt?!?« Liz Augen funkelten wütend. »Das ist ja mal mies. Ich wusste schon immer, dass man diesen widerlichen Wächtern nicht trauen kann. Und dem Rat auch nicht. Es tut mir leid.«

Liz sank neben Nic auf das Bett und ergriff seine Hand. »Der arme Nox.«

Selbiger legte seinen Kopf erfreut auf Liz' Bein, was zur Folge hatte, dass die Fratze darin verschwand. So lag ein geköpfter Nox auf dem Bett.

»Ich mag sie«, erklang seine Stimme aus Liz' Oberschenkel.

»Es gibt keinen Grund für Mitleid«, stellte Nic klar. »Er ist ein Ekel.«

»Aber er wurde versklavt. Wie würdest du dich verhalten, wenn jemand einen Zauber auf dich legt, der dich an einen Magier bindet? Kein anderer sieht oder hört dich, du wirst überallhin mitgeschleift und deine Meinung ignoriert. Der arme Nox.«

»Jaaa«, erklang es herzzerreißend und Nox' Schädel tauchte aus Liz Oberschenkel auf. »Der arme Nox. Weißt du, ein wenig Mitgefühl würde dir auch gut zu Gesicht stehen. Wieso konnte ich nicht an Liz gebunden werden, das wäre viel lustiger.«

»Dann sollten wir es uns zum Ziel machen, den Bann zu lösen«, schlug Nic vor. »Damit der arme Nox verschwinden kann, um nie wieder zurückzukehren. Weil er frei sein sollte.«

»Ich wusste, dass du es verstehst.« Liz lächelte ganz bezaubernd. »Sobald das mit deinem Dad geklärt ist, bringen wir die Versklavung vor den Rat. Da wissen bestimmt nicht alle Bescheid. Dann ist Nox im Handumdrehen frei.«

»Das ist eine tolle Idee. Wo wir gerade hier auf dem Bett sitzen …«

»Ich habe etwas in den Schriften entdeckt«, erklärte Liz. »Komm mit.« Und schwups war sie wieder aus dem Raum verschwunden.

»Du bist eine arme Sau«, kommentierte Nox. »Und schlecht im Bett.«

Nic verlegte sich aufs Ignorieren und stapfte Liz hinterher. In Chavales Büro lag ein aufgeklappter Foliant auf dem Schreibtisch.

»Schau mal.« Triumphierend deutete Liz auf eine Tuschezeichnung. »Das ist das Fresko. Und der Spiegel!« Beides war nebeneinander gezeichnet und mit den Worten ›Vitrum Nigrum‹ beschrieben.

»Das bedeutet ›schwarzes Glas‹«, erklärte Liz.

»Weiß ich doch.« Zumindest wusste er es jetzt.

Der Text war gemeinerweise ebenfalls in Latein verfasst. Liz verschränkte die Arme und wartete.

»Vielleicht erzählst du einfach … Okay, ich kann kein Latein«, gab er schließlich zu.

»Da steht, dass Chavale auf dieses schwarze Glas gestoßen ist, leider nicht, wo. Er hat herausgefunden, dass die Eigenschaften des Materials Talente verstärken. Sein erster Gedanke war es, Apparaturen zu entwickeln, die im Zusammenspiel mit dem Magier – genauer: eines Talents – gewaltige Dinge bewerkstelligen können.«

»Woraus anscheinend nichts geworden ist«, merkte Nic an. »Das schwarze Glas ist nirgendwo zu finden.«

»Er entwickelte die Maschine, aber auch eine besondere Art von Spiegel.« Liz tippte auf die Zeichnung. »Der, der uns hier abgesetzt hat. Chavale erschuf eine zweite Variante des Spiegelnetzwerkes, das aus den schwarzen Spiegeln besteht. Es kann von einem normalen Magier nicht genutzt werden, weil die Spiegel durch die Schicksalslinien verbunden sind.«

»Aber wozu?«

»Ich weiß es nicht«, gestand Liz. »Diese Spiegel scheinen wichtig zu sein, aber ab einem gewissen Punkt gibt es keine Einträge mehr. Ich vermute, dass er zu dem Zeitpunkt verschwand.«

»Glaubst du …« Der Gedanke war beängstigend und faszinierend zugleich. »Er ist durch den Spiegel gegangen?«

»Die Wächter konnten ihn damals nicht finden, obwohl sie alles abgesucht hatten. Das Haus hier ist vollständig isoliert und unsichtbar, es kann nur über den schwarzen Spiegel erreicht werden. Es würde mich nicht wundern, wenn Chavale noch anderswo auf der Welt sichere Rückzugsorte aufgebaut hat.«

»Aber wieso ist er dann nie zurückgekehrt? Das hätte die magische Welt noch einmal völlig verändert, ihn endgültig zu einem Genie gemacht.«

Wieder konnte Liz nur ratlos den Kopf schütteln. »Was er auch getan hat, es wird wohl ein Geheimnis bleiben.«

»Kannst du nicht an den Gegenständen entlang zurückgehen? Eine Zeitprojektion durchführen?«

»Kann ich nicht.« Sie rieb sich frustriert die Augen. »Die Linie läuft ins Leere. Ich habe es versucht und glaub mir, das Gefühl ist mit nichts zu vergleichen. Als würde das Innerste nach außen gekehrt. Mehrfach.«

»Meinst du, das ist Absicht? Hat er Vorkehrungen getroffen, dass ihn niemand rückwirkend beobachten kann? Er wusste schließlich, dass es die Talente gibt.«

»Ob gewollt oder durch diesen Ort hier ungewollt verursacht, wir werden das Rätsel um Chavale nicht durch unsere Talente lösen. Vielleicht gibt es Hinweise in den Bibliotheken der Häuser oder anderswo, aber das hier ist eine Sackgasse.«

Ratlos ließ Nic seinen Blick über die dicht beschriebenen Seiten wandern. Chavales Schrift war krakelig mit leichten Schnörkeln, die Schreibfeder hauchdünn gewesen. Die Tinte war schwarz.

»Ich habe es!« Ein rotwangiger Matt stürzte keuchend in den Raum. »Die Puderdose ist fertig.« Ruckartig hielt er sie Nic unter die Nase.

Vorsichtig nahm er sie entgegen. »Bist du sicher?«

»Einen Testlauf wollte ich nicht allein machen, aber ich konnte Magie durchlaufen lassen, ohne dass es zu einem Rückschlag gekommen ist. Sogar den Anima habe ich allein eingesetzt.«

Liz betrachtete die aufgeklappte Apparatur eingehend. Sie besaß nur einen Knopf, keine Justiermöglichkeit, aber den typischen Anima. Das Display war konvex nach außen gewölbt und schwarz-weiß.

»High-End-Technik«, kommentierte Nic.

Liz verpasste ihm einen Rippenstoß. »Tolle Arbeit, Matt.«

Sie stellten die Dose auf den Schreibtisch und Nic berührte mit seinem Anima den eingefassten Stein. Dieser glühte auf. Schlieren wanderten über den Monitor, wurden zu einem Flimmern. So gut er konnte, fokussierte Nic seine Gedanken auf Jane.

Und tatsächlich, ihr Bild entstand.

»Hallo?« Ihre gerunzelte Stirn glättete sich. »Nic, Matt, Liz, endlich! Was ist verdammt noch mal passiert?«

Nic und Matt erzählten abwechselnd, was geschehen war.

»Leider hat uns das nicht viel weitergeholfen«, endete er. »Dass mein Dad und Jeremiah mal Freunde gewesen sind, kann alles und nichts bedeuten.«

»In Kürze können wir herausfinden, ob du recht hast«, verkündete Jane. »Das Ratstreffen ist heute Abend. Genauer: in vier Stunden.«

»Wo?«, wollte Liz wissen.

»Auf einem alten Schloss in Österreich. Ich bin auch dort, darf mal wieder Taxi spielen. Dürfte leicht werden, euch dort reinzubringen. Wir müssen nur einen Treffpunkt vereinbaren.«

Nic lächelte. »Ich habe da eine Idee.«

33.

IM ZENTRUM DER MACHT

Sie glitten durch den Spiegel.

Testweise hatte Matt versucht, die Passage selbst zu öffnen, doch aus irgendeinem Grund funktionierte es nicht. Nic tastete nach den Schicksalsfäden und Bilder der Zielorte entfalteten sich in seinem Geist. Es stand außer Frage, dass sie nicht in die Höhle zurückkehrten, obgleich es dort ausreichend Schatten gab, durch die Jane hätte reisen können.

Stattdessen suchte er weiter, bis ein heruntergekommener Raum ähnlich jenem, in dem sie gerade standen, in seinem Geist erschien. Das Glas nahm sie auf und setzte sie ohne Schwierigkeiten am Ziel ab.

Wie sich herausstellte, handelte es sich um ein Apartment in Paris mit Blick auf den Eiffelturm. Im Gegensatz zum Londoner Haus gab es hier keine Barriere. Auch hier standen allerlei Schriften in Regalen herum, doch darüber hinaus war alles recht simpel gehalten. Ein simples Bett, gerade groß genug für eine Person, stand unter dem Fenster. Auf dem kleinen Holztisch hatte jemand eine angebrochene Flasche Wein stehen lassen, das Glas war verstaubt.

»Ich würde ja gern einen Blick in die Vergangenheit werfen«, seufzte Liz. »Meint ihr, Chavale hat sich hier regelmäßig betrunken? War er allein?«

Nic war zu aufgeregt, als dass er ihre Faszination teilen konnte. »Ein anderes Mal.«

Matt klappte die Puderdose auf und beschrieb Jane so gut es ging ihren Aufenthaltsort. Als aus der Wohnung neben ihnen ein heller Schrei erklang, ergänzte er leise: »Eins weiter links.«

Da es auf den Abend zuging und sie das Licht nicht anschalteten, war das Zimmer in tiefe Schatten getaucht. Ein Frösteln kroch über Nics Rücken, als Jane auftauchte. Die Dunkelheit schien sich zu verflüssigen und Konturen anzunehmen, dann war sie da.

»Ich werde immer besser«, sagte sie stolz. »Seid ihr bereit?«

»Nein«, stellte Matt klar.

»Immer«, bestätigte Nic.

»Irgendwie schaffen wir das«, ergänzte Liz.

Natürlich ließ auch Nox es sich nicht nehmen, seine Meinung kundzutun: »Ihr werdet alle sterben.«

»Geballter Optimismus, ich liebe es.« Jane winkte sie alle näher. Aus ihrer Tasche zog sie drei Fotografien. »Es ist eine ziemlich große Versammlung, bei der auch allerlei Fußvolk anwesend ist. Ihr müsst ein Trugbild über euch legen. Sobald wir dort sind, schicken wir die echten Versionen in einen entspannten Schlaf.«

Sie reichte jedem die ihm zugehörige Fotografie.

Nic würde die Rolle eines untersetzten, dunkelhaarigen Protokollanten einnehmen, der Spencer Drake hieß. Er war der Obersten der Leibwandler zugeteilt.

Matt würde Ian Nesbitt sein, ein Schriftführer bei den Seelenheilern, und Liz Pia Müller, eine Neue bei den Beobachtern.

»Eure Rollen sorgen dafür, dass ihr im Hintergrund bleibt, aber Nic wird Protokoll führen müssen und Matt je nach Anweisung auch. Alles klar?«

Sie nickten nacheinander.

»Ich bringe euch einzeln in das Zimmer des Originals. Ein *Schlaf des Hypno* müsste reichen, aber es muss schnell gehen. Ein Alarm und es ist vorbei.« Jane atmete tief durch und strich über ihr linkes Handgelenk.

Golden leuchtende Symbole wurden aktiv, die wie ein Tattoo aussahen.

»Ein ziemlich starker Bann liegt auf dem Schloss«, erklärte sie. »Ohne einen Schlüssel kommt niemand durch.«

Sie begann mit Matt. Sein Anima leuchtete, dann saß die Illusion perfekt. Beide verschwanden in den Schatten, wobei das Gesicht von Nics bestem Freund die Farbe von frischer Milch annahm.

Als Jane zurückkehrte, hatte sich eine Strähne ihrer Haare gelöst und hing ihr in die Stirn. »Also das war ein wenig ruppig. Matt hatte eine leichte Panikattacke und ich musste mich um das Original kümmern. Das gibt heftige Kopfschmerzen.«

Ein kurzes Leuchten, dann wurde aus Liz Pia Müller. »Gehen wir.«

Schon waren sie fort. Aufgeregt setzte sich Nic aufs Bett, nur um kurz darauf wieder aufzustehen und durch den Raum zu tigern.

Dieses Mal wirkte Jane absolut zufrieden. »Sie hat Pia elegant schlafen gelegt und dank einem Trugbild auf dem Bett wird niemand sie entdecken können.«

Nic sog mit seinem Anima Magie aus der Umgebung und formte sie Kraft der Gedanken zu einem Trugbild, das sich auf seinen Körper legte. »Okay.«

Sie tauchten in die Schatten. Trotz seiner bisherigen Reisen verabscheute er die Passage noch immer. Nach dem Erlebnis in der Traumverbindung sogar noch mehr. Was verbarg sich an diesem Ort, hinter der absoluten Dunkelheit?

Sie erreichten ihr Ziel.

Während Jane elegant aufkam, taumelte Nic und krachte gegen einen Schreibtisch. Trotzdem kam er blitzschnell in die Höhe, nahm bereits Zugriff auf seinen Anima und fuhr herum.

Der Raum, in dem Spencer Drake untergebracht war, war überraschend luxuriös. Dazu gehörte auch das breite Bett, auf dem er gemeinsam mit einer rothaarigen Frau lag und ziemlich wenig anhatte.

»Also das ist jetzt … sorry.« Nic warf einen Schlafzauber über die beiden.

»Du hast kein Herz«, kommentierte Nox. »Die waren doch *fast* am Ende.«

Während die Frau zusammenzuckte, kippte Spencer aus dem Bett. Mit einem dumpfen Geräusch schlug er auf dem Teppich auf, glücklicherweise knackte nichts. Trotzdem verlangte Jane, dass Nic den ›armen Spencer‹ genau untersuchte. Seufzend kam er der Aufforderung nach, hievte ihn zurück ins Bett und legte ein Trugbild über die beiden.

»Wir haben ein Problem.« Jane schnappte sich die Hosen der schlafenden Magierin und untersuchte die Taschen. »Ich habe keine Ahnung, wer sie war, aber man wird sie vermissen. Und sie hat nichts dabei, womit ich sie identifizieren kann.«

»Bestimmt war sie auch eine Protokollantin. Die kann man doch recht schnell ersetzen, oder?«

Jane wirkte skeptisch, doch letztlich konnten sie nicht viel tun. »Ich springe zurück zu meinem Obersten. Den muss ich auch noch hierherschaffen.«

»Verwechsle nur die Ziele nicht.«

»Haha, du bist noch genauso witzig wie früher.« Sie sprang in die Schatten der Nische zwischen Schrank und Tisch.

Nic durchsuchte die Hosentaschen von Drake, fand darin aber keinerlei interessante Gegenstände. Dass man als Magier nahezu alles mit seinem Anima machte, war in gewissen Situationen ärgerlich.

Ein Klopfen an der Tür unterbrach seine Überlegungen. Schnell warf Nic die Kleidung auf das Bett, sodass sie eins wurde mit dem Trugbild. Sicherheitshalber prüfte er sein Äußeres noch einmal in dem mannshohen Spiegel, dann öffnete er die Tür, ein strahlendes Lächeln auf den Lippen.

Das entgleiste.

»Jer… Mister Caldwell. Oberster.«

Besagter Oberster musterte ihn von oben bis unten. »Sie wurden doch informiert?«

»Informiert. Wurde ich, absolut.« Nic nickte eifrig. »Worüber genau?«

»Hahaha.« Nox sprang freudig hinter Jeremiah in die Höhe. »Das wird so lustig. Du bist schon ganz bleich. Musst du dich übergeben? Oder machst du dir in die Hose?«

Wie immer wirkte Jeremiah ganz wie ein Gentleman der Oberschicht in seiner Weste, den Anzughosen und den auf Hochglanz polierten Slippern. »Soweit mir bekannt ist, wollte unsere Fachfrau für Ratsrecht Sie persönlich abholen. Wo befindet sich Ms Rebeca Trenton?«

Unwichtig und ersetzbar, hatte Nic gesagt und bereute jedes Wort. »Zur Toilette. Aber nicht hier. Draußen. Vorne. Im Hauptsaal.« Gab es einen Hauptsaal?

»Verstehe. Dann gehen wir doch schon mal voran.«

»Gern.«

»Ihre Protokollfeder?« Jeremiah ließ eine Braue in die Höhe wandern.

»Werde ich selbstverständlich noch holen.«

Nic knallte Jeremiah die Tür vor der Nase zu und hyperventilierte. Glücklicherweise fiel sein Blick dabei auf das Lederetui, in dem sich tatsächlich eine goldene Feder befand. Er schnappte sich das Haustelefon und ließ sich mit dem Zimmer von Ian Nesbitt verbinden.

»Nesbott«, erklang es aus der Leitung.

»Du heißt Nesbitt!«

»Wer ist da?«

»Hier ist Spencer Drake. Und du musst sofort mit der Puderdose Jane informieren.«

»Oh, du bist es.« Matt atmete auf. »Ich bin total aufgeregt. Das wird eine absolute Katastrophe. Mir ist schlecht.«

»Sag Jane, dass ich Jeremiah zugeteilt wurde«, beschwor ihn Nic. »Und dass die bewusstlose Frau Rebeca Trenton ist, die Rechtsspezialistin. Sie muss einen Vortrag halten.«

»Oh Shit.«

Nic beließ es bei diesem Schlusswort und donnerte den Hörer auf die Gabel. Er konnte nur hoffen, dass Jane einen kühlen Kopf bewahrte. Irgendetwas würde ihr einfallen.

Ein Klopfen an der Tür erklang.

»Fertig«, trällerte Nic.

»Ausgezeichnet. Wir sind auch bereits beängstigend spät.« Jeremiah bedeutete ihm, vorauszugehen.

»Aber nein, nach Ihnen.« Nic hatte keine Ahnung, wo die Versammlung stattfinden sollte.

Gemeinsam schritten sie über flauschigen Teppich, vorbei an Hirschgeweihen und porträtierten Jägern in lokaler Tracht.

»Ihr erster Einsatz als Protokollführer?«, fragte Jeremiah.

»Nein«, improvisierte Nic. »Aber in einer solchen Runde, untermalt mit diesen Spannungen …«

»Da haben Sie recht. Es wird keine schöne Sitzung. Es geht bereits hoch her.«

Was eine Untertreibung war. Im Ratssaal wurde gebrüllt. Es hätte Nic nicht überrascht, wenn ein oder zwei übergewichtige, rotwangige Männer umgekippt wären. An einem runden Tisch saßen sie nebeneinander, die zwölf Oberen der Häuser und die sieben Vertreter des Rates. Obgleich die Häuser in der Überzahl waren, wusste doch jeder, dass die Macht beim Rat lag. Dieser wurde von allen Magiern gewählt, während die Obersten sich aus dem Inneren der Häuser wählen ließen. Auf diese Art entstand ein Zwei-Kammern-System.

Nic sah sich vorsichtig um. Von seinem Dad fehlte jede Spur. Wo war er?

»Nachdem wir vollzählig sind«, begrüßte eine elegant gekleidete Frau mit kurzem blonden Haar die Anwesenden, »sollten wir beginnen.«

»Elois Standoff«, flüsterte Nic, was ihm einen strafenden Blick von Jeremiah einbrachte.

»Entschuldigung.«

Sie saßen neben einem Hänfling, der eindeutig Protokollant war, und einem stillen Glatzkopf. Mit all den Schriftführern und Bediensteten schien der Raum aus allen Nähten zu platzen.

»Ich begrüße die Obersten der Häuser sowie meine geschätzten Kollegen des Rates.« Standoff lächelte in die Runde. »Zudem möchte ich mich bei den Rechtsgelehrten für die Entsendung ihrer Vertreterin bedanken, ein Applaus für Rebeca Trenton.«

Und da war sie.

Verblüfft starrte Nic die Frau an, die eigentlich bewusstlos unter einem Trugbild auf dem Bett von Spencer Drake hätte liegen sollen. Erst als sie ihm kurz zuzwinkerte, begriff er. Jane! Sie hatte kurzerhand die Gestalt von Rebeca angenommen.

»Im späteren Verlauf dieses Gespräches wird Ms Trenton uns eine rechtsbasierte Einschätzung des Falls geben, schließlich ist so etwas einmalig in der bisherigen Geschichte des Rates.«

Nun wirkte das Lächeln von ›Rebeca Trenton‹ nicht mehr ganz so herzlich wie vor wenigen Sekunden. Jane war ein Genie, doch auch ihr Wissen besaß Grenzen. Rechtstexte dieser Größenordnung gehörten zweifellos dazu.

»Wir sprechen heute über die Gefahr, der sich unsere Gemeinschaft aus dem Inneren ausgesetzt sieht. Ein Mitglied des Rates, das sich mit dem Dämon verbündet hat, um den Fluch zu unterstützen. Hierfür gründete Jasper Ashton einen geheimen Zirkel, ja, wir müssen sogar davon ausgehen, dass sein Sohn Nicholas von ihm im 13. Haus platziert wurde.«

Glücklicherweise war Nic aufgrund derart vieler dämlicher Anschuldigungen schlicht sprachlos. Andernfalls hätte er Standoff zugerufen, was für einen Mist sie hier von sich gab.

»Ich erteile dem Obersten des 13. Hauses das Wort. Jeremiah Caldwell.«

»Danke, verehrte Vorsitzende.« Jeremiah erhob sich und warf Nic einen auffordernden Blick zu.

Richtig, das Protokoll. Schnell entpackte Nic die goldene Feder und setzte sie auf dem bereitliegenden Pergament ab. Er hatte erst einmal auf der Akademie mit einer solchen gearbeitet, als Matt, Jane und er einen Club gegründet hatten. Letztlich hatten sie sich exakt einmal getroffen, um die Rollen aufzuteilen, danach war das Ganze versandet. Dass Nic beinahe Matt ein Auge mit der Feder ausgestochen hatte, war aber sowieso das Ende seine Jobs als Protokollant gewesen.

»Was die Vorsitzende sagt, entspricht der Wahrheit.« Jeremiah hielt die Arme hinter dem Rücken verschränkt.

Die Feder sauste über das Papier, hinterließ dabei aber etwas, das kaum mit Sprache verwandt war.

»Wir müssen uns eingestehen, dass der Verrat des Ratsmitglieds bis in unser Haus reicht. Nicholas Ashton ist verschwunden. Es kam im Zusammenhang mit ihm zu mehreren blutigen Morden, darunter auch an dem ehrenwerten James Irons. Wir gehen aktuell davon aus, dass auch Angelo Santos, einer unserer besten Kämpfer, bei einem Gefecht mit Nicholas zu Tode kam.«

»Meine Güte, du bist ein wahres Monster«, kommentierte Nox laut.

Nic zuckte zusammen, obgleich die anderen den Familiaris ja nicht hören konnten. Dachten diese Idioten tatsächlich, dass er für all das Chaos verantwortlich war? Aber wieso jagten sie nicht die verdammten Mönche?

»Die Details habe ich bereits schriftlich dargelegt und jedem von Ihnen zukommen lassen. Jasper Ashton wurde seines Amtes enthoben und erwartet, so denn diese Versammlung dafürstimmt, seine Überstellung nach Akantor.« Er nickte kurz und sank wieder in den Sitz.

Bevor Jeremiah einen Blick auf das Papier werfen konnte, faltete Nic es zusammen und ließ es verschwinden. Sie wollten seinen Vater also in das magische Gefängnis überstellen.

»Mensch, deine Feder ist aber ganz schön dreckig, wenn ich mir die Schimpfworte so ansehe, die du aufgeschrieben hast.« Nox saß zur Hälfte in einem Tintenfass.

Der Rat glaubte also tatsächlich, dass sein Vater etwas mit alldem zu tun hatte. Und nicht nur das, angeblich hatte er Nicholas bewusst bei den Schicksalswächtern platziert, damit er dem Dämon half. Was für ein Unsinn!

»Danke, Jeremiah Caldwell. In diesem Zusammenhang wird auch darüber zu sprechen sein, ob die Schicksalswächter dauerhaft überprüft werden sollten. Ein einzelner Magier, ausgestattet mit der Macht, das Schicksal zu manipulieren, kann eine Gefahr für uns alle sein.«

Die pikierten Blicke ignorierend und unter Missachtung des Protokolls, sprach Jeremiah erneut. »Ich möchte an dieser Stelle festhalten, dass ein Schicksalswächter, der sich dem Dämon verschreibt, sein Talent verliert. Er kann nicht länger Veränderungen sehen oder gar beeinflussen. Darüber hinaus war Nicholas ein schwacher Anfänger, der dazu kaum in der Lage wäre.«

Schwacher Anfänger?! Was bildete dieser teeschlürfende Westenfetischist sich ein?!

»Danke, Jeremiah Caldwell!« Die Stimme von Elois Standoff war wie ein Peitschenknall. »Natürlich werden wir alle Punkte in Betracht ziehen. Ich erbitte die Einschätzung der Rechtsgelehrten, Rebeca Trenton.«

»Was, ich? Natürlich, gern.« Jane erhob sich. »Ich habe den Fall so gut es mir möglich war verfolgt und muss sagen, dass aufgrund der dem Ratsmitglied vorgeworfenen Vergehen eine Enthebung absolut Sinn ergibt.«

Standoff nickte zufrieden. »Und der Gang nach Akantor?«

»Nicht.«

»Wie bitte?« Standoff hielt das Wasserglas auf halbem Weg zu ihrem Mund in der Luft. »Aber Sie sagten doch … was ist mit dem Präzedenzfall von 1652, die Rushtov-Regel?«

»Ja, da sprechen Sie einen ganz ausgezeichneten Punkt an. Aber dieser kommt hier nicht zum Tragen.«

»Weshalb?«

»Die Tatbestandsmerkmale sind nicht erfüllt, ergo keine Anwendung der Rechtsfolge.« Jane lächelte zufrieden.

»Aber sie sind erfüllt«, meldete sich ein anderes Ratsmitglied zu Wort, bedauerlicherweise handelte es sich bei dem schmallippigen Mann um den Obersten der Schattenläufer, Janes Haus, was sogar auf die sonst toughe Jane einschüchternd wirkte. »Sie haben das doch selbst in Ihrem Gutachten erklärt.«

»Wirklich? Wie ungünstig.« Jane blätterte hektisch durch ihre Unterlagen. »Da muss etwas durcheinandergeraten sein. Ich bitte um eine kurze Unterbrechung.«

»Holen Sie doch einfach die Unterlagen aus Ihrem Raum?!« Entgeistert betrachtete Standoff die angebliche Rebeca Trenton. »Los!«

»Gute Idee.« Jane erhob sich und flitzte hinaus.

Von Nics Position aus wirkte Matt, als kippe er gleich rückwärts um und selbst Liz war kreidebleich. Ihr gesamter Plan beruhte darauf, in einem direkten Gespräch mit dem Rat Jeremiah zu enttarnen und damit Nics Vater zu rehabilitieren. Doch wie sollte das jetzt gehen, wenn Nics Vater längst seines Amtes enthoben war und man Nic verdächtigte, für den Dämon zu arbeiten?

Die Diskussion ging weiter und es wurde recht schnell deutlich, dass eine Verurteilung nur noch Formsache war. Eine Mehrheit des Rates, Standoff allen voran, kämpfte gegen Nics Vater und die Häuser glaubten ebenfalls an dessen Schuld.

Nach vier Stunden Debatte ordnete Standoff endlich eine Pause an und begab sich höchstpersönlich auf die Suche nach der verschwundenen Ms Trenton.

»Wir begeben uns für ein Krisengespräch mit ein paar anderen Obersten in meinen Raum, bitte protokollieren Sie das ebenfalls.«

Mit hängenden Schultern folgte Nic Jeremiah.

Erst als er in dessen Raum stand und hinter ihm mit einem Klicken die Tür verschlossen wurde, begriff Nic, dass etwas ganz und gar nicht stimmte.

»Hallo, Nicholas.« Jeremiahs Anima leuchtete. »Das war eine sehr dumme Idee.«

34.

EINE LÜGE …

Das Trugbild zerstob.

Nicholas konnte nichts dagegen tun, dass Jeremiah Spencer Drake zerstörte. Bevor er auch nur daran dachte, seinen Anima zu nutzen, um gegen den Obersten vorzugehen, wurden seine Arme schwer wie Beton.

Jeremiah schnippte einmal mit dem Finger und Nic sauste rücklings auf die Couch. Entsetzt wartete er darauf, dass ein *Blackbeards Säbel* ihn zerfetzte oder der Oberste die Wächter herbeirief.

»Ich denke, wir müssen uns unterhalten«, sagte Jeremiah stattdessen.

»Was?«

»Ich merke, deine sprachliche Eloquenz hat nichts von ihrer Schneidigkeit verloren.« Jeremiah nahm im Sessel gegenüber Platz. »Es hat ein wenig gedauert, bis ich es begriffen habe. Erst am Ende des Traums.«

Beinahe hätte Nic seine Frage wiederholt. Wovon zum Dämon sprach der Oberste? »Als du uns angegriffen hast!« Beinahe hätte er Jeremiah ins Gesicht gespuckt. Beinahe. »Und nun muss mein Dad nach Akantor, obwohl du mit dem Dämon paktierst.«

»Das tue ich nicht«, sagte Jeremiah leichthin.

»Doch.«

Ein Seufzen. »Nein, das tue ich nicht. Wie kommst du darauf?«

»Ich habe gesehen, wie du mit meinem Vater die Maschine gebaut hast. Aber dann habt ihr euch gestritten und gekämpft.«

In Jeremiahs Augen trat ein trauriges Glitzern, sein Blick glitt in die Vergangenheit. »Was du gesehen hast, war nur ein winziger Ausschnitt aus einer langen, wechselhaften Freundschaft. Und ja, wir haben gestritten. Doch ich habe ihn damals auf dem Feld nicht angegriffen. Das war ein Fatumaris, der die Gestalt verändert hatte.«

»Mein Dad arbeitet nicht mit dem Dämon zusammen!«

»Ich weiß.«

»Tut er nicht! Was? Aber wenn du es weißt, wieso dann die Rede?«

»Nicholas, ich dachte wirklich, dass Pablo dir ein wenig mehr über die Dynamik des Rates und der Häuser beigebracht hätte. Was, denkst du, wäre passiert, wenn ich Partei für deinen Vater ergriffen hätte? Darauf wartet Elois doch nur, um eine Verbindung zwischen dem 13. Haus und deinem Vater zu knüpfen. Der perfekte Vorwand, uns unter Bewachung zu stellen. Es gab nur eine Möglichkeit: Ich musste mich distanzieren.«

»Und meinen Vater aufgeben.« Die Wahrheit schnitt tief in Nics Seele.

»Manche Kämpfe muss man aufgeben, um sie an einem anderen Tag bestreiten zu können. Dein Vater ist das Opfer einer Intrige, die von langer Hand vorbereitet wurde.«

Mit jedem Wort glaubte Nic weniger daran, dass Jeremiah der Verräter war oder sich dem Dämon angeschlossen hatte. Doch wenn er es nicht war, wer war dann auf dessen Seite gewechselt? Und hätte das nicht auffallen müssen?

»Warum bist du nach New York gegangen?«, wollte Jeremiah wissen.

»Die alte Dame hat es mir gesagt.«

»Welche alte Dame?«, fragte Jeremiah.

»Im Sanktum, als ich Verbindung mit dem Sarkophag hatte, ist sie mir zum ersten Mal erschienen.«

Jeremiah nickte bestätigend. »Natürlich, du hast es erzählt. Aber Nicholas, sie hätte dir nicht außerhalb des Sanktus erscheinen

können. Stattdessen hätte sie mich gerufen, damit ich dich hole, oder auf anderem Weg eine Nachricht übermittelt. Eine direkte Kommunikation ist unmöglich.«

»Aber … sie war da. In meinem Traum.«

»In deinem Traum?!« Jeremiah atmete scharf ein. »Und dir ist nicht in den Sinn gekommen, dass jemand diesen infiltriert? Wie ihr es auch bei mir getan habt?«

Die kurze Antwort war: nein. »Warum hätte das jemand tun sollen? Und derjenige hätte auch davon wissen müssen, dass ich mit dem Sarkophag verbunden war.«

»Was kein Geheimnis ist, das gesamte Haus wusste es.« Jeremiah erhob sich und schritt langsam durch den Raum.

Er hielt den Rücken kerzengerade, die Hände dahinter verschränkt. »Du bist also nach New York gegangen, doch wie konnte es zu so einer Katastrophe kommen?«

»Woher soll ich das wissen?!« Nic hielt es auch nicht länger auf dem Sitz und er stellte zufrieden fest, dass seine Hände nicht länger gebunden waren.

Bevor sie ihre Unterhaltung fortsetzen konnten, klopfte es energisch an der Tür.

»Trugbild«, befahl Jeremiah.

Nic gehorchte und verwandelte sich wieder in Spencer Drake.

Vor der Tür standen Matt und Liz in ihrer Trugbildform.

»Guten Abend, Mister Caldwell«, grüßte Matt. »Wir müssten ganz dringend mit Spencer sprechen. Bezüglich des Protokolls.«

»Nur herein.« Jeremiah öffnete die Tür, nur um sie hinter den beiden wieder zu schließen. »Nicholas freut sich bestimmt, seine Freunde wiederzusehen.«

Liz handelte blitzschnell, doch auch sie kam gegen Jeremiah nicht an. Ein *Sturmschlag* schoss durch die Luft, den der Oberste mit einem kurzen Wink löschte.

»Stopp!«, rief Nicholas. »Alles in Ordnung. Er ist nicht der Verräter!«

Liz hielt in der Bewegung inne.

»Nicht?«, fragte Matt verdutzt.

Nic wiederholte, was Jeremiah bisher gesagt hatte. Sowohl Matt als auch Liz wirkten skeptisch, streckten aber die Waffen.

»Was also ist in New York geschehen?«, fragte Jeremiah.

»Nic ist an meinem Arbeitsplatz aufgetaucht und kurz darauf ist der Kopf des Wächters geplatzt«, übernahm Liz die Erklärung. »Dann haben wir gegen den Mönch gekämpft und sind aus dem Fenster gesprungen.«

Endlich blickte Jeremiah auch einmal eine andere Person an, als sei diese verrückt geworden. Nic grinste fröhlich. Bei dem Gedanken an seinen Vater erstarb das Lächeln jedoch.

»Letztlich hat der Mönch den Wächter getötet«, erklärte Nic. »Ich frage mich, wieso niemand nach diesen Kutten tragenden Mördern sucht.«

»Nic.« Jeremiah wirkte bedrückt. »Es gibt keine Mönche.«

Stille.

Matt wirkte verwirrt, Liz verschränkte trotzig die Arme und Nic verstand gar nichts mehr.

»So ganz komme ich nicht mehr mit«, sagte er vorsichtig. »Wir haben gegen einen gekämpft.«

»Ich fürchte, nein.« Jeremiah selbst wirkte, als habe ihn gerade ein frontaler magischer Schlag ins Gesicht getroffen. »Ihr habt gegen Angelo gekämpft, der dort auftauchte, um nach dir zu sehen.«

Nic erwiderte den Blick des Obersten, als habe dieser völlig den Verstand verloren. Das ergab überhaupt keinen Sinn! Warum sollte Angelo sich eine Kutte überziehen und gegen sie kämpfen? Er erbleichte. »Angelo ist der Verräter?«

Wieder schüttelte Jeremiah den Kopf. »Das ist er nicht. Er hat den Wächter nicht getötet, das muss jemand anderes gewesen sein. Ich habe Angelos Anima selbst untersucht, es gab keine Verbindung zu dem tödlichen Zauber, der den Wächter umgebracht hat. Der Mord geschah, *bevor* Angelo auftauchte. Wer auch immer es war, derjenige wusste, dass du dort auftauchen wirst. Er hat den Wächter getötet und danach kam Angelo in den Raum, wo er von dir und Liz angegriffen wurde.«

Die Worte hingen in der Luft und sickerten nur langsam in Nics Geist. Wenn das stimmte, hatten sie die ganze Zeit nicht gegen Mönche gekämpft, sondern gegen die Schicksalswächter. Er erinnerte sich, der Mönch hatte zwar Liz angegriffen, ihn jedoch nicht. Nic war nur zur Seite gestoßen worden. »Aber … der See.«

»Pablo, Ultinova, Angelo … du hast gegen unsere Leute gekämpft, Nicholas.«

Matt sank zitternd in den Sessel und selbst Liz, die sonst nie um ein Wort verlegen war, starrte den Obersten nur an, unfähig, etwas zu sagen.

»Aber wieso haben wir dann Mönche gesehen?«

»Jemand hat einen Zauber in dir verankert, als du nach New York aufgebrochen bist, Nicholas«, schloss Jeremiah. »Von diesem Augenblick an hast du jeden Schicksalswächter als Mönch gesehen. Vermutlich waren deine Freunde ein Teil des Zaubers, sobald sie sich in deiner Nähe befanden. Ich müsste ihn extrahieren und genau untersuchen.«

»Moment«, stoppte Liz. »Das ergibt keinen Sinn. Wenn dieser komische Zauber uns Mönche vorgaukelt, weshalb haben wir dann Angelo als normalen Menschen gesehen? Und jetzt Sie?«

Ein guter Einwand, über den auch Jeremiah erst einmal nachdachte. »Ich weiß es nicht. Es scheint, als sei der Zauber nicht mehr aktiv. Etwas hat euch davon befreit.«

»Deshalb hatte Angelo meinen Anima«, begriff Nic. »Weil er ihn in New York an sich genommen hat. Aber seine Erinnerung wurde teilweise gelöscht, deshalb wusste er nicht, dass wir ihn angegriffen hatten.«

»Ich kann es mir auch nicht erklären, aber diese Sache ist weitaus größer, als ich bisher dachte.« Jeremiah hatte seine steife Haltung nicht aufgegeben, die Unruhe war auf seinem Gesicht abzulesen. »Unsere Feinde haben gewaltige Dinge in Gang gesetzt. Du musst wissen, dass dein Vater dagegen war, die Maschine zu benutzen. Ich allerdings …« Jeremiah lächelte traurig. »Wollte zurückholen, was mir genommen wurde.«

»Deine Familie.« Liz hatte die Beine angezogen und die Arme darum geschlungen.

»Ah, ihr habt es in meinem Traum gesehen. Ja. Meine Frau und meine Kinder. Sie wurden mir genommen. Alles, was ich noch von ihnen retten konnte, waren ihre Anima. Dein Vater, Nicholas, wollte es nicht tun, darüber gerieten wir in einen furchtbaren Streit. Am Ende war es bedeutungslos, als wir entdeckten, was tatsächlich vor sich ging. Nichts spielte mehr eine Rolle. Dieser geheime Krieg führte zu schrecklichen Opfern und schließlich dazu, dass dein Vater die Maschine doch einsetzte.«

»Um was zu tun?!«

»Moment«, stoppte Liz, »wenn die Unterstützer des Dämons alle Personen töten, die mit der Entschlüsselung des Freskos zu tun haben, warum sollten sie dann Nic zu mir schicken? Wieso nicht mich töten, wie sie es mit Gabriel und Angelos Bruder getan haben?«

Schon wieder eine ausgezeichnete Frage. Ehrlicherweise wäre es Nic lieber gewesen, wenn Jeremiah zuerst seine beantwortet hätte, stattdessen wandte der Oberste sich Liz zu. »Eine Frage, die wir uns ebenfalls stellten, nachdem Angelo zurückkehrte und von Nics scheinbarem Verrat berichtete. An den er übrigens nicht glauben wollte.«

»Nicht?«, fragte Nic.

»Er ging davon aus, dass Liz einen magischen Bann auf dich geworfen hat«, erklärte Jeremiah. »Stattdessen war all das aufs Genaueste orchestriert. Kurz nach den Ereignissen in New York rief mich das Sanktum zu sich. Es ging um dich, Liz.« Jeremiah rieb sich müde die Nasenwurzel und war erstmals nicht dazu in der Lage, Blickkontakt zu halten. »Du bist ein Knotenpunkt. Deine Existenz sorgt dafür, dass der Fluch sich erfüllt.«

Mittlerweile fühlte sich Nic wie ein Boxsack, der von beständig wiederkehrenden Schlägen malträtiert wurde.

»Auch das deutete darauf hin, dass Nic für den Dämon arbeitet. Er schützte dich.« Jeremiah deutete auf Nic.

»Und ihr wolltet mich töten«, flüsterte Liz.

Jeremiah zögerte, nickte dann aber. »Dieser Krieg wird seit einer langen Zeit geführt. Wir dürfen nicht zulassen, dass ein zweites Regnum beginnt. Aus diesem Grund geschieht es in seltenen Fällen, dass wir jene töten müssen, die für den Dämon die Geschicke beeinflussen. Bisher waren das stets schreckliche Menschen.«

»Aber das tue ich nicht!« Liz war aufgesprungen, stand direkt vor Jeremiah und brüllte ihm ins Gesicht. »Ich habe im Auftrag von Gabriel diese verdammten Texte dechiffriert – oder es zumindest versucht. Ohne Erfolg.«

Nic wusste, was gleich kommen würde, noch bevor Jeremiah die Worte aussprach.

»Du sprichst von den zerstörten Säulen in der Höhle unter Brasilien? Der Wand mit dem Bildnis?« Auf Liz' Nicken ergänzte er: »Was hatte Gabriel damit zu tun?«

Nic runzelte die Stirn. Liz hatte sich in die Vergangenheit projiziert, wo sie Gabriel nach seinem Besuch in Berlin gesehen hatte. Er war zum Fresko zurückgekehrt. Dann war Nics Vater aufgetaucht. Etwas, das überhaupt keinen Sinn ergab. Dann war da der Kampf in Berlin gewesen, bei dem der Fatumaris seine Maske abgezogen hatte. Jeremiah war darunter zum Vorschein gekommen. So zumindest hatten sie es gesehen.

»Der Fatumaris übernimmt die Talente«, begriff Nic. »Was, wenn dazu Körperwechsel gehören?«

»Wovon sprichst du, Nic?« Jeremiah hatte sichtlich Mühe, am Ball zu bleiben.

Doch Nic beachtete ihn gar nicht. Etwas zupfte an seinem Geist, wollte seine Aufmerksamkeit auf ein Detail lenken. Der Fatumaris war in Berlin gewesen und hatte sich danach auf direktem Weg ins 13. Haus begeben, huckepack mit Nic. Doch woher hatte er gewusst, wo die Maschine stand? Und wie er ins Sanktum gelangte? Das sprach erneut für einen Verräter. Einem, dem es gelungen war, Nics visuelle Sicht zu beeinflussen. Er hatte ihn glauben lassen, dass es Mönche gab, wo keine waren.

Doch was war noch ein Trugbild gewesen?

Und wie hatte der verdammte Kerl immer so schnell reagieren können? Fast als sei er die ganze Zeit über bei ihm gewesen.

Nics Körper gefror zu Eis. »Nein«, hauchte er.

»Ups«, sagte Nox. »Da hast du mich wohl erwischt.«

»Du warst es!«

»Mit wem sprichst du?«, fragte Jeremiah.

»Sein Familiaris«, erklärte Liz. »Worüber wir unbedingt noch mal sprechen müssen. Egal, was Nic angeblich getan hat, es kann nicht sein, dass ein unschuldiges Geschöpf versklavt wird.«

Jeremiah sprang zurück, sein Anima loderte auf. »Nicholas, wo ist das Geschöpf?«

Er deutete auf den Sessel, wo Nox es sich gemütlich gemacht hätte. »Als ob der alte Tattergreis etwas tun könnte.«

»Weg von dem Sessel!«

Matt und Liz wichen instinktiv zurück.

»Nic, die Familiaris wurden nie von Magiern versklavt«, erklärte Jeremiah mit angespannter Stimme. »Es war umgekehrt. Sie krallen sich an die Seele eines Magiers und je länger die Verbindung besteht, desto stärker werden sie. Bis der Parasit den Wirt steuert.«

Plötzlich fühlte Nic sich dreckig, als hafte eine klebrige stinkende Säure an ihm, die sich nicht abstreifen ließ.

»Mach dir nichts draus, du bist schon jetzt ein ausgezeichneter Sklave«, erklärte Nox. »Sobald unsere Verbindung intensiver ist, werde ich dich foltern und ich verspreche dir: Du wirst es lieben.« Er kicherte böse. »Okay, das war eine Lüge.«

»Aber warum habt ihr ihn dann an Nic gebunden?«, fragte Liz.

Ein weiterer Moment der grauenvollen Erkenntnis.

Nic schloss die Augen.

»So etwas würden wir nicht tun«, erklärte Jeremiah. »Niemals! Der Rat überwacht alle möglichen Bruchstellen, damit kein Familiaris mehr in unsere Realität wechseln kann. Wer hat ihn dir gegeben?!«

Die Person, der Nic vertraut hatte. Die Nic auf den zweiten Anima in seinem Gürtel aufmerksam gemacht und sich dafür eingesetzt hatte, dass er in den Einsatz ging. Die Person, von der sie geglaubt hatten, dass sie bewusstlos und verletzt in ihrem Raum läge, obgleich sie doch in Wahrheit gegen Nic gekämpft und ins Sanktum gegangen war.

»Inés«, hauchte Nic.

Im gleichen Augenblick explodierte Jeremiahs Schädel wie eine überreife Melone. Blut und Gehirnmasse verteilten sich auf Matt und Liz, die in der Nähe des Obersten gestanden hatten.

Während Matt zu einer wimmernden Säule erstarrte, wich Liz zurück an die Wand, wo sie verkrampft ausharrte.

»Endlich bin ich diesen stocksteifen englischen Trottel los«, erklang die Stimme von Inés aus dem Badezimmer.

Ein Körper flog durch die Luft, knallte gegen die Wand und kam dumpf auf dem Boden auf.

»Jane!« Nic hatte das Gefühl, von einem Laster überrollt zu werden.

Jeremiah war tot. Einfach so. Genau wie der Wächter in New York. Leben endeten von einer Sekunde auf die nächste, als wären sie

bedeutungslos. Jane lag zusammengekrümmt am Boden. Alles war eine Lüge gewesen.

Nox lachte schallend wie eine grausame Puppe, die zum Leben erwacht war.

Inés betrat den Raum.

Sie trug ein blütenweißes Businesskostüm, ihre Füße steckten in dazu passenden Stilettos. Mit einem triumphierenden Lächeln stieg sie über den toten Körper von Jeremiah hinweg. Dass sie inmitten einer Blutlache stand, schien ihr egal zu sein.

»Oh, armer Nicholas. Keine Sorge, du hast ausgedient.« Ihr Blick fiel auf Liz. »Schön, dass du es hierhergeschafft hast, meine Liebe.«

Sie breitete theatralisch die Arme aus.

»Kommen wir zum Ende unseres kleinen Spiels.«

35.
… IN EINER LÜGE

Ich muss schon sagen, Nicholas, du hast mir eine Menge Ärger gemacht.« Inés drohte gespielt mit dem Finger. »Und wie das endet, kann man ja sehen.« Sie deutete auf die blutigen Überreste von Jeremiah.

Matt war langsam zurückgewichen und kauerte neben Jane. Er befühlte ihren Puls. Ein Aufatmen. Sie war also noch am Leben, zumindest vorerst.

»Aber … warum?« Nic fiel es noch immer schwer, in der hilfsbereiten und liebenswerten Inés eine Gegnerin zu sehen. Doch genau das war sie.

»Ist das nicht offensichtlich?«

»Ehrlich gesagt, nein.«

»Der Dämon«, erklärte sie leichthin. »Ich werde ihn befreien.«

»Ein Schicksalswächter, der sich einem zweiten Regnum verschreibt, verliert sein Talent«, warf Liz Inés voller Verachtung entgegen. »Sie können gar nicht auf seiner Seite stehen.«

Inés kicherte. »Da scheinen zwei Dinge nicht zueinanderzupassen. Absolut korrekt, meine Liebe. Und gern geschehen.«

»Wie bitte?« Liz behielt ihre sichere Distanz bei, den Körper gegen die Wand gepresst.

»Die Schicksalswächter hätten es wohl am liebsten gesehen, wenn du niemals geboren worden wärst«, erklärte Inés liebenswürdig. »Sie hätten dich getötet. Du wirst die Balance endgültig kippen lassen, das Gefängnis wird sich öffnen.«

In den Augen jener Frau, von der Nic geglaubt hatte, dass sie eine Freundin war, glitzerte der Wahnsinn. Und war da nicht ein schwarzer Schatten zu sehen?

»Du warst also der Fatumaris?«

»Ein Punkt für dich, Nicholas.« Angewidert betrachtete sie den toten Körper von Jeremiah. »Ich habe dich in Berlin angegriffen. Es war ziemlich leicht, euch hinters Licht zu führen, als ich das Sanktum betrat. Oder genauer, eine Manifestation. Denn die wenigsten wissen, dass man als Fatumaris nicht nur den Anima und die Talente übernimmt. Auch die Substanz der Unterlegenen geht auf einen über. Was du im Sanktum gesehen hast, war quasi eine ferngesteuerte Puppe, der Rest von einem der beiden unterlegenen Magier, die ich aufgenommen habe.«

Eine Puppe, die nicht länger existierte. »Wie bedauerlich, ich habe also ein Talent von dir zerstört?«

»Du weißt gar nichts, Nicholas Ashton.« Inés schürzte die Lippen, ihr abschätziger Blick traf Nic. »Hör auf, irgendwelche Theorien zu spinnen. Es nutzt dir sowieso nichts. Du und deine Freunde, ihr seid nur Bauernopfer.«

Wie aufs Stichwort erklangen Schreie.

Die Blicke aller Anwesenden richteten sich auf die Tür.

»Die armen Ratsmitglieder und Obersten«, seufzte Inés. »Wie mir scheint, geht da draußen Schreckliches vor.«

Der Boden erzitterte. Jemand hatte die Struktur des Gebäudes mit einem Zauber destabilisiert.

»Es scheint, dass dort draußen jemand angreift«, erklärte Inés. Sie hob die Hand. Über ihrer Handfläche erschien ein waberndes Bild.

Nic sah sich selbst darin, wie er mit hassverzerrtem Gesicht gegen die versammelten Ratsmitglieder vorging. Ein Zauber nach dem anderen loderte, vereiste, zerstörte. Dazwischen gingen Ratsmitglieder von unsichtbaren Kräften getroffen zu Boden.

»Das sind die Familiaris«, erklärte Inés. »Nox hier ist nicht der einzige.«

Sie ließ das Abbild verschwinden.

»Alle werden denken, dass Nic für den Dämon arbeitet«, flüsterte Matt entsetzt.

»Ganz fabelhaft«, kommentierte Inés. »In deinem bulligen Körper steckt also ein wenig Hirn. Mein lieber Matthew, nimm das Kompliment mit ins Grab.« Sie holte aus.

»Halt!«, schrie Nic. »Zuerst will ich es wissen.«

»Eine Frage sei dir gewährt.«

»Wie hast du es gemacht? Seine Seele dem Dämon zu verschreiben löscht das Talent der Schicksalswächter aus. Wie ist es dir gelungen?«

Inés dachte kurz nach, dann nickte sie. »Ich gebe zu, an der Stelle bin ich ein bisschen stolz. Als ich dem Dämon meine Seele verschrieb, verlor ich das Talent tatsächlich. Es gibt jedoch ein Schlupfloch. Das übliche Prozedere wurde in Gang gesetzt und ich wusste, dass ein Ersatz ausgewählt werden würde.«

Und in diesem Augenblick wurde Nic die Wahrheit schlagartig klar. Es hätten *zwei* neue Schicksalswächter ausgewählt werden müssen, doch nur er war bei dem Ritual ins 13. Haus gekommen. Und das bedeutete: »Gabriel lebt.«

»Bravo.« Inés wirkte beeindruckt. »Ich habe ihn lediglich in Gewahrsam genommen, nicht getötet. Dadurch ist nur ein Schicksalswächter weggefallen, nämlich ich. Doch alle dachten, dass es Gabriel sei. Du, Nicholas, bist nicht der Ersatz für ihn. Du wurdest erwählt, um mich zu ersetzen.«

Er schloss die Augen. Es passte alles. Irgendwo, in einem kalten, engen Verlies saß der Freund von Angelo und wurde von Inés gefangen gehalten. »Durch ihn konntest du weiter das Gewebe sehen. Die Linien.«

Inés winkte ab. »Mit ausreichend Vorarbeit ist alles möglich. Du wärst überrascht, wie viel nützliche Apparaturen Chavale noch erfunden hat, von denen niemand etwas weiß.«

»Aber der Tote«, flüsterte Liz. »Es gab doch eine Leiche.«

»Ein unwichtiger Magier«, erklärte Inés, wobei ihr Blick wie zufällig auf Matt fiel.

Dieser schien es nicht zu bemerken, doch für Nic glich diese winzige Geste einem Faustschlag.

»Mikael«, hauchte er.

»Wie ich sagte, ein unwichtiger Magier.«

Jede verbliebene Farbe wich aus Matts Gesicht, als ihm schlagartig alles klar wurde. »Nein.« Eine Träne löste sich und rann über seine Wange.

Wieder sah Nic im Geiste die Szene vor sich. Ein lächelnder Junge kletterte aus dem Fluss und überreichte seinem strahlenden kleinen Bruder dessen Teddybär.

»Jeremiah, mein Dad, Mikael, alles nur Kollateralschäden?«

»Es ist mehr«, erklärte Inés. »Verstehst du es denn nicht? Ich werde ein zweites Regnum einleiten.« Sie lächelte verzückt. »Es muss so kommen, das steht seit Langem geschrieben.«

»Man soll nicht alles glauben, was irgendein dämlicher Autor niedergeschrieben hat«, meldete sich Liz zu Wort.

»Aber meine Liebe, dieses Werk habt ihr doch alle gesehen. Es ist ein schwarzes Bildnis, tief unter der Erde.« Wieder hob sie die Hand und in dichtem Schimmern erschien das Fresko. »Beeindruckend, nicht wahr?«

»Sie haben es übersetzt«, hauchte Liz. »Wie?«

»Oh meine Liebe, ihr hattet nie eine Chance, lass dir das gesagt sein. Das Fresko ist nicht das, was ihr denkt. Ebenso wenig das schwarze Glas. Ihr habt den Zipfel eines Geheimnisses offengelegt, dessen wahrer Kern euch ewig verschlossen bleiben wird.« Inés ließ das Bild verschwinden. »Was primär daran liegt, dass ihr gleich tot sein werdet. Alle, außer Liz.«

Jeremiah, Nics Dad, Chavale, das Fresko und der Dämon – alles schien miteinander in Verbindung zu stehen, doch Nic konnte das Gesamtbild noch immer nicht erkennen.

»Warum willst du ein zweites Regnum?« Er verstand es nicht. Weshalb konnte ein Magier, der in Freiheit lebte und über das Grauen des ersten Regnums Bescheid wusste, etwas Derartiges wollen?

»Fragen über Fragen.« Inés schritt durch den Raum und betrachtete jeden von ihnen eingehend. Fast als studiere sie Insekten, die da waren, aber keine große Rolle für sie spielten.

Als sie sich gerade Matt zuwandte, bewegte Liz kurz die Hand. Nic schaute hinüber. Mit dem Zeigefinger deutete Liz auf die Blutlache rund um Jeremiah.

Zuerst verstand Nic nicht, worauf sie anspielte. Dann wurde es ihm klar. Inés hatte keine Fußabdrücke hinterlassen. Wie war das möglich? Sie hatte Jane doch von sich geschleudert. Nein, hatte sie nicht! Zumindest nicht vor ihren Augen. Die zeitliche Abfolge war wie in New York. Janes Körper war aus dem Bad heraus geworfen worden, doch erst kurz danach hatte Inés den Raum betreten. Inés war eine Meisterin der Täuschung, wie sie schon mehrfach bewiesen hatte. Doch die Hinweise verbargen sich meist vor aller Augen.

»Wieso tötest du uns nicht?«, fragte Nic.

»Liegt dir etwas daran?«

Ihre Blicke trafen sich.

Inés begriff. »Wie können dumm und schlau nur so nah beieinanderliegen?«

Nic machte eine eindeutige Geste, die seinen rechten Mittelfinger mit einschloss.

»Wie vulgär.«

»Du bist nicht hier! Deshalb redest du die ganze Zeit und wirfst uns Informationsbrocken zu. Um Zeit zu schinden.« Doch wie war es ihr dann gelungen, Jane zu werfen und Jeremiah … »Verdammt!«

»Was ist?« Liz hielt den Blick fest auf Inés gerichtet.

»Durch die Schatten.« Nic stieß einen wütenden Fluch aus. »Sie hat etwas an Jane gebunden, wie damals in Berlin bei Matt. Und als sie hier ankam, hat sie den Zauber ausgelöst. *Das* hat Jeremiah getötet und Jane schlagartig ausgeschaltet.«

Zum ersten Mal wirkte Inés wirklich wütend. »Ich kann euch jederzeit töten!«

»Tu es doch«, sagte Nic abfällig.

Doch nichts geschah.

»Jetzt darf ich dich bestimmt noch länger foltern«, verkündete Nox.

»Schnell, wir müssen hier weg.« Nic eilte zu Matt und sank neben ihm in die Knie. »Wie geht es ihr?«

Matt blickte traurig ins Leere. Seine Wangen waren nass von Tränen. »Wie soll ich das meinen Eltern beibringen?«

»Es tut mir leid.« Nic zog seinen besten Freund in eine kurze Umarmung. »Aber wenn wir jetzt nicht fliehen, dann erfahren sie es niemals.«

Seine Gedanken wanderten unweigerlich zu Angelo, der ohne Nic auch nicht mehr aus dem Haus herauskam. Wie würde er reagieren, wenn er die Wahrheit erfuhr? Gabriel war noch am Leben. Was bedeutete das für Matt? Nic schob alle Gedanken beiseite und fokussierte sich auf das Wesentliche.

»Wir hauen ab und reißen ihnen den Arsch auf«, erklärte Liz. »Alles andere später.«

»Wenn wir dem Rat …«, begann Matt.

Liz ließ ihn nicht ausreden. »Vergiss den Rat. Die denken, wir sind für alles verantwortlich. Der Angriff von Inés dürfte auch die letzten Zweifler von unserer Schuld überzeugt haben. Und der deines Dads.«

Womit sie recht hatte. Ihre Optionen waren auf eine einzige reduziert. »Kämpfen und fliehen.«

»Wieso hast du mir nicht gesagt, dass du einen Familiaris hast?«

Nic war davon ausgegangen, dass Matts Gesicht nicht noch verletzter wirken konnte. Ein Irrtum. »Später, okay?«

Ein kurzes Schulterzucken, mehr Antwort erhielt er nicht.

»Matt, du übernimmst Jane«, befahl Liz. »Webe ein *Leicht wie Seide* und dazu einen *Anker aus Stahl.* Das müsste genügen.«

Kurz darauf schwebe Jane schwerelos in der Luft, durch Magie an Matt gebunden.

»Was machen wir mit deinem Familiaris?« Liz warf frustriert die Arme in die Luft. »Er kann Inés jederzeit sagen, wo wir sind und was wir tun.«

»Aber nur, wenn ich es weiß«, gab Nic zurück. »Ich habe aber keine Ahnung, wo das sichere Haus ist. Wenn wir es bis dorthin schaffen, kann uns nichts passieren.«

Das Problem ›Nox‹ musste auf einen anderen Tag verschoben werden.

Sie nickten einander kurz zu, dann öffnete Liz die Tür.

»Sie kommen!«, brüllte Nox. »Werft die Äxte!« Er lachte meckernd.

Nic verdrehte die Augen. »Er ist theatralisch.«

Sie rannten auf den Gang und von dort zur Empore über dem Versammlungssaal. Nic trat an die Brüstung und blickte hinab. Das Armageddon spielte sich dort ab, wo zuvor noch eifrig über das Schicksal seines Vaters debattiert worden war.

Dutzende toter Körper lagen auf den Tischen oder am Boden, dazwischen kämpften Gruppen aus Magiern gegen die Kopie eines Nics, eines Matts, einer Liz und einer Jane.

»Das darf nicht wahr sein.« Liz blickte machtlos nach unten. »Wie macht sie das?«

»Keine Ahnung.« Sein Blick fiel auf die gegenüberliegende Balustrade, wo Inés in ihrem weißen Kostüm stand, die Handballen auf das Geländer gestützt.

»Nic.« Liz wollte ihn zurückhalten, doch er entwand sich ihrer Hand. »Mach keine Dummheiten!«

»Ich lasse nicht zu, dass sie weitere Magier abschlachtet.«

Er rannte über den roten Teppich, vorbei an den Tonbüsten, von denen einige durch Querschläger zerstört worden waren. Bereits auf dem Weg verband er sich mit seinem Anima. Die Kämpfe tobten schon länger und zahlreiche Wirbel hatten sich gebildet, wo besonders viel Magie abgeschöpft worden war. Der Rest reichte aus, die Kämpfe tagelang fortzuführen.

Nic tastete nach der Magie und sog sie in seinen Anima, um sie zu manifestieren. Mit ein paar zielsicheren Bewegungen seiner Finger wob er einen *Mystischen Schild.* Der kreisrunde Bereich vor ihm flimmerte grün, Glyphen bedeckten die Fläche. Er durfte Inés keine Zeit lassen, zu reagieren. Selbst wenn er erfolgreich eine ihrer Fatumaris-Inkarnationen zerstört hatte, gab es noch immer zwei weitere.

»Ah, dachte ich es mir doch.« Sie begrüßte ihn lächelnd, während unter ihnen ein Magier zu Boden ging. »Es liegt nicht in deiner Natur, zu fliehen.«

»Damit kommst du nicht durch!«

»Und wer soll mich aufhalten? Du? Mit einem lustigen kleinen Schild und … was?« Sie lachte nur und hob beide Arme.

Nic erkannte den Armreif an ihrem linken Handgelenk und den Ring am rechten Finger. Zwei Anima, die es ihr ermöglichten, Zauber parallel auszuführen. Und genau das tat Inés. Die Umgebung waberte, etwas schoss auf Nic zu und zerfetzte den *Mystischen Schild.*

»Dein Vater hätte eine bessere Wahl treffen sollen«, kommentierte sie.

»Ich wurde nicht von meinem Vater in euer verdammtes Haus eingeschleust.«

»Oh, aber das wurdest du.«

Inés lächelte zufrieden und Nic begriff, dass sie mit dieser Enthüllung absichtlich gewartet hatte, bis ganz zum Schluss.

»Was soll das heißen?«

»Du weißt es doch selbst am besten.« Inés sah einem weiteren Magier beim Sterben zu. »Nicholas, du hättest niemals dem 13. Haus zugeteilt werden sollen. Dein Vater hat die Maschine dazu benutzt, dein Talent zu verändern.«

Entsetzt wich er zurück. Der Traum von Jeremiah! Um das Schicksal zu verändern, benötigte es drei Anima, die durch Blut miteinander verbunden waren. Nics Dad und seine beiden Brüder.

»Ja, jetzt begreifst du es. Dein Vater hat dich benutzt. Er wusste, dass es jemanden im 13. Haus gibt, der gegen Jeremiah arbeitet. Und um seinen besten Freund zu schützen, hat er dein Schicksal verändert.«

Die Worte hingen in der Luft wie rasiermesserscharfe Klingen, die Nics Vertrauen in seine Familie, seinen Vater und sein gesamtes bisheriges Leben in blutige Streifen schnitt.

»Und mit dieser Erkenntnis darfst du sterben.«

Inés wob ihre Zauber.

Und die Hölle tat sich auf.

36.

ZWEI SEITEN EINER MÜNZE

Flammen!

Inés hatte einen *Höllenwirbel* gewoben, der auf Nic zuraste. Das Feuer umhüllte ihn, leckte nach seiner Haut und hätte ihn innerhalb von Sekunden verbrannt. Schnell, endgültig, rückstandsfrei – sah man von einem kleinen Aschehaufen ab, der sich leicht beseitigen ließ.

Es zischte, als die Flammen erloschen.

»Verschwinde«, fauchte Inés.

Doch Liz stellte sich schützend vor Nic. »Ich denke ja gar nicht daran.«

»Hast du es noch nicht begriffen, du dummes Ding? Nicholas und du, ihr seid zwei Seiten einer Münze. Wenn er den Dämon verhindern will, muss er dich töten. Andernfalls wird das zweite Regnum kommen.«

»Wir werden sehen.« Liz' Anima leuchtete silbern.

Der Teppich unter Inés machte einen Satz. Mit rudernden Armen knallte sie zu Boden und verlor für eine Sekunde die Kontrolle über das Geschehen.

Nic wartete nicht ab. Er sprang hinter Liz hervor und schleuderte einen *Sturmschlag*. Der abrupte Druck traf Inés, die über den Boden gegen die Wand prallte. Es knackte hässlich. Irgendetwas war gebrochen, doch ihre Widersacherin erwies sich als zäh.

»Na schön, dann …«

Wurzeln brachen durch den Boden, packten Inés am Bein und warfen sie um. »Du hast meinen Bruder getötet!« Noch nie zuvor hatte Nic Matt derart hasserfüllt erlebt.

»Gemeinsam«, flüsterte Liz.

»Gemeinsam«, bestätigte Nic.

Sie wirbelte um ihre eigene Achse und holte aus wie ein Kugelstoßer bei den Olympischen Spielen. Anstelle eines Eisengeschosses erschuf Liz mit ihrem Anima *Agamemnons Hagel.* Als Material nutzte sie das Holz des Gemäldes an der Wand, das in tausend Splitter zerbarst, die in die Form winziger Geschosse gepresst wurden.

Inés schrie auf, als diese auf sie einprasselten und ihre Gesichtshaut zerfetzten.

Noch während ihr Zauber wirkte, war Nic bereits mit seinem beschäftigt. Der *Schal des Beduinen* war eine gemeine Angelegenheit. Als Ausgangsbasis diente die Leinwand, die Liz netterweise von ihrem Rahmen befreit hatte. Magie härtete das weiche Gewebe aus, nachdem es sich um Inés' Hals gewickelt hatte, und drückte ihr die Luft ab.

»Irgendwie war das leichter, als ich dachte«, freute sich Nic.

Die Holzsplitter von *Agamemnons Hagel* gingen in Flammen auf, die Leinwand raschelte in tausend Fetzen zu Boden. Inés ließ Klingen in der Luft rotieren, die auch die Pflanzenstränge zerfetzten. Sie fiel zu Boden, rollte sich ab und kam überraschend elegant auf.

»Genug gespielt.«

Ein Flimmern legte sich auf ihren Körper und plötzlich standen drei Personen vor ihnen. Einmal Inés in ihrer normalen Form, dazu zwei in schwarz gekleidete Fatumaris. Sie besaß also noch einen weiteren Anima an ihrem Körper. Wenn jene Abspaltung des Fatumaris im Sanktum gestorben war, hatte sie in der Zwischenzeit einen weiteren Magier besiegt und … gefressen.

»Oh Shit«, kommentierte Nic.

»Das bringt es auf den Punkt.« Liz deutete nach links. »Der gehört mir.«

Matt stürzte sich auf den rechten Fatumaris, mit all dem Hass, den der Verlust seines Bruders in ihm auslöste. Überraschend flink wich er einem Katana aus und ließ weitere Wurzelstränge wachsen. Nic konnte den Innenausstatter nur für seine Wahl beglückwünschen, den Versammlungssaal derart mit Grün ausgestattet zu haben.

»Ihr hättet fliehen sollen.« Eine gewaltige Feuerwolke schwebte über Inés' rechter Hand.

»Nicht bevor ich dir das Handwerk gelegt habe«, gab Nic zurück. »Und deine Kreaturen wieder an der Leine liegen.«

Sie lachte glockenhell.

Nic gelang es gerade noch, den *Mystischen Schild* wieder aufzubauen, da war der Feuerball schon heran. Inés hatte ihn mit Magie gesättigt, mehr als gewöhnlich hineinfließen lassen und ließ die Explosion, die sich aus der Verzehrung der Masse speiste, langsam ablaufen. Die Luft kochte und Schweiß perlte über Nics Gesicht.

Zur Sicherheit überprüfte er seine Kleidung, nachdem der Zauber abgelaufen war. Abgesehen von ein paar geschwärzten Stellen hatte er es überstanden.

Matt und Liz hatten ihre Angreifer durch beständiges Zurückweichen hinter sich hergelockt, wodurch keiner dem anderen in die Schusslinie geriet.

Unter ihnen schienen die Magier endlich zu einer gemeinsamen Linie gefunden zu haben. Wie auch immer sie gegen die unsichtbaren Familiaris vorgingen, es zeigte Wirkung.

»Sieht so aus, als müssten wir uns beeilen.« Inés verwandelte sich in ein Fließband, das einen Zauber nach dem anderen wob.

Blackbeards Säbel kam zum Einsatz, was einer der schwierigsten Zauber war, da er absolute Präzision erforderte. Luft wurde so stark verdichtet, dass sich eine unsichtbare Klinge bildete, die exakt drei Schläge auszuführen vermochte. Nic wich dem ersten aus, doch der zweite zerfetzte seinen Schild. Der dritte schnitt durch Hoodie und Haut.

Aufschreiend kippte er hintenüber. Hitze breitete sich auf seiner Brust aus, er starrte entsetzt auf die tiefe Wunde.

Doch Inés war nicht bereit, auf halber Strecke die Angriffe einzustellen. Dieses Mal wollte sie ihn tot sehen. Schon verdichtete sich die Magie erneut, wob der Anima einen Zauber. Nics Innerstes gefror, als er erkannte, was sie vorhatte.

Sie wollte eine *Flammensenke* erschaffen. Ein Loch in die Wirklichkeit brennen, das von kalten Flammen offen gehalten wurde. Sie wollte ihn in den so geschaffenen Tresor stecken und mit einem Siegel verschließen. Er würde innerhalb weniger Minuten an Sauerstoffmangel sterben.

Mit letzter Kraft verwob Nic wasserblaue Magie zu einem *Nebel von Seth*. Eine Attacke, mit der Inés nicht gerechnet hatte. Ihre Konzentration zerfaserte, der Zauber destabilisierte sich.

Das Blut auf seinem Hoodie breitete sich immer weiter aus, weil die Blutung nicht stoppte, der Stoff war längst nass wie ein in Wasser getränktes Handtuch. Nic verwob einen weiteren Schwall an Magie zu *Nightingales Lampe*. Das heilende Licht sickerte in seine Wunden und schloss die Öffnungen, die Inés gerissen hatte.

Der Blutfluss stoppte, doch die Wunde auf seiner Haut schloss sich viel zu langsam.

Gerade als Nic in die Höhe kam, schleuderte Inés die *Flammensenke*. Doch nicht er war das Ziel. Stattdessen traf es Matt. Seine Umgebung waberte, er wurde in den Riss gezogen und war fort.

»Nein!«, brüllte Nic.

»So muss er nicht länger um seinen Bruder trauern«, flötete Inés zufrieden. »Dachtest du wirklich, ihr hättet eine Chance, Nicholas?«

Die von Matt belebten Pflanzen verloren ihre Kraft und fielen in sich zusammen. Der Fatumaris, gegen den Matt bisher gekämpft hatte, wirkte Feuermagie und ließ die Wurzelstränge zu Asche verbrennen.

»Sieht so aus, als wären wir in der Überzahl.«

Nic mochte widerstehen, doch jetzt sah er sich sowohl Inés als auch einem ihrer Schatten gegenüber. Vermutlich musste er sich geehrt fühlten, dass sie ihn von zwei Seiten angreifen wollte, während Liz sich lediglich einem Gegner gegenübersah.

Wie öffnete man eine *Flammensenke*? Das verdammte Ding war neben der Wirklichkeit platziert. Zwar wussten sie, an welcher Stelle – und bei der Größe war es zweifellos fest verankert –, doch wie sollten sie die Flammen löschen?

»In Kürze bin ich frei, frei, frei«, trällerte Nox. »Und du tot, tot, tot. Vielleicht darf ich dich ja aufschlitzen? Ich kannte mal einen Familiaris, der hatte seinen Sklaven jede Woche aufgeschnitten, um die Innereien neu zu platzie…«

»Fresse«, sagte Nic nur.

Inés und der Fatumaris fächerten auf.

Nic und Liz hatten quasi verloren! Da geschah es. Wie auch zuvor in New York, als Nic jede Hoffnung aufgegeben hatte, glitt er in die Schicksalssicht. Die goldenen Linien des Netzes, das alles verband, wurde sichtbar. Ein Gespinst, gewoben durch Zeit und Raum.

Bevor Inés ihren nächsten Zauber sprechen konnte, sah er ihn bereits voraus und als die Flammen auf ihren Fingern tanzten, erloschen sie sofort, weil er den Sauerstoff abgesaugt hatte.

Der Fatumaris wollte mit einem eleganten Sprung, bei dem er das Katana warf, seinen Beitrag zu Nics Ende leisten, doch es drehte sich in der Luft und hätte seinen Feind beinahe durchbohrt.

Plötzlich war alles so simpel.

Inés wirkte verblüfft. »Wie machst du das?«

Doch Nic war noch nicht am Ende. Neben ihm in der Luft schwebte Nox.

»Das wird nichts helfen.« Der Familiaris pikste Nic beständig mit seiner Schwanzspitze, die jedoch durch ihn hindurchglitt. »Am Ende bist du doch tot.«

Die Kreatur war Teil des Gewebes, doch eingebettet, einen Schritt neben der Wirklichkeit. Genau wie die *Flammensenke*. Ein glitzernder Bereich, in dem goldene Fäden verschwanden.

Nic packte instinktiv den goldenen Faden, der in Nox verschwand, und schleuderte den Familiaris auf die *Flammensenke* zu. Gleichzeitig verwob er einen *Sturmschlag* mit der Kreatur. Ein Schwappen erklang, als Nox in die Flammensenke eindrang. Von innen heraus wurde das Siegel gesprengt, das kalte Feuer erlosch und die Wunde in der Wirklichkeit heilte.

»Dafür werde ich dich in einen Lavatümpel werfen und danach töten«, krähte ein sichtlich mitgenommener Nox.

Matt fiel keuchend auf die Knie.

»Wie machst du das?«, fragte Inés erneut.

Nic hätte ihr eine schlagfertige böse Antwort gegeben, wäre ihm eine eingefallen. Doch bevor er auch nur dazu ansetzen konnte, schrie jemand auf.

Jane sprang aus den Schatten, packte einen der Fatumaris und tauchte mit ihm wieder ein. Der Schrei seiner besten Freundin hallte noch in Nics Ohren, als sie längst verschwunden war.

»Aber …« Inés schien völlig überrumpelt.

Nic ging es da ähnlich. Glücklicherweise besann er sich auf das Offensichtliche und verpasste dem verbliebenen Fatumaris, gegen den Liz kämpfte, einen *Dunklen Schlund*. Normalerweise erzeugte der Zauber einen Erdrutsch. Da sich unter ihnen jedoch lediglich die Versammlungshalle befand, bildeten sich Risse und Spalten, die den Fatumaris ein Stockwerk tiefer beförderten.

Beinahe hätte Matt das gleiche Schicksal geblüht, doch Liz handelte gedankenschnell. Sie erschuf *Engelsschwingen*, wodurch Matt und sie schwerelos wurden.

»Sieht so aus, als hätte sich das Schlachtenglück gedreht«, spie Nic Inés süffisant ins Gesicht.

»Meinst du?« Sie wirkte nicht länger übermütig und triumphierend, nur noch kalt und berechnend. »Aber Nicholas, ihr habt die gesamte magische Gemeinschaft gegen euch.«

Während er sie noch verblüfft anstarrte, begann Inés schrill zu brüllen: »Sie sind hier! Es ist furchtbar, sie haben Jeremiah getötet. Nicholas Ashton ist der Fatumaris!« Sie zwinkerte ihm böse zu, warf sich auf den Boden und rutschte panisch zurück.

Angesichts von so viel Boshaftigkeit blieb ihm die Luft weg.

»Nic.« Liz packte seinen Arm. »Wir müssen weg!«

Ein Blick durch die Spalten am Boden verdeutlichte, dass Inés' Rufe gehört worden waren. Mehrere Magier deuteten mit dem Finger auf die Balustrade, andere auf den Fatumaris, der zwischen ihnen aufgekommen war und kurzerhand gegen sie kämpfte.

»Aber wir müssen ihnen sagen, dass es Inés' Fatumaris sind.« Er streifte Liz' Hand ab.

»Nic.« Sie atmete schwer ein und wieder aus. »Es ist zu spät. Die halten uns für die Bösen in diesem Spiel, verstehst du? Alles deutet auf uns. Die Angriffe, New York, selbst dein Einsatz im Sanktum. Die denken jetzt, das war alles gestellt, dass du den Fatumaris von dir abgespalten hast, also selbst einer bist.«

»Aber …« Panisch blickte er zwischen Inés und Liz hin und her. »Was ist mit meinem Dad?« Er wollte ihn noch immer am Kragen packen und durchschütteln für das, was er getan hatte, doch es war und blieb sein Vater. »Und Jane?«

»Ich weiß es nicht. Dein Dad ist vermutlich mittlerweile in Akantor oder auf dem Weg dorthin und dann erst einmal vor Inés sicher. Jane … Sie ist hoffentlich irgendwo gelandet.«

»Der Fatumaris reißt ihr gerade die Gedärme heraus«, stellte Nox klar. »Sei dir nur sicher, deine Freundin ist schon tot. Und ihr folgt auch bald.«

»Okay«, rang Nic sich durch. »Wir müssen weg. Jetzt.«

Es war seltsam. Die Schicksalssicht verschwand, doch noch immer war alles um ihn herum unwirklich. Als spiele es sich in Zeitlupe ab. Matt schien es ähnlich zu ergehen, denn er wirkte wie ein Zombie, als er endlich wieder auf die Beine kam.

»Ihr steht unter Schock«, sagte Liz, während sie den Gang entlangtaumelten.

Was irgendwie Sinn ergab, auch wenn Nic keine Ahnung hatte, was sie damit meinte. Seine Gedanken flossen zäh wie Ahornsirup dahin.

Ahornsirup!

Wie gern säße er jetzt daheim am Tisch, den Teller voller Pancakes, die er mit Blaubeeren und Ahornsirup überhäufte. Dazu einen Fruchtsaft und einen Kaffee. Keinen Tee! Seine Mum würde ihn anlächeln, während sie ein Belegexemplar ihres neuen Buches durchblätterte, und von draußen aus dem Garten würden die Stimmen von Jason und Dustin erklingen, die miteinander stritten. Alles wäre ganz normal.

Ein Stück Wand neben ihm explodierte und mit ihm der Traum von Normalität.

»Nic, reiß dich zusammen!« Liz kniff ihn in den Arm. »Das Gelände ist noch immer magisch gesichert, wir kommen ohne Jane nicht raus.«

Mittlerweile kämpften nur noch vereinzelt Magier gegen die unsichtbaren Familiaris, die übrigen waren nach oben zu Inés geschwebt, die mit ausgestrecktem Finger auf sie deutete. Blicke wand-

ten sich ihnen zu, Zauber wurden gezielt geschleudert. Ihnen blieben noch Minuten, dann würde jeder Magier in diesem Schloss Jagd auf sie machen.

»Raus. Garten.« Nic konnte kaum noch sprechen.

Er war müde, ausgebrannt, leer. Am liebsten hätte er sich in seinem Bett verkrochen, um nie mehr unter der Decke hervorzukommen.

Sie verließen das Schloss durch ein Seitenportal. Es stand auf einem gewaltigen Berg, umgeben von dichtem Grün. Unter ihnen breiteten sich weite Schluchten aus. Das Siegel lag über dem Areal und verhinderte jede Flucht.

»Es ist ins Erdreich eingewoben«, stellte Liz fest. »Das kriegen wir nicht weg.«

Verzweifelt sank Liz auf die Knie und verbarg ihr Gesicht in den Händen. Selbst ihre Kraft war irgendwann aufgebraucht. Matt starrte weiterhin ins Leere.

»Ich werde euch in Scheiben schneiden«, krakeelte Nox noch immer. »Mich einfach durch eine Flammensenke zu werfen! Weißt du eigentlich, wie schmerzhaft so etwas ist?«

Nic ignorierte ihn.

Es war egal. Alles war egal.

Die Bäume ringsum, die Schluchten und das in der Ferne glitzernde Wasser erinnerten ihn an seinen letzten Scheinkampf an der Akademie. Gemeinsam mit Jane und Matt. All das lag so lange zurück, als gehöre es zu einem anderen Leben. Wenn er damals gewusst hätte, was die Zukunft für ihn bereithielt, vielleicht hätte er sich dann geweigert, den letzten Kampf zu führen. Anstatt den *Dunkler Schlund* gegen Jane zu richten, hätte er auch die Sanduhr zerstören können.

Er zuckte zusammen. »*Dunkler Schlund*!«

Mit wenigen Schritten war er bei Matt und packte dessen Arm. »Aufstehen, ich brauche euch beide.«

»Wofür?« Liz war bereits wieder auf den Beinen.

»Wir führen einen gemeinsamen *Dunkler Schlund* durch.«

»Aber … das würde den halben Berg einstürzen lassen«, sagte Matt leise.

»Und damit den Bann aufheben«, vollendete Liz. »Du bist ein Genie.«

»Danke. Nett von dir, dass du das endlich erkennst.« Nic lächelte. »Legen wir los.«

Sie nahmen die Magie auf, verknüpften sie mit ihrem Anima zu einem *Dunklen Schlund* und verwoben diese Zauber wiederum miteinander.

Als die ersten Magier aus dem Schloss ins Freie gerannt kamen, bebte die Erde längst. Gewaltige Brocken lösten sich aus dem Untergrund, Felsen polterten den Abhang hinunter. Der Boden brach weg, immer mehr davon. Endlich erreichte der *Dunkle Schlund* auch jenen Bereich, in den der Bann verwoben war. Teile lösten sich und Sekunden darauf fiel der gesamte Schutz in sich zusammen.

»Los!«, befahl Liz.

Sie woben *Engelsschwingen* und sprangen in die Nacht.

37.

FLUCHT

Eisiger Wind schlug Nic ins Gesicht.

Zu seiner Linken schwebte Liz, zur Rechten Matt. Wie ein kleiner Vogelschwarm sausten sie durch die Luft, über ihnen das Mondlicht, unter ihnen die Baumwipfel.

Natürlich hatte ein Teil der Magier zur Verfolgung angesetzt, doch die Bäume boten ausreichend Deckung. Mal verharrten sie auf ihrer Flucht in dem dichten Laub, mal sausten sie zwischen den Stämmen hindurch. Immer wieder verloren ihre Verfolger die Spur. Das Schlimmste schien jetzt hinter ihnen zu liegen.

In der Ferne tauchten die ersten Häuser eines kleinen Städtchens auf, dahinter lag die Grenze nach Deutschland.

»Armer Nicholas«, erklang die Stimme von Inés. *»Nein, keine Angst, ich bin weit entfernt. Aber dank unseres guten Freundes Nox, der weiterhin untrennbar mit dir verbunden bleibt, kannst du meine Stimme hören. Ich leite sie dir direkt zu.«*

Eine Gänsehaut ließ Nic erschauern.

»Ihr habt einen ziemlichen Wirbel verursacht, weißt du. Die anderen Obersten sind untröstlich über Jeremiahs Tod. Widerlich, nicht wahr?

Wir wissen beide, dass sie ihn liebend gern zu Fall gebracht hätten. Elois spielt sich als Retterin der Entrechteten auf. Und wie nett alle zu mir sind. Schließlich habe ich meinen engen Freund und Vertrauten verloren.«

Ein Seufzen klang durch die Verbindung.

»Ich bin jetzt die Oberste des 13. Hauses, Nicholas. In Kürze werde ich das Sanktum betreten und dafür sorgen, dass alles anders wird. Du siehst, ihr könnt mich nicht mehr aufhalten. Doch ich kontaktiere dich aus einem ganz bestimmten Grund.«

Als Inés schwieg, hätte Nic sie beinahe beleidigt. Glücklicherweise erinnerte er sich rechtzeitig daran, dass sie ja niemand hören konnte.

»Bring mir Liz«, sprach sie endlich weiter. *»Von mir aus kannst du dich mit Matt und Jane – falls sie überlebt hat – irgendwo da draußen verkriechen. Das zweite Regnum wird kommen, du kannst es nicht verhindern. Aber ich lass euch leben, wenn ihr mir Liz bringt.«*

Wie konnte er ein ›Du kannst mich mal‹ übermitteln?

»Es ist eine recht simple Entscheidung, nicht wahr? Du kannst deine Antwort Nox mitteilen. Er wird mich aufsuchen können, sobald ihr euer nettes kleines Haus verlasst. Ich mag noch nicht wissen, wo Chavales Unterschlupf sich genau befindet, doch ich finde ihn, verlasse dich darauf. Sucht euch also besser einen anderen Ort. Bis bald, Nicholas.«

Sie schwieg.

Einmal mehr fühlte sich Nic wie ein Sklave. Nox war ständig bei ihm, auch wenn er nicht sichtbar war. Immerhin hatte Inés ihm verraten, dass der Familiaris sie aus dem Inneren des Hauses nicht aufsuchen konnte. Die Barriere schien wirklich nur durch den schwarzen Spiegel umgehbar zu sein. Gut so, dann bestand nicht die Gefahr, dass Nox etwas ausplauderte, solange Nic das Haus nicht verließ.

»Alles klar?«, fragte er Matt, um etwas gegen die Stille zu unternehmen.

»Super. Meine Eltern denken, dass ich meine Seele dem Dämon überschrieben habe, mein Bruder ist tot und Angelos Freund sitzt irgendwo in einem Verlies und wird von Inés gefoltert.«

Dumme Fragen verlangten nach dummen Antworten.

Nic konnte den Schmerz von Matt nachvollziehen.

Sie gingen tiefer, um zwischen den kleinen Giebelhäusern des Städtchens zu verschwinden. Die Mauern schienen sich aneinanderzuschmiegen und vermittelten ein Gefühl von Sicherheit.

»Nic, wo befindet sich ein schwarzer Spiegel?«, fragte Liz.

Er hatte die Frage erwartet und sich vor ihr gefürchtet. Es gab wohl noch etliche Zugangspunkte für das Netzwerk, doch wo sie standen, wusste er nicht.

Liz kommentierte das Eingeständnis mit einem: »Verdammte Scheiße.«

»Nach Paris können wir nicht.« Matt glitt ein wenig abseits, korrigierte seinen Flug aber sofort. »Nox hat Inés den Standort des Spiegels längst verraten.«

»Brasilien scheidet ebenfalls aus«, merke Liz an. »Aber du hattest noch mehr gesehen?«

»Habe ich, aber ich kann keinen zuordnen. Wartet, ich versuche, die Orte zu beschreiben.«

»Ihr wisst schon, dass wir hier gegen uns selbst arbeiten«, merkte Matt an. »Sobald wir einen der Orte zuordnen können, kann Nox das auch. Es wird ein Wettrennen.«

Ein Problem, das sie nicht umgehen konnten. Nic wählte eines mit ein paar charakteristischen Merkmalen, doch weder Liz noch Matt konnten es zuordnen.

Als er jedoch an eine weitere Beschreibung ging, sagte Liz sofort: »Ich weiß, wo das ist. Weiße Torbögen und dahinter ein Kreuz?« Sie beschrieb die Umgebung weiter.

»Genau!«

»Das ist das Tal der Gefallenen in Spanien. Dort steht ein Mausoleum, das zu Zeiten der Franco-Diktatur errichtet wurde. Ziemlich kontrovers, das Ganze.«

Sie warfen sich kurze Blicke zu.

Gleichzeitig beschleunigten sie den Flug und rasten wie Raketen durch die Nacht, alle Sicherheitsbedenken missachtend. Falls Nox in diesem Augenblick Inés einweihte, würde sie selbst dorthin kommen oder Helfer entsenden. Die Wächter kamen nicht infrage, denn die würden auch Liz gefangen nehmen.

Sie erreichten das Tal der Verlorenen in einer knappen Stunde, wenn auch völlig erschöpft. Der Spiegel befand sich im Inneren des Mausoleums.

Matt erschuf ein *Licht von Mykonos*, das in der Farbe seines Anima leuchtete und dicht über ihren Köpfen schwebte. In dessen blutrotem Schein betraten sie die gewaltige Kathedrale. Vor der schieren Größe der Säulen und marmornen Statuen kam Nic sich so klein vor wie eine Ameise.

Er konnte den Spiegel spüren.

»Wohin?«, fragte Matt.

Ohne zu antworten, strebte Nic dem schwarzen Glas zu. Sie nahmen eine Treppe in die Tiefe und schritten durch ein Trugbild in Form einer Statue.

Dahinter lag ein winziger, von Spinnweben tapezierter Raum. Neben dem Spiegel lag eine Taschenuhr aus Messing am Boden. Im Deckel waren die Buchstaben E.C. eingraviert. Nicholas nahm sie auf.

»Er scheint überall zu sein«, flüsterte Nic.

Stimmen erklangen.

»Sie sind hier.« Liz deutete auf den Spiegel. »Schnell!«

Er verfiel in die Schicksalsschicht und berührte die goldenen Linien. Erneut wurden Orte sichtbar. Es dauerte nur wenige Sekunden, dann lag der wohlbekannte Keller des sicheren Hauses vor Nic. »Los!«

Matt machte den Anfang.

Liz folgte dichtauf.

»Wir sehen uns wieder, Nicholas«, erklang die Stimme von Inés.

»Ich freue mich darauf«, gab er knurrend zurück.

Die Verbindung trug ihn davon und die Gewissheit ließ ihn aufatmen, dass keiner der Magier hinter ihnen die Passage erneut aktivieren konnte.

Zufrieden trat er aus dem schwarzen Glas im sicheren Haus, nur um einer verwirrten Liz von Angesicht zu Angesicht gegenüberzustehen.

»Wo ist Matt?«, fragte sie.

Und das Drama nahm seinen Anfang.

EPILOG

In ihrer Erinnerung starrten Natalias Augen noch immer gebrochen in die Dunkelheit.

Sie würde es nie vergessen. Der Anblick sandte einen Schauer der Lust durch ihren Körper. Sie war nur die Erste gewesen, der unfertige Versuch, der zum Scheitern verurteilt war. Doch später hatte es funktioniert.

»Ich habe getan, was du mir gezeigt hast«, flüsterte Inés. »Ihr Anima, ihr Talent, ihre Seele. Ich bin etwas Neues geworden.«

Während ihr Körper ruhte, wandelte sie durch den Traum, der das Abbild der Zukunft enthüllte und fortan ihren Weg bestimmen sollte.

Die Bäume ringsum verdorrten, aus dem Wald wurde eine kahle Ebene. Am Horizont loderte ein schwarzes Feuer, das sie willkommen hieß. In den Flammen des Regnums würden die Feinde verbrennen, die sich ihnen in den Weg stellten.

Er stand im Zentrum.

Doch nicht allein.

Der Dämon hatte beide Arme ausgestreckt und hielt mit den Fingern je einen Menschen am Hals von sich gestreckt. Sie wirkten apathisch, fast wie Puppen, die an den Fäden einer dunklen Macht hingen. Werkzeuge.

Mit der rechten Klaue hielt der Dämon einen jungen Mann in die Höhe, an dessen rechten Ringfinger ein Anima mit wasserblauem Stein prangte. Mit der linken Klaue hielt er eine junge Frau empor, an deren linken Ringfinger ein Anima mit silbernem Stein prangte.

»Ein Schlüssel, geschmiedet aus zwei Teilen«, wisperte der Dämon. »Nur vereint vermögen sie das Schloss zu öffnen. So mag das Schicksal seinen Lauf verändern, um das zweite Regnum zu begründen.«

Inés lächelte.

Sie tat den Schritt in die schwarzen Flammen.

Der Dämon warf die beiden Menschen beiseite, wo sie von der Schwärze verschluckt wurden. Der dunkle Panzer, der seine Gestalt verhüllte, bekam Risse. Die Schale zerbrach.

Und vor Inés erhob er sich, der Körper von schwarzer Asche bedeckt. In aller Schönheit, mit seinem wahren Gesicht.

Inés lächelte.

Ende von Teil 1

DIE HÄUSER

HAUS 1 – DIE HEILER

Besitzen ein überragendes Verständnis für Körper und Geist. Sind in der Lage zu heilen.

HAUS 2 – DIE SCHATTENLÄUFER

Können Schatten als Portale nutzen und von einem zum nächsten springen. Nur wenige wissen, dass in Verbindung zwischen Schatten und Spiegeln auch Realitäten gewechselt werden können.

HAUS 3 – DIE ZEITSEHER

Können ihren Geist in die Vergangenheit projizieren.

HAUS 4 – DIE SCHLAFSEHER

Können im Schlaf Visionen aus Zukunft und Vergangenheit erhalten, finden so oft Antworten auf Fragen.

HAUS 5 – DIE TRAUMWANDLER

Wandern zwischen den Träumen von Magiern und Menschen. Auf diese Art gelingt es oft auch, gefährliche Magier zu finden.

HAUS 6 – DIE TIERFLÜSTERER

Können mit Tieren sprechen und diese in begrenztem Maße ihrem Willen unterwerfen.

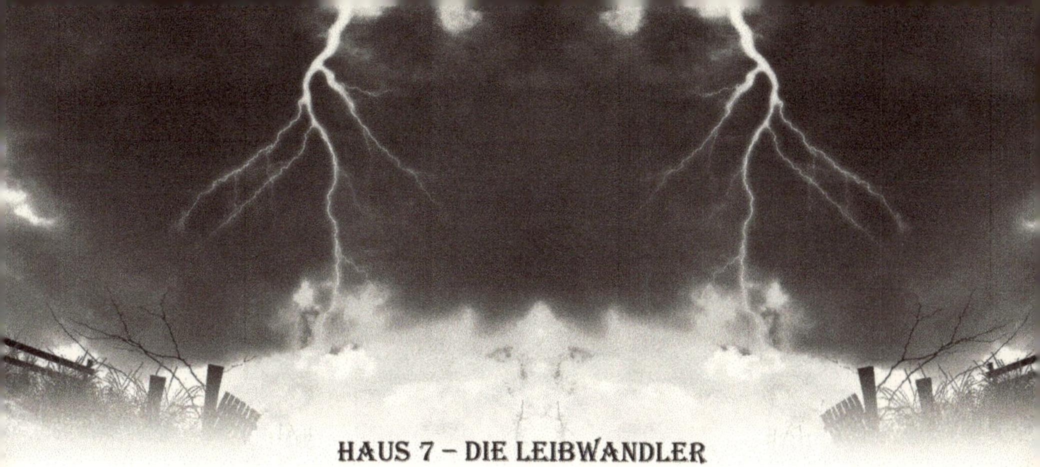

HAUS 7 – DIE LEIBWANDLER

Können ihren Geist aus dem eigenen Körper lösen und sich an andere anheften. Sie werden oft abwertend als »Parasiten« bezeichnet.

HAUS 8 – DIE SEELENHEILER

Sehr pazifistisch eingestellt. Sie können Wunden der Seele heilen.

HAUS 9 – DIE SCHATTENFLÜSTERER

Vermögen Schatten zu lenken und damit Dunkelheit zu erschaffen.

HAUS 10 – DIE PFLANZENSPRECHER

Können Pflanzen manipulieren, mit ihnen sprechen und Wachstum beeinflussen. In Kämpfen sind sie gefährlicher, als man gemeinhin denkt.

HAUS 11 – DIE BEOBACHTER

Können weit entfernte Orte sehen.

HAUS 12 – DIE NICHTSSCHAFFER

Können Magiern ihre Kraft nehmen, indem sie tote Zonen erschaffen.

HAUS 13 – DIE SCHICKSALSWÄCHTER

Sehen, wie der Verlauf der Dinge eigentlich sein sollte und wie die Gegenseite versucht, diesen anzupassen.

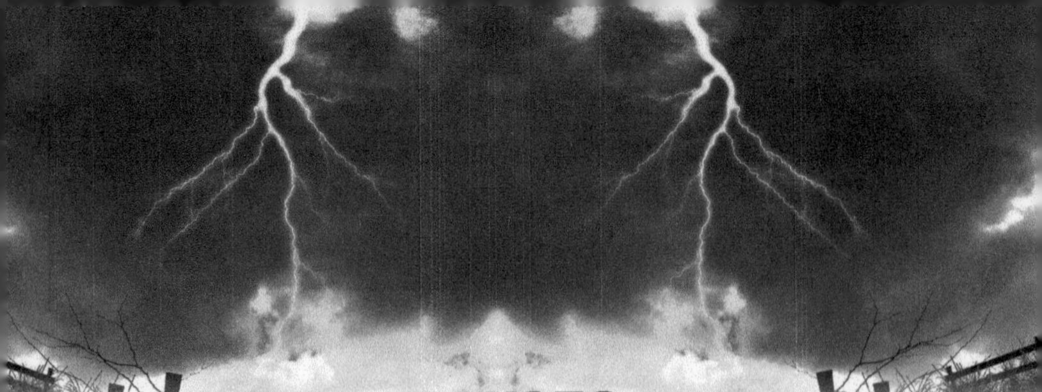

ZAUBER

MYSTISCHER SCHILD

Ein runder, halb durchsichtiger Schild,
der mit durchsichtigen Glyphen bedeckt ist

MYSTISCHER WALL

Waberndes Schutzfeld

FLAMMENSENKE

Quasi ein Tresor. Die Flammen fressen ein Loch in die Wirklichkeit, sind aber kalt. Gegenstände können darin verborgen werden, ein Siegel verschließt es

VELLAMOS STURM

Abrupter Druck durch gerichtete Luft

DER ZWEITE BLICK

Damit wird die Magie ringsum sichtbar

GEISTESNEBEL

Vernebelt den Geist

TOTE ZONE

Ort, an dem alle Magie abgezogen wurde
und sich nicht mehr regeneriert

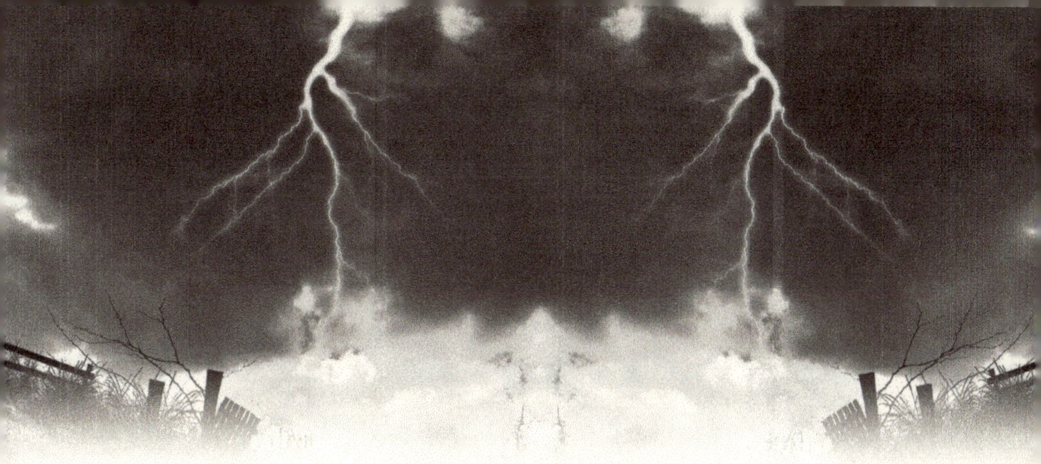

CHAMÄLEONZAUBER

Verschmelzen mit der Umgebung

DUNKLER SCHLUND

Erzeugt einen Erdrutsch oder einen Spalt

STEIN VON ROSETTE

Passt die Sprache den örtlichen Gegebenheiten an

ALLSEHENDES AUGE

Blick in die Ferne oder zurück in der Zeit
an einer Schicksalslinie entlang

BAND DER IMELDA

Ein Schwur, der nicht gebrochen werden kann,
solange beide Parteien leben

MATA HARI

Spionagezauber
So kann eine Pflanze Töne übertragen

NEBEL VON SETH

Verwirrt den Geist

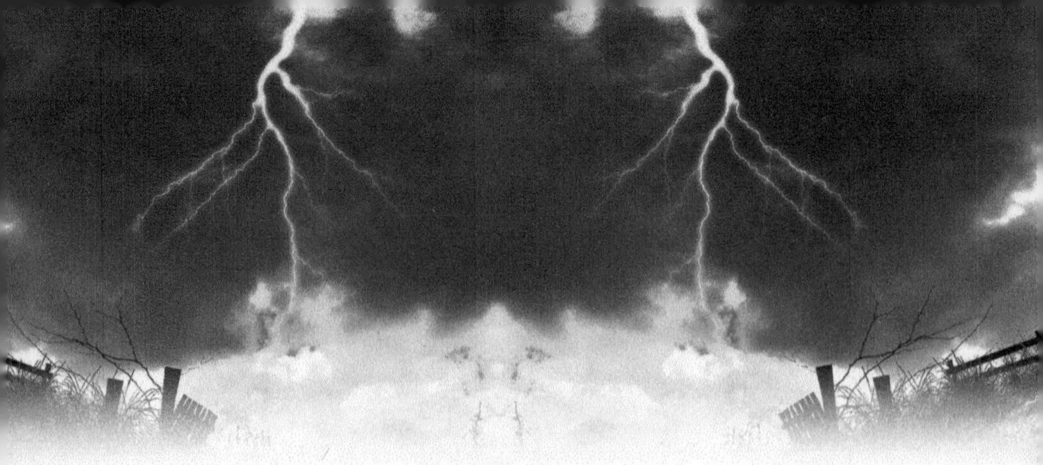

HÖLLENWIRBEL

Erzeugt einen Flammensturm

AGAMEMNONS HAGEL

Pfeile aus manifestierter Luft oder Material

DER SCHAL DES BEDUINEN

Biegbarer Gegenstand wird zum Erdrosseln verwendet

BLACKBEARDS SÄBEL

Verdichtet Luft zu einer unsichtbaren Klinge, mit der exakt drei Schläge ausgeführt werden können

NIGHTINGALES LAMPE

Heilendes Licht, das Wunden schließt

MUTTER TERESA

Lindert Schmerzen

ENGELSSCHWINGEN

Verleiht einem Magier für kurze Zeit die Fähigkeit zu fliegen durch Manipulation der Schwerkraft, die sich ständig neu ausrichtet

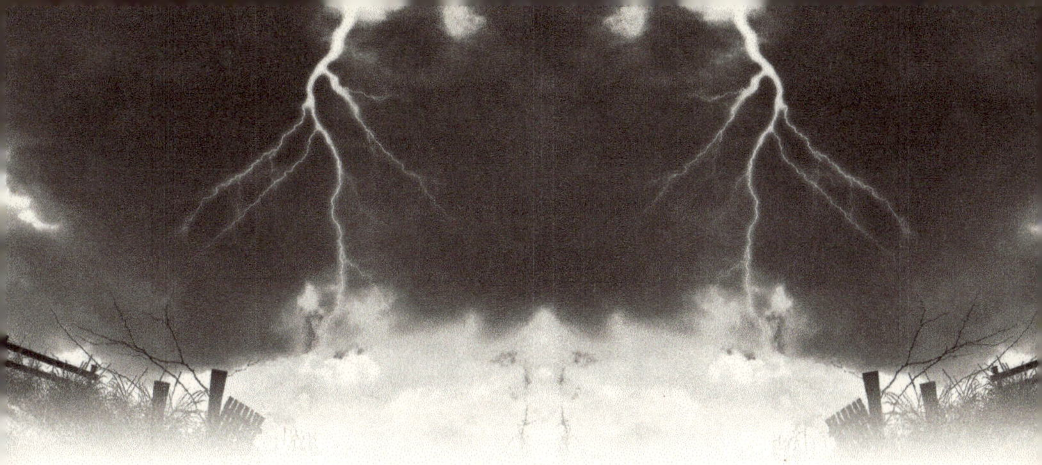

DAS LICHT VON MYKONOS

Ein schwebendes Licht, das in der Farbe des Anima leuchtet

LEICHT WIE SEIDE

Lässt einen anderen Magier schwerelos werden

SCHLAF DES HYPNO

Schlafzauber

FUGGERS REISE

Eine schnelle Verbindung zwischen zwei Punkten

ARKTISCHER WIND

Eiszauber – Auch für Getränke

BITTERE DISTEL

Ändert den Geschmack eines Objektes zu bitter

SCHLAF DER GERECHTEN

Stase.
Eigentlich kein Schlaf – Die Person liegt eingefroren in der Zeit

SCHWEBENDE JUNGFRAU

Lässt andere Personen oder Objekte schweben

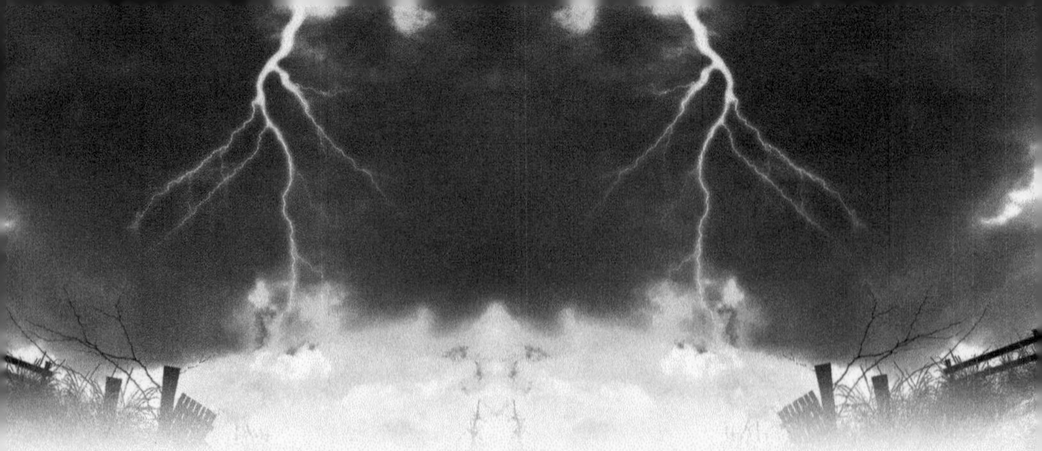

Grüsse aus dem 13. Haus aka das Nachwort

Herzlich willkommen zum Nachwort des Auftaktromans der 12 Häuser-Trilogie. Es freut mich sehr, dass ihr Nic, Matt, Jane, Liz und Angelo bei ihrem Abenteuer begleitet habt. Was mich natürlich zu der Frage führt: Hat es euch gefallen?

Wenn dem so ist, würde ich mich sehr über eine Rezension beim Anbieter eures Vertrauens freuen. Zudem bin ich mit zahlreichen Leserunden bei Lovelybooks aktiv und halte auch dort Ausschau. Ihr helft damit der Geschichte, dem Verlag und mir und ich sage schon jetzt: Danke!

Für mich als Autor ist es immer etwas Besonderes, eine neue Geschichte zu beginnen. Da ich selbst auch Vielleser bin, möchte ich stets einen ordentlichen Twist einbauen, etwas, das euch überrascht. Dazu werden bereits früh Hinweise gestreut und ich beginne das Katz-und-Maus-Spiel. :) Für das zweite Buch sind bereits Andeutungen enthalten, auch dort erwarten euch ein paar Überraschungen.

Wie es weitergeht?
Zu Beginn des nächsten Romans stehen Nic und Liz erst einmal allein da. Wo ist Matt? Was ist mit Jane? Können sie Angelo endlich aufwecken? Gleichzeitig sind sie Staatsfeinde Nummer eins und werden gejagt. Mit diesem Hintergrund den Dämon aufzuhalten und das Rätsel um Chavale sowie Nics Dad aufzuklären, wird nicht leicht.

Ich hoffe, ihr seid auch bei der Fortsetzung wieder mit dabei. Gern informiere ich euch, sobald es weitergeht. Hierzu gibt es zahlreiche Anlaufstellen.

Facebook www.facebook.com/gesuchanekt
Instagram www.instagram.com/gesuchanekt
Die App kostenlos im Appstore (iPhone) und Googleplaystore (Android) erhältlich. Einfach »gesuchanekt« eingeben.
www.andreassuchanek.de

Habt eine schöne Zeit, wir lesen uns bald wieder.

Andreas
September 2019

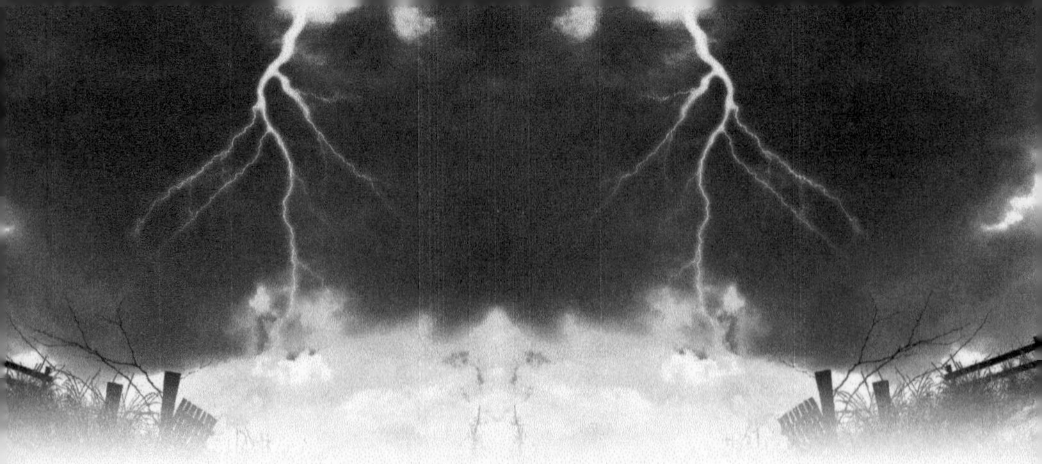

DANKSAGUNG

Ein Buch entsteht niemals allein. Es ist wie ein gewaltiges Mosaik, in das viele besondere Menschen ein Teil einsetzen. Am Ende entsteht das Gesamtbild, das ein wenig Liebe, Leidenschaft und ganz viel Kraft von allen Beteiligten enthält. An dieser Stelle möchte ich all diesen Menschen danken, die mit mir gemeinsam die 12 Häuser zum Leben erweckt haben.

Astrid Behrendt

Deine Leidenschaft, deine Liebe für mein Buchbaby hat mich angetrieben. Dein Vertrauen in die Kraft der Geschichte hat all das erst möglich gemacht. Danke.

Alexander Kopainski

Danke für deine unglaubliche Kreativität. Du zauberst so vielfältige, atmosphärische Cover, dass es eine Freude ist, sie zu betrachten. Jetzt bin ich auch ein Teil davon und grinse breit.

Nina Bellem

Den Finger sanft in die Wunde legen. Mit einem gewaltigen Engagement und vielen lieben Worten haben wir den Roman gemeinsam bearbeitet und so hat das Lektorat mich beflügelt. Das Abschleifen der Kanten hat sogar Spaß gemacht.

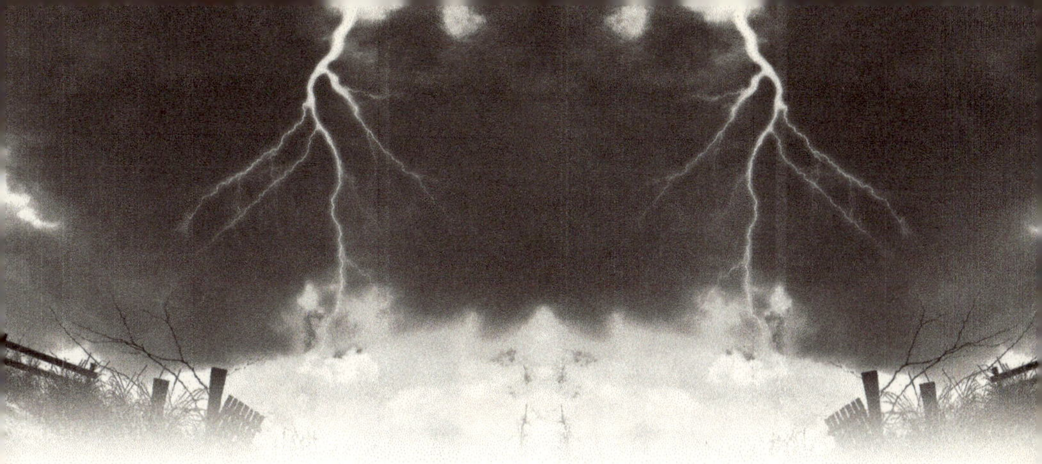

Michael Retetzki

Danke, für deine unermüdliche Jagd nach Fehlern. Dank dir wurde der Anima noch einmal gesäubert und glänzt jetzt ohne dunkle Flecken.

Die Testleser

Was wären wir ohne sie? Als Autor sieht man oft den Wald vor lauter Bäumen nicht. Hier unterstützen die Testleser, finden die Schwächen und helfen dabei, den richtigen Ton zu treffen. Bei den 12 Häusern waren das: Ann-Sophie, Sarah, Viktoria, Steffi, Jenny, Elena und Nadine. Danke euch!

Andreas Suchanek

Das Erbe der Macht

Die komplette Schattenchronik im Schuber

ISBN: 978-3-95834-348-1 Taschenbuchschuber, EUR 69,90
2080 Seiten, Verlag Greenlight Press

Die Welt, wie du sie kennst, ist eine Lüge!

Seit über einem Jahrhundert verbirgt der Wall die magische Gesellschaft vor Menschenaugen, garantiert Friede und Gleichheit zwischen Menschen und Magiern. Doch in den Schatten tobt ein Krieg um die Vorherrschaft. Jenifer Danvers ist eine Lichtkämpferin. Als ihr Freund und Kampfgefährte stirbt, erwacht mit Alexander Kent ein neuer Erbe der Macht, der von ihr in die Welt der Magie eingeführt werden muss.
Keiner von beiden ahnt, dass das Gleichgewicht der Kräfte außer Kontrolle geraten ist. Das Böse holt zum großen Schlag aus, um den Wall endgültig zu zerschmettern.

Machtvolle Zauber, gefährliche Artefakte, uralte Katakomben und geheime Archive. Kämpfe mit den Lichtkämpfern und dem Rat des Lichts – Johanna von Orleans, Leonardo da Vinci und viele mehr –, um den Erhalt der Menschheit.

UHRWERK DER
UNSTERBLICHEN
ALEXANDER KOPAINSKI
DRACHENMOND VERLAG

Stephan R. Bellem

Ruf der Rusalka

ISBN: 978-3-95991-899-2, Klappenbroschur, EUR 14,90

Lewis hat sich geschworen, es nie wieder zu tun. Doch der faszinierenden Fremden kann er nicht widerstehen. Als Londons größter Ermittler soll er den Mord an ihrer Freundin aufklären. Aber mit jedem Schritt holen ihn die Bilder seiner Vergangenheit wieder ein und drohen, ihn unter sich zu begraben. Wäre da nicht die Frau an der Themse. Kann sie ihn vor sich selbst retten? Kate kann endlich der Eintönigkeit Manchesters entkommen und wagt sich nach London, um ihrem Traum nachzujagen: der nächsten großen Story. Und was wäre größer als ein Serienmörder? Aber die Morde sind erst der Anfang. Kate und Lewis tauchen ein in eine Welt der Geheimgesellschaften und okkulten Rituale. Können sie die Vernichtung Londons noch aufhalten?